INTENSITÉ

DU MÊME AUTEUR
CHEZ POCKET

Dans la même collection

FIÈVRE DE GLACE
LA MAISON INTERDITE
LE MASQUE DE L'OUBLI
MIROIRS DE SANG
LA MORT À LA TRAÎNE
LA NUIT DES CAFARDS
LA NUIT DU FORAIN
LA PESTE GRISE
UNE PORTE SUR L'HIVER
LA VOIX DES TÉNÈBRES
LES YEUX DES TÉNÈBRES
LUNE FROIDE
LA CACHE DU DIABLE
MR. MURDER
ÉTRANGES DÉTOURS
DÉMONS INTIMES
TIC-TAC
LE VISAGE DE LA PEUR
LE RIDEAU DES TÉNÈBRES
L'HEURE DES CHAUVES-SOURIS
SPECTRES
LA SEMENCE DU DÉMON
L'ANTRE DU TONNERRE
LES LARMES DU DRAGON
LES YEUX DU DRAGON

En Pocket thriller

PRISON DE GLACE

COLLECTION TERREUR
dirigée par Patrice Duvic et David Camus

DEAN KOONTZ

INTENSITÉ

ROBERT LAFFONT

Titre original :
INTENSITY

Traduit de l'américain par Michèle Garène

Si vous souhaitez recevoir régulièrement
notre zine « **Rendez-vous ailleurs** », écrivez-nous à :

« Rendez-vous ailleurs »
Service promo Pocket
12, avenue d'Italie
75627 PARIS Cedex 13

ISBN 2-266-08962-5

Je dédie ce livre à Florence Koontz.
Ma mère. Perdue depuis longtemps. Ma gardienne.

Je dédie ce livre à Florence Knopf,
ma mère, Perdue depuis longtemps. [illegible]

L'espoir est le but que nous poursuivons.
L'amour est la route qui nous y mène.
Le courage est le moteur qui nous y conduit.
Nous sortons de l'obscurité pour entrer dans la foi.

1.

Le soleil rouge est en équilibre sur les plus hauts remparts montagneux et, dans la lumière déclinante, les contreforts paraissent embrasés. Une brise fraîche soufflant de l'ouest attise les grandes herbes sèches qui coulent en vagues de feu doré sur les pentes vers la fertile vallée plongée dans l'ombre.

Debout dans l'herbe haute jusqu'aux genoux, les mains dans les poches de sa veste en jean, il observe les vignobles. On a taillé les vignes pendant l'hiver. La saison nouvelle s'annonce à peine. On a coupé la moutarde sauvage qui avait envahi les rangs pendant les mois de froid et fait disparaître ses racines en labourant. La terre est noire et riche.

Les vignobles encerclent une grange, des bâtiments et le bungalow du régisseur. Après la grange, la construction la plus vaste est la maison des propriétaires, de style victorien avec ses pignons, ses lucarnes, ses frises de bois sous les corniches et son fronton sculpté au-dessus du perron.

Paul et Sarah Templeton habitent cette maison toute l'année, et leur fille Laura vient de temps à autre les voir de San Francisco où elle fait ses études. Elle est censée être là ce week-end.

Il contemple rêveusement une image mentale du visage de Laura, aussi précise qu'une photo. Les traits parfaits de la jeune fille lui font curieusement penser à de succulentes grappes sucrées de pinot noir et de grenache à la peau pourpre et translucide. Il sent le goût des grappes fantômes éclater entre ses dents.

En s'enfonçant lentement derrière les montagnes, le soleil dégage une lumière si chaude et si mordante qu'à son contact la terre assombrie semble s'en imprégner à jamais. L'herbe rougeoie elle aussi, non plus embrasement sans feu, mais marée rouge venant mouiller ses genoux.

Il tourne le dos à la maison et aux vignes. Savourant toujours le goût des grappes, il marche vers l'ouest dans l'ombre des hautes crêtes boisées.

Il sent l'odeur des petits animaux des champs blottis dans leurs tanières. Il entend le murmure d'ailes fendant le vent — un faucon en chasse trace des cercles à une centaine de mètres au-dessus de lui — et il perçoit la froide lueur des étoiles encore invisibles.

Dans cet étrange océan de lumière rouge chatoyante, les ombres noires des branches basses des arbres bordant la route glissaient sur le pare-brise comme des nageoires de requin.

Laura Templeton négociait les virages de la départementale avec une maîtrise admirable, mais elle conduisait trop vite.

— Tu as le pied un peu lourd, dit Chyna.

— C'est toujours mieux qu'un gros cul, répliqua Laura avec une grimace.

— Tu vas finir par nous tuer.

— Maman déteste qu'on soit en retard.

— Mieux vaut être en retard que mort.

— Tu ne connais pas maman. Elle est très à cheval sur les règles.

— La police de la route aussi.

Laura éclata de rire.

— Parfois, quand tu parles, je croirais l'entendre.

— Qui ?

— Maman.

— Il faut bien que l'une de nous deux se comporte en adulte responsable, répliqua Chyna en se cramponnant dans un virage.

— J'ai quelquefois du mal à croire que tu n'as que trois ans de plus que moi. Vingt-six, c'est ça ? Tu es sûre que ce n'est pas cent vingt-six ?

— Je suis une vieillerie.

Elles avaient quitté San Francisco sous un ciel bleu vif pour un week-end de quatre jours, loin de l'université de Californie où elles devaient terminer leur maîtrise de psychologie au début de l'été. Laura n'avait pas été retardée dans ses études par la nécessité de les financer, mais Chyna, depuis dix ans, étudiait tout en travaillant à plein temps comme serveuse, d'abord chez Denny, puis dans une succursale d'Olive Garden, et maintenant dans un restaurant haut de gamme avec nappes blanches, serviettes en tissu, fleurs fraîches sur les tables, et des clients, Dieu les bénisse, laissant régulièrement des pourboires de quinze à vingt pour cent. Ce week-end dans la maison des Templeton dans la vallée de Napa serait pratiquement ses premières vacances en une décennie.

À la sortie de San Francisco, Laura avait emprunté l'autoroute 80 qui traverse Berkeley et passe à l'extrémité orientale de la baie de San Pablo. Chyna avait vu des hérons cendrés prendre gracieusement leur envol : énormes, étrangement préhistoriques, superbes dans le ciel pur.

À présent, dans le couchant cramoisi et doré, des nuages épars flambaient dans le ciel, et la vallée de Napa se déroulait devant elles comme une tapisserie éclatante. Laura avait quitté l'autoroute pour une route panoramique ; mais elle conduisait si vite que Chyna n'avait guère le loisir d'admirer le paysage.

— J'adore la vitesse ! dit Laura.

— Je la déteste.

— Moi, j'aime bouger, courir, *voler*. Tu crois que j'ai été une gazelle dans une vie antérieure ?

Chyna jeta un coup d'œil au compteur et fit la grimace.

— Une gazelle... tu parles. Plutôt une folle enfermée à l'asile, oui.

— Ou bien un guépard. Les guépards sont très rapides.

— C'est ça, un guépard, et un jour que tu poursuivais une proie, tu as raté le bord du ravin, entraînée par ton élan. Tu étais le Will le Coyote des guépards.

— Je conduis bien, Chyna.

— Je sais.

— Alors détends-toi.

— Je ne peux pas.

— Jamais ? soupira Laura.

— Si, quand je dors, dit Chyna dont les pieds faillirent traverser le plancher quand la Mustang se précipita dans un grand lacet.

Derrière le bas-côté gravillonné de la route, la terre couverte de moutarde sauvage et de ronces descendait vers une rangée de grands aunes noirs frangés de bourgeons. Leurs ombres se découpaient sur les vignobles baignés d'une vive lumière rouge. Chyna fut sûre que la voiture allait décoller, partir en tonneaux, s'écraser contre les arbres... son sang irait fertiliser les vignes les plus proches.

Mais Laura maintint sans effort la Mustang sur la route. La voiture sortit du lacet et s'engagea dans une longue côte.

— Je parie que tu t'inquiètes même dans ton sommeil.

— Tôt ou tard, dans chaque rêve, il y a un croquemitaine. Il faut s'en méfier.

— Je fais plein de rêves sans croque-mitaines. Des rêves merveilleux.

— De femme canon ?

— J'adorerais. Non, mais il m'arrive de rêver que

je vole. Toujours nue, je plane dans les hauteurs, ou bien je survole des lignes téléphoniques, des champs de fleurs aux couleurs vives, des cimes d'arbres. Tellement libre. Lorsqu'ils lèvent le nez, les gens sourient et me font bonjour de la main. Ils sont tellement ravis de voir que je vole, tellement contents pour moi. Et parfois je suis avec un mec superbe, mince et musclé, avec une toison de cheveux dorés et un joli regard vert qui sait voir mon âme, nous faisons l'amour en dérivant entre ciel et terre, et j'ai une succession d'orgasmes spectaculaires, en planant dans le soleil entre les fleurs et les oiseaux, des oiseaux avec des ailes d'un superbe bleu irisé aux chants les plus beaux que tu puisses imaginer, et je suis comme gorgée d'une lumière éblouissante, une créature de lumière, et je déborde tellement d'énergie que j'ai l'impression que je vais exploser, exploser pour former un univers tout neuf à moi toute seule et vivre éternellement. Tu as déjà fait un rêve comme ça ?

Chyna avait enfin détourné les yeux du macadam qui fonçait vers elle. Elle regardait Laura d'un air ébahi.

— Non.

— Vraiment ? Tu n'as jamais fait de rêve de ce genre ?

— Jamais.

— Moi, je n'arrête pas.

— Tu veux bien regarder la route ?

— Tu ne fais jamais de rêves érotiques ?

— Cela m'arrive.

— Et ?

— Et quoi ?

— Et ?

— Ce n'est pas bien.

— Tu fais des rêves où ce n'est pas bien ? s'exclama Laura en fronçant les sourcils. Allons, Chyna, ce n'est pas la peine d'en rêver... il y a plein de types prêts à te faire ça très mal si tu y tiens.

— Ah ! très drôle ! Je fais des cauchemars, voilà ce que je veux dire, très menaçants.

— Tu fais l'amour et tu trouves ça menaçant ?

— Oui, parce que, dans mes rêves, je suis toujours une petite fille de six, sept ou huit ans, et je me cache toujours d'un homme... je ne sais pas très bien ce qu'il me veut, ni pourquoi il me cherche, mais je suis sûre qu'il attend de moi quelque chose qui n'est pas bien, quelque chose d'affreux, et que ce sera comme de mourir.

— Qui est-ce ?

— Différents hommes.

— Les ordures avec lesquelles traînait ta mère ?

Chyna avait beaucoup parlé de sa mère à Laura. C'était la seule à qui elle se soit jamais confiée.

— Oui. Ces hommes-là. J'ai toujours réussi à leur échapper dans la vie réelle. Ils ne m'ont jamais touchée. Et ils ne me touchent jamais dans les rêves. Mais la menace est toujours là...

— Donc, ce ne sont pas seulement des rêves. Ce sont aussi des souvenirs.

— Oui, hélas.

— Et quand tu ne dors pas ?

— Comment ça ?

— Est-ce que tu t'embrases, est-ce que tu te laisses aller quand tu fais l'amour... ou le passé est-il toujours là ?

— Qu'est-ce que tu cherches à faire ? une analyse à cent trente kilomètres à l'heure ?

— On se défile ?

— Tu es de la police ?

— C'est ce qu'on appelle de l'amitié.

— C'est ce que j'appelle fouiller dans la vie des gens.

— On se défile ?

— D'accord, soupira Chyna. J'aime bien être avec un homme. Je ne suis pas inhibée. J'avoue que je ne me suis jamais sentie une créature de lumière sur le point de créer un nouvel univers, mais j'ai été pleinement satisfaite, j'ai toujours eu du plaisir.

— Pleinement ?

— Pleinement.

En fait, Chyna n'avait jamais eu que deux amants, le premier à l'âge de vingt et un ans. Des hommes doux, gentils et convenables qui lui avaient fait connaître le plaisir. La première histoire avait duré onze mois, la seconde, treize, et elles ne lui avaient pas laissé de mauvais souvenirs. Mais elles ne l'avaient pas aidée à bannir les cauchemars qui revenaient la hanter, et elle n'avait pas réussi à créer un lien émotionnel aussi fort que l'intimité physique. Lorsqu'elle aimait un homme, elle pouvait donner son corps, mais jamais totalement ni son esprit ni son cœur. Elle avait peur de s'engager, de faire confiance. Personne dans sa vie, à l'exception possible de Laura Templeton, cascadeuse à l'état de veille et femme ailée dans ses rêves, n'avait jamais eu sa confiance totale.

Le vent hurlait autour de la voiture. Dans la course des ombres sur le pare-brise et la lumière embrasant l'horizon, la longue côte devant elles lui parut soudain être une rampe, dont elles décolleraient pour survoler une douzaine de bus en flammes, sous les clameurs de spectateurs avides de sensations fortes.

— Et si on crevait un pneu ?

— On ne crèvera pas.

— Mais si cela arrivait ?

— Alors nous nous transformerons en gelée de nanas dans une boîte de conserve, répondit Laura avec un sourire démoniaque. On ne pourra même pas séparer nos restes. Une masse amorphe. Ce ne sera même pas la peine de nous mettre dans des cercueils. On nous versera dans une jarre qu'on placera dans une tombe avec l'inscription suivante : *Laura Chyna Templeton Shepherd. Seul un robot ménager aurait pu mieux faire.*

Chyna avait les cheveux sombres au point d'en être

presque noirs, Laura était une blonde aux yeux bleus, mais elles se ressemblaient suffisamment pour qu'on les croie sœurs. Un mètre soixante-deux, aussi minces l'une que l'autre, elles auraient pu échanger leurs vêtements. Elles avaient toutes les deux les pommettes hautes, les traits fins et une grande bouche. Enfin, Chyna la jugeait trop grande : Laura prétendait quant à elle qu'elle était juste assez « généreuse » pour permettre un sourire resplendissant.

En revanche, comme le prouvait l'amour de la vitesse de Laura, à certains égards, elles étaient profondément différentes. Peut-être ces différences les avaient-elles d'ailleurs plus rapprochées que leurs ressemblances.

— Tu crois que je vais plaire à tes parents ?

— Je croyais que c'étaient les pneus qui t'inquiétaient ?

— Je suis une angoissée multiplex. Je vais leur plaire ou non ?

— Bien sûr que tu vas leur plaire. Tu sais ce qui m'inquiète, moi ?

— Pas la mort, on dirait.

— Toi. Je m'inquiète pour toi, dit Laura en lui jetant un coup d'œil, avec un sérieux qui lui ressemblait peu.

— Je suis parfaitement capable de m'occuper de moi.

— Ça, je n'en doute pas. Je te connais trop bien pour en douter. Mais la vie ne se résume pas à s'occuper de soi, en gardant la tête baissée, pour passer à travers.

— Laura Templeton, philosophe.

— La vie, c'est vivre.

— Très profond.

— Plus que tu ne crois.

En haut de la côte, elles ne trouvèrent ni bus en flammes, ni clameurs enthousiastes, mais une Buick ancien modèle qui roulait bien en dessous de la limite de vitesse. Un vieux monsieur aux cheveux blancs la conduisait. Laura freina.

La ligne blanche était continue. Pas question de doubler. Les côtes et les lacets se succédaient, et il était difficile de voir ce qui arrivait en face.

Laura alluma ses phares, espérant encourager le chauffeur de la Buick soit à accélérer, soit à se ranger dès que le bas-côté s'élargirait pour les laisser passer.

— Suis ton propre conseil... détends-toi, la môme.

— Je détesterais être en retard pour le dîner.

— D'après ce que tu m'as dit de ta mère, je la vois mal nous taper dessus avec des cintres en fil de fer.

— Elle est géniale.

— Alors détends-toi.

— Mais tu ne connais pas son regard déçu... il est pire que des cintres en fil de fer. La plupart des gens l'ignorent, mais c'est grâce à maman que la guerre froide a pris fin. Il y a plusieurs années, le Pentagone l'a envoyée à Moscou pour qu'elle gratifie tout le foutu Politburo de ce regard-là, et ces voyous de Soviétiques se sont effondrés, bourrelés de remords.

Devant elles, le vieux monsieur dans sa Buick jeta un coup d'œil dans son rétroviseur.

Les cheveux blancs dans les phares, l'angle de la tête, et la simple idée du reflet des yeux dans le rétroviseur donnèrent à Chyna une puissante sensation de déjà-vu. Elle se sentit soudain glacée sans comprendre pourquoi... puis il lui revint en mémoire un incident qu'elle s'était longtemps efforcée d'oublier : un autre crépuscule, dix-neuf ans plus tôt, sur une route déserte de Floride.

— Oh ! mon Dieu.

— Que se passe-t-il ?

Chyna ferma les yeux.

— Tu es verte. Qu'est-ce qui se passe ?

— Il y a très longtemps... j'étais petite, j'avais sept ans... nous étions dans les Everglades, je crois... en tout cas, c'était un pays marécageux. Peu d'arbres, disparaissant sous la mousse espagnole. C'était plat jusqu'à l'infini, rien que du plat et du ciel, avec un coucher de soleil rouge comme aujourd'hui, une petite route au milieu de nulle part, deux voies étroites, déserte et solitaire...

Chyna était avec sa mère et Jim Woltz, un dealer et trafiquant d'armes de Key West chez qui elles vivaient de temps à autre, un mois ou deux, depuis son enfance. Ils rentraient d'un voyage d'affaires dans la vieille Cadillac rouge de Woltz, un modèle avec d'énormes ailerons massifs et des tonnes de chrome. Woltz conduisait vite sur la route droite, avec des pointes à plus de cent soixante kilomètres à l'heure. Cela faisait près d'un quart d'heure qu'ils n'avaient croisé personne lorsqu'ils rejoignirent en pétaradant le vieux couple dans la Mercedes beige. La femme était au volant. Un oiseau. Un casque de cheveux argentés coupés court. Soixante-quinze ans au bas mot. Elle roulait à soixante kilomètres à l'heure. Woltz aurait pu la doubler ; il n'y avait ni ligne blanche ni personne en sens inverse jusqu'à l'horizon.

— Mais il était défoncé à je ne sais quoi, continua Chyna sans rouvrir les yeux, regardant avec une terreur croissante le souvenir défiler derrière ses paupières closes comme un film sur un écran. Il était défoncé les trois quarts du temps de toute façon. Peut-être que, ce jour-là, il avait pris de la coke. Je ne sais pas. Je ne m'en souviens pas. Il buvait aussi. Ils buvaient tous les deux ; lui et ma mère. Ils avaient une glacière. Avec des bouteilles de jus de pamplemousse et de vodka. La vieille dame dans la Mercedes roulait vraiment à une allure d'escargot, et Woltz est devenu fou furieux, il ne raisonnait plus. Qu'est-ce que ça pouvait bien lui faire ? Il n'avait qu'à la doubler. Mais la voir conduire aussi lentement sur cette route déserte lui a fait péter les plombs. Le mélange de drogue et d'alcool... Lorsqu'il entrait dans une de ses colères, il devenait tout rouge, les artères battaient sur son cou, ses mâchoires se raidissaient. Personne ne pouvait être aussi *complètement* en colère que Jim Woltz. Sa rage excitait ma mère. Toujours. Alors elle s'est mise à l'asticoter, à l'encourager. J'étais assise sur la banquette arrière. Je me cramponnais comme une folle tout en la suppliant d'arrêter. En vain.

Pendant un long moment, Woltz était resté juste derrière l'autre voiture, klaxonnant, essayant d'obliger le vieux couple à accélérer. Par moments, il se collait contre leur pare-chocs, métal embrassant le métal dans un hurlement. Cela avait fini par ébranler la vieille dame qui s'était mise à faire des embardées, craignant d'aller plus vite avec Woltz si près derrière, mais trop effrayée pour se garer et le laisser passer.

— Bien entendu, dit Chyna, il ne se serait pas contenté de la doubler et de la laisser tranquille. À cet instant, il était en plein délire psychotique. Il se serait arrêté en même temps qu'elle. Cela se serait mal terminé de toute façon.

À plusieurs reprises Woltz s'était porté à la hauteur de la Mercedes, éructant, agitant le poing, et le vieux couple aux cheveux blancs avait fini par le regarder avec des yeux écarquillés de peur après avoir tenté de l'ignorer. Chaque fois, au lieu de les doubler et de les distancer, il s'était replacé juste derrière eux pour s'amuser à les pousser. Pour lui, dans son brouillard de drogue et d'alcool, ce harcèlement était une affaire très sérieuse, qui prenait une importance et un sens incompréhensibles pour une personne sobre et *clean*. Pour la mère de Chyna, Anne, ce n'était qu'un jeu, une aventure, et c'était elle, toujours à l'affût d'émotions fortes, qui avait dit : *Et pourquoi on lui ferait pas passer un test de conduite ? Un test ?* avait dit Woltz. *J'ai pas besoin de faire passer un test à cette vioque pour savoir qu'elle conduit comme un pied*. Lorsqu'il revint à la hauteur de la Mercedes, Anne insista : *Si, pour voir si elle réussit à rester sur la route. Mets-la au défi*.

— Il y avait un fossé parallèle à la chaussée, un de ces canaux de drainage qu'on voit le long de certaines routes de Floride. Pas très profond mais assez tout de même. Avec la Cadillac, Woltz a serré la Mercedes contre le bas-côté. La femme aurait dû résister, l'obliger à s'écarter. Elle aurait dû mettre le pied au plancher et fuir. Sa Mercedes aurait semé la Cadillac sans problème. Mais cette femme était vieille et terrifiée, et elle n'avait jamais vécu pareille expérience. Je pense qu'elle était pétrifiée, complètement incapable de comprendre le genre d'individus auxquels elle avait affaire, incapable d'expliquer leur comportement *alors que son mari et elle ne leur avaient rien fait*. Woltz l'a forcée à quitter la route. La Mercedes est tombée dans le canal.

Woltz s'était arrêté pour faire marche arrière jusqu'à l'endroit où la Mercedes s'enfonçait rapidement. Anne et lui étaient descendus de voiture pour regarder. La mère de Chyna avait insisté pour qu'elle vienne voir elle aussi : *Allez, viens, petite trouillarde. Faudrait pas que tu rates ce spectacle. Ce serait dommage*. La Mercedes était couchée sur le flanc droit, dans la vase du canal. Du bas-côté, ils voyaient la portière du conducteur. Des nuées de moustiques les entouraient dans l'air humide du soir, mais ils en étaient à peine conscients, hypnotisés par le spectacle, les yeux fixés sur la vitre avant gauche du véhicule presque submergé.

— C'était le crépuscule, continua Chyna, décrivant les images qui défilaient derrière ses yeux clos, la femme avait allumé ses phares, et ils brillaient encore, l'habitacle était éclairé. À cause de l'air conditionné, toutes les fenêtres étaient fermées, et le pare-brise comme la vitre du conducteur avaient résisté au tonneau. On voyait ce qui se passait à l'intérieur, parce que les vitres du côté gauche affleuraient. Il n'y avait aucun signe du mari. Inconscient, sans doute. Mais la vieille dame... pressait son visage contre la vitre. Le niveau de l'eau montait dans la voiture, il restait une grosse bulle d'air contre la vitre, et elle collait son visage dedans pour respirer. Nous étions là à la regarder. Woltz aurait pu l'aider. Ma mère aussi. Mais ils ne bougeaient pas. La vieille dame n'arrivait visiblement pas à ouvrir sa fenêtre, sa portière devait être bloquée... ou peut-être était-elle trop terrifiée et trop faible pour la pousser.

Chyna avait tenté de s'éloigner, mais sa mère l'avait retenue, murmurant dans un souffle empestant la vodka et le jus de pamplemousse : *Nous sommes différents des autres, bébé. Aucune règle ne s'applique à nous. Tu ne comprendras jamais ce qu'est la vraie liberté si tu ne regardes pas ça.* Chyna avait fermé les yeux, mais cela ne l'avait pas empêchée d'entendre les cris de la vieille dame dans la bulle d'air à l'intérieur de la voiture submergée. Des cris étouffés.

— Puis les cris se sont progressivement affaiblis... avant de cesser. Quand j'ai rouvert les yeux, la nuit était tombée. Il y avait encore de la lumière dans la Mercedes, et le visage de la femme était toujours pressé contre la vitre, mais une brise ridait l'eau du canal, et ses traits étaient flous. J'ai compris qu'elle était morte. Qu'ils étaient morts, son mari et elle. J'ai fondu en larmes. Ce qui a déplu à Woltz. Il m'a menacée de me traîner dans le canal, d'ouvrir une portière de la Mercedes et de me coller dedans avec les cadavres. Ma mère m'a fait boire du jus de pamplemousse avec de la vodka. J'avais à peine sept ans. Jusqu'à Key West, je suis restée allongée sur la banquette arrière, étourdie par l'alcool, à moitié soûle et un peu nauséeuse, pleurant encore mais sans bruit pour ne pas mettre Woltz en colère, et j'ai fini par m'endormir.

Dans la Mustang de Laura, on n'entendait plus que le doux bourdonnement du moteur et le chant des pneus sur le macadam.

Chyna rouvrit les yeux sur la vallée de Napa où l'obscurité avait presque effacé les traces rouges dans le ciel.

Le vieux monsieur dans sa Buick n'était plus devant

elles. Elles roulaient considérablement moins vite qu'avant ; il avait dû les distancer.

— Mon Dieu ! murmura Laura.

Chyna tremblait convulsivement. Elle tira des Kleenex de la boîte posée entre les sièges, se moucha et s'essuya les yeux. Au cours des deux dernières années, elle avait fait partager une partie de son enfance à Laura, mais chaque nouvelle révélation, et il en restait encore beaucoup, était aussi difficile que la précédente. Lorsqu'elle évoquait le passé, elle brûlait toujours de honte, comme si elle était aussi coupable que sa mère, comme si on pouvait lui reprocher chacun de ses actes criminels et coups de folie, alors qu'elle n'avait été qu'une enfant impuissante prise au piège de la démence des autres.

— Tu la reverras un jour ?

— Je ne sais pas, répondit Chyna, encore paralysée d'horreur.

— Tu aimerais ?

Chyna hésita. Elle serrait les poings, le Kleenex trempé en boule dans la main droite.

— Peut-être.

— Mais, enfin ! pourquoi ?

— Pour lui demander pourquoi justement. Pour essayer de comprendre. Pour régler certaines choses. Mais... peut-être pas.

— Sais-tu seulement où elle est ?

— Non. Mais cela ne m'étonnerait pas qu'elle soit en prison. Ou morte. On ne peut pas vivre comme ça et espérer avoir le temps de vieillir.

Elles descendaient dans la vallée.

— Je la vois encore debout dans l'obscurité moite sur la berge de ce fossé, luisante de sueur, les cheveux humides et emmêlés, couverte de piqûres de moustiques, le regard voilé par la vodka. Eh bien, malgré tout, elle restait la plus belle femme du monde. Elle était si belle, si parfaite en façade, comme un être sorti d'un rêve, un ange... mais elle n'était jamais aussi belle que lorsqu'elle était excitée, qu'il y avait eu de la violence. Je la vois encore, dans la lueur verdâtre des phares de la Mercedes à travers l'eau boueuse du canal, ravissante, glorieuse, l'être le plus beau que tu puisses imaginer, une déesse...

Les tremblements de Chyna se calmèrent peu à peu. La chaleur de la honte qui lui embrasait le visage s'estompa lentement.

Elle était infiniment reconnaissante à Laura de son amitié, de l'intérêt et du soutien qu'elle lui apportait. Avant de la connaître, Chyna taisait son passé, incapable d'en parler à quiconque. Maintenant qu'elle venait de se décharger d'un autre souvenir haïssable, elle ne trouvait pas les mots pour exprimer sa gratitude.

— Ça va, dit Laura comme si elle lisait dans ses pensées.

Elles poursuivirent leur route en silence.

Elles étaient en retard pour le dîner.

La maison Templeton lui parut accueillante au premier regard : vaste, victorienne, avec des pignons et de grands porches à l'avant et à l'arrière. Elle se dressait à cinq cents mètres de la route, au bout d'une allée gravillonnée, au milieu des vignes.

Les Templeton cultivaient leurs soixante hectares de vignobles depuis trois générations, mais n'avaient jamais pressé leur vin. Ils vendaient les fruits de leurs cépages d'excellente qualité à l'un des meilleurs producteurs de la vallée.

Sarah Templeton apparut sous le porche quand la Mustang se gara devant la maison et descendit rapidement les marches du perron pour accueillir Laura et Chyna. Jolie femme d'une quarantaine d'années, d'une minceur adolescente, avec des cheveux blonds courts bien coupés, elle était vêtue d'un jean brun et d'un chemisier vert émeraude à manches longues orné de broderies au col. À la fois chic et maternelle. En voyant Sarah serrer sa fille dans ses bras avec une tendresse manifeste, Chyna eut un pincement d'envie et fut parcourue d'un frisson de regret de n'avoir jamais connu l'amour d'une mère.

Sarah se tourna alors vers elle, la prit à son tour dans ses bras et l'embrassa sur la joue.

— Laura me dit que vous êtes la sœur qu'elle n'a jamais eue : je veux que vous vous sentiez chez vous ici. Notre maison est aussi la vôtre.

Surprise, un peu raide au début, si peu habituée aux rituels de l'affection familiale qu'elle ne savait trop comment réagir, Chyna finit par rendre maladroitement l'étreinte et balbutier des remerciements. Elle avait la gorge soudain si serrée qu'elle fut ébahie de pouvoir articuler un mot.

Prenant Laura et Chyna par le cou, Sarah les guida vers le large perron.

— Nous reviendrons chercher vos bagages plus tard. Le dîner est prêt. Venez. Laura m'a tant parlé de vous, Chyna.

— Au fait, maman, j'ai oublié de te dire que Chyna donnait dans le vaudou. Je t'avais caché ce détail. Il faut qu'elle sacrifie un poulet tous les soirs à minuit tant qu'elle sera chez nous.

— Désolée, ici, il n'y a que des vignes. Mais, après le dîner, nous irons faire des provisions de poulets dans une ferme du voisinage.

Chyna éclata de rire et jeta un œil narquois à Laura : *Et ce fameux regard ?*

— En ton honneur, dit son amie, la comprenant à mi-mot, on a rangé tous les cintres en métal et autres accessoires du même genre.

— Mais qu'est-ce que tu racontes ? dit sa mère.

— Tu me connais, maman... je suis un vrai moulin à paroles. Je parle, je parle...

Dans la cuisine spacieuse, Paul Templeton, le père de Laura, sortait un gratin de pommes de terre du four. Un mètre soixante-dix-sept, râblé, c'était un homme à l'élégance un peu rude, avec un teint rougeaud sous d'épais cheveux noirs. Il posa le plat fumant, retira ses gants de cuisine et accueillit Chyna avec autant de chaleur que sa femme. Après les présentations, il retint une de ses mains dans les siennes, qui étaient rugueuses et usées par le travail.

— Nous avons prié pour que vous arriviez entière, déclara-t-il avec une fausse solennité. Est-ce que ma chère fille conduit encore cette Mustang comme la voiture de Batman ?

— Dis donc, papa ! Qui m'a appris à conduire ?

— Je t'ai initiée aux techniques de base. Je ne pensais pas que tu acquerrais mon style.

— Je refuse de penser à Laura au volant, dit Sarah. Je serais malade d'angoisse tout le temps.

— Regarde les choses en face, maman, papa m'a transmis son gène Indianapolis.

— Elle conduit très bien. Je me sens toujours en sécurité avec Laura, dit Chyna.

Laura lui adressa un sourire radieux.

Le dîner dura longtemps : les Templeton adoraient bavarder. Ils prirent soin d'inclure Chyna dans la conversation et parurent authentiquement intéressés par ce qu'elle avait à dire ; même lorsqu'ils évoquèrent des questions familiales qui lui échappaient un peu, elle se sentit presque absorbée dans le clan Templeton, comme par l'effet d'une osmose magique.

Des engagements antérieurs avaient empêché Jack, le frère de Laura, et sa femme Nina de se joindre à eux. Ils vivaient dans le bungalow du régisseur, plus loin dans la propriété. Chyna les rencontrerait dans la matinée, mais elle ne ressentait aucune hâte, comme si elle les connaissait déjà. Dans sa vie troublée, elle ne s'était jamais sentie chez elle nulle part ; ici, au moins, elle serait la bienvenue.

Après le dîner, les deux amies partirent se promener dans le vignoble éclairé par la lune, entre les basses rangées de vignes taillées encore nues. L'air frais embaumait la terre fraîchement retournée, et le mystère qui semblait planer sur cette étendue sombre intrigua

Chyna, l'enchanta... mais la déconcerta aussi, comme si elles étaient entourées de présences invisibles, d'esprits rien moins que bienfaisants.

Elles s'enfoncèrent dans les vignobles, puis firent demi-tour pour regagner la maison.

— Tu es la meilleure amie que j'aie jamais eue, dit soudain Chyna.

— C'est réciproque.

— Tu es même plus que ça...

Elle avait voulu dire que Laura était la seule amie qu'elle avait jamais, jamais eue, mais cela lui paraissait trop vieux jeu, et ne traduisait pas parfaitement ce qu'elle représentait. Elles étaient effectivement sœurs, en un sens.

Son amie la prit par le bras.

— Je sais.

— Quand tu auras des bébés, je tiens à ce qu'ils m'appellent tante Chyna.

— Écoute, Shepherd, tu ne crois pas que je devrais commencer par me trouver un mec et l'épouser avant de me mettre à fabriquer des bébés ?

— Il aura intérêt à être le meilleur mari de la terre, sinon je jure que je lui coupe ses *cojones*.

— Fais-moi une faveur, d'accord ? Attends que le mariage soit conclu pour lui parler de cette promesse. Cela pourrait en décourager certains.

Chyna pila net en entendant un bruit bizarre. Une sorte de grincement prolongé.

— C'est juste le vent qui fait grincer une porte d'étable aux gonds rouillés.

On aurait dit que quelqu'un avait ouvert une porte géante dans le mur de la nuit et entrait, venu d'un autre monde.

Chyna Shepherd ne dormait jamais bien dans les maisons inconnues. Pendant toute son enfance et son adolescence, sa mère l'avait traînée d'un bout à l'autre du pays, ne s'attardant jamais plus d'un mois ou deux quelque part. Il leur était arrivé tellement de choses horribles dans tellement d'endroits différents qu'elle avait fini par considérer chaque nouvelle maison non comme un commencement ou un espoir de stabilité et de bonheur, mais comme un lieu à redouter.

Cela faisait maintenant longtemps qu'elle s'était débarrassée de sa désaxée de mère et qu'elle était libre de se rendre où elle le voulait. Elle menait une vie presque aussi stable que celle d'une nonne cloîtrée, aussi soigneusement planifiée que les procédures de désamorçage d'engins explosifs, une existence vide des turbulences dont sa mère s'était repue.

Pourtant, pour sa première nuit sous le toit des Templeton, elle repoussa le moment de se déshabiller et de se coucher. Éteignant les lampes, elle s'assit dans un fauteuil au dossier en médaillon devant l'une des deux fenêtres de la chambre d'amis.

Dans sa chambre, à l'autre extrémité du couloir du premier étage, Laura devait dormir profondément, paisiblement parce qu'elle était chez elle.

Derrière la fenêtre, les vignobles s'éveillant au printemps étaient à peine visibles. De vagues dessins géométriques.

Des collines les dominaient, drapées de longues herbes sèches, argentées sous la pleine lune. Une brise inconstante soufflait dans la vallée, et parfois l'herbe folle semblait rouler en vagues sur les pentes.

Derrière les collines, les pics de la Coast Range se dressaient sous des cascades d'étoiles. Les nuages d'orage venant du nord-ouest qui filaient devant eux ne tardaient pas à assombrir le ciel, donnant aux collines argentées la couleur de l'étain, puis celle du fer le plus noir.

Lorsqu'elle entendit le premier cri, Chyna contemplait les étoiles, attirée par leur froide lumière comme elle l'était depuis l'enfance, fascinée par la pensée de mondes lointains peut-être nus et propres, libres de toute pestilence. D'abord le cri étouffé parut n'être qu'un souvenir, un fragment de dispute venu d'une autre maison inconnue du passé, dont l'écho résonnait à travers le temps. Souvent, enfant, pour échapper à sa mère et à ses amis ivres ou défoncés, elle grimpait se réfugier sur des toits ou dans des arbres, se glissait dans des escaliers de secours, s'enfuyait vers des endroits secrets loin de la mêlée, où elle pouvait se perdre dans la contemplation des étoiles, où les voix stridentes des disputes, des joutes sexuelles ou des délires drogués lui parvenaient comme par le biais d'un poste de radio... des voix d'ailleurs, de gens n'ayant aucun rapport avec elle.

Le deuxième cri, bien que bref lui aussi et juste un peu plus fort que le premier, appartenait indiscutablement au présent et non à sa mémoire, et elle se raidit. Tendue. Tête penchée. Tout ouïe.

Voulant croire que ce cri venait de l'extérieur, elle garda les yeux fixés sur les vignobles et les collines. Des vagues de brise gonflaient l'herbe sèche des pentes lavées de clair de lune : un mirage aquatique, comme des marées fantômes d'une mer sortie du fond des âges.

Elle entendit alors un bruit sourd, le bruit de la chute d'un objet lourd sur une moquette.

Elle se mit aussitôt debout et se figea.

Les ennuis suivaient souvent les éclats de voix. Mais, parfois, les pires offenses étaient précédées de silences calculés et de ruse.

Elle avait du mal à concilier l'idée de violences domestiques avec Paul et Sarah Templeton, qui avaient paru tendres et affectueux l'un vis-à-vis de l'autre. Mais il ne fallait pas se fier aux apparences, car l'être humain possède bien plus de talents de dissimulation que le caméléon, le moqueur ou encore la mante religieuse qui masque son cannibalisme féroce derrière une dévotion sereine.

Après les cris étouffés et le bruit de chute amorti, le silence s'installa tel un manteau de neige. Un silence étrangement profond, aussi peu naturel que celui qui entoure un sourd. Le calme avant la tempête, la quiétude du serpent sur le point de vous fondre dessus.

Ailleurs, dans la maison, quelqu'un était aussi immobile et vigilant qu'elle, écoutait tout aussi intensément. Quelqu'un de dangereux. Elle sentait sa présence prédatrice, un subtil changement de pression dans l'air, comme avant un orage violent.

Forte de ses six ans d'études de psychologie, Chyna fut tentée de remettre en question son interprétation négative de ces bruits nocturnes, qui pouvaient aussi bien être insignifiants, après tout. Tout psychanalyste digne de ce nom aurait une profusion d'étiquettes à coller à qui sautait ainsi tout de suite à la pire conclusion, vivait dans l'attente d'une explosion de violence.

Non, il valait mieux se fier à son instinct. Aiguisé par des années de tristes expériences.

Intuitivement certaine que la sécurité était dans le mouvement, elle se dirigea vers la porte de la chambre, sur la pointe des pieds. Malgré le clair de lune, ses yeux s'étaient habitués à l'obscurité pendant ces deux heures passées assise dans le noir devant la fenêtre, et elle progressait sans craindre de se cogner aux meubles.

Elle était au milieu de la chambre lorsqu'elle entendit des pas dans le couloir. Une démarche lourde et pressée qui n'appartenait pas à ces lieux.

Oubliant sa formation de psychologue encline à tout analyser, revenant à l'intuition et aux mécanismes de défense de l'enfance, elle battit rapidement en retraite vers le lit. S'agenouilla à côté.

Plus loin dans le couloir, les pas s'arrêtèrent. Une porte s'ouvrit.

C'était absurde de voir de la fureur dans le simple geste d'ouvrir une porte. Le bruit de la poignée qui tourne, le claquement du pêne qui se rétracte, le grincement d'un gond mal huilé... tout cela n'était que des bruits, ni humbles ni furieux, ni coupables ni innocents, qui pourraient aussi bien être le fait d'un prêtre que d'un cambrioleur. Mais elle *savait* que la fureur était à l'œuvre dans la nuit.

Se jetant à plat ventre, elle se faufila sous le lit, tête face à la porte. C'était un joli meuble haut sur pattes, heureusement, avec de solides pieds galbés. À deux centimètres près, elle n'aurait jamais pu se glisser en dessous.

Les pas retentirent de nouveau dans le couloir.

Une autre porte s'ouvrit. La sienne. Dans l'axe du lit.

On alluma.

L'oreille droite pressée contre la moquette, elle vit des bottes masculines noires et le bas d'un jean bleu.

Du seuil, l'homme observait la pièce. Il verrait un lit encore fait à une heure du matin, avec quatre coussins brodés disposés dessus.

Elle n'avait rien laissé sur les tables de nuit. Ni abandonné de vêtements en vrac sur une chaise. Le livre de poche qu'elle avait apporté était rangé dans un tiroir du secrétaire.

Elle aimait les espaces vides et nus au point de friser l'austérité monastique. Ce goût allait peut-être lui sauver la vie.

De nouveau le doute, la propension à l'autoanalyse propre à tous les étudiants en psycho la saisirent. Et si l'homme sur le seuil était une personne en droit de se trouver là... Paul Templeton ou Jack, le frère de Laura... et si une crise expliquait qu'il pénètre dans sa chambre sans frapper, elle allait avoir l'air d'une gourde, sinon d'une hystérique, lorsqu'elle émergerait de sa cachette.

Juste devant les bottes noires, une grosse goutte rouge, puis une deuxième et une troisième s'écrasèrent sur la moquette blonde comme un champ de blé. Du sang. L'épaisse moquette de nylon absorba les deux premières. La troisième, intacte, miroitait comme un rubis.

Elle sut que le sang n'était pas celui de l'intrus. Elle s'efforça de ne pas penser à l'instrument aiguisé d'où ces gouttes venaient de tomber.

L'homme entra dans la pièce, vers sa droite, et elle leva les yeux pour le suivre.

Le dessus-de-lit drapé autour du matelas ne lui masquait rien de la progression des bottes.

Mais cela voulait dire aussi que l'homme pouvait voir ce qu'il y avait sous le lit. Selon sa position, en baissant les yeux, il apercevrait un bout de son jean, l'extrémité d'un de ses mocassins, la manche rouge framboise de son pull en coton tendue sur un coude.

Heureusement, le lit, double, était très large.

Si l'homme respirait fort, soit d'excitation soit de la rage qu'elle avait sentie à son approche, elle ne l'entendait pas. Avec une oreille pressée contre l'épaisse moquette, elle était à moitié sourde. Les lames de bois et les ressorts du sommier pesaient sur son dos, et sa poitrine avait à peine la place de se dilater pour accueillir ses inspirations prudentes et courtes. Son cœur compressé par sa cage thoracique battait contre ses tympans au point de sembler remplir les limites claustrophobiques de sa cachette. L'intrus allait l'entendre. Elle en était sûre.

L'homme se dirigea vers la salle de bains, poussa la porte et alluma.

Elle avait rangé toutes ses affaires de toilette dans l'armoire à pharmacie. Même sa brosse à dents. Rien ne pouvait trahir sa présence.

Mais le lavabo était-il sec ?

En se retirant dans sa chambre à onze heures, elle s'était lavé les mains après s'être servie des toilettes. Deux heures avant. Toute trace d'eau devait avoir séché ou s'être évaporée.

Il y avait un distributeur de savon liquide parfumé au citron sur le lavabo et non un pain de savon mouillé qui l'aurait trahie. Une chance.

La serviette l'inquiétait. Elle ne pouvait plus être

humide deux heures après le bref usage qu'elle en avait fait. Mais, malgré son goût de l'ordre et de la propreté, elle l'avait peut-être reposée un peu de travers ou mal repliée.

L'homme parut rester une éternité sur le seuil de la salle de bains. Puis il éteignit la lumière et revint dans la chambre.

Souvent, dans son enfance, Chyna s'était réfugiée sous des lits. Parfois on la cherchait en dessous, mais il arrivait, bien que ce fût la plus évidente des cachettes, que personne ne songe à regarder à cet endroit-là. De ceux qui l'avaient trouvée, certains avaient commencé par le lit, mais la plupart avaient terminé par là.

Une autre gouttelette rouge s'écrasa sur la moquette, comme si la bête versait de lentes larmes de sang.

L'homme se dirigea vers la porte du dressing.

Elle dut tendre le cou pour le suivre des yeux.

Le vaste placard était éclairé par une ampoule que l'on allumait au moyen d'une chaîne. Chyna entendit le bruit sec de la chaîne qu'on tire, puis le cliquetis des maillons métalliques contre l'ampoule.

Les Templeton rangeaient leurs bagages au fond de ce placard. À côté des autres valises, son sac et sa mallette de voyage ne trahiraient pas forcément sa présence.

Elle avait apporté plusieurs vêtements de rechange : deux robes, deux jupes, un jean, un pantalon en toile, une veste de cuir. Comme elle faisait la même taille que Laura, l'intrus pouvait en conclure que les quelques vêtements accrochés étaient juste un excédent du placard bourré de la chambre de son amie plutôt que la preuve de la présence d'une invitée.

Mais, s'il connaissait l'état du placard de Laura... qu'était-il arrivé à Laura ?

Il ne fallait pas y penser. Pas maintenant. Pas encore. Pour l'instant, il fallait qu'elle concentre toute sa puissance de raisonnement sur le moyen de rester en vie.

Dix-huit ans plus tôt, le soir de son huitième anniversaire, dans une cabane de bord de mer à Key West, elle avait rampé sous son lit pour échapper à Jim Woltz, l'ami de sa mère. Les éclairs cinglant le ciel l'avaient découragée de courir se réfugier dans le sanctuaire de la plage, comme les autres soirs. Après s'être glissée dans l'étroit espace sous le lit en fer, plus bas que celui-ci, elle avait découvert qu'elle le partageait avec un scarabée des palmiers. L'espèce est moins exotique et moins jolie que son nom ne le laisse supposer. En fait, c'est un énorme cafard tropical. Celui-là était aussi grand que sa main de petite fille. Ordinairement, l'affreux insecte se serait enfui à son arrivée. Mais il avait semblé moins terrifié par elle que par les allées et venues de Woltz qui, tout à sa fureur d'ivrogne, butait contre les meubles et les murs de sa petite chambre, comme un animal enragé se jette contre les barreaux de sa cage. Chyna était seulement vêtue d'un short bleu et d'un bain de soleil blanc, et le cafard avait frénétiquement parcouru toute cette peau nue, ses orteils, ses jambes, son dos, lui remontant dans le cou, s'enfonçant dans ses tresses, redescendant sur son épaule, pour longer son bras mince. Elle avait réprimé un hurlement de répulsion, de peur d'attirer l'attention de Woltz. Ce dernier était déchaîné ce soir-là, un monstre sorti d'un cauchemar, et elle était convaincue que, comme tous les monstres, il possédait une vue et une ouïe d'une acuité surnaturelle, pour mieux traquer les enfants. Elle n'avait même pas trouvé le courage d'écraser ou de repousser le cafard, de peur que Woltz n'entende ce bruit minuscule dans le fracas de l'orage et les roulements incessants du tonnerre. Elle avait supporté les attentions du cafard pour éviter celles de Woltz, serrant les dents pour ne pas crier, priant désespérément Dieu de la sauver, puis Le suppliant de la prendre, de mettre fin à ce cauchemar, par n'importe quel moyen, en la foudroyant s'il le fallait, n'importe quoi, pourvu que cela s'arrête.

Il n'y avait pas de cafard sous le lit de la chambre

d'amis, mais elle eut l'impression d'en sentir un lui ramper sur les jambes ; elle s'était fait couper les cheveux après la nuit de son huitième anniversaire, et elle les portait très courts depuis, mais elle crut sentir les pattes d'un cafard fantôme gigoter dans ses tresses.

L'homme dans le placard, peut-être capable d'atrocités infiniment pires que les rêves les plus tordus de Woltz, tira sur la chaîne. La lumière s'éteignit avec un nouveau cliquetis suivi d'un tintement de perles de métal.

Les pieds bottés réapparurent et s'approchèrent du lit. Une nouvelle larme de sang brillait sur le cuir noir.

Il allait se mettre sur un genou à côté du lit.

Mon Dieu ! il va me trouver recroquevillée comme un enfant, étouffant mes cris, trempée de sueur, toute dignité oubliée dans mon combat désespéré pour rester en vie, intacte et vivante, intacte et vivante.

Elle fut soudain persuadée que, lorsqu'il se baisserait pour jeter un coup d'œil sous le lit, elle verrait les yeux noirs à facettes d'un énorme cafard.

Il l'avait réduite à l'impuissance de l'enfance, à la peur primale qu'elle avait espéré ne jamais connaître de nouveau. Il lui avait volé le respect de soi qu'elle avait gagné grâce à des années d'endurance, *gagné*, bon Dieu... et l'injustice de la chose lui embua les yeux.

Mais les bottes se remirent en marche. L'homme passa devant le lit sans s'arrêter et se dirigea vers la porte ouverte.

Quoi qu'il ait pensé des vêtements accrochés dans le placard, il n'en avait visiblement pas déduit que la chambre d'amis était occupée.

Elle cligna furieusement les paupières pour chasser ses larmes.

Il s'arrêta et se retourna, examinant manifestement la pièce une dernière fois.

Elle retint son souffle, il ne fallait pas qu'il entende ses halètements d'enfant.

Heureusement qu'elle ne se parfumait pas. Il l'aurait sentie, elle en était sûre.

Il éteignit la lumière et sortit en refermant la porte derrière lui.

Les pas repartirent dans la direction d'où ils étaient venus. Leur bruit s'évanouit rapidement, assourdi par les battements de son cœur.

Son premier réflexe fut de rester dans ce havre étroit entre la moquette et les ressorts, d'attendre l'aube, voire plus longtemps, d'attendre que s'installe un long silence qui cesserait de ressembler à celui d'un prédateur aux aguets.

Mais qu'était-il arrivé à Laura, à Paul et à Sarah ? L'un d'eux... ou tous... pouvait être vivant, grièvement blessé, mais encore vivant. L'intrus les maintenait peut-être même en vie pour les torturer à loisir. Les scénarios possibles défilant dans son cerveau dépassaient en cruauté tous les faits divers que la presse écrite rapportait régulièrement. Si l'un des Templeton vivait encore, elle était peut-être son seul espoir de survie.

Jamais dans son enfance elle n'était sortie d'une cachette aussi terrifiée qu'à présent. Bien sûr, elle avait plus à perdre maintenant que dix ans avant, lorsqu'elle avait quitté sa mère : une vie convenable construite sur une décennie de combat incessant et de respect de soi durement acquis. Cela paraissait pure folie de prendre ce risque, alors qu'il lui suffisait de ne pas bouger pour être en sécurité. Mais privilégier sa sécurité au détriment de celle d'autrui était de la couardise, et seuls les jeunes enfants sans force et sans expérience pour se défendre avaient le droit d'être couards.

Elle ne pouvait se contenter de battre en retraite dans le détachement défensif de son enfance. Cela sonnerait le glas de tout respect de soi. Un suicide lent. On ne bat pas en retraite dans un puits sans fond... on ne peut qu'y sauter.

Elle s'accroupit près du lit. Se figea. La porte allait

se rouvrir violemment sur l'intrus, il lui fondrait dessus...

La maison était aussi silencieuse que la surface de la lune.

Chyna se releva et traversa sans bruit la chambre d'amis obscure. En s'efforçant de contourner l'endroit où elle se souvenait d'avoir vu tomber les gouttes de sang.

Elle pressa l'oreille gauche contre l'espace entre le chambranle et la porte, à l'affût d'un mouvement ou d'une respiration dans le couloir. Rien.

Mais il pouvait l'attendre de l'autre côté de la porte. Sourire aux lèvres. Réjoui à l'idée qu'elle puisse écouter. Attendant son heure. Patient parce qu'il savait qu'elle finirait par ouvrir la porte pour se jeter dans ses bras.

Et merde !

Elle posa la main sur la poignée, la tourna doucement et frémit quand le pêne se dégagea. Au moins les gonds, lubrifiés, ne grincèrent pas.

Personne ne la guettait dans le noir d'encre qui régnait dans le couloir. Elle sortit et referma doucement la porte derrière elle.

La chambre d'amis était située sur la jambe la plus courte du couloir en L. À sa droite, l'escalier de service descendait à la cuisine. À sa gauche, l'angle du L.

L'escalier de service ? Non. Elle l'avait emprunté plus tôt dans la soirée quand Laura et elle étaient sorties se promener dans les vignobles. Des marches en bois, usées. Qui craquaient et se redressaient après votre passage. La cage d'escalier était un véritable amplificateur, aussi creuse et efficace qu'un tambour. Avec le silence presque surnaturel qui régnait dans la maison, il lui serait impossible de descendre l'escalier sans se faire repérer.

En revanche, le couloir du premier étage et l'escalier principal étaient moquettés.

De l'angle du L venait une faible lueur ambrée. Sur

la tapisserie, le délicat motif de roses fanées semblait plus absorber la lumière que la réfléchir, acquérant ainsi une profondeur énigmatique.

Si l'intrus l'attendait derrière le coude du couloir, il projetterait une ombre déformée sur le jardin de papier ou sur la moquette couleur des blés. Or il n'y avait pas d'ombre.

Collée au mur, elle progressa centimètre par centimètre jusqu'à l'angle, hésita, puis se pencha pour jeter un coup d'œil. Le couloir était désert.

En fait, deux sources de lumière ambrée trouaient l'obscurité. La première venait d'une porte entrouverte sur la droite : la chambre de Paul et Sarah. La seconde était plus loin dans le couloir, au-delà de l'escalier principal, à gauche : la chambre de Laura.

Toutes les autres portes semblaient fermées. Chyna ignorait ce qu'elles cachaient. Peut-être d'autres chambres, une salle de bains, un bureau, des placards. Des dangers potentiels en tout cas.

Le silence insondable lui donna la tentation de croire que l'intrus était parti. Une tentation à laquelle il valait mieux résister.

Elle avança dans la charmille de roses imprimées jusqu'à la porte entrouverte de la grande chambre. Là, elle hésita.

Lorsqu'elle découvrirait ce qui l'attendait dans cette pièce, toutes ses illusions d'ordre et de stabilité risquaient de voler en éclats. La vérité de la vie pouvait alors se réaffirmer, après dix années passées à la nier avec application : le chaos, comme le flot d'un ruisseau de mercure, au cours imprévisible.

L'homme au jean et aux bottes noires pouvait être retourné dans la chambre principale après son passage dans la chambre d'amis, mais c'était improbable. D'autres amusements dans la maison devaient sans aucun doute le retenir.

Ne pas s'attarder dans le couloir. Trop dangereux. Elle se glissa sur le seuil, sans pousser la porte.

La chambre de Paul et de Sarah était vaste. Dans un coin salon, deux fauteuils et des poufs faisaient face à une cheminée flanquée de bibliothèques remplies de livres.

Une des lampes de chevet était allumée. Des traînées et des taches cramoisies assombrissaient son abat-jour plissé.

Chyna s'arrêta le plus loin possible du pied du lit. Mais elle vit tout de même les draps, vides, emmêlés aux couvertures, qui traînaient par terre du côté droit. À gauche, ils étaient ensanglantés, et des éclaboussures luisantes sur la tête de lit traçaient un arc sur le mur.

Elle ferma les yeux. Un bruit. Elle vira sur elle-même, s'accroupissant pour faire face à l'attaque. Elle était seule.

Le bruit avait toujours été là, en fond sonore : une chute d'eau. Elle ne l'avait pas entendu en entrant dans la pièce, parce que les taches de sang aussi bruyantes que les cris furieux d'une foule affolée l'avaient rendue sourde.

Synesthésie. Ce mot, lu dans un manuel de psychologie, l'avait frappée, plus par sa sonorité que parce qu'elle s'attendait un jour à en faire l'expérience. Synesthésie : une confusion des sens qui fait qu'une odeur peut être enregistrée comme une tache de couleur, un son perçu comme un parfum, et la texture d'une surface sous les doigts sembler être un rire en trille ou un cri.

En fermant les yeux, elle avait évacué le tumulte des taches de sang et perçu le bruit de chute d'eau. Elle le reconnaissait à présent : la douche dans la salle de bains contiguë.

La porte était entrebâillée. Pour la première fois depuis son entrée dans la chambre, Chyna remarqua l'étroite bande de lumière fluorescente sur le montant de la porte.

Retardant l'instant de la confrontation, elle détourna les yeux et aperçut alors le téléphone sur la table de nuit de droite. Du côté du lit sans traces de sang, ce qui le rendait plus facile à approcher.

Elle décrocha le combiné. Pas de tonalité. Bien sûr. Rien n'était jamais aussi simple.

Elle ouvrit le tiroir de la table de nuit, espérant trouver une arme. Non, bien entendu.

Toujours sûre que son seul espoir de s'en sortir résidait dans le mouvement, que ramper dans un trou pour se cacher devait toujours être la stratégie de l'ultime recours, elle avait fait le tour du lit sans s'en rendre compte. Devant la porte de la salle de bains, la moquette était tachée.

Grimaçant, Chyna s'approcha de l'autre table de nuit et ouvrit le tiroir : une paire de lunettes de lecture avec des reflets jaunes sur les verres en demi-lune, un roman d'aventures en format de poche, une boîte de Kleenex, un tube de baume pour les lèvres... mais d'arme, point.

En refermant le tiroir, elle perçut l'odeur de la poudre sous la puanteur de cuivre brûlant du sang frais.

Elle connaissait cette odeur. Dans son enfance, elle avait vu plus d'un ami de sa mère soit se servir d'armes à feu pour arriver à ses fins, soit être fasciné par elles.

Elle n'avait pas entendu de coups de feu. L'intrus devait avoir un silencieux.

L'eau coulait toujours dans la douche derrière la porte. Ce susurrement, doux et apaisant en d'autres circonstances, devenait aussi agaçant qu'une fraise de dentiste.

L'intrus ne l'attendait pas dans la salle de bains, elle le savait. Ici, son travail était fini. Il vaquait à ses occupations, ailleurs dans la maison.

En cette minute précise, elle avait moins peur de lui que du résultat de ses actes qui l'attendaient derrière cette porte. Le choix qui s'offrait à elle était l'essence même du supplice humain : ne pas savoir était en définitive pire que le contraire.

Elle se résigna à pousser la porte. Clignant les yeux, elle pénétra dans l'éclat fluorescent.

La spacieuse salle de bains était tapissée de carreaux de céramique jaunes et blancs. Une frise de jonquilles et de feuillage vert courait tout autour de la pièce à la hauteur du lavabo et de la coiffeuse. Elle fut surprise de ne pas y trouver davantage de sang.

Vêtu d'un pyjama bleu, Paul Templeton était assis sur les toilettes. Attaché par un large ruban adhésif en travers de ses genoux à la cuvette et par un autre au réservoir.

Trois impacts de balle étaient visibles sur sa poitrine. Peut-être y en avait-il plus de trois. Elle n'avait ni envie de vérifier ni besoin de le savoir. Il devait avoir été tué sur le coup, probablement dans son sommeil, et avoir ensuite été transporté dans la salle de bains.

Le chagrin enfla en elle, sombre et froid. Pour survivre, il fallait le réprimer à tout prix, et survivre était ce qu'elle savait le mieux faire.

Le ruban adhésif autour du cou de Paul devenait une laisse qui l'attachait au porte-serviettes fixé au mur derrière les toilettes. Pour empêcher sa tête de retomber sur sa poitrine et diriger son regard mort vers la douche. Ses paupières, maintenues ouvertes par un adhésif, révélaient un œil droit injecté de sang.

Chyna détourna les yeux en frissonnant.

Après avoir tué Paul dans son sommeil pour prendre rapidement le contrôle de la maison, l'intrus avait voulu forcer le mari à regarder les atrocités infligées à sa femme.

C'était une tendance classique chez les sociopathes : ils adoraient jouer devant leurs victimes. Ils semblaient vraiment convaincus qu'un temps les morts restaient capables de voir, d'entendre, et étaient donc en mesure d'admirer les bouffonneries téméraires et les poses d'un bourreau qui ne redoutait ni homme ni Dieu. Les manuels décrivaient ce type d'illusion. Chyna avait même entendu une description plus crue d'une scène de ce genre de la bouche d'un intervenant de la section du béhaviorisme du FBI venu donner une conférence à l'université.

Mais aussi crus fussent-ils, les mots n'égalaient pas l'impact de la chose vécue. Chyna resta comme paralysée par la brutalité de cette vision. Les jambes, lourdes et raides. Un fourmillement dans ses doigts engourdis.

Sarah Templeton était dans la cabine de douche, à côté de la baignoire. À travers le verre dépoli, Chyna distinguait une vague forme rose recroquevillée par terre.

Sur le cadre au-dessus de la porte en verre, le tueur avait écrit deux mots. Des lettres noires qui semblaient avoir été tracées à coups de brosse à sourcils : SALE PUTE.

Chyna n'avait jamais rien tant souhaité que de ne pas être obligée de regarder dans cette douche. Sarah ne pouvait pas être vivante.

Toutefois, si elle tournait des talons sans s'être assurée que cette femme n'avait plus besoin d'aide, la culpabilité la hanterait tant que sa propre survie serait une sorte de mort en marche.

En outre, elle avait voué sa vie à tenter de comprendre cet aspect même de la cruauté humaine, et aucune étude de cas publiée ne l'en rapprocherait jamais davantage que ce qu'elle découvrait en ces lieux. Cette nuit, dans cette maison, le lugubre paysage de la mentalité sociopathe s'était projeté à l'extérieur.

Répercuté par le carrelage, le bruit du jet d'eau ressemblait aux sifflements de serpents et aux rires stridents de jeunes enfants.

L'eau devait être froide. Sinon la pièce aurait été couverte de vapeur.

Retenant son souffle, Chyna saisit la poignée en aluminium anodisé et ouvrit la porte de la cabine.

Le T-shirt vert pâle et le pantalon de pyjama assorti qu'avait portés Sarah Templeton gisaient en tas souillé dans un coin.

Après avoir tué son mari, l'homme l'avait visiblement assommée, peut-être avec le canon de l'arme. Puis il lui avait enfoncé quelque chose dans la bouche ; ses joues gonflées en témoignaient. Le ruban adhésif qui lui scellait les lèvres commençait à se décoller sous le jet glacé.

Pour Sarah, le tueur s'était servi d'un couteau. Elle avait cessé de vivre.

Chyna referma doucement la porte de la cabine.

Si la miséricorde existait en ce bas monde, Sarah Templeton n'avait jamais repris connaissance après avoir été assommée.

Chyna se souvint de son étreinte sur l'allée à leur arrivée. Refoulant ses larmes, elle regretta de ne pas être morte à la place de cette femme délicieuse. En fait, elle avait l'impression d'être de moins en moins vivante, une partie de son cœur mourant avec chaque victime.

Elle retourna dans la chambre. Elle ne se dirigea pas tout de suite vers la porte du couloir. Prise de tremblements convulsifs, elle se blottit dans le coin le plus sombre de la pièce.

Son estomac se soulevait. Une brûlure acide envahit sa poitrine et un goût amer lui emplit la bouche. Elle refréna son envie de vomir. Le tueur l'entendrait et il viendrait la chercher.

Bien que sa rencontre avec les parents de Laura datât seulement de la veille, elle les connaissait par les nombreuses anecdotes familiales de son amie. Elle aurait dû ressentir un chagrin encore plus vif, mais, pour l'instant, ses capacités sur ce plan étaient réduites. Il la toucherait de plein fouet plus tard. Le chagrin ne pouvait s'épanouir que dans un cœur serein, et le sien tonnait de terreur et de répulsion.

Elle était choquée de voir les dégâts commis par le tueur pendant qu'elle ruminait, assise devant la fenêtre, perdue dans la contemplation des étoiles et dans le souvenir d'autres nuits où elle les avait regardées depuis des toits, des arbres et des plages. À en juger par ce qu'elle venait de découvrir, il avait consacré au moins dix à quinze minutes à Paul et à Sarah avant de fouiller le reste de la vaste maison pour chercher et maîtriser les autres occupants.

Parfois dans sa quête d'émotions fortes, ce genre d'homme s'ingéniait à courir le risque d'être interrompu, voire surpris. Un enfant à moitié endormi pouvait surgir dans la chambre de ses parents, attiré par le bruit... il faudrait le traquer et le maîtriser avant de s'enfuir de la maison. Ces éventualités accentuaient le plaisir pris par le malade.

Pour lui, c'était un plaisir. Une compulsion, mais une compulsion qui ne le désespérait pas. Une récréation jouissive. Pas de culpabilité, donc pas d'angoisse. La sauvagerie le mettait en joie.

Quelque part dans la maison, il jouait, ou bien se reposait avant de reprendre la partie.

Quand sa crise de tremblements se calma, Chyna fut prise d'une soudaine terreur pour Laura. Les deux cris étouffés qui l'avaient alertée devaient être postérieurs à la mort de Sarah, Laura avait dû être surprise dans son sommeil par un homme portant l'odeur du sang de sa mère. Après l'avoir maîtrisée, il s'était empressé de fouiller le reste du premier étage, craignant qu'un autre membre de la famille n'ait entendu ses cris étouffés.

Peut-être n'était-il pas immédiatement retourné auprès de Laura. Ayant trouvé les autres pièces vides, sûr d'être maître de la maison, il devait être parti en exploration. Si on en croyait les manuels de psycho, il avait probablement l'intention de violer tous les espaces privés. Étudier de près le contenu des placards et des tiroirs de son hôte et de son hôtesse. Se servir dans leur réfrigérateur. Lire leur courrier. Peut-être tripoter et renifler le linge sale dans le panier de la buanderie. S'il découvrait les albums de photos de famille, il consacrerait peut-être une heure ou plus à se distraire avec dans le bureau.

Mais, tôt ou tard, il retournerait dans la chambre de Laura.

Sarah Templeton avait été une femme extrêmement séduisante, mais les visiteurs nocturnes comme celui-là étaient attirés par la jeunesse : ils se nourrissaient d'innocence. Laura serait son plat de prédilection, aussi irrésistible que des œufs d'oiseaux pour certains serpents grimpeurs d'arbres.

Ayant enfin réussi à surmonter sa nausée, certaine de ne pas se trahir par de soudains vomissements, Chyna sortit de son coin et traversa silencieusement la chambre.

De toute façon, elle n'était pas en sécurité dans cette pièce. Avant son départ, le visiteur reviendrait probablement jeter un dernier coup d'œil à cette pauvre Sarah recroquevillée dans la douche, ses bras minces croisés étreignant sa poitrine dans une attitude de défense pathétique et inutile.

Dans l'entrebâillement de la porte, Chyna s'arrêta pour tendre l'oreille.

Sur le mur d'en face, les roses fanées de la tapisserie semblaient plus mystérieuses que jamais. Le motif avait une profondeur si énigmatique qu'elle fut presque convaincue qu'en écartant les fleurs elle pénétrerait dans un royaume ensoleillé où la maison n'existerait plus.

La lampe de chevet était allumée derrière elle. Elle ne pouvait se glisser dans le couloir et prendre le temps de regarder à gauche et à droite, parce que, en franchissant le seuil, elle projetterait une ombre sur les roses fanées. Lambiner derrière cette inévitable annonce d'elle-même serait dangereux.

Séduite par un long silence qui semblait être une promesse de sécurité, elle sortit dans le couloir... Il était là. À trois mètres d'elle. Non loin de la cage de l'escalier principal, à sa droite. Il lui tournait le dos.

Elle se figea. À moitié sur le seuil. À moitié dans le couloir. Il suffisait qu'il tourne un tant soit peu la tête pour la voir du coin de l'œil si elle bougeait... il fallait qu'elle bouge, tant qu'il lui restait encore une chance de lui échapper. Mais elle était pétrifiée. Il se retournerait au moindre bruit, même étouffé par la moquette.

Le visiteur faisait une chose si étrange qu'elle était aussi figée par ce spectacle que par sa peur. Les bras tendus le plus haut possible devant lui, il peignait langoureusement l'air de ses doigts écartés. Il semblait en transe.

Il était grand. Un bon mètre quatre-vingt-sept. Musclé. Taille fine, épaules énormes. Son dos tendait sa veste en jean.

Il avait les cheveux épais et bruns, soigneusement rasés sur sa nuque de taureau. Son visage restait invisible, et elle espérait ne jamais le voir.

Ses doigts écartés, tachés de sang, paraissaient dotés d'une force écrasante. Il l'étranglerait d'une main.

« Viens à moi », murmurait-il.

Même dans ce murmure, sa voix rauque avait un timbre et une puissance magnétiques.

« Viens à moi. »

Il semblait s'adresser non à un interlocuteur que lui seul pouvait voir mais à elle, comme si ses sens aiguisés venaient de détecter sa présence au simple déplacement d'air qu'elle avait créé en franchissant silencieusement le seuil.

Puis elle vit l'araignée. Qui pendait du plafond au bout d'un fil à une trentaine de centimètres au-dessus des mains tendues du tueur.

« S'il te plaît. »

Comme pour répondre aux supplications de l'homme, l'araignée descendit sur son fil.

Le tueur baissa les bras et ouvrit une main.

« Petite », souffla-t-il.

Grosse et noire, l'araignée obéissante se posa sur la grande paume ouverte.

Le tueur porta la main à sa bouche et rejeta légèrement la tête en arrière. Ou il avait écrasé l'araignée avant... ou il la croquait vivante.

Il savourait, immobile.

Enfin, sans un regard en arrière, il se dirigea vers l'escalier à sa droite, au milieu du couloir, et descendit au rez-de-chaussée aussi rapidement et silencieusement que sa proie.

Chyna frémit, ébahie d'être encore en vie.

2.

Il régnait un silence de retenue de barrage dans la maison.

Quand Chyna retrouva le courage de bouger, elle s'approcha avec précaution du haut de l'escalier. Et si le visiteur n'était pas descendu jusqu'au rez-de-chaussée ? Et s'il jouait avec elle, s'il la guettait, sourire aux lèvres ? Pour tendre les mains vers elle en lui disant : « *Viens à moi.* »

Retenant son souffle, elle se pencha par-dessus la balustrade. L'escalier s'enfonçait dans l'obscurité. Non, le tueur n'était pas là.

En bas, aucune lampe n'était allumée. Que pouvait-il donc bien faire dans cette pénombre, seulement guidé par la pâle lueur de la lune à travers les fenêtres ? Peut-être était-il tapi dans un coin, comme une araignée, attentif au moindre déplacement d'air, rêvant de chasses silencieuses et de proies se rendant dans un ultime spasme.

Elle fila au bout du couloir, jusqu'à la seconde porte ouverte, la seconde source de lumière ambrée. Qu'est-ce qui l'attendait à l'intérieur ? Il fallait qu'elle sache... elle était capable de supporter l'horreur de la découverte. C'était ne pas savoir, se détourner de la vérité, qui donnait des suées nocturnes et des cauchemars.

La chambre était plus petite que celle des parents,

sans coin salon. Un bureau d'angle. Un lit deux places. Une table de chevet avec une lampe en laiton, une commode, une coiffeuse avec un banc capitonné.

Sur le mur au-dessus du lit, Laura avait placé une affiche représentant Freud. Chyna détestait Freud. Mais son amie, idéaliste au cœur tendre, s'accrochait à de nombreux aspects de la théorie freudienne ; elle embrassait le rêve d'un monde sans culpabilité, où chacun ne serait qu'une victime de son passé troublé aspirant à la réhabilitation.

Laura était étendue à plat ventre sur le lit. Elle avait les poignets menottés dans le dos. Une seconde paire de menottes lui enserrait les chevilles. Les deux paires étaient reliées par une chaîne.

Elle avait été violée. Le pantalon de son large pyjama bleu avait été coupé avec la précision d'un tailleur consciencieux ; les deux jambes bleues reposaient, soigneusement lissées sur la couverture, de chaque côté d'elle. On lui avait remonté la veste du pyjama sur les épaules.

Chyna entra, sa peur se doublant à présent d'un chagrin qui semblait lui dilater le cœur tout en le laissant glacé et vide. La colère la prit lorsqu'elle reconnut la faible odeur du sperme. Elle se pencha sur le lit en serrant les poings si fort que ses ongles s'enfoncèrent dans sa chair.

Les cheveux blonds trempés de sueur de Laura étaient collés sur son front. Le visage livide et tendu d'angoisse, elle avait les paupières plissées.

Elle n'était pas morte. Non. Impossible.

Laura murmurait, si bas que ses mots en étaient presque inaudibles, mais avec une telle angoisse que leur sens devint soudain affreusement clair. C'était une prière, celle que Chyna avait si souvent psalmodiée la nuit, dans d'autres lieux : un appel à la miséricorde, un plaidoyer pour être délivrée de cette horreur intacte et vivante, mon Dieu, s'il Vous plaît, intacte et vivante.

Ces nuits-là, Chyna avait échappé non seulement au

viol mais à la mort. Déjà, la moitié de la demande de Laura n'avait pas été écoutée.

La gorge de Chyna se serra.

— C'est moi.

Les paupières de Laura s'ouvrirent, et ses yeux bleus roulèrent dans leurs orbites comme ceux d'un cheval terrifié, écarquillés d'incrédulité.

— Tous morts.

— Chut !

— Sang. Ses mains...

— Chut ! Je vais te sortir d'ici.

— ... puaient le sang. Jack, mort. Nina. Tout le monde.

Jack, son frère. Nina, sa belle-sœur. À l'évidence, le tueur avait fait un détour par le bungalow du régisseur avant de venir à la maison principale. Quatre morts. On ne pouvait plus espérer trouver d'aide nulle part sur la propriété.

Chyna jeta un coup d'œil inquiet vers la porte ouverte, puis se redressa pour examiner les menottes enserrant les poignets de Laura. Fermées à clé.

Laura était complètement entravée. Elle ne pourrait pas se mettre debout, encore moins marcher.

Chyna n'aurait jamais la force de la porter.

Apercevant son reflet dans le miroir de la coiffeuse, elle découvrit avec un choc ses traits blêmes de terreur.

Il ne fallait pas que Laura se rende compte.

— Il y a une arme ? murmura-t-elle aussi doucement que son amie avait prié.

— Quoi ?

— Une arme dans la maison ?

— Non.

— Nulle part ?

— Non, non.

— Merde.

— Jack...

— Quoi ?

— ... en a une.

— Une arme ? Au bungalow ?

— Jack a une arme.

Elle n'aurait jamais le temps de faire l'aller et retour là-bas avant le retour du tueur dans la chambre de Laura. De toute façon, il avait dû trouver et confisquer l'arme en question.

— Tu sais qui c'est ?

— Non. Va-t'en.

— Je trouverai une arme.

— Va-t'en, insista Laura, le front luisant de sueur.

— Un couteau.

— Ne meurs pas pour moi, Chyna. Va-t'en. Je t'en prie, va-t'en, cours !

— Je reviendrai.

— Cours !

Un bruit à l'extérieur. Un moteur de camion. Qui approchait.

Étonnée, Chyna courut à l'une des deux fenêtres qui donnaient sur la façade.

— Quelqu'un vient. De l'aide.

À deux cents mètres sur l'allée qui rejoignait la route, des phares perçaient l'obscurité. Ils étaient hauts au-dessus du sol. Un gros camion.

Quel miracle que quelqu'un se montre à cette heure, dans un endroit aussi isolé !

Chyna eut un frisson d'espoir, mais se dit aussitôt que le tueur devait aussi avoir entendu le moteur. L'homme ou les hommes du camion ne pouvaient pas savoir dans quelle souricière ils pénétraient. Dès qu'ils s'arrêteraient devant la maison, ils seraient des morts en sursis.

— Attends.

Elle effleura le front trempé de Laura pour la rassurer, puis se rua vers la porte, laissant son amie sous le regard suffisant et sombre de Sigmund Freud.

Le couloir était désert.

Elle se précipita vers l'escalier, hésita à s'enfoncer dans cette tanière ténébreuse... mais elle n'avait pas le choix. Elle descendit quatre à quatre sans se tenir à la rampe. Rester loin de la rampe. Trop exposée. Raser le mur.

En passant, elle aperçut du coin de l'œil les grands tableaux de la cage d'escalier, dans leurs cadres ouvragés, qui ressemblaient à des fenêtres ouvertes sur des scènes pastorales. Ils n'étaient plus éclatants ni joyeux comme au début de la soirée, mais angoissants, des forêts peuplées d'esprits maléfiques, des fleuves charriant des eaux noires, des champs jonchés de cadavres.

Le vestibule. Le tapis ovale sur le parquet en chêne ciré. À droite, derrière la porte fermée, le bureau de Paul Templeton. À gauche sous l'arche, le salon plongé dans l'obscurité.

Où était le tueur ?

Dehors, le rugissement du moteur s'amplifia. Le camion était presque arrivé devant la maison. Son chauffeur serait tué d'une balle à travers le pare-brise à l'instant où il s'arrêterait. Ou se ferait tirer comme un lapin en mettant le pied à terre.

Il fallait le prévenir, non seulement pour lui mais pour elle, pour Laura. Il restait leur seul espoir.

Sûre que l'intrus mangeur d'araignées la guettait, elle se rua sur la porte d'entrée. Le tapis ovale se plissa, se tordit et faillit se dérober sous ses pieds. Elle trébucha et s'écrasa les paumes contre la porte.

Mon Dieu ! Ce bruit infernal avait certainement attiré l'attention du tueur.

Elle chercha la poignée à tâtons, la tourna. La porte n'était pas fermée à clé.

Une brise venue du nord-est, sentant faiblement la terre fraîchement retournée et le fongicide, s'engouffra comme une meute enragée dans le vestibule lorsqu'elle sortit sous le porche.

Le camion s'éloignait de la maison. Il allait faire demi-tour au bout de l'allée, sur le terre-plein qui accueillait les camions pendant les vendanges, et il reviendrait se garer devant la maison, face à la route.

Pas un camion. Un camping-car. Un vieux modèle avec des lignes arrondies, bien entretenu, douze mètres de long, bleu ou vert. Des chromes étincelants comme du vif-argent sous la lune de fin d'hiver.

Ébahie de n'avoir été ni poignardée ni attaquée ni frappée par-derrière, jetant un coup d'œil à la porte d'entrée ouverte à laquelle le tueur n'était pas encore apparu, Chyna s'approcha du perron.

Le camping-car terminait son demi-tour. Ses phares balayèrent la grange et les dépendances des Templeton.

Ils éclairèrent des mélèzes, des érables et des sapins. Les ombres pailletèrent le treillis au bout du porche, la balustrade blanche, la pelouse et les dalles devant le perron, s'étirant, s'enfonçant dans la nuit comme dans une tentative frénétique de s'arracher de l'emprise des arbres qui les projetaient.

Le profond silence de la maison, l'absence de lumières au rez-de-chaussée, le fait que le tueur ne l'ait pas attaquée, l'arrivée opportune du véhicule... tout s'expliqua soudain avec une clarté glaçante. Le tueur était au volant du camping-car.

— Non !

Elle retraversa le porche et s'engouffra dans le vestibule.

Sur ses talons, les phares sortirent du virage au bout de l'allée. Ils percèrent le treillis, dessinèrent des motifs géométriques sur le plancher du porche et sur la façade de la maison.

Elle ferma la porte et chercha en tâtonnant le gros verrou au-dessus de la poignée. Le tourna.

Non ! surtout pas. La porte d'entrée était ouverte parce que le tueur était sorti par là. S'il la retrouvait fermée à clé, il saurait que Laura n'était pas la seule personne encore vivante dans la maison, et la chasse commencerait.

Ses doigts moites glissèrent, mais le verrou se rouvrit dans un claquement sec.

À son arrivée, le tueur devait s'être garé au bout

de l'allée, près de la route, et avoir marché jusqu'à la maison.

Les pneus crissèrent sur le gravier. Les freins lâchèrent un gémissement, et le camping-car s'immobilisa.

Le tapis ! Elle s'agenouilla pour le lisser. Si le tueur se prenait les pieds dedans, il se souviendrait qu'il n'était pas dans cet état à son départ.

Un bruit de pas dehors : des talons de bottes résonnant sur les dalles.

Elle se redressa et se tourna vers le bureau. Non. Un piège.

Les pas firent vibrer le perron en bois.

Elle traversa le vestibule, passa sous l'arche ouvrant sur le salon obscur... et pila, craignant de renverser des meubles en se cognant dedans. Mains en avant, elle avança à l'aveuglette, le reflet fantomatique rouge des phares du camping-car encore présent sur ses rétines.

La porte d'entrée s'ouvrit.

Au milieu du salon, Chyna s'accroupit derrière un fauteuil. Si le tueur entrait et allumait, il la verrait.

Sans refermer la porte derrière lui, l'homme s'encadra dans l'arche, faiblement éclairé par la lueur venant du premier étage. Sans s'arrêter, il monta l'escalier.

Laura.

Elle n'avait toujours pas d'arme.

Le tisonnier ? Non. À moins de le lui enfoncer dans le crâne du premier coup ou de lui casser un bras, il le lui arracherait des mains. Elle avait la force de la terreur, mais cela ne suffirait peut-être pas.

Continuer à chercher. En rampant... plus sûr et plus rapide. Après l'arche ouvrant sur la salle à manger, elle tourna dans la direction où elle pensait trouver la porte de la cuisine.

Elle buta contre une chaise. Laquelle racla contre un pied de table. Un cliquetis... les fruits en céramique disposés dans une coupe en cuivre.

Il ne pouvait pas avoir entendu d'en haut. Avancer. De toute façon, il n'y avait rien d'autre à faire.

Se cognant contre la porte battante, elle se redressa.

La faible clarté lunaire disparut brusquement... Il était derrière elle, silhouette se découpant contre la fenêtre. Elle vira sur elle-même, se plaqua contre le chambranle. Non. Les nuages de l'orage qui menaçait depuis minuit venaient de masquer la lune.

Elle poussa la porte et entra dans la cuisine.

Allumer ? Non. Les numéros verts lumineux de l'horloge digitale au-dessus du four lui permettraient de se repérer.

D'après ses souvenirs, il y avait un bloc de boucher à côté des deux bacs en inox de l'évier sous la plus large des fenêtres. Elle fit glisser sa main le long des placards en granit froid jusqu'à la surface de bois.

La maison était encore plus silencieuse qu'avant.

Que fait ce salaud là-haut dans ce silence, là-haut dans ce silence avec Laura ?

Un tiroir sous le bloc de boucher. Contenant certainement des couteaux. Tout juste. Rangés dans un étui.

Elle en sortit un. Trop court. Un deuxième. Un couteau à pain avec un bout rond émoussé. Le troisième fut le bon. Un couteau à viande. Elle vérifia la lame contre son pouce.

En haut, Laura hurla.

Chyna fonça vers la porte de salle à manger. Non. Elle sentit intuitivement qu'elle n'oserait pas passer par là. Il ne restait plus que l'escalier de service avec ses marches qui craquaient.

Elle alluma dans la cage d'escalier. Le tueur ne pourrait pas la voir.

Au premier étage, Laura poussa un autre cri... un gémissement de désespoir, de douleur, d'horreur, de ces cris qui avaient dû retentir dans les chambres à gaz de Dachau ou dans les salles d'interrogatoire noires des prisons sibériennes au temps des goulags. Elle n'appelait pas à l'aide, n'implorait pas la pitié. Elle suppliait qu'on mette fin à son supplice, par n'importe quel moyen, mais qu'on la libère.

Chyna monta l'escalier vers ce cri, qui lui résistait comme une chape d'eau empêchant un nageur de remonter à la surface. Froid comme un courant de l'Arctique, le cri la glaçait, l'engourdissait, battait au creux de ses os. Elle refréna péniblement sa soudaine impulsion de crier avec Laura comme un chien gémit par sympathie en entendant souffrir un congénère, ce besoin primal de hurler de tristesse face à l'impuissance de l'être humain dans un univers plein d'étoiles mortes.

Le cri de Laura enfla, se transforma en hurlement : Maman... Maman ! Réduite à la dépendance du nourrisson, trop terrifiée par la vie pour trouver un réconfort ailleurs que contre le sein rassurant et les battements de cœur entendus dans l'utérus.

Silence.

Un silence lugubre.

Chyna s'était arrêtée sans s'en rendre compte sur le palier, au milieu de l'escalier, pétrifiée par le cri. Les jambes faibles ; les muscles des mollets et des cuisses frémissant comme après un marathon. Au bord de l'évanouissement.

Parce qu'il signalait peut-être la fin de l'espoir, le silence était maintenant aussi oppressant que le hurlement. Elle rentra la tête dans les épaules sous cette chape, se recroquevilla sur elle-même.

Ce serait tellement facile de s'appuyer contre le mur, de se laisser glisser par terre, de lâcher le couteau et de se faire toute petite. Se contenter d'attendre qu'il parte. D'attendre qu'un parent ou un ami de la famille arrive, découvre les corps, appelle la police et s'occupe de tout.

Elle s'obligea à continuer, le cœur cognant si fort qu'il semblait que chaque battement allait la faire tomber.

Elle tremblait convulsivement. Dans son poing serré, le couteau à viande traçait des motifs irréguliers devant elle. Aurait-elle la force de tailler dans le vif, en cas de besoin ?

C'était la pensée d'une perdante, et elle se détesta de l'avoir eue. Ces dix dernières années, elle avait réussi à se métamorphoser en gagnante, et il n'était plus question de régresser.

Les vieilles marches en bois protestaient sous ses pieds, mais elle poursuivit sans se soucier du bruit. Que Laura soit vivante ou morte, le tueur, tout à ses jeux, ne risquait guère d'entendre autre chose que le rugissement de son sang contre ses tympans, et les voix intérieures lui parlant à l'instant même où il tenait une vie entre ses mains.

Le couloir. Mue par sa terreur pour Laura et par une rage née de son dégoût pour son instant de faiblesse sur le palier, Chyna fila sans s'arrêter devant la porte fermée de la chambre d'amis, tourna l'angle, passa dans la lueur ambrée de la chambre principale. Elle courut à travers la charmille de roses fanées, sa rage se transformant en fureur, choquée par sa propre audace, semblant glisser sur la moquette comme sur une pente verglacée, jusqu'à la porte de Laura, sans hésitation, couteau brandi, son bras ne tremblant plus, dans la chambre où Freud avait assisté sans broncher à la scène se déroulant sous ses yeux... le lit était vide.

Incrédule, elle vira sur elle-même. Laura avait disparu. La pièce était vide.

Au-dessus de sa respiration précipitée et des battements de son cœur, elle perçut un bruit métallique.

Elle courut se pencher au-dessus de la balustrade de l'escalier principal.

À peine éclairé par la pâle lumière du couloir de l'étage, le tueur franchissait la porte d'entrée. Il portait Laura dans ses bras. Elle était enveloppée dans un drap qui ne révélait qu'un bras pâle pendant mollement, une tête inclinée sur le côté, un visage caché par des cheveux blonds : inconsciente, n'offrant aucune résistance.

Il devait descendre l'escalier plongé dans l'ombre

lorsqu'elle était passée devant en courant. Toute à sa volonté d'agir, elle n'avait pas été consciente de sa présence, n'avait même pas alors entendu le cliquetis des menottes.

Et il avait été suffisamment bruyant pour ne pas l'entendre non plus.

Son instinct lui avait dit d'emprunter l'escalier de service, et elle avait été sage de l'écouter. Ils se seraient retrouvés face à face dans l'escalier. Il lui aurait jeté Laura, se serait abattu sur elles lorsqu'elles se seraient effondrées en tas dans le vestibule, aurait repoussé son couteau d'un coup de pied si elle ne l'avait pas déjà lâché et l'aurait achevée.

Elle ne pouvait pas le laisser emporter Laura.

Ne pas réfléchir, ne pas se laisser de nouveau paralyser par la réflexion. Si elle pouvait lui enfoncer le couteau dans le dos, Laura avait peut-être encore une chance.

Elle en était capable. Elle n'était pas émotive. Elle pourrait lui enfoncer la lame par-derrière, à la hauteur du cœur, lui perforer un poumon, retirer le couteau et le replonger dans le corps de cette ordure, sourde à ses supplications, enfoncer la lame encore et encore jusqu'à ce qu'il soit définitivement réduit au silence. Elle n'avait encore jamais rien fait de pareil ; elle n'avait jamais fait de mal à personne. Mais maintenant elle en était capable, elle le liquiderait, parce qu'elle était terrifiée pour Laura, parce qu'elle était malade à l'idée de faire défaut à son amie... et parce qu'elle était une machine à vengeance-née, un être humain.

En bas des marches, le tapis ne se fripa pas sous ses pieds lorsqu'elle fondit sur la porte.

Elle ne brandissait plus le couteau, elle le tenait bas, à la hauteur des cuisses. S'il l'entendait venir, il se retournerait, et elle lui enfoncerait le couteau dans le ventre, sous la fille qu'il portait dans ses bras. C'était mieux que d'essayer de lui plonger la lame dans le dos, où l'impact pouvait être dévié par une omoplate, une côte, voire ricocher sur la colonne vertébrale. Viser les parties molles. Comme ça, elle lui ferait face. Elle le regarderait droit dans les yeux. Cela la ferait-elle flancher ? Non, il le méritait. L'ordure ! Elle songea à Sarah sur le sol de la cabine de douche, à son corps nu recroquevillé sous le jet froid. Elle pouvait le faire. Elle en était capable.

La porte, le porche... non seulement elle était prête à tuer mais prête à mourir pour ça. Elle avait fait vite, mais pas assez. Il ne descendait pas le perron, comme elle l'avait espéré. Il approchait déjà du camping-car. Le poids de Laura ne l'avait pas du tout ralenti. Il était d'une rapidité inhumaine.

Elle sauta sur les dalles, et le claquement de ses semelles de caoutchouc couvrit le gémissement du vent. La lune et la moitié des étoiles avaient disparu derrière d'immenses palissades de nuages, mais si le tueur l'entendait et se retournait, il la verrait distinctement.

Il ne se retourna pas. Il n'avait rien entendu. Elle entra dans l'herbe à sa suite.

Deux portes du camping-car étaient ouvertes : la portière du chauffeur et une porte, du même côté, aux deux tiers vers le fond. Le tueur choisit l'arrière.

Portant Laura dans ses bras, il fut obligé de monter en biais les deux marches intérieures, mais apparemment il était aussi agile que fort. Il disparut dans le véhicule.

Le suivre à l'intérieur ? Avec les rideaux masquant les fenêtres, il était impossible de savoir s'il était parti à gauche ou à droite. Et s'il avait posé Laura en entrant, il avait les mains libres et pourrait mieux se défendre de son assaut. Il était sur son territoire ; elle sut que ce serait pure folie de l'affronter là-dedans.

Pressant le dos contre le camping-car, à côté de la porte ouverte, elle décida d'attendre. S'il ressortait, elle se jetterait sur lui sans lui laisser le temps de poser le pied par terre. L'élément de surprise jouait encore en sa faveur, peut-être plus que jamais... parce que, proche de l'échappée libre, ce salaud devait se sentir suffisamment content de lui pour baisser la garde.

Il ne ressortirait peut-être pas, mais il faudrait qu'il se penche à l'extérieur pour claquer la porte. Penché sur la marche pour attraper la poignée, il serait en équilibre précaire, et elle lui enfoncerait la lame dans le corps avant qu'il ait une chance de se rejeter en arrière.

Un mouvement à l'intérieur. Un bruit sourd.

Elle se tendit.

Il ne parut pas.

De nouveau le silence.

L'odeur du sang parut soudain lourde, comme venue d'un abattoir. Puis elle s'estompa, et Chyna comprit que ce n'était pas une vraie odeur de sang, mais la réminiscence de celle des draps souillés dans la chambre des Templeton.

La paroi en aluminium du camping-car était froide contre son dos, et elle frissonna comme si la froideur de l'homme s'insinuait en elle.

Cette attente commençait à lui faire perdre courage. Le retour de la peur tempérait sa rage, faisait remonter le plateau de la survie au détriment de celui de la vengeance. Mais elle en était encore capable. Elle pouvait le faire. Elle lutta pour entretenir sa fureur.

Le tueur sortit du camping-car... par la portière avant.

Le souffle de Chyna se coinça dans sa gorge, et le vent froid de l'orage menaçant parut plus mordant avec l'odeur de l'échec.

Le tueur était trop loin. Sans la distraction du poids de Laura dans ses bras et du bruit de la chaîne, il l'entendrait venir. Elle ne pouvait plus compter sur l'effet de surprise.

Devant la portière, à neuf mètres d'elle, il s'étira presque paresseusement. Il fit rouler ses larges épaules comme pour en chasser la fatigue et se massa la nuque.

S'il tournait la tête vers la gauche, il la verrait tout

de suite. Il fallait qu'elle reste parfaitement immobile, sinon il repérerait le moindre mouvement du coin de l'œil.

Le vent soufflait vers lui, et elle craignit un instant qu'il ne renifle sa peur. Il paraissait plus animal qu'humain, jusque dans la grâce fluide de ses mouvements, et elle lui aurait facilement attribué des dons surnaturels.

Il ne tenait pas l'arme munie d'un silencieux avec laquelle il avait tué Paul Templeton... il l'avait peut-être glissée sous sa ceinture. Si elle tentait de fuir, il la tuerait avant qu'elle aille bien loin.

Mais il ne la tuerait pas sur le coup. Non, ce serait trop simple. Il la viserait aux jambes, la ferait tomber, pour la retenir prisonnière. Il la mettrait dans le camping-car avec Laura. Il voudrait s'amuser avec elle plus tard.

Après s'être étiré, il partit à grands pas vers la maison. Les dalles. Le porche. Il entra.

Sans se retourner.

Chyna souffla avec un bruit de fanfare, et elle inspira en frémissant.

Avant de perdre tout courage, elle fonça vers la portière du chauffeur et s'installa au volant. Si les clés étaient sur le tableau de bord, elle pourrait emmener Laura, aller prévenir la police de Napa.

Pas de clés.

Elle jeta un coup d'œil vers la maison. Combien de temps y resterait-il ? Peut-être cherchait-il des objets de valeur maintenant que la tuerie était terminée. Ou bien il choisissait des souvenirs. Cela pouvait prendre cinq, dix minutes, ou plus. Peut-être aurait-elle le temps de sortir Laura du camping-car et de la cacher quelque part. D'une façon ou d'une autre.

Elle avait toujours le couteau. Et maintenant qu'elle se trouvait sur le territoire du tueur à son insu, elle avait récupéré le précieux effet de surprise.

Mais son cœur battait la chamade, et sa bouche

sèche était pleine du goût légèrement métallique de l'angoisse.

Le siège pivotait. Elle passa dans le coin salon constitué de canapés encastrés recouverts de tissu écossais.

Sous la moquette, le sol métallique grinçait au rythme des pas.

Contrairement à ce qu'elle aurait cru, au lieu de puer comme un grand-guignol où les jeux sadiques seraient réels, le camping-car embaumait le café et la cannelle. C'était étrange et profondément perturbant qu'un homme pareil trouve une satisfaction quelconque dans des plaisirs innocents.

— Laura, murmura-t-elle comme si le tueur pouvait l'entendre de la maison. Laura !

Après le coin salon, on passait devant une kitchenette et un coin repas avec une banquette en vinyle rouge. Alimentée par la batterie, une lampe éclairait la table.

Pas de Laura.

Sortant du coin repas, Chyna arriva près de la porte arrière que le tueur avait empruntée avec la fille inconsciente dans ses bras.

— Laura !

Après la porte ouverte, un couloir étroit longeait le côté conducteur du camping-car, éclairé par une faible lumière de sécurité. Une lucarne au plafond, noire à présent. À gauche, deux portes fermées et, au bout, une troisième entrebâillée.

La première donnait sur une minuscule salle de bains. L'espace était une merveille d'organisation : des toilettes, un lavabo, une armoire à pharmacie, et une cabine de douche en angle.

La deuxième porte dissimulait une penderie. Avec des vêtements accrochés à une tringle en acier.

La troisième, entrebâillée, s'ouvrait sur une petite chambre avec des faux lambris et un placard muni d'une porte en accordéon. Dans la faible lumière du couloir, Chyna distingua Laura, étendue à plat ventre sur le lit, emmaillotée dans un drap qui ne révélait que ses pieds nus et ses cheveux blonds.

Murmurant son nom, elle s'agenouilla près du lit.

Laura ne réagit pas. Toujours inconsciente.

Chyna ne pouvait ni la soulever, ni la porter comme le tueur : il fallait qu'elle tente de la réveiller. Elle écarta le drap de son visage.

Ses yeux n'étaient plus bleu pâle, mais bleu saphir, la pénombre peut-être... non, la mort. Sa bouche était ouverte, ses lèvres luisaient de sang.

Elle était morte, et cette ordure l'avait tout de même emmenée, pour Dieu sait quelles raisons, peut-être pour la toucher, la regarder, lui parler pendant quelques jours afin de se remémorer sa gloire. Un souvenir.

Chyna fut submergée par un sentiment de culpabilité, d'échec, d'impuissance et de désespoir.

— Oh ! mon tout petit... Oh ! ma douce, pardon, pardon.

Pourtant, elle avait tout tenté. Qu'aurait-elle pu faire de plus ? Attaquer ce salaud à mains nues lorsqu'elle l'avait surpris dans le couloir en train de roucouler devant l'araignée ? Qu'aurait-elle pu faire de plus ? Elle n'aurait pas pu se rendre plus tôt dans la cuisine, ni trouver le couteau plus vite, ni remonter l'escalier plus rapidement.

— Je suis désolée.

Cette fille splendide, cette amie chère, ne trouverait jamais le mari dont elle rêvait, n'aurait jamais les enfants qui auraient tant donné au monde, par le simple fait d'être les siens. Vingt-trois années à se préparer à apporter sa contribution, à changer la vie des autres, tant d'idéaux et d'espoirs : désormais elle ne transmettrait plus rien, et le monde en serait incroyablement plus vide.

— Je t'aime, Laura. Nous t'aimons tous.

Les mots, les sentiments, les expressions de chagrin paraissaient affreusement inappropriés : plus encore, dénués de sens. Laura était morte, toute cette chaleur et cette bonté à jamais perdues, et les mots les plus sincères ne seraient jamais que des mots.

Le cœur de Chyna se serra de chagrin, se serra à l'aspirer dans un trou noir béant au fond d'elle-même.

Elle sentit sa poitrine se gonfler d'un sanglot qui, si elle y cédait, serait explosif. Une seule larme déclencherait un raz de marée.

Elle ne devait pas se laisser aller à la douleur. Pas tant qu'elle serait dans le camping-car. Le tueur pouvait revenir à tout instant, et elle ne pourrait pleurer Laura qu'une fois sortie de là, après le départ de ce salaud. Laura était morte ; elle n'avait plus aucune raison de rester.

Une portière claqua, faisant vibrer les fines parois métalliques autour d'elle.

Il était revenu.

Un cliquetis. Un autre.

Le couteau à viande à la main, Chyna se colla à la paroi à côté de la porte ouverte. Le chagrin refoulé était un carburant puissant pour la fureur, et elle brûlait de rage, embrasée du besoin de faire mal à ce salaud, de le taillader, de l'éviscérer, de l'entendre hurler et d'allumer la conscience de sa propre mortalité dans son regard, comme il l'avait fait pour Laura.

Il entre. Je le saigne. Il entre. Je le saigne. Une prière, pas un plan.

La pièce s'assombrit. Il se tenait sur le seuil, masquant le faible éclairage du couloir.

Silencieusement, le couteau dans la main de Chyna s'agita furieusement de haut en bas comme l'aiguille d'une machine à coudre, dessinant le motif de sa peur dans l'air.

Il était là. Tout près. Il entrerait pour contempler encore une fois la jolie morte blonde, pour toucher sa peau froide, et elle lui sauterait dessus dès qu'il franchirait le seuil... elle le saignerait.

Il ferma la porte.

Atterrée, elle écouta les pas s'éloigner, les craquements du sol sous la moquette.

La portière du conducteur claqua. Le moteur tourna. Les freins lâchèrent un gémissement bref.

Ils démarraient.

3.

Les mortes ne reposent pas plus en paix dans l'obscurité que dans la lumière. Tandis que le camping-car cahotait sur l'allée menant à la route, les menottes de Laura s'entrechoquaient sous le drap qui l'enveloppait.

Aveuglée, toujours pressée contre la paroi en aggloméré à côté de la porte de la chambre, Chyna eut l'impression que, jusque dans la mort, Laura luttait contre l'injustice de son meurtre.

Des gravillons giclaient sous le châssis. Le camping-car ne tarderait pas à s'engager sur le macadam lisse de la route.

Si elle tentait une sortie maintenant, le tueur entendrait la porte arrière claquer quand le vent la lui arracherait des mains, ou bien la repérerait dans son rétroviseur. Dans ces vignobles engourdis par l'hiver, où les maisons les plus proches n'étaient plus habitées que par des morts, il se risquerait certainement à s'arrêter pour la prendre en chasse, et elle n'irait pas loin.

Il valait mieux attendre. Lui donner quelques kilomètres sur la route de campagne, voire attendre qu'ils atteignent une nationale, qu'ils traversent une ville ou se retrouvent dans une circulation plus dense. Il ne se ruerait pas à sa poursuite si des gens pouvaient réagir à ses appels à l'aide.

Elle chercha un interrupteur à tâtons. La porte était

bien fermée ; la lumière filtrerait dans le couloir. Elle trouva le bouton. Rien. L'ampoule devait être grillée.

Elle se rappela avoir vu un spot vissé au rebord de la table de nuit encastrée. Elle traversait la pièce à l'aveuglette quand le camping-car se mit à ralentir.

Le commutateur entre le pouce et l'index, elle hésita, le cœur battant. Le tueur allait peut-être se garer et revenir dans la chambre. Maintenant qu'une confrontation ne pouvait plus sauver Laura, maintenant que sa fureur s'était transformée en colère, elle n'espérait plus que l'éviter, lui échapper afin de communiquer aux autorités les renseignements nécessaires pour sa capture.

Le véhicule ralentit, vira à gauche sur une surface lisse et accéléra de nouveau. La départementale.

D'après ses souvenirs, au prochain grand carrefour, ils croiseraient la nationale 29, que Laura et elle avaient empruntée l'après-midi précédent. Jusque-là, les bifurcations ne conduisaient qu'à des vignobles, des petites fermes et des maisons. Il ne risquait plus guère de leur rendre une visite, ni de massacrer d'autres familles dormant d'un sommeil innocent. La nuit tirait à sa fin.

Elle appuya sur le commutateur, et un cercle de lumière boueuse tomba sur le lit.

Elle s'efforça de ne pas regarder le corps, bien qu'il fût presque entièrement caché par le drap. Si elle pensait trop à Laura maintenant, elle sombrerait dans un gouffre d'abattement. Il fallait qu'elle garde son énergie et l'esprit clair si elle voulait survivre.

Elle avait peu de chances de trouver meilleure arme que son couteau à viande, mais elle n'avait rien à perdre à chercher. Comme le tueur était armé d'un pistolet équipé d'un silencieux, il conservait peut-être d'autres armes à feu dans le camping-car.

L'unique table de nuit avait deux tiroirs. Le premier contenait un paquet de tampons de gaze, quelques éponges vert et jaune du genre utilisé pour la vaisselle, un petit flacon en plastique empli d'un liquide clair, un rouleau de sparadrap, un peigne, une brosse à cheveux avec un manche en écaille, un tube à moitié vide de baume, un flacon de lotion pour la peau à l'aloès, des pinces à bouts pointus aux poignées gainées de caoutchouc jaune et une paire de ciseaux.

Il n'était pas difficile d'imaginer l'usage qu'il avait pu faire de certains de ces objets, et elle n'avait pas envie de savoir ce qu'il faisait des autres. Les femmes qu'il amenait dans cette chambre devaient parfois être encore vivantes lorsqu'il les couchait sur le lit.

Les ciseaux ? Non. Le couteau à viande serait plus efficace en cas de besoin.

Dans l'autre tiroir, plus profond, elle trouva un récipient en plastique dur ressemblant à une boîte de matériel de pêche. Il renfermait un nécessaire à couture, avec de nombreuses bobines de fil de couleurs différentes, une pelote à épingles, des étuis d'aiguilles, un enfile-aiguille, des boutons, etc. Rien d'utile. Elle le rangea.

En se redressant, elle remarqua qu'on avait vissé du contre-plaqué contre la fenêtre. Deux rideaux plissés d'étoffe bleue étaient piégés entre la plaque et l'encadrement.

De l'extérieur, on ne voyait que des rideaux. De l'intérieur, même si quelqu'un parvenait à se libérer de ses entraves, il ne pourrait pas ouvrir la fenêtre pour signaler sa présence et demander de l'aide aux automobilistes.

Le placard restait le seul endroit où elle pouvait espérer trouver un pistolet ou un objet susceptible de servir d'arme. Elle fit le tour du lit et s'approcha de la porte en accordéon.

La faisant coulisser sur son rail, elle l'ouvrit et se retrouva nez à nez avec le cadavre d'un homme.

Sous le choc, elle recula contre le lit. Elle heurta le matelas, faillit tomber sur Laura, se rattrapa à temps, mais lâcha le couteau.

L'arrière du placard avait été consolidé avec des plaques d'acier fixées à la carrosserie. Poignets attachés par des menottes à deux anneaux soudés aux plaques, le mort semblait crucifié. Ses pieds, réunis comme ceux du Christ sur la croix, n'étaient pas cloués, mais menottés à un troisième anneau soudé au sol du placard.

Il était jeune... dix-sept, dix-huit ans, pas plus. Son corps mince seulement couvert d'un slip en coton blanc pâle portait des traces de coups. Il avait la tête inclinée sur le côté, la tempe gauche reposant contre son biceps. D'épais cheveux bruns bouclés. Ses paupières avaient été cousues avec du fil vert. Deux boutons cousus au-dessus de sa lèvre supérieure étaient reliés avec du fil jaune à une paire de boutons identiques juste en dessous de sa lèvre inférieure.

Chyna s'entendit invoquer Dieu. Un bafouillage incohérent et implorant. Elle serra les dents et étouffa ses mots, bien qu'il fût peu probable que sa voix portât jusqu'à l'avant du camping-car par-dessus le bruit du moteur et le bourdonnement des pneus sur l'asphalte.

Elle referma le rideau de vinyle. Malgré sa légèreté, il se remit en place aussi lourdement que la porte d'un caveau. Le pêne magnétique claqua avec un bruit d'os qui se brise.

Jamais les études de cas de violence psychopathe décrites dans ses manuels, même les plus crues, ne lui avaient donné envie de se recroqueviller dans un coin, genoux repliés contre la poitrine. C'est pourtant ce qu'elle fit — en choisissant l'angle le plus éloigné du placard.

Il fallait qu'elle se maîtrise, vite, à commencer par sa respiration haletante. Elle suffoquait, aspirait de profondes bouffées, avec l'impression de toujours manquer d'air. Plus elle respirait profondément, plus sa tête tournait. Une obscurité croissante envahit sa vision périphérique, au point qu'elle crut voir la minable petite chambre du camping-car au bout d'un long tunnel noir.

Elle se convainquit que le jeune homme du placard devait être mort quand le tueur s'était mis au travail avec le nécessaire de couture. Et sinon mort, du moins inconscient. Mais il ne fallait pas y penser, parce que le tunnel n'en devenait que plus long et plus étroit, repoussant la chambre encore plus loin et affaiblissant les lumières.

Elle se couvrit le visage de ses mains, froid contre du froid. Sans comprendre, elle vit alors les traits de sa mère, aussi nets que sur une photo. Puis elle comprit.

Pour sa mère, la violence était une perspective romantique, voire séduisante. Un temps, elles avaient vécu dans une communauté d'Oakland, dont le mot d'ordre était de construire un monde meilleur et où, presque chaque soir, les adultes se réunissaient autour de la table de la cuisine pour discuter de la meilleure manière de détruire le système haï, évoquer les diverses stratégies susceptibles de réaliser leur utopie, en buvant du vin dans la fumée du hasch, parfois en jouant à la belote ou au Trivial Pursuit, parfois trop absorbés par la révolution pour s'intéresser à des jeux moins nobles. On pouvait paralyser le transport en faisant sauter des ponts et des tunnels avec une facilité déconcertante ; viser les compagnies du téléphone pour plonger les communications dans le chaos ; il fallait incendier des usines d'emballage de viande pour mettre fin à l'exploitation brutale des animaux. On mettait au point des hold-up de banques compliqués et d'audacieuses attaques de fourgons armés pour financer les opérations. Leur route vers la paix, la liberté et la justice aurait été creusée de cratères d'explosions et jonchée de cadavres. Après Oakland, Chyna et sa mère avaient erré pendant quelques semaines avant d'échouer de nouveau à Key West, chez leur vieil ami Jim Woltz, ce nihiliste enthousiaste qui trempait jusqu'au cou dans le trafic de drogues et donnait aussi dans la vente illégale d'armes à ses moments perdus. Sous sa cabane du bord de mer, il avait creusé un bunker pour sa collection privée de deux cents armes à feu. La mère de Chyna était belle, même les jours de déprime, quand ses yeux verts devenaient gris sous l'emprise d'une tristesse qu'elle ne pouvait expliquer. Mais à cette table de cuisine à Oakland et dans ce bunker frais sous la cabane de Key West... en fait, chaque fois qu'elle était aux côtés d'un homme comme Woltz... son teint de porcelaine était encore plus transparent que d'habitude, presque translucide ; l'exaltation animait ses traits exquis ; elle devenait, comme par magie, plus gracieuse, plus agile et déliée, elle souriait plus facilement. La perspective de jouer les Bonnie auprès de n'importe quel Clyde illuminait son visage superbe d'une lumière aussi glorieuse qu'un coucher de soleil de Floride, et ses yeux vert émeraude étaient, dans ces moments-là, aussi fascinants et mystérieux que le golfe de Mexico dans le crépuscule.

La perspective de la violence était peut-être romantique, mais la réalité était du sang, des os, la putréfaction, la poussière. La réalité, c'était Laura sur le lit et le jeune inconnu réduit au silence par des fils de coton derrière la porte en accordéon.

Le visage entre ses mains froides, Chyna savait qu'elle ne serait jamais aussi étrangement belle que sa mère.

Elle finit par maîtriser sa respiration.

Le camping-car roulait toujours, et cela lui rappela ces nuits où enfant, elle avait somnolé dans des trains, des cars, sur des banquettes arrière de voitures, bercée par le mouvement et le bruit des roues, sans très bien savoir où sa mère l'emmenait, rêvant de faire partie d'une famille comme celles qu'on voyait à la télévision... avec des parents abrutis mais aimants, un voisin amusant, parfois agaçant mais jamais méchant, et un chien connaissant quelques tours. Mais les rêves agréables ne duraient jamais, et les cauchemars la réveillaient régulièrement, la mettant face à des paysages inconnus, lui donnant envie de voyager sans jamais plus s'arrêter. La route était une promesse de paix, mais les destinations, toujours infernales.

Cette fois, ce ne serait pas différent. Où qu'ils aillent, elle ne voulait pas y aller. Elle avait l'intention de descendre en marche dans l'espoir de retrouver son chemin vers la vie meilleure qu'elle s'était construite en dix ans de lutte acharnée.

Elle quitta l'angle de la chambre pour récupérer par terre le couteau à viande. Puis elle fit le tour du lit pour éteindre le spot de la table de nuit.

Se trouver dans le noir avec des morts ne l'effrayait pas. Seuls les vivants étaient une menace.

Le camping-car ralentit de nouveau et tourna à gauche. Elle se pencha dans l'autre sens pour garder son équilibre.

Ils devaient être sur la 29. En tournant à droite, ils auraient pris la direction du sud, de la vallée de Napa, de la ville du même nom. En dehors de St. Helena et Calistoga, elle ne savait pas trop quelles villes se trouvaient au nord.

Mais, entre deux villes, il y aurait toujours des vignobles, des fermes, des maisons, des entreprises rurales. Où qu'elle descende du camping-car, elle trouverait de l'aide assez rapidement.

Elle tâtonna jusqu'à la porte et posa la main sur la poignée, attendant que son instinct la guide de nouveau. Elle avait passé la majeure partie de sa vie à jouer les équilibristes sur une clôture hérissée de piquants et, par une nuit particulièrement pénible, l'année de ses douze ans, elle avait décidé que l'instinct était, en fait, la voix silencieuse de Dieu. Les prières *étaient* entendues, il suffisait d'écouter attentivement la réponse et d'y croire. Elle avait écrit dans son journal : « Dieu ne crie pas ; il murmure, et le murmure est la voie. »

Attendant le murmure, elle songea au corps roué de

coups dans le placard, qui semblait être mort depuis moins d'une journée, et à Laura, encore chaude sur le lit affaissé. Sarah, Paul, Jack, le frère de Laura, Nina, la femme de Jack : six personnes assassinées en vingt-quatre heures. Le mangeur d'araignées n'était pas un sociopathe homicide ordinaire. Dans la langue des flics et des criminologues spécialisés dans la poursuite et l'arrestation d'hommes de ce genre, il était *chaud*, en pleine phase brûlante, consumé du désir, du besoin de tuer. Mais avec sa maîtrise de psychologie qu'elle entendait faire suivre d'un doctorat en criminologie, même si elle devait travailler six ans comme serveuse pour y arriver, elle pressentait que ce type était plus que chaud. Il représentait un cas particulier, ne correspondait qu'en partie aux profils de psychologie aberrante, il était aussi étrange qu'un être venu des étoiles, une machine à tuer emballée, impitoyable et irrésistible. Elle n'avait aucun espoir de lui échapper si elle n'attendait pas le murmure de l'instinct.

Elle avait aperçu un grand rétroviseur lorsqu'elle s'était brièvement assise au volant. Comme le véhicule n'avait pas de vitre arrière, ce rétroviseur était là pour fournir au chauffeur une vue du coin-salon et du coin-repas. Cela devait lui permettre de voir jusqu'au couloir desservant la salle de bains et la chambre et, avec sa chance de damné, il lèverait justement les yeux à l'instant où elle sortirait.

Quand le moment lui parut venu, elle ouvrit la porte.

Une petite bénédiction, un bon présage : le plafonnier du couloir était éteint.

Debout dans l'obscurité, elle referma silencieusement la porte de la chambre.

La lampe au-dessus de la table du coin-repas était toujours allumée. L'avant du véhicule baignait dans la lueur verte du tableau de bord... et, derrière le pare-brise, les épées argentées des phares fendaient la nuit.

Sortant de l'ombre, elle s'accroupit derrière le lambris du coin-repas. Elle jeta un coup d'œil à la nuque du conducteur, à environ six mètres.

Il paraissait si proche... et vulnérable, pour la première fois.

Mais ce serait de la bêtise de fondre sur lui pendant qu'il conduisait. S'il l'entendait venir ou l'apercevait dans le rétroviseur, il ferait une embardée ou freinerait brutalement, pour la faire partir en vol plané. Il s'arrêterait et lui sauterait dessus avant qu'elle n'ait le temps d'atteindre la portière arrière... ou pivoterait sur son siège et l'abattrait d'une balle.

La porte qu'il avait empruntée avec Laura était immédiatement à sa gauche. Elle s'assit, les pieds sur les marches, face à la sortie, cachée du chauffeur par le coin-repas.

Elle posa le couteau à viande. En sautant, elle ferait certainement un roulé-boulé... et elle risquait de se blesser si elle tentait de le garder à la main.

Elle n'avait pas l'intention de sauter avant que le chauffeur s'arrête à un carrefour ou s'engage dans un virage suffisamment raide pour l'obliger à ralentir beaucoup. Elle ne pouvait pas prendre le risque de se casser une jambe ou de rester inanimée sur la chaussée, parce que alors elle ne pourrait pas courir se cacher.

Elle ne doutait pas un instant qu'il serait conscient de sa fuite à l'instant même où elle commencerait. Il entendrait la porte s'ouvrir, ou bien le vent siffler dedans, et la verrait dans un rétroviseur, soit intérieur, soit latéral. Même dans le cas improbable où il ne la verrait pas, elle ne passerait pas inaperçue, le vent ferait claquer la porte derrière elle ; le tueur soupçonnerait qu'il n'avait pas été seul avec sa collection de cadavres, et il se garerait pour vérifier, pris de panique.

Pris de panique ? Peut-être pas. Non, au contraire. Il fouillerait les environs avec une sinistre application de robot. Ce type n'était que maîtrise et puissance ; elle le voyait mal succomber à la panique.

Le camping-car ralentit, et le cœur de Chyna se mit

à battre plus vite. Lorsqu'il ralentit encore, elle s'accroupit sur les marches et posa la main sur la poignée à levier.

Le camping-car s'immobilisa. Elle appuya sur la poignée. La porte était fermée à clé. Elle poussa, appuya, sans résultat.

Il n'y avait pas de bouton automatique, juste une serrure.

Elle se rappela le cliquetis qu'elle avait entendu de la chambre quand le mangeur d'araignées avait fermé cette porte. Des clés ?

Peut-être s'agissait-il d'un dispositif de sécurité pour empêcher les enfants de tomber en marche. Ou peut-être ce dingue avait-il modifié la serrure par mesure de sécurité, pour s'assurer qu'un cambrioleur ou un intrus ne tomberait pas sur les cadavres aux lèvres cousues ou menottés susceptibles de se trouver à bord. On n'est jamais trop prudent quand on entasse des cadavres dans sa chambre.

Le camping-car traversa le carrefour et reprit de la vitesse.

Elle aurait dû se douter que fuir ne serait pas si simple. Rien n'était simple. Jamais.

Elle se rassit, adossée au lambris du coin-repas, toujours face à la porte, réfléchissant à cent à l'heure.

En traversant le véhicule, elle avait vu une porte de l'autre côté, vers l'avant, derrière le siège du passager. La plupart des camping-cars avaient deux portes, mais celui-ci était un modèle rare et plus ancien qui en avait trois. Elle ne pouvait pas se permettre de se sauver par l'avant : il la verrait arriver, la déséquilibrerait et la tuerait sans lui laisser le temps de se redresser.

Bon, elle avait un avantage. Il ignorait sa présence.

Si elle ne pouvait pas se contenter d'ouvrir la porte pour sauter, si elle était obligée de le tuer, autant attendre à l'abri du coin-repas, surprendre ce salaud, l'étriper, l'enjamber et sortir par l'avant. Elle s'était sentie capable de le tuer tout à l'heure. Il fallait qu'elle se remette dans cet état d'esprit.

Les vibrations du moteur à travers le sol lui endolorissaient les fesses. Elle aurait préféré l'engourdissement total ; la moquette était tellement mince qu'elle commençait à avoir mal au coccyx. Elle tenta de prendre appui sur une fesse, puis sur l'autre, se pencha en avant, se rejeta en arrière ; mais sans jamais gagner plus de quelques secondes de répit. La douleur irradia au creux de ses reins, et l'inconfort se transforma en véritable souffrance.

Vingt, trente, quarante minutes, une heure, plus encore, elle supporta ce supplice en s'efforçant d'imaginer tous ses moyens de fuite une fois que le camping-car serait à l'arrêt et que le tueur quitterait le volant. Concentrée. Réfléchissant à tout. Se préparant à une kyrielle de possibilités. Puis la douleur prit le pas sur le reste.

L'atmosphère était fraîche dans le camping-car et carrément froide sur les marches. Le moteur vibrait à travers les semelles de ses chaussures, cognant sans relâche dans ses talons et ses plantes de pied. Elle remua les orteils, craignant que ses pieds froids et douloureux et ses mollets durcis ne la handicapent au moment de passer à l'action.

Prise d'une étrange hilarité étonnamment proche du désespoir, elle se dit soudain : Tant pis pour le chagrin. Tant pis pour la justice. Qu'on m'achève, mais qu'avant on me donne, ne serait-ce que cinq minutes, un fauteuil confortable où poser mes fesses, où m'asseoir le temps de me réchauffer les pieds.

L'inaction prolongée la fatigua mais ne tarda pas aussi à la déprimer. Dans la maison, lorsqu'elle avait entendu l'intrus, avant qu'il n'arrive dans la chambre d'amis, elle avait compris que la sécurité était dans le mouvement. Maintenant c'était sa sécurité émotionnelle qui reposait sur le mouvement, la distraction. Mais les circonstances lui demandaient d'attendre immobile. Elle avait trop le loisir de réfléchir... et trop de pensées désagréables sur lesquelles s'attarder.

Elle se mit dans un tel état de détresse que ses yeux se remplirent de larmes... et elle comprit alors qu'elle ne souffrait pas tant que ça du mal aux fesses, ni du mal au dos, ni des vibrations froides dans ses pieds. La vraie douleur était dans son cœur, cette angoisse qu'elle avait dû réprimer depuis qu'elle avait découvert Paul et Sarah, détecté la vague odeur d'ammoniaque du sperme dans la chambre de Laura et vu le faible éclat des maillons de la chaîne. La douleur physique n'était qu'une mauvaise excuse.

Si elle s'autorisait à verser des larmes sur son sort, elle en verserait des torrents pour Paul, pour Sarah, pour Laura, pour cette pauvre race humaine baisée jusqu'à l'os, parce qu'un espoir chèrement acquis virait trop souvent au cauchemar. Elle enfouirait son visage dans ses mains, gémissant inutilement la question que l'on posait le plus souvent à Dieu : Pourquoi ? Pourquoi ? Pourquoi ?

Se laisser aller aux larmes serait si facile, si satisfaisant. Ce serait des larmes égoïstes de défaite ; elles ne purgeraient pas son cœur du chagrin, elles le laveraient du besoin de se soucier de quiconque et de rien. Un soulagement bienvenu lui viendrait si elle se contentait d'admettre que le long combat vers la compréhension ne valait pas la souffrance de l'expérience. Au bruit de ses sanglots, le camping-car s'arrêterait brutalement, et son chauffeur la trouverait recroquevillée sur les marches. Il l'assommerait, la tirerait dans la chambre, la violerait à côté du cadavre de son amie ; sa terreur dépasserait tout ce qu'elle avait connu jusque-là, mais elle serait brève. Et définitive, cette fois. Il la délivrerait à jamais du besoin de demander pourquoi, de cette chute à répétition à travers le sol fragile de l'espoir dans cette désolation trop familière.

Depuis longtemps, depuis la nuit orageuse de son huitième anniversaire et le cafard frénétique peut-être, elle savait qu'on choisissait souvent d'être une victime. Enfant, elle n'avait pas pu exprimer cette intuition, ni comprendre pourquoi tant de gens choisissaient la souffrance ; ensuite, elle avait perçu leur haine de soi, leur masochisme, leur faiblesse.

Le destin seul n'expliquait pas toutes les souffrances ; elles vous tombaient dessus à votre invitation.

Elle avait toujours choisi de ne pas se laisser victimiser, de résister et de riposter, de s'accrocher à l'espoir, à la dignité, à la foi en l'avenir. L'état de victime était pourtant séduisant, il vous dégageait de la responsabilité et du souci de l'autre : votre peur se transformait en une résignation lasse ; l'échec cessait de générer de la culpabilité pour la remplacer par un réconfortant apitoiement sur soi.

Elle se tenait à présent tremblante sur une corde raide émotionnelle, ne sachant pas si elle serait capable de garder l'équilibre ou si elle s'autoriserait à trébucher et à tomber.

Le camping-car ralentit de nouveau. Ils partaient vers la droite. Peut-être le tueur se garait-il.

Elle essaya la porte. Elle savait qu'elle était fermée à clé, mais elle souleva de nouveau silencieusement la poignée, incapable de renoncer, finalement.

Ils montaient une légère côte, presque au pas.

Grimaçant sous la douleur qui lui vrillait les mollets et les cuisses, mais soulagée de ne plus être assise, elle se leva juste ce qu'il fallait pour regarder au-dessus du coin-repas.

La nuque du tueur, la chose la plus haïssable qu'elle ait jamais vue, ranima sa colère. Le cerveau derrière cette courbe osseuse bourdonnait de fantasmes malfaisants. Insupportable qu'il soit vivant et Laura morte. Insupportable qu'il soit assis là si content de lui, si satisfait de tous ses souvenirs sanguinaires, écoutant les supplications de ses victimes qui devaient être musique à ses oreilles. Insupportable l'idée qu'il puisse encore s'émerveiller de la beauté d'un coucher de soleil, savourer une pêche, ou humer le parfum d'une fleur. L'arrière du crâne de cet homme ressemblait au casque lisse et chitineux d'un insecte, et elle était sûre que, si elle le touchait, elle le trouverait aussi froid qu'un cafard gigotant sous sa main.

Devant le conducteur, à travers le pare-brise, au sommet de la côte douce qu'ils remontaient, un bâtiment apparut, flou. De grands lampadaires à arc à vapeur de sodium projetaient une lumière froide et sulfureuse.

Elle s'accroupit derrière le coin-repas.

Ramassa le couteau.

Ils avaient franchi le sommet de la côte. Ils étaient de nouveau sur du plat. Ralentissant progressivement.

Elle se glissa dans l'escalier. Dos à la porte, pied gauche sur la marche inférieure, pied droit sur la marche supérieure. Dos pressé contre la porte fermée à clé, accroupie dans l'ombre, elle se jetterait sur lui s'il lui en donnait l'occasion.

Dans un ultime gémissement de freins, le véhicule s'arrêta.

Il devait y avoir des gens non loin. Des gens susceptibles de l'aider.

Mais, si elle hurlait, seraient-ils assez près pour l'entendre ?

Même s'ils l'entendaient, ils ne l'atteindraient jamais à temps. Le tueur arriverait le premier, pistolet à la main.

En outre, il s'agissait peut-être seulement d'une aire de repos : rien qu'un parking, quelques tables de pique-nique, une affiche rappelant les dangers des feux de camp, et des toilettes. Il s'arrêtait peut-être pour aller aux toilettes publiques ou dans celles du camping-car. À cette heure creuse, à trois heures passées du matin, ils risqueraient fort d'être le seul véhicule arrêté, auquel cas elle pourrait toujours hurler, elle hurlerait dans le vide.

Le moteur ne tournait plus.

Silence. Le sol ne vibrait plus.

Dans cette soudaine immobilité, elle se mit à trembler. Finie la déprime. Le creux à l'estomac. La peur de nouveau. La peur, parce qu'elle avait envie de vivre.

Elle aurait préféré qu'il lui donne une chance de s'enfuir en descendant du camping-car, mais elle était sûre qu'il viendrait se servir de ses toilettes. Il passerait juste devant elle. Si elle n'avait aucune chance de s'échapper, il fallait en finir, et vite.

Qu'est-ce qui jaillirait de ses plaies... du sang ou cette matière qui coulait des gros cafards quand on les écrasait ?

Ni pas lourds, ni grincements du sol sous un poids. Juste le silence. Peut-être prenait-il le temps de s'étirer, de faire rouler ses épaules endolories, de masser sa nuque de taureau, pour se débarrasser des fatigues du voyage.

Ou peut-être l'avait-il aperçue dans le rétroviseur, son visage étincelant comme la lune dans la lueur de la lampe du coin-repas. Peut-être venait-il vers elle sans un bruit, en évitant les endroits qui craquaient parce qu'il les connaissait. Il se glisserait dans le coin-repas. Se pencherait au-dessus de la banquette. Tirerait à bout portant. En plein visage.

Elle regarda le halo de lumière vers la gauche, au-dessus de la banquette. L'ombre du tueur l'avertirait-elle ou verrait-elle seulement une silhouette jaillir du coin-repas et ouvrir le feu sur elle ?

4.

Intensité.

Il faut vivre intensément. Voilà sa conviction.

Assis au volant, il ferme les yeux et se masse la nuque.

Il n'essaie pas de se débarrasser de la douleur. Elle est venue toute seule et elle s'estompera le moment venu. Il ne prend jamais ni anti-inflammatoires ni cochonneries de ce genre.

Jouir de la douleur le plus pleinement possible, voilà ce qu'il s'efforce de faire. Du bout des doigts, il trouve un point particulièrement douloureux à gauche de la troisième cervicale et il appuie dessus jusqu'à ce que la douleur crée des éclaboussures de lumières blanches et grises derrière ses paupières, comme des feux d'artifice lointains dans un monde incolore.

Très agréable.

La douleur n'est rien d'autre qu'une partie de la vie. En l'acceptant, on découvre une satisfaction surprenante. En outre, entrer en contact avec sa propre douleur permet de jouir plus facilement de celle des autres.

Deux vertèbres plus bas, il localise un point encore plus sensible, un tendon ou un muscle enflammé, un merveilleux petit bouton enterré dans la chair qui, lorsqu'on appuie dessus, fait irradier la douleur dans son épaule et dans son muscle trapèze. Au début, il travaille ce point avec la tendresse d'un amant, gémissant doucement, puis l'attaque avec plus de vigueur jusqu'à ce que la souffrance douce lui fasse aspirer l'air entre ses dents serrées.

Intensité.

Il ne pense pas vivre longtemps. Son temps dans son corps est compté et précieux... il n'est donc pas question de le gaspiller bêtement.

Il ne croit ni à la réincarnation, ni à aucune des banales promesses de vie après la mort que vendent les grandes religions du monde... bien qu'il ait parfois la sensation d'effleurer une révélation d'une importance colossale. Il veut bien envisager que l'âme immortelle puisse exister et que son propre esprit s'élève un jour. Mais, s'il doit connaître une apothéose, elle sera le résultat de ses actions audacieuses, non de la grâce divine ; en fait, s'il devient un dieu, la transformation aura lieu parce qu'il a déjà choisi de vivre comme tel... sans peur, sans remords, sans limites, avec tous ses sens furieusement aiguisés.

N'importe qui peut respirer une rose et se délecter de son parfum. Mais lui s'entraîne depuis longtemps à *ressentir* la destruction de sa beauté lorsqu'il écrase la fleur dans son poing. S'il en tenait une maintenant, s'il en mâchait les pétales, il serait capable non seulement de goûter la rose elle-même mais sa couleur rouge ; ce serait pareil avec le jaune du bouton-d'or, le bleu de la jacinthe. Il percevrait le goût de l'abeille qui a rampé sur la fleur dans sa tâche éternelle de pollinisation, de la terre qui a nourri la fleur, et du vent qui l'a caressée pendant l'été de sa croissance.

Il n'a jamais rencontré personne qui soit capable de comprendre avec quelle intensité il ressent le monde, ni l'intensité supérieure qu'il s'efforce d'atteindre. Avec son aide, peut-être Ariel le comprendra-t-elle un jour. Pour l'instant, bien sûr, elle est trop immature pour en avoir même l'idée.

Une dernière pression sur son cou. La douleur. Soupir.

Sur le siège du copilote, il prend un imperméable plié. Il ne pleut pas encore, mais il faut dissimuler ses vêtements éclaboussés de sang.

Il aurait pu se changer avant de quitter la maison Templeton, mais il a du plaisir à porter ses vêtements tachés. Leur patine l'exalte.

Il pivote sur son siège et se lève pour enfiler l'imperméable.

Il s'est lavé les mains dans l'évier de la cuisine de la maison Templeton, bien qu'il eût préféré les garder souillées elles aussi. Mais on ne cache pas aussi bien des mains que des vêtements sous un imperméable.

Il ne porte jamais de gants. Ce serait concéder qu'il redoute l'arrestation, ce qui n'est pas le cas.

Ses empreintes digitales sont fichées dans toutes les administrations du pays, mais celles qu'il laisse sur les lieux ne ressembleront jamais à celles qui accompagnent son nom dans les fichiers. Comme le reste du monde, les divers services de police sont dingues d'informatisation ; à présent, la plupart des banques de données d'empreintes sont numérisées, pour faciliter le scanning et le traitement à haute vitesse. Mais on peut tripatouiller les fichiers informatiques bien plus facilement que des fiches cartonnées... à distance : pourquoi s'embêter à s'introduire par effraction dans des bâtiments haute sécurité quand on peut hanter leurs machines de l'autre bout du continent ? Grâce à son intelligence, à ses compétences et à ses relations, il a pu maquiller ses propres données.

Porter des gants, même de fins spécimens chirurgicaux en latex, serait un obstacle intolérable à la sensation. Il aime laisser sa main glisser légèrement sur le fin duvet blond de la cuisse d'une femme, prendre le temps d'apprécier la texture de la chair de poule contre sa paume, savourer la chaleur embrasant la peau, puis sentir peu à peu cette chaleur s'estomper... s'estomper.

Lorsqu'il tue, il juge absolument essentiel de sentir l'humidité.

Les empreintes classées à son nom dans les divers fichiers sont en fait celles d'un jeune marine, un certain Bernard Petain, qui a connu une mort tragique pendant des manœuvres au camp Pendleton, il y a de nombreuses années. Ses vraies empreintes, qu'il lui arrive de laisser sur les lieux, souvent gravées dans le sang, ne correspondent donc à rien dans les fichiers de l'armée, du FBI, du service d'immatriculation des véhicules ou autre.

Il boutonne l'imperméable, relève le col et regarde ses mains. Des taches sous trois ongles. De la graisse ou de la terre. Cela n'éveillera les soupçons de personne.

Il sent l'odeur du sang sur ses vêtements à travers l'imperméable de nylon noir doublé, mais les autres ne sont pas assez sensibles pour la détecter.

Les yeux fixés sur les taches sous ses ongles, il entend de nouveau les hurlements, cette douce musique dans la nuit, la maison des Templeton résonnant aussi agréablement qu'une salle de concert, et personne pour l'entendre sinon lui-même et les vignobles sourds.

Si un jour il est arrêté, la police reprendra ses empreintes, découvrira ses manipulations informatiques et finira par le relier à une longue liste de meurtres non résolus. Mais cela ne l'inquiète pas. On ne le capturera jamais vivant, on ne le jugera jamais. Ce qu'ils apprendront de ses activités après sa mort ne fera qu'ajouter à la gloire de son nom.

Il s'appelle Edgler Foreman Vess. Longue est la liste des mots empreints de puissance qui commencent par une lettre de son nom : DIEU, DÉMON, RÉPULSION, DRAGON, ENFER, SALUT, RAGE, FUREUR, FEU, FORGES, SPERME, LIBERTÉ, etc. Et d'autres plus mystiques : RÊVE, VAISSEAU, ÉTERNITÉ, OMNISCIENCE, ÉMERVEILLEMENT. Parfois, les derniers mots qu'il murmure à une victime forment une phrase inspirée de cette liste. Il y en a une qui lui plaît particulièrement et qu'il utilise souvent : D.M.R., DIEU ME REDOUTE.

De toute façon, toutes ces histoires d'empreintes et autres prétendues preuves ne sont qu'hypothèses d'école, puisqu'on ne le prendra jamais. Il a trente-trois ans. Voilà longtemps qu'il prend son pied de cette manière... et il n'a jamais connu la moindre alerte.

Il tire le pistolet du vide-poches entre les deux sièges avant. Un Heckler & Koch P7.

Il a mis un nouveau chargeur de treize cartouches dedans. Il dévisse le silencieux, parce qu'il ne prévoit pas de visiter d'autres maisons cette nuit. En plus, les chicanes sont probablement endommagées par les coups tirés, diminuant non seulement l'efficacité du silencieux mais aussi la précision de l'arme.

Il lui arrive de rêver à ce qu'il ressentirait si l'impossible se produisait, s'il était interrompu en plein jeu et cerné par une troupe de tireurs d'élite. Avec son expérience et son savoir, la confrontation serait extraordinairement *intense*.

S'il y a un secret derrière la réussite d'Edgler Vess, c'est sa conviction qu'aucun coup du destin n'est bon ou mauvais, qu'aucune expérience n'est qualitativement meilleure qu'une autre. Gagner vingt millions de dollars à la loterie n'est pas plus désirable que d'être cerné par une troupe de tireurs d'élite, et une confrontation avec la police n'est pas plus à redouter que de gagner tout ce fric. La valeur d'une expérience ne tient pas à son effet positif ou négatif, mais à la simple puissance lumineuse, la vivacité, la férocité, la quantité et le degré de sensation pure qu'elle lui apporte. Intensité.

Il pose le silencieux dans le vide-poches entre les sièges.

Il glisse le pistolet dans la poche droite de son imperméable.

Il ne s'attend pas à des ennuis. Mais il ne sort jamais sans arme. On n'est jamais trop prudent. En outre, les occasions se présentent souvent de manière totalement inattendue.

Il se rassoit au volant, retire les clés de contact et vérifie le frein à main. Il ouvre la portière et descend du camping-car.

Les huit pompes à essence sont toutes en self-service. Il est garé à l'extérieur du second îlot de service. Il faut qu'il aille payer à la caisse de la boutique pour qu'on lui branche la pompe devant laquelle il s'est arrêté.

La nuit respire. Là-haut, un vent fort pousse des masses de nuages du nord-est vers le sud-est. Au niveau du sol, froid et moins violent, il souffle entre les pompes, siffle le long du camping-car et plaque son imperméable sur ses jambes. La boutique, rectangle d'aluminium blanc reposant sur des briques rousses avec de grandes baies vitrées derrière lesquelles s'entassent des marchandises, se dresse au pied de collines hérissées d'immenses sapins ; le murmure du vent à travers leurs branches est une voix solitaire, creuse, venue du fond des âges.

Sur la 101, la circulation est rare à cette heure. Lorsqu'un camion passe, il fend le vent avec un cri étrangement jurassique.

Une Pontiac avec des plaques de l'État de Washington est garée devant l'îlot intérieur, sous les lampadaires à vapeur de sodium jaunes. C'est le seul autre véhicule en vue. Un autocollant à l'arrière proclame : « *Les électriciens savent la brancher*. »

Sur le toit du bâtiment, dans l'axe de la 101, un néon rouge annonce : OUVERT 24 HEURES SUR 24. Rouge est le son que fait chaque camion passant sur la route. Dans ce rougeoiement, on dirait que Vess ne s'est jamais lavé les mains.

À l'instant où il s'approche de l'entrée, la porte vitrée s'ouvre sur un homme portant un sac familial de chips et un pack de six canettes de Coca. Un type joufflu avec de longs favoris et une moustache à la gauloise.

Désignant le ciel, il lui lance : « L'orage menace », en le croisant.

« Génial », répond Vess. Il aime les orages. Il aime conduire dans l'orage. Plus la pluie est torrentielle, mieux c'est. Avec les éclairs qui zèbrent le ciel, les arbres qui craquent dans le vent et le sol aussi glissant que du verglas.

Le type à la moustache monte dans la Pontiac.

Vess entre dans la boutique, en se demandant ce qu'un électricien de l'État de Washington peut bien fabriquer sur une route de Californie du Nord à une heure aussi impossible de la nuit.

Il est fasciné par ces brèves rencontres, porteuses d'une tragédie qui se matérialise parfois, mais pas toujours. Un homme s'arrête pour prendre de l'essence, s'attarde pour acheter des chips et du Coca, lance un commentaire sur la météo à un inconnu... et poursuit son voyage. L'inconnu pourrait très bien le suivre jusqu'à sa voiture et lui faire sauter la cervelle. Cela présenterait des risques pour le tireur, mais minimes ; cela pourrait être accompli avec une discrétion surprenante. La survie de l'homme est soit pleine d'une signification mystérieuse, soit complètement dénuée de sens ; Vess est incapable de trancher.

Si le destin n'existe pas, il faut l'inventer.

La petite boutique est chaude, propre et vivement éclairée. Trois allées étroites partent à gauche de la porte, offrant la marchandise habituelle : tous les snacks imaginables, les médicaments de base commercialisables sans ordonnance, les magazines, les livres de poche, les cartes postales, les gadgets à suspendre aux rétroviseurs, et des conserves sélectionnées pour les campeurs et les gens comme lui qui se déplacent dans des maisons sur roues. Contre le mur du fond s'alignent de grandes armoires frigorifiques remplies de bières et de sodas, ainsi que deux congélateurs contenant des glaces. À droite de la porte, un comptoir sépare les deux caisses et le bureau de la partie publique du magasin.

Deux employés sont de garde, deux hommes. Actuellement, personne ne travaille seul dans un endroit pareil la nuit, et pour de bonnes raisons.

Le type à la caisse est un rouquin d'une trentaine d'années avec des taches de rousseur et une tache de naissance de deux centimètres de diamètre, rose comme du saumon pas cuit, sur son front pâle. La marque ressemble étrangement à un fœtus recroquevillé dans un utérus, un jumeau en gestation, mort au début de la grossesse, qui aurait laissé son image fossilisée sur le front du frère survivant.

Le rouquin est plongé dans un livre de poche. Il lève sur Vess un regard gris cendre, clair et vif.

— Que puis-je pour vous, monsieur ?

— Je suis à la pompe n° 7.

La radio est branchée sur une station de musique country. Alan Johnson chante minuit à Montgomery, le vent, un engoulevent, un meurtre solitaire et le fantôme de Hank Williams.

— Comment payez-vous ?

— Si je charge encore mes cartes de crédit, la Bank of America va envoyer quelqu'un me casser les deux jambes, dit Vess en sortant un billet de cent dollars. Je devrais avoir besoin d'environ soixante dollars de jus.

L'association de la chanson, de la marque de naissance et du regard gris obsédant du caissier fait naître en lui un étrange sentiment d'attente. Quelque chose d'exceptionnel est sur le point de se produire.

— Encore en train de rembourser Noël comme nous autres, pas vrai ? dit le caissier en enregistrant la vente.

— À ce rythme-là, je rembourserai encore Noël à Noël prochain.

Le second employé est assis sur un tabouret un peu plus loin derrière le comptoir. Il fait des comptes, ou vérifie des feuilles d'inventaire... de la paperasserie, en tout cas.

Vess découvre alors que c'est lui la chose exceptionnelle qu'il sentait venir.

— L'orage menace, lui lance-t-il.

L'homme lève le nez des papiers étalés devant lui. La vingtaine, de père ou de mère asiatique, il est incomparablement beau. Non. Plus que beau. Cheveux noirs de jais, teint doré, yeux aussi liquides que de l'huile et aussi profonds qu'un puits. La douceur de ses traits lui donne un aspect presque efféminé... mais pas tout à fait.

Ariel l'adorerait. C'est tout à fait son type.

— Il fait peut-être assez froid pour que vous trouviez de la neige dans certains cols, dit l'Asiatique. Si vous allez par là.

Il a une voix agréable, presque musicale, qui charmerait Ariel. Il est vraiment à couper le souffle.

— Gardez ça, dit Vess au caissier qui s'apprête à lui rendre la monnaie. J'ai besoin de trucs à béqueter. Je reviens dès que j'ai fait le plein.

Il sort rapidement, de crainte qu'ils ne sentent son exaltation et ne prennent peur.

Il n'est pas resté plus d'une minute dans la boutique, mais la nuit lui paraît sensiblement plus froide lorsqu'il en ressort. Vivifiante. Il perçoit l'odeur des pins et des épicéas, même des sapins plus au nord, inhale la verdure sucrée des collines boisées derrière lui, détecte l'odeur piquante de la pluie, sent l'ozone des éclairs à venir, respire la peur forte des petits animaux qui tremblent déjà dans les champs et les forêts à l'approche de l'orage.

Une fois sûre qu'il était bien descendu du camping-car, Chyna se glissa à l'avant, couteau tendu devant elle.

Les rideaux tirés des fenêtres du coin-repas et du coin-salon lui masquaient ce qui se passait à l'extérieur. Elle vit à travers le pare-brise qu'ils s'étaient arrêtés à une station-service.

Mais où était le tueur ? Il était descendu moins d'une minute avant. Peut-être à l'extérieur... À un ou deux mètres de la portière.

Elle ne l'avait pas entendu dévisser le bouchon du réservoir, ni glisser le tuyau dedans. Mais à la façon dont ils étaient garés, le réservoir devait se trouver à droite ; le tueur risquait donc d'être de ce côté-là.

Elle avait peur de continuer avant de l'avoir localisé, mais encore plus de rester dans le camping-car. Elle s'assit sur le siège du conducteur. Les phares étaient éteints, le tableau de bord noir, mais avec la lampe du coin-repas derrière elle, elle devait être très visible de l'extérieur.

À l'îlot voisin, une Pontiac démarra. Ses feux arrière se fondirent rapidement dans la nuit.

Le camping-car était apparemment le seul véhicule présent à la station-service.

Les clés n'étaient pas sur le tableau de bord. De toute façon, elle n'aurait pas tenté de s'enfuir au volant. Elle y avait songé dans le vignoble quand il n'y avait pas d'aide à proximité. Ici, il devait y avoir des employés... et des automobilistes qui s'arrêteraient pour faire le plein.

Elle ouvrit la portière, grimaça devant le bruit, sauta par terre et trébucha en touchant le sol. Comme graissé, le couteau à viande lui jaillit des mains, claqua par terre et rebondit plus loin.

Elle se redressa tant bien que mal. Le tueur fondait sur elle... Elle vira à droite, à gauche, les mains tendues devant elle dans une attitude de défense pathétique. Mais le mangeur d'araignées n'était nulle part en vue sur la piste fortement éclairée.

Elle ferma doucement la portière, chercha le couteau des yeux... et se figea en voyant un homme sortir de la boutique à une vingtaine de mètres de là. Vêtu d'un long manteau. Ce n'était donc pas le tueur. Si ! c'était l'explication de ce froissement juste avant qu'il descende...

La seule cachette possible était derrière une des pompes de l'îlot voisin, mais cela voulait dire franchir cinq mètres de piste violemment illuminée dans l'axe de la boutique. En plus, il se dirigeait vers le même îlot, il y arriverait le premier, il la verrait.

Si elle essayait de faire le tour du camping-car, il la repérerait et se demanderait d'où elle sortait. Sa psychose comprenait probablement une part de paranoïa, et il penserait qu'elle avait pénétré dans son véhicule. Il la poursuivrait. Sans relâche.

Elle s'aplatit par terre. Comptant sur les pompes du premier îlot pour masquer les mouvements au niveau du sol, elle rampa sous le châssis.

Le tueur ne broncha pas, n'accéléra pas le pas. Il ne l'avait pas vue.

Il approchait. Dans cette lumière sulfureuse, il était difficile de vérifier s'il portait bien les mêmes bottes que celles qu'elle avait vues aller et venir dans la chambre d'amis.

Elle tourna la tête pour le regarder longer le côté droit du véhicule et s'arrêter devant une des pompes.

Le macadam était froid contre ses cuisses, son ventre et ses seins. Il aspirait la chaleur de son corps à travers son jean et son pull en coton, et elle se mit à frissonner.

Le tueur prit le tuyau à la pompe, ouvrit le clapet du réservoir et dévissa le bouchon. Il faudrait plusieurs minutes pour rassasier ce mastodonte : elle commença à sortir de sa cachette à la seconde où le tuyau entrait dans le réservoir.

Elle aperçut soudain le couteau à viande. Sur la piste. À trois mètres du pare-chocs avant. La lame brillant sous les lampadaires.

Ramper. Lentement. Un bruit de bottes sur la piste. Le tueur devait avoir branché le système automatique de remplissage.

Elle battit en retraite sous le châssis. Elle entendit le carburant gicler dans le réservoir.

Le tueur longea de nouveau le côté droit du camping-car, contourna l'avant et s'arrêta devant la portière du conducteur. Sans l'ouvrir. Il ne bougeait plus. Il s'approcha du couteau et se pencha pour le ramasser.

Chyna retint son souffle. Il ne pouvait pas deviner sa provenance. Il ne l'avait jamais vu. Il ne pouvait pas savoir qu'il venait de la maison Templeton. La présence d'un couteau à viande sur la piste d'une station-service était incongrue, mais il pouvait être tombé d'un véhicule passé aux pompes.

Le couteau à la main, le tueur revint vers le camping-car et grimpa à bord, sans refermer sa portière.

Elle entendit ses pas résonner comme des tambours de vaudou. Il s'arrêta apparemment dans le coin-repas.

Vess n'est pas du genre à voir des présages partout. Un faucon solitaire filant devant la pleine lune à minuit ne va pas lui faire redouter une catastrophe ou espérer un heureux hasard. Un chat noir qui traverse devant lui, un miroir qui se brise alors qu'il s'y regarde, un entrefilet dans le journal à propos de la naissance d'un veau à deux têtes... rien de tout cela ne l'ébranlera. Il est convaincu qu'il façonne son destin et que la transcendance spirituelle... si tant est qu'une telle chose puisse exister... résulte exclusivement d'actions audacieuses et d'une vie intensément vécue.

Néanmoins le grand couteau à viande l'intrigue. Il a une qualité totémique, une aura presque magique. Il le pose soigneusement sur le comptoir de la kitchenette, où la lumière fait étinceler la lame.

Lorsqu'il a ramassé le couteau sur la piste, la lame était froide mais le manche vaguement tiède, comme dans l'anticipation de la chaleur de son poing.

Un jour ou l'autre, il se servira de cette lame étrangement abandonnée pour voir si quelque chose de spécial se produit lorsqu'on découpe quelqu'un avec. Pour l'instant, toutefois, elle n'est pas utile au travail qui l'attend.

Le Heckler & Koch P7 est au fond de la poche droite de son imperméable, mais il n'a pas le sentiment qu'il convienne non plus à la situation.

Les deux mômes aux caisses ne sont pas dans la zone de guerre d'un supermarché de grande ville, mais ils sont suffisamment malins pour prendre des précautions. Même Beverly Hills et Bel-Air, peuplés d'acteurs riches et de joueurs de foot en retraite, ne sont plus des endroits sûrs la nuit pour leurs habitants... peut-être justement à cause d'eux. Ces types auront un flingue pour se protéger et sauront s'en servir. S'occuper d'eux nécessite donc une arme intimidante avec une formidable force d'arrêt.

Il ouvre un placard à gauche du four. Un fusil à pompe de calibre 12 à canon court, à poignée pistolet, est coincé dans des crampons à ressorts, sur l'étagère. Il le libère et le pose sur le comptoir.

Le magasin du calibre 12 est déjà chargé. Edgler Vess est toujours paré à toute éventualité.

Il laisse en permanence une boîte de cartouches dans le placard, ouverte, pour en faciliter l'accès. Il en prend quelques-unes qu'il pose sur le comptoir à côté du Mossberg, bien qu'il ne risque pas d'en avoir besoin.

Il déboutonne son imperméable mais ne l'enlève pas. Il transfère le pistolet de la poche extérieure droite à une poche de poitrine intérieure dans la doublure. C'est aussi là qu'il place les cartouches de secours.

D'un tiroir de la kitchenette, il sort un Polaroïd compact. Il le glisse dans la poche d'où il vient de retirer le Heckler & Koch P7. Dans son portefeuille, il prend un cliché Polaroïd de sa petite chérie, Ariel, et le met dans la poche de l'appareil photo.

Avec son cran d'arrêt de dix-huit centimètres, encore poisseux du travail accompli dans la maison Templeton, il déchire la doublure de la poche extérieure gauche de l'imperméable. Puis il arrache les morceaux de tissu déchiquetés. La poche n'a plus de fond.

Il place le fusil à pompe sous son imper ouvert et le tient de la main gauche, par la poche déchirée. Très efficace comme dissimulation. Il n'aura pas l'air suspect.

Il marche vers la chambre et revient sur ses pas, pour s'exercer. Apparemment, il peut se déplacer librement sans que le fusil lui cogne dans les jambes.

L'agilité et la grâce de l'araignée de la maison Templeton : voilà de quoi s'inspirer.

Peu lui importe de défigurer le rouquin, mais il faudra prendre garde à ne pas abîmer le visage du jeune Asiatique. Il faut rapporter de jolies photos à Ariel.

Au-dessus de sa tête, le tueur avait l'air de s'agiter dans le coin-repas. Le sol craquait sous ses pieds.

À moins d'avoir ouvert les rideaux, il ne pouvait voir ce qui se passait à l'extérieur. Avec un peu de chance, elle pourrait courir se mettre à l'abri.

Elle envisagea de rester sous le camping-car, de le laisser faire le plein et redémarrer, avant d'entrer dans la boutique pour appeler la police.

Mais il avait trouvé le couteau à viande ; cela allait le faire réfléchir. Elle ne voyait pas comment il pourrait comprendre la signification du couteau, mais il lui inspirait à présent une terreur presque superstitieuse, et elle était convaincue qu'il la trouverait si elle restait là.

Elle rampa à l'air libre, s'accroupit, jeta un coup d'œil à la portière ouverte, puis aux fenêtres sur le côté. Les rideaux étaient clos.

Enhardie, elle se redressa, rejoignit le second îlot et se glissa entre les pompes. Elle regarda derrière elle ; le tueur était toujours à l'intérieur du véhicule.

Elle pénétra dans l'éclatante lumière fluorescente et le nasillement de la musique country. Deux employés étaient assis derrière le comptoir à droite. Elle allait leur dire d'appeler la police quand, se tournant vers la porte vitrée qui venait de se refermer derrière elle, elle vit le tueur descendre du camping-car et se diriger vers la boutique... sans attendre la fin de son plein, visiblement.

Il avait les yeux baissés. Il ne l'avait pas vue.

Elle s'éloigna de la porte.

Les deux hommes la regardaient, l'air interrogateur.

Si elle leur demandait d'appeler la police, ils voudraient savoir pourquoi, et on n'avait ni le temps de discuter, ni même de passer un coup de téléphone. « Je vous en prie, ne lui dites pas que je suis là », leur lança-t-elle en s'engouffrant dans une allée entre deux gondoles où la marchandise s'entassait sur près de deux mètres de haut.

Elle se plaquait contre l'extrémité d'une gondole au fond du magasin quand la porte s'ouvrit sur le tueur dans un rugissement de vent.

Le caissier rouquin et le jeune homme asiatique aux yeux de nuit liquide le fixent étrangement, comme s'ils lui cachaient quelque chose, et il est à deux doigts de sortir le fusil à pompe de son imperméable pour les massacrer sans préambule. Mais il se dit qu'il se trompe, ils sont simplement intrigués par son allure, remarquable finalement. Les gens perçoivent souvent sa puissance exceptionnelle et sentent que sa vie est plus riche que la leur. Il a du succès dans les soirées, il séduit les femmes. Ces hommes sont simplement fascinés comme tant d'autres. En outre, s'il les descend immédiatement, sans un mot, il se privera des plaisirs préliminaires.

À la radio, Emmylou Harris a remplacé Alan Jackson.

— Nom de Dieu ! s'exclame Vess, elle est vraiment géniale, cette nana ! Il n'y a qu'elle pour vous prendre aux tripes comme ça.

— Elle est douée, acquiesce le rouquin.

Il est plus réservé qu'avant.

L'Asiatique ne dit rien, insondable dans son temple

zen de Twinkies, de barres Hershey, de cacahouètes et de crackers.

— J'adore ces chansons qui parlent de réunions familiales au coin du feu, poursuit Vess.

— Vous êtes en vacances ? demande le rouquin.

— Bon Dieu, mec ! je suis toujours en vacances.

— Trop jeune pour être en retraite.

— Je veux dire que la vie n'est que longues vacances quand on sait la prendre. Je rentre de la chasse.

— Dans la région ? Quel gibier on trouve en ce moment ? demande le rouquin.

L'Asiatique reste silencieux mais attentif. Il prend une saucisse Slim Jim dans un présentoir et déchire l'emballage en plastique sans quitter Vess des yeux.

Ils ne soupçonnent pas une seconde qu'ils seront morts dans moins d'une minute, et leur inconscience bovine le ravit. C'est franchement drôle, finalement. Comme leurs yeux vont s'écarquiller à la seconde où le fusil va se mettre à cracher son feu !

— Vous chassez ? demande Vess sans répondre à la question.

— Moi, mon truc, c'est la pêche, dit le rouquin.

— Ça ne m'a jamais attiré.

— Superbe moyen d'entrer en contact avec la nature... une petite barque sur le lac, des eaux paisibles.

— Non, on ne voit rien dans leurs yeux.

— Dans quels yeux ? demande le rouquin, décontenancé.

— C'est rien d'autre que des poissons finalement. Avec des yeux vitreux, mon Dieu !

— Je n'ai jamais dit qu'ils étaient beaux. Mais rien n'a meilleur goût qu'une truite ou un saumon qu'on a pêché soi-même.

Edgler Vess écoute la musique un moment, laissant les deux hommes l'observer. La chanson le touche réellement. Il ressent la solitude mordante de la route, la nostalgie de l'amant loin de chez lui. Il a de la sensibilité.

L'Asiatique mord dans son Slim Jim. Il mâche délicatement, les muscles de ses mâchoires bougent à peine.

Vess décide de rapporter la saucisse entamée à Ariel. Elle mettra sa bouche là où l'Asiatique a placé la sienne. Cette intimité avec ce beau jeune homme sera son cadeau à la jeune fille.

— C'est sûr que je ne suis pas mécontent de rentrer retrouver mon Ariel. C'est pas un joli nom ?

— Ça, c'est sûr, dit le rouquin.

— Il lui va bien en plus.

— C'est votre dame ? demande le rouquin.

Sa gentillesse n'est pas aussi naturelle que lorsque Vess lui a demandé de brancher la pompe 7. Il est mal à l'aise et il s'efforce de ne pas le montrer.

Il est temps de les surprendre, pour voir comment ils réagissent. Est-ce que l'un d'eux va commencer à comprendre l'ampleur des ennuis qui les attendent ?

— Non. Pas d'attaches pour moi. Un jour, peut-être. De toute façon, Ariel n'a que seize ans, elle n'est pas encore prête.

Là, ils ne savent pas trop quoi dire. Seize ans, c'est la moitié de son âge. Seize ans, c'est encore l'enfance. Une mineure.

Le risque qu'il prend est délicieusement énorme. Un autre client peut débarquer à tout instant, faire monter les enjeux.

— Le plus joli truc que la terre ait jamais porté, dit Vess en se léchant les babines. Ariel, je veux dire.

Il sort le cliché Polaroïd de sa poche et le lâche sur le comptoir. Les employés le regardent.

— Un ange. Un teint de porcelaine. À couper le souffle. À vous faire vibrer le scrotum comme une basse de violon.

Avec un dégoût à peine dissimulé, le caissier regarde l'écran des pompes à sa gauche.

— Vos soixante dollars sont dans le réservoir.

— Faut pas vous méprendre, hein ? Je l'ai jamais

touchée... de cette manière, du moins. Cela fait un an qu'elle est enfermée dans le sous-sol... où je peux aller la regarder quand je veux. J'attends que ma petite poupée mûrisse, qu'elle s'adoucisse un peu.

Ils le fixent avec des yeux vitreux de poisson. Il se délecte de leur expression.

— Hé, hé ! je vous ai bien eus, non ! s'exclame-t-il alors en riant.

Aucun ne sourit.

— Vous voulez acheter autre chose, dit sèchement le rouquin, ou vous voulez seulement votre monnaie ?

Vess affiche son air le plus sincère. Il arrive presque à rougir.

— Écoutez, désolé de vous avoir choqués. J'adore blaguer. Je ne peux pas m'empêcher de mettre tout le monde en boîte.

— Peut-être, dit le rouquin, mais j'ai une fille de seize ans et je ne vois pas ce qu'il y a de drôle là-dedans.

— Quand je chasse, j'aime les trophées, dit Vess en s'adressant à l'Asiatique. Un peu comme le matador qui repart avec la queue et les oreilles du taureau. Quelquefois, c'est juste une photo. Des cadeaux pour Ariel. Elle vous aimera beaucoup.

Tout en parlant, il lève le Mossberg, drapé dans le linceul noir de l'imperméable, le prend à deux mains, fait gicler le rouquin de son tabouret et recharge.

L'Asiatique. Comme ses yeux s'écarquillent ! On ne verrait jamais une expression pareille dans des yeux de poisson.

Au moment où le rouquin s'effondre par terre, le jeune homme asiatique au regard fabuleux glisse une main sous le comptoir.

— Ah non ! Sinon, je vous enfonce les balles dans le cul.

Mais comme l'Asiatique s'obstine à sortir un revolver, un Smith & Wesson calibre .38, Vess lui tire à bout portant dans la poitrine... ce serait dommage de bousiller des traits aussi parfaits. Le jeune homme décolle littéralement de son tabouret ; le revolver part valdinguer par terre.

Le rouquin hurle.

Vess pousse le portillon du comptoir et passe derrière.

Le caissier rouquin à la fille de seize ans qui l'attend à la maison est recroquevillé sur le sol, comme le fœtus sur son front. À la radio, Garth Brooks chante « L'orage gronde ». Le caissier hurle et chiale en même temps. Ses hurlements rebondissent sur les vitres, et l'écho du fusil à pompe rugit encore aux oreilles de Vess : un client pourrait entrer d'une seconde à l'autre. Un instant d'une intensité douloureuse.

Il achève le caissier rouquin.

L'Asiatique, inconscient, agonise. Heureusement son visage est intact.

Tel un pèlerin s'agenouillant devant un autel, Vess pose un genou à terre lorsqu'un dernier râle s'échappe de la bouche du mourant... Un frémissement d'ailes d'insectes. Il se penche pour mieux aspirer l'ultime souffle de l'autre, profondément. Des parcelles de la beauté gracieuse de l'Asiatique pénètrent en lui, sur l'odeur du Slim Jim.

La chanson de Brooks est suivie d'une vieille rengaine de Johnny Cash, bête à gâcher l'ambiance. Vess éteint la radio.

En rechargeant, il examine l'espace derrière le comptoir. Une rangée d'interrupteurs. Tous étiquetés. Il coupe l'éclairage extérieur, y compris le néon rouge sur le toit.

En éteignant les plafonniers fluorescents, il ne plonge pas la boutique dans l'obscurité totale. Au fond, les vitrines réfrigérées luisent étrangement derrière les portes isolées. Une horloge lumineuse publicitaire est accrochée à un mur, et sur le comptoir, une lampe à col de cygne éclaire les papiers auxquels travaillait le jeune homme asiatique.

Néanmoins, ainsi plongée dans la pénombre, la boutique paraît fermée. Il est peu probable qu'un client s'arrête maintenant.

Bien entendu un flic ou un motard de la route pourrait débarquer, étonné de la brusque fermeture de cet établissement en principe ouvert vingt-quatre heures sur vingt-quatre. Bon ! On termine, et sans lambiner.

Accroupie dos à la gondole, le plus loin possible du comptoir, Chyna se sentait affreusement visible dans l'éclairage de la vitrine à sa droite et menacée par les ombres à sa gauche. Dans le silence suivant la canonnade et l'arrêt de la musique, elle fut soudain convaincue que le tueur entendrait sa respiration saccadée. Mais elle n'arrivait pas à se calmer et elle ne pouvait pas plus s'arrêter de trembler qu'un lapin devant l'ombre du loup.

Le bourdonnement des compresseurs des armoires réfrigérées et des congélateurs la couvrait peut-être suffisamment pour la sauver. Elle avait envie de se pencher à droite et à gauche pour vérifier les deux autres allées, mais elle n'en eut pas le courage. Elle était certaine qu'en se penchant elle se retrouverait nez à nez avec le mangeur d'araignées.

Elle avait cru que rien ne la bouleverserait plus que de découvrir les corps de Paul et de Sarah... et ensuite de Laura... mais ce qui venait de se passer était pire. Cette fois, elle s'était trouvée à l'endroit même où le meurtre était perpétré, suffisamment près pour entendre les hurlements, pour avoir l'impression qu'ils lui martelaient la poitrine.

Le tueur devait dévaliser les lieux à présent, mais il n'avait pas besoin de tuer les employés pour prendre l'argent de la caisse ! Bien entendu, la nécessité n'était pas un facteur de décision pour lui. Il les avait tués simplement pour le plaisir. Il était *chaud*.

Elle avait l'impression d'être piégée dans une nuit sans fin. Une panne dans les machines cosmiques, les rouages grippés. Les étoiles figées. Plus jamais de lever de soleil. Et, descendant du ciel immobile, un froid terrible.

Un éclair. Elle se protégea le visage de ses mains. Non, cela venait de l'autre bout de la boutique. Un autre éclair.

Edgler Vess n'est pas un chasseur, comme il l'a dit au caissier, mais un connaisseur qui collectionne les belles images, enregistrant la plupart avec la caméra de son esprit mais certaines aussi avec son Polaroïd. Ces souvenirs de grande beauté animent quotidiennement ses pensées et constituent la base de ses rêves délicieux.

Chaque flash semble s'attarder dans les yeux immenses de l'employé asiatique, luisant faiblement comme si son esprit piégé derrière ses cornées cherchait à se libérer de cette spirale mortelle.

Une fois, dans le Nevada, Vess a tué une brune de vingt ans incomparable, si belle qu'auprès d'elle Claudia Schiffer et Kate Moss auraient eu l'air de vieilles peaux. Avant de la détruire minutieusement, il a pris six photos. Avec des menaces, il a même réussi à la faire sourire sur trois ; radieux, le sourire. Tous les trente jours pendant les trois mois suivant cet épisode mémorable, il a découpé et mangé une des photos où elle souriait et, en les consommant, il a bandé comme un fou, excité par la destruction de sa beauté. En sentant le chaud rayonnement de son sourire dans son ventre, il se savait d'autant plus beau qu'il l'avait en lui.

Il n'arrive pas à se souvenir du nom de la brune. Les noms n'ont jamais d'importance pour lui.

En revanche, connaître le nom du jeune homme asiatique lui sera utile quand il décrira cet épisode à Ariel. Il pose le Polaroïd et retourne le mort pour prendre son portefeuille dans sa poche revolver.

Il lit le permis de conduire sous la lampe à col de cygne : le mort s'appelait Thomas Fujimoto.

Vess décide de l'appeler Fuji. Comme la montagne.

Il range le permis de conduire dans le portefeuille qu'il remet dans la poche. Il ne prend pas l'argent du mort. Il ne touchera pas non plus au liquide dans le tiroir de la caisse... sinon pour récupérer les quarante dollars qu'on lui doit. Il n'est pas un voleur.

Avec ses trois photos, il ne lui reste plus qu'à tenir la promesse qu'il a faite à Fuji, à lui prouver qu'il est un homme de parole. C'est une affaire peu commode, mais plutôt drôle.

Maintenant, il faut qu'il s'occupe du système de sécurité qui a enregistré tous ses gestes. Une caméra vidéo fixée au-dessus de la porte d'entrée et dirigée vers le comptoir des caisses.

Edgler Foreman Vess n'a aucun désir de se regarder aux informations télévisées. Il est pratiquement impossible de vivre intensément derrière les barreaux.

Chyna maîtrisait de nouveau sa respiration, mais son cœur battait si fort que sa vision s'embrouillait et que ses artères carotides battaient dans sa gorge comme si on y envoyait de l'électricité.

La sécurité était dans le mouvement. Elle se pencha pour jeter un coup d'œil dans l'allée éclairée par les vitrines réfrigérées. Le tueur n'était pas en vue, mais il remuait à l'autre bout de la boutique : des frôlements, un rat dans un tas de feuilles mortes.

À quatre pattes, le ventre serré de terreur, elle rampa dans l'allée éclairée, en quête d'un objet pouvant lui servir d'arme sur les étagères. Sans le couteau à viande, elle se sentait faible.

Pas de couteaux en vente, malheureusement. Des présentoirs de porte-clés, de coupe-ongles, de peignes de poche, de crayons hémostatiques, de paquets de serviettes humidifiées, de papiers pour nettoyer les verres de lunettes, de jeux de cartes et... de briquets jetables.

Elle tendit la main vers un des briquets. Elle ne voyait pas très bien comment elle se défendrait avec mais, à défaut d'une lame bien aiguisée, le feu devrait faire l'affaire.

Les plafonniers s'allumèrent. Elle se figea.

À l'autre bout de la boutique, l'ombre voûtée du tueur envahit un mur, puis s'évanouit comme un papillon de nuit passant devant un projecteur.

Vess n'allume les plafonniers que pour examiner la caméra vidéo fixée au-dessus de la porte d'entrée.

Bien entendu, la bande compromettante n'est pas dedans. Si c'était aussi simple, même les abrutis qui gagnent leur croûte en braquant des stations-service et des boutiques auraient l'idée de grimper sur un tabouret pour éjecter la cassette, l'embarquer ou la détruire. La caméra envoie l'image à un magnétoscope installé ailleurs dans le bâtiment.

Le système est une extension, le câble de transmission n'est donc pas enterré dans le mur. Un vrai coup de chance, parce que, sinon, il perdrait du temps à le retrouver. On ne l'a même pas fait passer au-dessus du faux plafond. Le câble longe la paroi derrière le comptoir et disparaît dans un trou d'un centimètre de diamètre.

Une porte dans la paroi. Derrière, un bureau avec une table, des classeurs métalliques gris, un petit coffre-fort à combinaison et des placards en Formica.

Génial ! Le magnétoscope n'est pas dans le coffre-fort. Le câble de transmission traverse la paroi, la longe sur deux mètres, retenu par des crochets, puis s'enfonce en haut d'un placard. Aucune tentative de dissimulation.

Rien dans la partie supérieure du placard. En dessous, trois machines empilées les unes sur les autres.

La bande murmure dans la machine du bas et le repère lumineux est allumé au-dessus du mot RECORD.

Vess appuie sur le bouton STOP, puis EJECT, et glisse la cassette dans la poche de son imperméable.

Il la montrera, peut-être, à Ariel. Bien sûr, l'image ne sera pas de première qualité parce que c'est un système ancien, une technologie dépassée. Mais la précieuse jeune fille sera impressionnée par son audace, même dans des scènes trop éclairées sur une bande noir et blanc réutilisée trop souvent.

Il y a un téléphone sur la table. Il le débranche et écrase le clavier numérique avec le canon de son fusil.

La relève des employés doit avoir lieu vers huit ou neuf heures du matin, c'est-à-dire dans quatre ou cinq heures. À ce moment-là, il sera parti depuis longtemps. Mais ce n'est pas la peine de leur faciliter la tâche de prévenir la police. Quelque chose peut contrarier ses plans, le retarder ici ou sur la route, et alors il sera bien content de s'être offert une demi-heure de rab en détruisant le téléphone.

Derrière la porte, huit clés accrochées à un tableau, chacune munie de son étiquette. En dehors de cette regrettable interruption indépendante de notre volonté, cet établissement est ouvert vingt-quatre heures sur vingt-quatre... mais il y a tout de même une clé pour la porte d'entrée. Il la prend.

Il referme la porte du bureau derrière lui et appuie sur un interrupteur derrière le comptoir. Les plafonniers s'éteignent.

Debout dans la pénombre, il respire par la bouche, se lèche les lèvres, se passe la langue sur les gencives, se délecte de l'odeur âcre du coup de fusil. L'obscurité est douce contre son visage et le dos de ses mains ; les ombres, aussi érotiques que de minces doigts tremblants.

Contournant les cadavres, il va récupérer ses quarante dollars dans le tiroir-caisse.

Le Smith & Wesson .38 du jeune Asiatique est sur le comptoir, dans le cône de lumière de la lampe à col de cygne, là où il l'a posé il y a quelques minutes. Il n'est pas plus capable de voler le pistolet que de prendre de l'argent qui ne lui appartient pas.

Le Slim Jim, dont l'Asiatique a avalé une grande bouchée, est aussi sur le comptoir. Dommage, l'enveloppe est déchirée, donc inutilisable.

Vess prend une autre saucisse sur le présentoir, découpe soigneusement avec ses dents l'extrémité de l'enveloppe en plastique et en extrait le boudin de viande. Il glisse la saucisse plus courte (mordue par l'Asiatique) dans l'enveloppe et ferme le bout en le tournant. Il met le tout dans sa poche, avec la cassette... pour Ariel.

Il paie la saucisse qu'il jette, en prenant sa monnaie dans le tiroir-caisse ouvert.

Un autre téléphone sur le comptoir. Il le débranche et écrase le cadran numérique avec le canon de son fusil.

Bien, il est temps d'aller faire ses emplettes.

Soulagée de voir les plafonniers s'éteindre, Chyna sursauta en entendant le martèlement, puis se figea dans le silence soudain.

De retour dans son abri au bout de l'allée, elle venait de sortir délicatement le briquet jetable de son emballage de carton et de plastique. Elle avait vérifié qu'il marchait juste avant que les lumières ne s'éteignent.

Cette arme pathétique serrée dans la main, elle priait maintenant pour que le tueur termine ce qu'il était en train de faire... vider la caisse peut-être... et se décide enfin à partir. Elle n'avait pas envie de l'affronter avec un briquet Bic. S'il lui tombait dessus par hasard, elle pourrait profiter de sa surprise, lui balancer le briquet dans la figure et lui faire une vilaine petite brûlure... voire lui mettre le feu aux cheveux... avant qu'il ne recule. Non, il serait plus rapide, il lui arracherait le briquet de la main.

Même en le brûlant, elle ne gagnerait que quelques précieuses secondes pour prendre la fuite. Il lui courrait après, et il était grand, très grand. De la terreur ou de la rage, quelle serait la gagnante ? L'issue de la course en dépendrait.

Un mouvement, le bruit du portillon du comptoir, des pas. Il partait. Enfin !

Non, ses pas ne se dirigeaient pas vers la porte. Mais vers elle.

Où était-il ? Dans la première allée, côté façade ? Dans celle du milieu, immédiatement à sa gauche ?

Non.

Dans la troisième.

À sa droite.

Il longeait les armoires réfrigérées. Sans se presser. Il ne savait pas qu'elle était là.

Elle se glissa dans l'allée du milieu, à gauche. Là, la lueur des armoires réfrigérées se réfléchissait sur le faux plafond, mais toutes les marchandises étaient dans l'ombre.

Elle avança vers la caisse. Dieu merci ! elle avait des semelles en caoutchouc. Oh ! l'emballage du briquet Bic. Il était toujours par terre au bout de la gondole.

Le tueur le verrait, marcherait peut-être même dessus. En conclurait-il qu'un voleur avait empoché le briquet ? Non, il saurait... peut-être.

Il fonctionnait peut-être à l'intuition, comme elle. Si l'intuition était le murmure de Dieu, peut-être qu'un autre dieu moins bienveillant parlait avec autant de subtilité à un homme pareil.

Elle se retourna et se pencha pour ramasser l'emballage vide. Le plastique dur craqua entre ses doigts tremblants, mais les pas du tueur masquèrent le bruit.

Il devait se trouver à la moitié de la troisième allée lorsqu'elle avait pénétré dans la deuxième. Mais il prenait son temps. Elle avançait si vite qu'elle était déjà parvenue au bout de la sienne.

Elle passa l'extrémité de la gondole, faillit heurter un tourniquet rempli de livres de poche. Elle le contourna et se plaqua contre lui, une fois de plus entre deux allées.

Un Polaroïd par terre : un gros plan d'une fille étonnamment belle d'environ seize ans, avec de longs cheveux blond platine. Elle avait une expression calme mais crispée, figée dans une absence étudiée, comme si ses véritables sentiments étaient tellement explosifs qu'elle risquait de s'autodétruire en les admettant. Son regard démentait subtilement son calme : un peu écarquillé, attentif, douloureusement expressif, des fenêtres sur une âme tourmentée, rempli de colère, de peur et de désespoir.

La photo qu'il avait montrée aux employés. Ariel. La fille dans la cave.

Elles avaient beau ne pas se ressembler du tout, Chyna eut l'impression d'être face à un miroir et non une photo. Elle reconnut la peur proche de la terreur qui avait imprégné sa propre enfance, le désespoir, la solitude aussi profonde qu'un glacial océan polaire.

Le tueur reprit sa marche. Non plus dans la troisième allée, apparemment. Mais dans celle du milieu.

Il venait vers elle, couvrant tranquillement le territoire qu'elle venait de franchir en un éclair.

Mais qu'est-ce qu'il peut bien foutre ?

Elle n'osa pas prendre la photo. Elle la remit par terre, là où elle l'avait trouvée.

Elle pénétra dans l'allée que le tueur venait de quitter et progressa vers le fond. En rasant les étagères de gauche, le plus loin possible de la lueur des armoires réfrigérées à droite : ne pas projeter d'ombre sur le plafond.

Elle avançait. Il marchait toujours de son pas lourd. Elle n'osa pas s'arrêter pour tenter de repérer où il était exactement, de peur qu'il ne revienne la surprendre. Le bout de la gondole. Il serait revenu sur ses pas... Elle allait buter contre lui. Être prise au piège.

Non, il n'était pas là.

Elle s'accroupit contre l'extrémité de la gondole,

revenue à son point de départ. Elle posa délicatement l'emballage vide du briquet par terre entre ses pieds, là où elle l'avait récupéré moins d'une minute avant.

Elle tendit l'oreille. Rien que le ronronnement des armoires réfrigérées.

Pouce levé, elle serrait le briquet, prête.

Vess fourre un paquet de crackers au fromage, un autre au beurre de cacahouète, une barre de Planters aux noisettes et deux barres Hershey aux amandes dans les poches de son imperméable, lesquelles contiennent déjà le pistolet, le Polaroïd et la cassette vidéo.

Il calcule mentalement le total. Pas le temps d'aller récupérer la monnaie dans la caisse : il arrondit la somme et la laisse sur le comptoir.

Il ramasse la photo d'Ariel, puis a un temps d'hésitation : il s'imprègne de l'atmosphère de l'après-massacre. Il règne toujours une atmosphère particulière dans un lieu où il y a eu mort d'homme : comme ce silence dans un théâtre entre l'instant où le rideau tombe sur une pièce impeccablement interprétée et le début de l'ovation du public ; un sentiment de triomphe mais aussi d'éternité, suspendu comme une gouttelette froide au bout d'un glaçon en train de fondre. Quand les hurlements se sont tus, quand les flaques de sang sont drapées de silence, Edgler Vess peut mieux apprécier les conséquences de son audace et savourer la tranquille intensité de la mort.

Il finit par sortir de la boutique. Avec la clé prise sur le tableau, il ferme la porte derrière lui.

Une cabine téléphonique à l'angle. Avec son cordon blindé, le combiné est difficile à arracher : il le cogne cinq, dix, vingt fois contre la cabine jusqu'à ce que le plastique craque, révélant le micro. Il extrait ce dernier des miettes et l'écrase méthodiquement sous son talon. Puis il raccroche le combiné inutilisable.

Son travail ici est terminé. Bien que satisfaisant, cet interlude était inattendu ; il l'a mis en retard.

Il a beaucoup de route à faire. Il n'est pas fatigué. La veille, il a dormi tout l'après-midi et une bonne partie de la soirée avant de partir rendre visite à la maison des Templeton. Mais il n'est pas question de gaspiller davantage de temps. Il a hâte de rentrer chez lui.

Au nord, des éclairs frémissent doucement entre deux épaisses couches de nuages, des palpitations plutôt que des zébrures. Un gros orage en perspective : Vess est ravi. Ici au niveau du sol, où l'on vit, le tumulte et l'effervescence font partie intégrante du climat humain, mais pour des raisons qu'il comprend mal, il est toujours rassuré par la vue de la violence dans d'autres cieux. Il n'a peur de rien, mais il est parfois inexplicablement dérangé par un ciel serein, qu'il soit bleu ou uniformément gris, et souvent par les nuits claires au ciel étoilé... il préfère ne pas fixer cette immensité.

Aucune étoile n'est encore visible. Seulement des masses grises de nuages poussées par un vent froid, brièvement veinées d'éclairs, grosses de déluge.

Il se hâte vers son camping-car, impatient de reprendre son voyage vers le nord, de rencontrer l'orage promis, de trouver l'endroit dans la nuit où les éclairs zébreront le mieux le ciel, où un vent plus violent fera craquer les arbres, où la pluie s'abattra en flots destructeurs.

Accroupie au bout de l'allée, Chyna avait entendu la porte s'ouvrir et se refermer. Elle n'osait pas croire que le tueur s'était enfin décidé à partir. Elle retint son souffle : la porte allait se rouvrir.

En entendant la clé tourner dans la serrure et le verrou se mettre en place, elle s'avança dans l'allée du milieu, courbée, aussi silencieuse qu'un chat, parce qu'elle était persuadée, superstitieusement convaincue que, même sorti, il percevrait le moindre bruit.

Un martèlement violent, résonnant dans les murs, la

figea au bout de l'allée. Il tapait furieusement sur quelque chose...

Au retour du silence, elle hésita, se redressa et se pencha pour jeter un coup d'œil à droite, vers la porte et les baies vitrées de la façade de la boutique.

Plongées dans le noir, les pompes étaient dans une obscurité plus profonde que le fond d'une rivière.

Elle ne distingua pas tout de suite le tueur qui se fondait dans la nuit avec son imperméable noir. Si, il se dirigeait vers le camping-car.

Même en se retournant, il ne pourrait pas la voir dans la pénombre de la boutique. Le cœur battant, elle s'approcha du comptoir.

La photo d'Ariel n'était plus par terre. Elle aurait aimé croire qu'elle n'avait jamais existé.

Pour l'instant, les deux employés qui avaient gardé le secret de sa présence étaient plus importants qu'Ariel ou le tueur. Après le rugissement du fusil à pompe et l'arrêt brutal des hurlements déchirants, elle savait que ces hommes étaient morts. Mais si l'un d'eux s'accrochait miraculeusement à la vie, si elle pouvait lui obtenir de l'aide, la police ou une ambulance, elle s'acquitterait en partie de sa dette.

Elle n'avait rien pu faire pour arrêter la bête sanguinaire ; elle s'était contentée de se cacher, de prier frénétiquement pour devenir invisible. La nausée roulait à présent comme une bouillie d'huîtres glacées dans son estomac... mais Chyna était aussi emplie d'une écœurante exaltation à l'idée d'avoir survécu alors que tant d'autres étaient morts. Aussi compréhensible fût-elle, cette exaltation lui faisait honte, et autant pour elle-même que pour les deux employés, elle espérait pouvoir encore les sauver.

Elle poussa le portillon du comptoir, et le grincement du gond la fit tressaillir jusqu'à la moelle.

Les deux hommes gisaient par terre, dans l'ombre d'une lampe à col de cygne.

— Oh ! mon Dieu !

Ils n'avaient plus besoin de son aide... elle se détourna immédiatement, les larmes aux yeux.

Un revolver, sur le comptoir, directement sous la lampe. Elle le fixa, incrédule, refoulant ses larmes.

Il devait appartenir à l'un des employés. Elle avait entendu l'échange entre le tueur et les deux hommes : un ordre sec, peut-être celui de lâcher une arme. Celle-ci.

Elle la prit des deux mains... ce poids la maintiendrait à flot.

Si le tueur revenait, elle était prête à présent, elle n'était plus réduite à l'impuissance, parce qu'elle savait tirer. Parmi les givrés que fréquentait sa mère, certains étaient des experts en armes, des êtres pleins de haine dont le regard s'animait étrangement sous l'emprise de la drogue ou à l'évocation passionnée de leur volonté de se battre pour la vérité et la justice. L'année de ses douze ans, dans une ferme isolée du Montana, elle avait appris à tirer au pistolet. Une dénommée Doreen et un certain Kirk lui avaient patiemment montré comment tenir l'arme, maîtriser le recul qui secouait ses bras frêles, en lui disant qu'un jour elle serait un vrai soldat qui ferait honneur à leur mouvement.

Elle avait voulu s'initier au tir non pour se mettre au service d'une noble cause ou d'une autre, mais pour se protéger des fureurs droguées ou du regard malsain de quelques-uns des dingues de l'entourage de sa mère. Elle était trop jeune pour vouloir qu'ils s'intéressent à elle, trop respectueuse d'elle-même pour les encourager... mais, grâce à sa mère, elle n'était pas trop naïve pour comprendre ce que ces types attendaient d'elle.

Le revolver de l'employé mort dans les mains, elle se tourna. Un téléphone... en miettes.

— Merde !

Elle se rua sur la porte d'entrée.

Le camping-car était toujours garé au même endroit. Phares éteints.

Pas de tueur en vue. Si. À l'arrière du camping-car, imperméable battant au vent.

Il ne pouvait pas la voir à cette distance. Il ne regardait même pas dans sa direction. Elle recula tout de même.

Il venait apparemment de remettre le tuyau de la pompe en place et de revisser le bouchon du réservoir. Il se dirigeait vers la portière du conducteur.

Elle voulait appeler la police pour la prévenir que le tueur roulait vers le nord sur la 101. Maintenant, le temps qu'elle trouve un téléphone, prévienne la police et explique la situation, il risquait d'avoir une bonne heure d'avance sur eux. Et donc tout le loisir de quitter la 101. Il pouvait continuer vers le nord, vers l'Oregon, ou bien tourner à l'est vers le Nevada... ou encore rejoindre la côte, puis prendre au sud, longer le Pacifique jusqu'à San Francisco et se perdre dans le dédale urbain. Plus il franchirait des kilomètres avant qu'on lance un avis de recherche contre lui, plus il serait difficile à retrouver. Il passerait dans un autre comté, dans un autre État, tomberait sous la juridiction de différents services de police, compliquant les recherches.

Oui, mais quels renseignements fournirait-elle aux autorités ? Le camping-car était-il bleu ou vert ? Elle ne l'avait jamais vu que dans l'obscurité ou dans la lueur jaune des lampadaires à sodium de la station-service. Et sa marque ? Et ses plaques ?

Il partait.

Sans se presser, visiblement sûr d'être intouchable, il s'installa au volant et claqua la portière.

Il va s'en tirer. Mon Dieu ! Non, intolérable, impensable. On ne peut pas laisser faire ça, pas l'autoriser à s'en tirer, à ne jamais payer pour ce qu'il a fait à Laura, à eux tous... pis, lui donner l'occasion de recommencer. Non ! mon Dieu ! Faites que je descende ce salaud de porc d'une balle dans la tête !

La porte. Fermée à clé. Il avait pris la clé.

Le moteur tournait.

Si elle tirait dans la porte vitrée, il l'entendrait. Malgré le rugissement du moteur et la distance.

Une fois dehors, elle serait encore trop loin pour le descendre. À quinze ou vingt mètres, la nuit, avec une arme de poing, et les pompes dans la trajectoire. Aucune chance. Il fallait qu'elle se rapproche, qu'elle coure à la hauteur du camping-car, qu'elle colle le canon contre sa vitre.

Mais s'il l'entendait briser la porte et la voyait sortir de la boutique, elle n'aurait aucune chance de s'approcher de lui, pas une sur un million, et il la pourchasserait de nouveau, dans la station-service, où qu'elle aille, et son revolver ne ferait pas le poids devant son fusil à pompe.

Il alluma les phares.

— Non !

Elle franchit le portillon du comptoir, contourna les corps et ouvrit la porte sur le mur du fond.

Il devait y avoir une issue à l'arrière. Question de commodité ou de sécurité.

La porte s'ouvrit sur l'obscurité. Pas de fenêtres apparemment. Un placard ? Des toilettes ? Elle entra, referma la porte derrière elle, tâtonna, appuya sur un interrupteur.

Un bureau exigu. Un autre téléphone en miettes sur la table.

Juste en face, une autre porte. Pas de serrure apparente. Les toilettes, certainement.

À gauche, une porte métallique avec des verrous. Elle les tourna, ouvrit la porte, et un vent froid s'engouffra dans le bureau.

Un espace pavé de six mètres de large au pied d'une colline couverte d'arbres noirs dans la nuit et secoués par le vent. Un éclairage de sécurité. Deux voitures. Celles des employés.

Maudissant le tueur, elle tourna à droite, longea le bâtiment en courant, passa devant des toilettes publiques. Elle n'avait jamais fait de mal à personne, jamais, mais elle se sentait prête à tuer, elle savait qu'elle en serait capable sans hésitation, sans pitié, avec vengeance, parce qu'il lui avait donné le pouvoir de le faire. Voilà à quoi il l'avait réduite... à cette rage aveugle, animale... et le pire, c'était qu'elle aimait cette fureur, ce doux rugissement de son sang dans ses veines et ce sentiment exaltant de force sauvage, tellement plus agréables que la peur et l'impuissance qu'elle avait dû supporter. Elle aurait dû être écœurée par cette soif de sang, mais elle l'aimait, et elle savait qu'elle l'aimerait encore plus si elle rattrapait le tueur, lui tirait dessus à travers sa vitre, ouvrait la portière, le canardait de nouveau, le faisait tomber par terre et vidait son chargeur sur sa forme rampante. Finie la chasse !

Elle arriva sur la façade du bâtiment.

Le camping-car s'éloignait des pompes.

Elle fonça derrière, à toutes jambes, contre un mur de vent qui lui piquait les yeux, chaussures martelant la piste.

Maintenant c'était : Mon Dieu ! faites que je le rattrape et que je le tue, et non plus : Mon Dieu ! faites que je lui échappe et que je m'en sorte intacte.

Le camping-car accélérait. Il était déjà loin des pompes, sur l'allée de dégagement qui le ramènerait à la route.

Elle ne pourrait jamais le rattraper.

Il s'en tirait.

Elle pila et se mit en position, pieds écartés, le revolver dans la main droite. Elle le redressa, l'agrippa à deux mains, tendit les bras. La posture du tueur. Toutes les filles bien devraient la connaître, pour la prochaine révolution.

Son cœur ne battait plus, il se fracassait contre sa cage thoracique, et chaque explosion lui faisait trembler les bras. Impossible de viser convenablement. De toute façon, il était trop loin. Elle le raterait de plusieurs mètres. Et même si, par un coup de chance, elle touchait l'arrière du camping-car, le conducteur en réchapperait. Il était hors d'atteinte ! Sauf ! Il s'en tirait.

C'était fini. Elle pouvait toujours partir chercher de l'aide, trouver le téléphone le plus proche, appeler la police, s'efforcer de réduire son avance... mais, pour l'instant, c'était fini.

Sauf que, même si elle l'avait voulu, ce n'était pas fini et elle le savait... parce qu'il y avait Ariel.

Seize ans. Le plus joli truc que la terre ait porté. Un ange. Un teint de porcelaine. À couper le souffle. Voilà un an qu'elle est enfermée au sous-sol. Je ne l'ai jamais touchée... de cette manière, du moins. J'attends qu'elle mûrisse, qu'elle s'adoucisse un peu.

Elle revoyait clairement le Polaroïd. Cette expression absente, visiblement le fruit d'un effort. L'angoisse dans le regard.

Plus tôt, en écoutant la conversation entre le tueur et les deux employés, elle avait su qu'il ne jouait pas, qu'il leur disait la vérité. L'ordure les entraînait dans ses petits secrets, leur avouait ses crimes pervers, frissonnait de plaisir en révélant sa culpabilité parce qu'il savait qu'ils allaient mourir et se taire à jamais. Même sans voir la photo, elle aurait su.

Ariel. Ces yeux. Cette angoisse.

Tant qu'elle était restée concentrée sur sa survie, elle avait refusé de songer à la captive. Et, en trouvant le revolver, elle s'était aussitôt convaincue qu'elle ne voulait qu'une chose, tuer ce salaud, lui faire sauter la cervelle, parce qu'elle ne voulait pas regarder la vérité en face.

La vérité, c'était qu'elle n'osait pas le tuer, parce qu'une fois ce salaud réduit à l'état de cadavre on risquait de ne jamais retrouver Ariel... ou de la découvrir trop tard, morte de faim ou de soif dans sa cellule du sous-sol. Il gardait peut-être la fille enfermée sous sa maison, qu'on pourrait probablement localiser à l'aide des papiers qu'il portait sur lui, mais il pouvait l'avoir cachée ailleurs, dans un endroit isolé, où lui seul était capable de les conduire. Elle l'avait poursuivi pour l'estropier, pour que les flics puissent lui arracher l'aveu de l'endroit où il retenait Ariel prisonnière. Si elle avait pu rattraper le camping-car, elle aurait tenté d'ouvrir la portière, de tirer dans la jambe de ce salaud, de le blesser au point de l'obliger à s'arrêter. Mais elle avait dû se dissimuler cette vérité parce que tenter de le blesser était bien plus risqué que de viser sa tête à travers la vitre. Elle n'aurait pas forcément eu le courage de courir aussi vite et de montrer autant d'acharnement si elle s'était avoué la tâche qui l'attendait, en vérité.

Avec son fardeau de cadavres et son conducteur satanique, le gros camping-car s'éloignait vers la route 101, véritable enfer sur roues.

Quelque part, il avait une maison et, en dessous, un sous-sol et, dans ce sous-sol, une fille de seize ans prénommée Ariel, prisonnière depuis un an, intacte mais bientôt violée, vivante mais plus pour longtemps.

— Elle est réelle, murmura Chyna.

Les feux arrière se fondaient dans la nuit.

Elle tourna sur elle-même. Pas de lumières d'habitation dans le voisinage immédiat. Que des arbres et de l'obscurité. Une faible lueur au nord, derrière une colline. De toute façon, elle ne pourrait jamais marcher aussi loin assez vite.

Sur la route, un camion surgit au sud derrière un éclat de phares et passa sans la voir.

Le camping-car était presque sur la 101.

Sanglotant de frustration, de colère, de terreur pour cette fille qu'elle ne connaissait pas et de désespoir à l'idée de la culpabilité qui la hanterait si elle la laissait mourir, Chyna se détourna du camping-car. Elle passa en courant devant les pompes. Fit le tour du bâtiment, revint à son point de départ.

Personne ne lui avait tendu de main secourable quand elle était petite. Personne. Personne ne s'était soucié qu'elle soit piégée, effrayée, réduite à l'impuissance. Jamais.

Lorsqu'elle pensait au Polaroïd, il se transformait, tel un hologramme : elle voyait tantôt le visage d'Ariel, tantôt le sien.

Tout en courant, elle pria pour ne pas être obligée de rentrer dans la boutique. Ni de fouiller les corps.

Il y eut un éclair lointain et un coup de tonnerre comme des talons de bottes sur des marches d'escalier de cave. Sur les collines derrière le bâtiment, les arbres ployèrent sous le vent qui gonflait.

La première voiture était une Chevrolet blanche. Dix ans. Ouverte.

En se glissant au volant, Chyna fit gémir les ressorts du siège, et un emballage crissa sous ses pieds. Cela puait le tabac froid.

Les clés n'étaient pas sur le tableau de bord. Elle vérifia derrière le pare-soleil. Sous le siège. Rien.

La seconde voiture était une Honda, plus récente que la Chevy. Elle sentait le déodorant au citron, et les clés se trouvaient dans un vide-poches.

Chyna posa à contrecœur le revolver sur le siège du passager, à portée de main. Adulte, elle avait toujours compté sur la prudence pour éviter les ennuis. Elle n'avait pas tenu une arme depuis qu'elle avait plaqué sa mère à l'âge de seize ans. Désormais, elle n'imaginait plus sa vie sans arme... Consternant.

Le moteur partit au quart de tour. Elle démarra en trombe, faisant couiner les pneus, et fila comme une flèche devant les pompes.

La route de dégagement était déserte. Le camping-car avait disparu.

À cet endroit, la 101 était à quatre voies avec un terre-plein central : le tueur n'avait pu faire demi-tour pour prendre la direction du sud. Il roulait forcément vers le nord, il ne pouvait pas être bien loin.

Elle le prit en chasse.

5.

À quatre heures du matin, la circulation dans l'autre sens est plutôt clairsemée, mais chaque fois qu'il croise des phares, Edgler Vess les entend gazouiller dans les poils de ses oreilles. Un son agréable, distinct du rugissement des moteurs et du gémissement dû à l'effet Doppler des pneus sur la chaussée.

Il mange une de ses barres Hershey. La texture soyeuse du chocolat qui fond sur sa langue lui rappelle la musique d'Angelo Badalamenti, laquelle lui fait penser à la surface cireuse d'un *arum* écarlate, lequel ranime à son tour le souvenir intensément sensuel du craquant frais des cornichons qui, l'espace d'une seconde, supplante totalement le goût du chocolat.

À l'écoute du gazouillis des phares, engagé dans cette libre association de données sensorielles et de souvenirs, Vess est un homme heureux. Il vit bien plus intensément que les autres ; il est singulier. Comme son esprit n'est pas encombré par la bêtise et les émotions fausses, il est capable de percevoir ce qui échappe aux autres. Il comprend la nature du monde, le but de l'existence et la vérité derrière le Grand Mensonge ; parce qu'il sait, il est libre, et libre, il est toujours heureux.

Le monde est sensation. Nous dérivons dans un océan de stimuli sensoriels : mouvement, couleur, texture, forme, chaleur, froid, symphonies sonores naturelles, une infinité d'odeurs, de goûts, trop nombreux pour que l'homme puisse en dresser l'inventaire. Seule la sensation dure. Toutes les choses vivantes meurent. Les grandes cités ne durent pas. Le métal se corrode et la pierre s'effrite. En des millions d'années, des continents se reforment, des chaînes montagneuses disparaissent, des mers s'assèchent. Notre planète se vaporisera, quand le soleil s'autodétruira. Mais même dans le vide de l'espace sidéral, entre systèmes solaires, dans ce vide profond qui ne transmet pas le son, existent néanmoins la lumière et l'obscurité, le froid, le mouvement, la forme et la formidable vision de l'éternité.

Le seul but de l'existence est de s'ouvrir aux sensations et de satisfaire tous les appétits dès qu'ils surgissent. Edgler Vess sait qu'une sensation n'est ni bonne ni mauvaise, elle *est*, et que toute expérience sensorielle présente un intérêt. Les valeurs positives et négatives sont purement et simplement des interprétations humaines de stimuli neutres et sont donc aussi durables, c'est-à-dire aussi insignifiantes, que les êtres humains eux-mêmes. Il apprécie l'amer autant que la saveur sucrée d'une pêche mûre ; en fait, il lui arrive de croquer des aspirines non pour soulager une migraine mais pour se délecter du goût incomparable du médicament. Lorsqu'il lui arrive de se couper, il n'a jamais peur, parce que la douleur le fascine, et il l'accueille simplement comme une nouvelle forme de plaisir ; tout l'intrigue, jusqu'au goût de son propre sang.

M. Vess n'est pas sûr que l'âme immortelle existe, mais il est absolument certain que, si tel est le cas, nous ne naissons pas avec, comme avec des yeux et des oreilles. Il pense que, si âme il y a, elle *croît* de la même manière qu'un récif de corail à partir du dépôt de millions de squelettes calcaires sécrétés par des polypes marins. Toutefois, nous construisons le récif de l'âme non avec des polypes morts mais avec des sensations régulièrement accumulées au cours d'une vie. Selon l'avis éclairé de Vess, si l'on veut avoir une âme formidable, ou une âme tout court, il faut s'ouvrir à toutes les sensations possibles, plonger dans l'océan sans fond des stimuli sensoriels qui constituent notre monde et en faire l'expérience sans se soucier du bon ou du mauvais, du bien ou du mal, sans peur, avec détermination. S'il a raison, cela veut dire qu'il est en train de construire l'âme peut-être la plus complexe, voire baroque, et la plus *importante* à avoir jamais transcendé ce niveau d'existence.

Le Grand Mensonge est cette conviction que des concepts comme l'amour, la culpabilité et la haine sont réels. Mettez M. Vess dans une pièce avec n'importe quel prêtre et montrez-leur un crayon : ils s'accorderont sur sa couleur, sa taille et sa forme. Bandez-leur les yeux, placez-leur de la cannelle sous le nez, et ils l'identifieront tous les deux à l'odeur. Mais présentez-leur une femme cajolant son bébé : le prêtre y verra de l'amour, M. Vess seulement une femme goûtant aux sensations apportées par le nourrisson... son odeur de propreté, la douceur de sa peau rose, la rondeur indéniablement plaisante de son visage, la musicalité de ses gazouillis ; son impuissance et sa dépendance apparentes la satisfont profondément. La grande malédiction de l'intelligence supérieure de l'humanité est qu'elle conduit la plupart des membres de l'espèce à aspirer à être plus que ce qu'ils sont. Selon Vess, tous les hommes et les femmes ne sont fondamentalement rien d'autre que des animaux... des animaux intelligents, certes, mais des animaux tout de même ; des reptiles, en fait, des produits de l'évolution du premier poisson à avoir jamais rampé hors de la mer primordiale. Ils sont, il le sait, mus et formés exclusivement par des stimuli sensoriels, tout en étant incapables d'admettre la primauté de la sensation physique sur l'intellect et l'émotion. Ils redoutent même leur conscience reptilienne, ses besoins et ses appétits, et s'efforcent de restreindre sa quête de sensations en usant de mensonges comme l'amour, la culpabilité, la haine, le courage, la loyauté et l'honneur.

Telle est la philosophie de M. Edgler Vess. Lui, il étreint sa nature reptilienne. Sa gloire tient à son accumulation sans pareille de sensations. C'est une philosophie pragmatique, qui demande à son adhérent de n'endosser ni les valeurs en noir et blanc qui entravent tant les croyants, ni les contradictions gênantes de l'éthique situationnelle qui caractérisent à la fois l'athée moderne et ceux dont la politique est la religion.

La vie *est*. Vess vit. Point à la ligne.

En terminant sa seconde barre Hershey, il se dit, et ce n'est pas la première fois, que la texture du chocolat en train de fondre ressemble à celle du sang qui coagule.

Il se rappelle le silence apaisant des flaques de sang autour de Mme Templeton dans la cabine de douche, avant qu'il ne le brise en ouvrant le robinet d'eau froide.

Le souvenir du tambourinement creux de l'eau dans cette douche le rend conscient du froid de toute la pluie promise par l'orage menaçant vers lequel il se dirige.

L'éclair qui vient de zébrer les nuages a le goût de l'ozone, il le sait.

Au-dessus du grondement monotone du moteur du camping-car, il entend le fracas du tonnerre, et ce son est aussi une image vivace dans son esprit : les yeux du jeune Asiatique s'écarquillant encore, encore et encore au premier coup de fusil.

Même dans le vide galactique : lumière et obscurité, couleurs, textures, mouvements, formes et douleurs.

Une côte cernée d'arbres. Dans le grand virage, les phares de la Honda balayèrent les collines environnantes, révélant que la forêt d'ombres se constituait d'épicéas et de pins immenses. Bientôt peut-être des séquoias.

Chyna gardait le pied sur l'accélérateur. C'était bien la première fois de sa vie qu'elle ne respectait pas une limitation de vitesse. Elle n'avait jamais récolté d'amende pour une infraction au code de la route, mais elle aurait donné cher pour qu'un flic l'arrête maintenant.

Son parcours sans faute au volant était dû à son goût pour la modération en toutes choses. À en juger par les catastrophes qui arrivaient aux autres, la survie était étroitement liée à la modération, et sa vie entière était vouée à la survie, comme la vie d'une religieuse pourrait se définir par le mot *foi* ou celle d'un homme politique par celui de *pouvoir*. Elle buvait rarement plus d'un verre de vin, ne prenait jamais de drogues, ne pratiquait aucun sport dangereux, suivait un régime pauvre en graisses, en sel et en sucre, évitait les quartiers réputés dangereux, n'exprimait jamais d'opinions arrêtées et passait en général tranquillement inaperçue... tout cela pour s'en sortir, s'accrocher, survivre.

Contre toute attente, elle venait justement de survivre aux événements de ces dernières heures. *Le tueur ne connaissait même pas son existence*. Elle avait réussi. Elle était libre. C'était fini. Le réflexe intelligent, sage et raisonnable, le réflexe Chyna, était de le laisser partir, de lui permettre de s'enfuir, de se garer sur le bord de la route pour s'abandonner enfin aux tremblements qu'elle s'acharnait à réprimer et remercier le ciel d'être intacte et vivante.

Non, la fille dans la cave, l'Ariel au visage d'ange, n'était pas réelle. La photo pouvait très bien être celle de l'une des précédentes victimes de ce salaud. L'histoire de son incarcération n'être qu'une invention de malade, une version pyschotique d'un conte de Grimm, Rapunzel au sous-sol, un jeu auquel il s'était amusé avec les deux employés.

Menteuse !

La fille de la photo était vivante quelque part, prisonnière. Ariel n'était pas un fantasme. En fait, elle était Chyna ; elles ne faisaient qu'une, parce que toutes les filles perdues sont une et indivisible, unies dans leurs souffrances.

Elle fonça jusqu'au sommet de la côte. Le vieux camping-car était à cent cinquante mètres.

— Oh ! mon Dieu !

Elle arrivait trop vite derrière lui. Elle leva le pied de l'accélérateur.

À soixante mètres du tueur, elle ralentit encore, espérant qu'il n'avait pas remarqué sa hâte.

Il roulait entre quatre-vingts et quatre-vingt-dix kilomètres à l'heure, un choix prudent sur cette route, d'autant qu'ils se trouvaient à présent sur une portion plus étroite, sans terre-plein central. Il ne s'attendrait pas forcément qu'elle le double et ne soupçonnerait rien si elle restait derrière lui ; après tout, à cette heure de la nuit, tous les conducteurs de Californie ne se sentaient pas d'humeur suicidaire.

N'étant plus obligée à cette allure de se concentrer autant sur la route, elle en profita pour fouiller rapidement autour d'elle en quête d'un téléphone cellulaire. Elle doutait qu'un employé de nuit d'une station-service en possédât un, mais on ne savait jamais, la moitié du monde semblait en avoir un à présent, et pas seulement les vendeurs, les agents immobiliers et les avocats. Ses doutes se révélèrent malheureusement fondés.

Elle croisa un gros semi-remorque pressé, talonné par une Mercedes, puis, plus loin, une Ford. Elle examinait les véhicules venant en sens inverse, dans l'espoir que l'un d'eux serait une voiture de police.

Si elle repérait un flic, elle attirerait son attention en klaxonnant et en zigzaguant comme une folle. Si elle ne klaxonnait pas suffisamment tôt et si le flic ne remarquait pas ses embardées dans son rétro, elle ferait demi-tour et le prendrait en chasse, quitte à perdre le camping-car.

Mais elle désespérait d'en croiser un.

La chance semblait être du côté du tueur. Il se comportait avec une assurance déconcertante. Peut-être cet aplomb était-il le seul garant de sa chance... Chyna avait beau être ancrée dans la réalité, elle n'était pas loin de lui attribuer des pouvoirs surnaturels.

Non. Il n'était qu'un homme.

Et maintenant elle avait un revolver. Elle pourrait se défendre.

Le pire était passé.

Des éclairs zébrèrent de nouveau le ciel mais, cette fois, la couche de nuages ne les absorba pas. Ils avaient la luminosité d'un soleil perçant de l'autre côté de la nuit.

Dans ces éclairs stroboscopiques, le camping-car semblait vibrer, sur le point de voler en éclats par la volonté d'une colère divine.

Mais, ici-bas, le châtiment était la prérogative des mortels. Dieu se contentait d'attendre l'au-delà pour punir ; selon elle, c'était Son unique aspect cruel, et d'une cruauté sans nom.

Un fracas de tonnerre suivit les éclairs. Les cieux auraient dû s'ouvrir, mais la pluie resta dans sa bouteille plus haut dans la nuit.

Aucun panneau indiquant un poste de la police de la route, où demander de l'aide. La ville d'importance la plus proche, où elle aurait peut-être la chance de trouver un commissariat ou de croiser une voiture de patrouille, était Eureka, pas vraiment une métropole. Et c'était encore à au moins une heure de route.

Enfant, aplatie sous des lits, recroquevillée au fond de placards, perchée sur des toits ou assise en équilibre sur les plus hautes branches des arbres, dans des granges en hiver et sur des plages en été, Chyna s'était cachée en attendant que se calment les passions et les fureurs des adultes, toujours avec terreur mais aussi avec une patience et un détachement presque zen des réalités. Là, elle n'était plus qu'impatience. Elle voulait voir cet homme arrêté, menottes aux poignets, harcelé par la justice, *souffrant*. Elle le voulait désespérément et sans attendre, *avant qu'il tue de nouveau*. Ce n'était pas sa propre survie qui était en jeu mais celle d'une jeune inconnue, et elle était surprise, et même un peu mal à l'aise, de découvrir qu'elle pouvait se soucier avec autant de ferveur du sort d'une inconnue.

Peut-être possédait-elle cette capacité depuis toujours, sans s'être jamais trouvée dans une situation lui permettant d'en prendre conscience. Non. Elle se mentait à elle-même. Dix ans avant, elle n'aurait jamais suivi le camping-car. Cinq ans avant non plus. Ni l'année dernière. Peut-être pas même la veille.

Quelque chose venait de profondément la changer, et ce n'était pas la brutalité dont elle avait été témoin quelques heures plus tôt dans la maison Templeton. Elle savait viscéralement que cette métamorphose troublante se préparait depuis longtemps, telle la lente transformation du cours d'un fleuve... par fractions de degré imperceptibles, jour après jour. Soudain, simplement survivre ne lui suffisait plus ; la dernière palissade de terre s'effondrait, la dernière pierre bougeait, et le cours du fleuve changeait.

Elle se faisait peur. Ce souci téméraire de l'autre.

D'autres éclairs, éblouissants cette fois, révélèrent des séquoias aussi massifs que des flèches de cathédrales. Ils furent suivis de craquements de tonnerre de la violence d'une secousse dans la faille de San Andreas. Le ciel s'ouvrit.

Au début, les gouttes tombèrent grosses et laiteuses dans les phares, comme si la nuit était un lustre éteint avec une infinité de pendeloques de cristal. Elles s'écrasèrent sur le pare-brise, sur le capot, sur la chaussée.

Devant, le camping-car commençait à se dissoudre dans le déluge.

Puis les gouttes s'affinèrent en se démultipliant. À présent argentées dans les phares, elles ne tombaient plus droit mais obliquement, poussées par les rafales de vent.

Chyna mit les essuie-glaces, mais le camping-car continuait à s'enfoncer dans l'orage. Le tueur ne ralentissait pas, au contraire.

De peur de le perdre de vue ne serait-ce qu'une seconde, elle accéléra aussi. Tout en redoutant qu'il ne s'aperçoive de sa manœuvre et comprenne qu'elle le suivait.

Dans le sens inverse, la circulation déjà clairsemée diminua encore, comme si les automobilistes avaient été poussés hors de la route par le déluge.

Pas de phares non plus dans le rétroviseur. Le psychotique du camping-car roulait à une allure qu'elle seule avait la témérité de maintenir.

Sur la chaussée vide, elle se sentait presque aussi seule avec lui que dans son abattoir sur roues.

Quand la route déserte et les sinistres cataractes de pluie devinrent moins menaçantes que monotones, le tueur la surprit soudain. Freinant légèrement, sans se soucier de mettre son clignotant, il tourna à droite dans une bretelle de sortie.

Chyna ralentit, de crainte d'éveiller ses soupçons en lui emboîtant le pas. Il ne manquerait pas de la voir. Mais elle n'avait pas le choix ; il fallait le suivre.

Le temps qu'elle arrive au bout de la bretelle, le camping-car s'était dissous dans la pluie et la brume, mais elle l'avait vu tourner à gauche au moment où elle s'engageait. La route à deux voies se dirigeait vers l'est ; un panneau lui apprit qu'elle pénétrait dans le parc national de séquoias d'Humbolt.

On annonçait trois villes dans cette direction ; Honeydew, Petrolia et Capetown. Leurs noms ne lui disaient rien, mais elle fut sûre qu'elles devaient se réduire à quelques maisons au bord de la route, sans poste de police.

Voûtée sur le volant, plissant les yeux derrière le pare-brise noyé de pluie, elle s'engagea dans le parc national, impatiente de rattraper le tueur, parce qu'il habitait peut-être l'une de ces trois petites villes ou à côté. Pour l'instant, il valait mieux lui laisser une minute d'avance, pour ne pas éveiller ses soupçons. Mais il lui faudrait le repérer avant qu'il n'arrive à l'autre bout du parc, avant qu'il ne quitte la départementale pour s'engager dans une rue ou une allée privée.

Plus la route s'enfonçait à travers les arbres grattant le ciel, moins la pluie fouettait la Honda. L'orage ne se calmait pas, mais les immenses remparts de séquoias abritaient la chaussée du pire du déluge.

Sur cette étroite route en lacet, il n'était pas possible de rouler aussi vite que sur la 101. En outre, le tueur avait apparemment décidé qu'il n'était plus nécessaire de brûler les étapes, peut-être parce qu'il jugeait avoir mis une distance suffisante entre les morts de la station-service et lui. Lorsqu'elle le rattrapa, moins d'une minute plus tard, il roulait en dessous de la vitesse réglementaire.

Elle remarqua alors l'absence de plaques d'immatriculation. La Californie, comme d'autres États, ne délivrait pas de plaques provisoires à l'achat d'un véhicule, et il était légal de conduire sans jusqu'à ce que le service concerné vous les envoie par la poste. Ou peut-être que, avant d'aller dans la maison Templeton, le tueur avait préféré dévisser ses plaques plutôt que de risquer de croiser un témoin doté d'une bonne mémoire.

Relâchant l'accélérateur, Chyna jeta un coup d'œil au compteur... une lueur rouge. L'aiguille de la jauge à essence se situait en dessous du trait VIDE.

Depuis quand ? Toute au camping-car et aux dangers de la route glissante, elle ne la remarquait que maintenant. Il pouvait rester une dizaine de litres dans le réservoir... ou un malheureux petit litre.

Elle ne pourrait pas suivre le tueur jusqu'à sa destination.

Les séquoias ne sont un symbole ni de grandeur, ni de beauté, ni de paix, ni même de l'intemporalité de la nature. Les séquoias sont puissance.

Edgler Vess baisse sa vitre et respire à pleins poumons l'air froid riche du parfum de ces géants, une odeur de puissance. Il se pénètre de leur puissance, et son propre pouvoir en est grandi.

Les séquoias sont puissance parce qu'ils dominent toutes les autres essences, parce qu'ils sont séculaires (nombre de ces spécimens datent d'avant la naissance du Christ), parce que leur écorce extraordinaire, aussi épaisse qu'une armure et riche en tanin, les rend presque indifférents aux insectes, aux maladies et au feu. Ils sont puissance parce qu'ils durent, alors que tout meurt autour d'eux ; hommes et animaux passent et trépassent à leurs pieds : posés sur leurs hautes branches, les oiseaux paraissent plus libres que tout ce qui s'enracine dans le roc et la terre, jusqu'à l'instant où, dans un silence soudain du cœur, ils s'écrasent par terre comme des pierres ou plongent du ciel, et les arbres croissent toujours ; dans l'ombre de leur sous-bois, des fougères et des rhododendrons fuyant le soleil s'épanouissent saison après saison, mais leur immortalité est illusoire, car ils meurent aussi, et leurs restes en décomposition nourrissent les nouvelles générations. Prince de la paix et prophète de l'amour, le Christ a expiré sur une croix de cornouiller, mais de Son vivant, aucun de ces arbres n'a été arraché par aucune tempête ; ils avaient beau ne pas se soucier de la paix et ne rien connaître de l'amour, ils duraient. Occupée à ses incessantes moissons, la mort projette des ombres frénétiques au milieu des séquoias indifférents, vacillement incessant qui danse sur leurs troncs massifs sans les toucher, sombre équivalent d'un feu léchant les pierres d'un foyer.

La puissance vit pendant que d'autres périssent inexorablement. La puissance est tranquillement indifférente à leurs souffrances. La puissance se nourrit de la mort des autres, tout comme les imposants séquoias tirent leur subsistance de la décomposition perpétuelle de ce qui a vécu, brièvement, autour d'eux. Cela fait aussi partie de la philosophie d'Edgler Foreman Vess.

Par la vitre ouverte, il respire l'odeur de ces arbres puissants, dont les molécules adhèrent aux cellules superficielles de ses poumons, et leur puissance séculaire entre ainsi dans son sang fraîchement oxygéné, bat dans son cœur, irrigue son corps entier, l'emplit de force et d'énergie.

La puissance est Dieu, Dieu est nature, la nature est puissance, et la puissance est en Vess.

Sa puissance ne cesse de croître.

S'il devait croire en quelque chose, il serait un panthéiste passionné, convaincu que tout est sacré : arbres, fleurs, brins d'herbe, oiseaux, scarabées. Le monde regorge de panthéistes à l'heure actuelle ; Vess serait à l'aise parmi eux s'il devait rejoindre leurs rangs. Mais quand tout est sacré, *rien* ne l'est. À ses yeux, c'est justement la beauté du panthéisme. Si la vie d'un enfant vaut celle d'une carpe ou d'une chouette, alors Vess a le droit de tuer de jolies petites filles comme il écraserait un scorpion sous sa semelle, sans être plus moralement condamnable dans un cas que dans l'autre, mais en prenant considérablement plus de plaisir.

Mais il ne croit en rien.

Au sortir d'un virage, dans une ligne droite flanquée de troncs d'une circonférence plus grande encore que ce qu'il a jamais vu, des os blanchis d'éclairs craquellent la peau noire du ciel. Un rugissement de tonnerre, un hurlement de rage, secoue l'air.

La pluie lui porte l'odeur de l'éclair dans la nuit. Deux odeurs de puissance, l'éclair et les séquoias... électricité et durée, furieuse chaleur et solide endurance... lui sont offertes à présent, et il les inhale avec plaisir.

Emprunter cette départementale, le long de la côte, et reprendre la 101 au sud d'Eureka rallongera sa route d'une demi-heure à une heure, selon sa vitesse et la force de l'orage. Mais aussi impatient soit-il de retrouver Ariel, il n'aurait pu résister à la puissance des séquoias.

Des phares apparaissent derrière lui, dans son rétroviseur latéral. Une voiture. Pendant près d'une heure, on l'a suivi sur l'autoroute, de loin. Il doit s'agir d'un autre véhicule, parce que ce conducteur est plus agressif que l'autre, il se rapproche à toute allure.

Imprudente, la voiture, une Honda, déboîte, franchissant la ligne continue. Personne n'arrive en face, ils sont sur une portion de route droite, mais elle n'aura pas la place de terminer sa manœuvre avant le virage suivant, surtout sur cette chaussée glissante.

Vess ralentit.

La Honda vient se placer à sa hauteur.

À travers le pare-brise, gêné par la pluie et ses essuie-glaces, il ne parvient qu'à entr'apercevoir le conducteur. Rien d'autre qu'un éclair de chemise ou de pull-over rouge franc. Une main pâle sur le volant. La minceur du poignet laisse penser qu'il s'agit d'une femme. Elle a l'air seule. Puis la voiture gagne du terrain, et il ne voit plus que son toit.

Ils approchent rapidement du virage.

Vess ralentit encore.

Par la vitre ouverte, il entend les pneus de la Honda crisser quand le conducteur accélère. La puissance formidable de ce moteur paraît d'une faiblesse pathétique dans ces bosquets majestueux, comme le bourdonnement furieux d'un moustique au milieu d'éléphants.

Sans effort particulier, Vess pourrait tourner le volant à gauche et envoyer la Honda dans le décor. Elle ferait un tonneau, exploserait... ou s'écraserait de plein fouet contre un tronc de six mètres de diamètre.

Il est tenté.

Le spectacle serait satisfaisant.

Il n'épargne la femme de la Honda que parce qu'il est d'humeur à rechercher des sensations subtiles plutôt qu'explosives. Cette dernière expédition lui a apporté non seulement la famille de la vallée de Napa qu'il projetait de détruire, mais l'auto-stoppeur accroché à présent dans le placard de la chambre tel l'amateur d'amontillado d'Edgar Poe, emmuré dans la cave, ainsi que les deux employés de la station-service. Une telle profusion est rassasiante. Le récif de son âme se constitue d'une diversité d'expériences, pas de sensations répétitives. À l'instant présent, il n'a besoin ni de la sombre musique du sang, ni de la chaleur éperonnante des cris ; mais de humer l'humidité de la pluie, de sentir la masse dominante des arbres et d'écouter l'oscillation paisible des fougères dissimulées par la nuit.

Il freine.

La Honda file à côté de lui, dans une gerbe d'eaux sales. À l'entrée du virage, ses freins s'allument brièvement : rouge dans l'orage noir, rouge reflet sur la grise écorce humide des grands conifères, traceurs apocalyptiques de rouge striant la chaussée. Puis plus rien.

Edgler Vess est de nouveau seul, au volant de son arche, dans un monde incolore de pluie grise, d'ombres noires et de faisceaux de phares d'un blanc étincelant, en paix pour communier avec les séquoias et s'approprier un peu de leur puissance.

Il pense au Christ sur son lit vertical de cornouiller, et l'idée que les doux hériteront de la terre le fait sourire. Il n'a envie d'hériter de rien. Il est un feu déchaîné, puissant et brûlant ; il noircira les couleurs de ce bas monde, consumera toutes les étincelles de sensation qu'il a à offrir et laissera derrière lui un royaume de cendres. Que les doux héritent donc des cendres.

En doublant le camping-car, trop vite pour se rabattre avant la sortie du virage, Chyna avait craint que le moteur assoiffé ne tousse, suffoque et la lâche. Depuis qu'elle avait repéré le point rouge sur le tableau de bord, elle ne voyait plus que cette lueur obsédante.

Mais la Honda poursuivait sa route en toute confiance, nourrie d'un résidu de gouttes, de vapeurs, dans un étrange état de grâce.

Il fallait qu'elle distance le tueur et gagne du temps pour appliquer son plan. Elle roulait aussi vite qu'elle l'osait sur la chaussée glissante.

Il y eut un autre virage, une ligne droite, un nouveau lacet, une côte douce, puis une autre descente, mais cela ne rompait pas la monotonie du paysage partant en pente régulière vers le Pacifique, distant de quelques kilomètres à l'ouest. Les petits remparts de terre meuble flanquant la route derrière les bas-côtés ne l'arrangeaient pas. Puis la chaussée fut de nouveau au niveau de la forêt environnante, et Chyna entra dans une ligne droite en bas d'un virage. Les circonstances idéales.

Elle devait avoir une bonne minute d'avance sur lui, voire une et demie, s'il n'avait pas accéléré après son passage. De toute façon, une minute devrait amplement lui suffire.

Elle roulait maintenant à cinquante kilomètres à l'heure, mais elle avait toujours l'impression de foncer. Elle ralentit encore, s'interrogeant de nouveau sur sa ruée vers l'héroïsme, mais toujours incapable de la comprendre. Puis elle braqua à droite, sortit de la route, survola le bas-côté, rebondit dans un petit fossé de drainage et s'écrasa contre la forteresse d'un énorme séquoia. Le phare gauche explosa, le pare-chocs craqua, se rida et tomba dans un petit hurlement métallique, comme sa fonction l'exigeait.

En se tendant sur ses seins, la sangle de sa ceinture de sécurité arracha un gémissement de douleur à Chyna.

Le moteur tournait toujours.

Pas le temps de descendre inspecter les dégâts à l'avant... Et s'ils n'étaient pas assez impressionnants pour convaincre le tueur qu'il y avait eu un blessé dans l'accident ? À son arrivée dans quelques secondes, il ne fallait pas qu'il se pose de questions. S'il avait le moindre soupçon, elle pouvait dire adieu à son plan.

Elle passa immédiatement la marche arrière pour se dégager de l'arbre, intact. Les pneus patinèrent un peu sur le tapis détrempé d'aiguilles de séquoias, mais il n'avait pas suffisamment plu pour que la terre se transforme en boue. Vibrante et cliquetante, la voiture franchit de nouveau les quelques centimètres d'eau sale du petit fossé de drainage et retrouva la chaussée.

Chyna jeta un coup d'œil vers le sommet du virage. Rien. Pas même une lueur de phares.

Mais il arrivait. Aucun doute là-dessus.

Bientôt.

Elle n'avait pas le temps de remonter la côte en marche arrière. Mais il lui fallait un peu d'élan.

Du pied gauche, elle appuya le plus possible sur le frein et, du pied droit, enfonça l'accélérateur. Le moteur gémit, puis hurla. La voiture forçait tel un cheval éperonné se pressant contre les portes d'une piste de rodéo. La sentant aussi impatiente de bondir en avant qu'un être vivant, elle se demanda quelle vitesse adopter sans risquer ni de se tuer, ni de se piéger dans la tôle froissée. Puis elle donna plus de jus, sentit une odeur de brûlé et leva le pied gauche de la pédale de frein.

Les pneus patinèrent furieusement sur la chaussée luisante, puis, dans un frémissement, la Honda se rua en avant, rebondit dans le fossé et s'écrasa contre le tronc du séquoia. Le phare droit explosa ; dans un couinement métallique, le capot se froissa, se tordit et s'ouvrit avec le bruit d'un accord plaqué sur un banjo, mais le pare-brise tint bon.

Le moteur bégayait. Soit il ne lui restait plus une goutte d'essence, soit le choc l'avait gravement endommagé.

Suffoquant sous la pression de sa ceinture de sécurité, priant pour que le moteur ne la lâche pas tout de suite, Chyna repassa la marche arrière.

Avec un peu de chance, la Honda serait en travers de la route à l'arrivée du tueur au sommet du virage. Il fallait qu'elle l'oblige à s'arrêter... et à descendre de son camping-car.

La voiture cabossée toussa, faillit caler, puis repartit en marche arrière sur la chaussée.

Chyna braqua pour que le tueur voie l'avant défoncé dès qu'il s'engagerait dans le virage.

Le moteur rendit l'âme dans un ultime hoquet. Ce n'était pas grave. Elle était en position.

Sans la concurrence du bruit du moteur, la pluie semblait tomber plus drue qu'avant, battant sur le toit et giflant le pare-brise.

En haut du virage, l'obscurité restait totale.

Chyna mit la Honda en position parking, pour lui éviter de partir en roue libre lorsqu'elle lâcherait le frein.

Les deux phares étaient cassés, mais les essuie-glaces continuaient à marcher, alimentés par la batterie. Elle n'y toucha pas.

Elle ouvrit la portière et, se sentant affreusement visible sous le plafonnier, posa un pied dehors. Il fallait qu'elle soit à l'abri, loin de la voiture à l'apparition du camping-car... dans vingt, peut-être dix secondes, difficile à dire : elle avait perdu la notion du temps depuis sa sortie du virage.

Le revolver !

Elle replongea à l'intérieur, tendit la main vers l'arme... qui n'était plus sur le siège.

La première ou la seconde collision avait dû l'envoyer par terre. Penchée au-dessus du vide-poches entre les deux sièges, Chyna tâtonna dans l'obscurité, sentit l'acier froid du canon, enfonça ses doigts dans sa gueule lisse. Avec un murmure de soulagement, elle repêcha la disparue.

Le revolver fermement en main, elle s'extirpa de la Honda. Laissant la portière du conducteur grande ouverte.

La pluie et le vent la glacèrent.

En haut du virage, la nuit s'éclaira faiblement, et les troncs des séquoias s'illuminèrent soudain comme sous une lune jaillissant des nuages.

Chyna courut vers les arbres qui se dressaient à environ neuf mètres de la chaussée de l'autre côté de la route, en face du mastodonte contre lequel elle venait de jeter la Honda. Elle frissonna en sentant l'eau glaciale du fossé de drainage envahir ses chaussures.

Elle glissa sur le tapis spongieux d'aiguilles détrempées et s'étala sur un tas de pommes de séquoias. Le tas s'éboula légèrement, craqua au creux de ses reins, et à la douleur fulgurante qui lui vrilla le dos, elle crut sa colonne vertébrale responsable de ce bruit sec.

Continuer à quatre pattes. Non, pas question de lâcher le revolver. Mais si elle rampait, elle risquait d'en boucher le canon avec de la terre ou des aiguilles. Elle hésitait encore quand la route derrière elle s'illumina.

Le camping-car entrait dans le virage.

Elle ne se trouvait qu'à cinq mètres de la chaussée, encore loin des arbres, sans vraies broussailles pour la dissimuler... les fougères semblaient plus denses dans l'ombre devant elle. Il ne fallait pas qu'il la voie. Tout était perdu s'il la voyait courir se mettre à l'abri.

Une chance que son jean soit sombre, et non délavé, et son pull-over rouge framboise, et non blanc ou jaune, et qu'elle eût les cheveux bruns. Elle se sentait pourtant aussi visible que si elle portait une robe de mariée.

Il aurait le regard fixé sur la Honda, surpris de la voir en travers de la route. Il ne jetterait pas immédiatement un coup d'œil sur les bas-côtés, et lorsque son attention se détournerait de la voiture, ce serait certainement pour regarder vers la droite, où la Honda avait quitté la route pour heurter l'arbre et non à gauche où elle cherchait à se cacher.

Se répétant sans trop y croire qu'il ne pouvait pas

l'avoir repérée, elle atteignit la première phalange de séquoias massifs. Ils poussaient étonnamment près les uns des autres pour leur taille. Elle se glissa derrière le tronc plissé d'un géant de cinq mètres de circonférence qui vivait dans une telle intimité avec son voisin encore plus gros qu'on pouvait à peine se glisser entre les deux.

Les branches les plus basses, à une cinquantaine de mètres au-dessus du sol, n'étaient visibles que dans les éclairs. Entre ces deux troncs, elle eut l'impression de se trouver entre les piliers d'une cathédrale trop grande pour avoir jamais été construite dans ce bas monde ; dominée par des voûtes majestueuses de branches.

Du cloître de sa retraite humide, elle observa la route.

Derrière l'écran dentelé des fougères, les phares donnaient des reflets argentés à la pluie. Les freins à air lâchèrent leur gémissement.

M. Vess s'arrête sur la chaussée, car le bas-côté n'est ni assez large ni assez solide pour accueillir son camping-car. Bien que cette route soit manifestement peu passante en ces heures précédant l'aube, il rechigne à bloquer la circulation plus longtemps qu'il n'est nécessaire. Il connaît parfaitement le code de la route californien.

Il se met en position parking, tire le frein à main, mais laisse le moteur tourner et les phares allumés. Il ne prend pas la peine d'enfiler son imperméable et ne referme pas sa portière derrière lui.

Sur la chaussée, la pluie est un battement de tambour, sur le métal du véhicule, un chant, et sur le feuillage, un chœur psalmodiant. Il en aime les sonorités, comme l'air froid, comme l'odeur féconde des fougères et du sol riche en terreau.

C'est la Honda qui l'a doublé il y a quelques minutes. Il n'est pas surpris de la voir en si piteux état, vu la vitesse à laquelle elle roulait.

Manifestement la voiture a quitté la route et heurté un arbre. Puis la conductrice a reculé sur la chaussée avant que le moteur ne rende l'âme.

Mais où est la femme ?

Un autre automobiliste arrivant en sens inverse l'a peut-être emmenée chez un médecin. Non, impossible ! L'accident ne peut remonter qu'à une minute ou deux.

La portière du conducteur est ouverte ; les clés sont là. Les essuie-glaces marchent. Les feux arrière, le plafonnier et les jauges du tableau de bord brillent.

Il s'éloigne de la voiture pour regarder l'arbre auquel conduisent les traces de pneus. L'écorce ne porte qu'une marque superficielle.

Intrigué, il examine le reste du bosquet de ce côté de la route.

La conductrice a pu descendre de la voiture, étourdie par un coup sur la tête, et s'aventurer au milieu des séquoias. Elle s'enfonce peut-être dans le bosquet primitif, perdue et désorientée... ou encore, évanouie, elle gît inconsciente dans les fougères.

Les arbres proches les uns des autres forment un dédale d'étroits couloirs. Même en plein midi par un jour sans nuages, le soleil n'y pénétrerait qu'en rares lames lumineuses, et une obscurité têtue s'imposerait dans ces profondeurs, comme si chacune des centaines de milliers de nuits depuis le jaillissement du bosquet avait laissé son résidu d'ombres. À présent, à l'heure des sorcières, juste avant l'aube, la noirceur est tellement pure qu'elle en paraît presque vivante, tapie, prédatrice et pourtant accueillante.

Cette obscurité particulière émeut M. Vess et le fait aspirer à des expériences qu'il sent à portée de main, des expériences mystérieuses et transfigurantes, mais qu'il est incapable d'envisager, même obscurément. Au milieu des séquoias, au fond de ces couloirs d'écorces plissées, dans quelque citadelle secrète de passion bestiale, où habitent des ombres plus vieilles que l'histoire humaine, une aventure mystique l'attend.

Si la femme erre dans les bois, il pourrait se garer pour la chercher. Peut-être le couteau trouvé à la station-service est-il un présage, après tout, et son sang, celui qu'il est censé tirer de cette lame.

Il s'imagine se dévêtant et pénétrant nu dans le bosquet avec le couteau, se fiant seulement à ses instincts primitifs pour traquer et piéger sa proie, la pluie et le brouillard froids contre sa peau, les bouffées d'air devant sa bouche, réchauffant la nuit de sa propre chaleur, déchirant furieusement les vêtements de la femme en la traînant dans le sous-bois. Rien qu'en y songeant, il a une érection... L'attaquerait-il d'abord avec son couteau ou avec son phallus ? Peut-être avec ses dents. La décision se ferait à l'instant de la capture, et cela dépendrait en grande partie de la séduction de sa victime ; mais il est convaincu que, quoi qu'il arrive entre eux, ce serait sans précédent et mystérieux... et indiciblement *intense*.

Mais l'aube sera là dans une heure ou deux, et il ferait bien de partir. Il faut qu'il mette davantage de distance entre lui et ses lieux de divertissements nocturnes.

Être un Edgler Vess digne de ce nom requiert, entre autres qualités, la capacité de réprimer ses passions les plus ardentes quand les assouvir serait dangereux. S'il satisfaisait instantanément tous ses désirs, il serait moins un homme qu'un animal... et depuis longtemps mort ou prisonnier. Être Edgler Vess veut dire être libre sans être imprudent, être prompt sans être impulsif. Il faut garder le sens des proportions. Et savoir choisir son moment. Avoir le sens du rythme. Comme un danseur de claquettes. Et un sourire sympa. Un vrai sourire sympa associé à la maîtrise de soi peut vous mener si loin...

Il sourit à la forêt.

Le camping-car était arrêté sur la chaussée, à environ six mètres derrière la Honda cabossée, soudain minuscule au pied des séquoias.

Pendant que le tueur se dirigeait vers la Honda dans la lueur de ses phares, Chyna s'était doucement enfoncée dans la forêt sombre, suivant un chemin parallèle au sien, mais dans la direction opposée. Elle avait fait le tour d'un arbre, la main droite serrant le revolver, la gauche posée à plat sur le tronc pour se retenir si elle trébuchait sur une racine ou sur un autre obstacle. Sous sa paume, elle avait senti le motif gravé d'arcs gothiques formé par les plis de l'écorce épaisse. À chaque pas incertain autour de cette grande courbe, elle avait eu l'impression que le géant était moins arbre que forteresse aveugle érigée contre toute la fureur du monde.

Avant de passer à l'arbre suivant, elle jeta un nouveau coup d'œil vers la route. Debout près de la portière ouverte de la Honda, le tueur contemplait la forêt de l'autre côté de la chaussée.

Pourvu qu'un autre automobiliste ne surgisse pas avant qu'elle n'arrive à ses fins !

Elle contourna le nouveau tronc. Il était encore plus large que celui du monstre précédent. Elle reconnut le motif gothique familier sur l'écorce.

Malgré le vent strident qui gémissait loin au-dessus de sa tête et les gerbes de pluie rebondissant des branches hautes, elle se sentait en sûreté dans le bosquet, dans cet endroit sombre sans être menaçant, froid sans être inhospitalier. Elle était encore seule avec ses ennuis... mais curieusement, pour la première fois de la nuit, elle ne se sentait pas isolée.

Entre les deux troncs suivants, elle regarda de nouveau la route. Le tueur montait dans la Honda. Il fallait qu'il déplace la voiture accidentée pour avoir une chance de passer avec son camping-car. Peut-être parce qu'elle savait ce qu'il renfermait, un mort enchaîné, une morte enveloppée d'un linceul blanc, le camping-car lui parut aussi inquiétant que n'importe quelle machine de guerre.

Elle pouvait se contenter d'attendre dans le bosquet. Renoncer à son plan. Le tueur partirait, et la vie continuerait.

Ce serait tellement facile d'attendre. Survivre.

La police trouverait la fille. Ariel. D'une manière ou d'une autre. À temps. Sans qu'il lui soit nécessaire de jouer les héroïnes.

Elle s'appuya contre l'arbre, prise d'une soudaine faiblesse. Faible et tremblante. Tremblante et au bord de la nausée, presque physiquement malade de désespoir et de peur.

Les feux arrière et le plafonnier de la Honda pâlirent quand le tueur fit grincer le démarreur.

Puis elle perçut un autre bruit. Bien plus proche que la voiture. Derrière elle. Un bruissement, un craquement, l'ébrouement d'un cheval surpris.

Effrayée, elle se retourna.

À l'ombre des phares du camping-car, elle crut voir des anges au milieu des séquoias. De doux visages la contemplaient, pâles dans l'obscurité ; des yeux lumineux, interrogateurs, pleins de bonté.

Non, pas des anges. Des élans côtiers, sans bois.

Ils étaient six dans une clairière large de cinq mètres entre la rangée d'arbres extérieure et la profondeur de la forêt, si proches qu'elle aurait pu les rejoindre en trois pas. Nobles têtes bien droites, oreilles dressées, regards intensément fixés sur elle.

Les élans la dévisageaient, curieux, mais, malgré leur timidité naturelle, ils paraissaient étrangement en confiance avec elle.

Une fois, pendant deux mois, sa mère et elle avaient habité un ranch dans le comté de Mendocino, où un groupe de survivalistes bien armés attendaient de pied ferme les guerres raciales qui, selon eux, ne tarderaient pas à détruire la nation. Dans cette atmosphère de fin du monde, Chyna avait passé le plus de temps possible à explorer la campagne environnante, des collines et des vallées d'une singulière beauté, des bosquets de pins, des champs dorés parsemés de chênes, chacun se dressant seul, énorme et noir contre le ciel, où de petits troupeaux d'élans côtiers apparaissaient de temps en temps, se tenant toujours à distance des humains et de leurs œuvres. Elle les avait suivis non comme un chasseur mais avec des ruses maladroites d'enfant, aussi timide qu'eux mais irrésistiblement attirée par leur paisible sérénité dans un monde saturé de violence.

Pendant ces deux mois, elle n'avait jamais réussi à s'approcher à moins de vingt-cinq ou trente mètres des troupeaux d'élans avant qu'ils ne fuient devant sa fausse nonchalance, s'égaillant vers des champs ou des crêtes plus éloignées.

Là, c'étaient eux qui étaient venus à elle, vigilants sans être effrayés, comme s'ils sortaient de son enfance, enfin disposés à croire en ses intentions pacifiques.

Ils auraient dû se trouver plus près de l'océan, dans les prairies derrière les séquoias, où l'herbe était luxuriante et verdie par les pluies hivernales, où il faisait bon paître. Bien qu'ils ne fussent pas des étrangers à la forêt, leur présence en ces lieux, dans l'obscurité pluvieuse précédant l'aube, était remarquable.

Puis elle en découvrit d'autres... un, deux, trois et plus encore... entre les arbres, loin derrière les premiers. Certains étaient à peine visibles dans les fourrés, mais elle estima leur nombre à une douzaine en tout, tous sur le qui-vive, comme figés au son d'une musique sylvestre inaudible pour l'oreille humaine.

Des éclairs illuminèrent brièvement le bosquet. Les élans étaient bien plus nombreux qu'elle ne l'avait cru. Dans le brouillard et les fougères, au milieu des fleurs rouges des rhododendrons, révélés par des feuilles frémissantes de lumière. Têtes dressées, la vapeur de leur souffle s'échappant de naseaux noirs. Les yeux fixés sur elle.

Elle regarda la route.

Le tueur avait renoncé à faire tourner le moteur. Il passa une vitesse, et la Honda se mit à reculer sur la chaussée légèrement bombée.

Après un dernier regard aux élans, Chyna sortit de la rangée de séquoias.

Le tueur braqua à droite, laissant la voiture entraînée par son élan reculer en demi-cercle jusqu'à ce qu'elle soit face à la pente.

Chyna rejoignit la route à travers les fougères éparses et les touffes d'herbes. La faiblesse dans ses jambes avait disparu, et son accès d'indécision était passé.

Sous la conduite du tueur, la Honda recula sur le bas-côté droit.

Chyna pouvait foncer vers lui, lui tirer dessus dans la voiture, ou lorsqu'il en descendrait. Mais il la verrait arriver. Comme elle n'aurait aucune chance de conserver l'avantage de la surprise, il faudrait le tuer sur le coup, ce qui ne profiterait pas à Ariel, parce que, avec ce salaud réduit à l'état de cadavre, il faudrait encore chercher la cachette de la jeune fille. Et on risquait de ne jamais la retrouver. En outre, ce malade avait probablement un flingue sur lui et, si cela virait au duel, il gagnerait, parce qu'il avait bien plus de pratique qu'elle... et plus d'audace.

Elle n'avait personne vers qui se tourner. Comme dans son enfance.

Dépêche-toi de te mettre hors de sa vue. Pas de précipitation. Attends l'instant idéal pour la confrontation.

De nouveaux éclairs, et un long fracas de tonnerre comme si d'énormes structures s'effondraient dans le ciel de la nuit.

Le camping-car.

Oh ! mon Dieu !

La portière du conducteur était ouverte.

Oh ! mon Dieu ! oh ! mon Dieu !

Elle ne pouvait pas.

Il le fallait.

En bas, dans un froissement de tôles abîmées, la Honda s'arrêtait.

Chyna avait le revolver. Cela faisait toute la différence. Elle était en sécurité avec l'arme.

Qui sinon moi va sauver cette fille cachée dans une cave, cette fille en train de mûrir pour cette foutue saloperie d'ordure, cette fille qui me ressemble ? Qui s'intéresse aux filles terrifiées se dissimulant au fond de placards ou sous des lits, qui s'y intéresse sinon des cafards gigotants ? Qui sera là sinon moi, où irai-je sinon là, pourquoi est-ce la seule possibilité... et, puisque la réponse est si évidente, pourquoi poser la question ?

La Honda s'immobilisa.

Le revolver pesant dans sa main, Chyna se hissa dans le camping-car et se glissa au volant. Elle fit pivoter le siège, se leva et fonça vers l'arrière au pas de course tout en murmurant : « Oh ! mon Dieu ! oh ! mon Dieu ! », se répétant que cette entreprise complètement dingue était la seule solution, parce que cette fois elle avait le revolver.

Mais cette arme lui donnerait-elle un avantage suffisant le moment venu ?

Une confrontation ne serait peut-être pas nécessaire. Elle avait l'intention de se cacher jusqu'à ce qu'ils arrivent chez lui et qu'elle découvre où la fille était séquestrée. Avec ces renseignements, elle pourrait aller trouver la police, et on pourrait coincer ce salaud et libérer Ariel et...

Et quoi ?

Eh bien, en sauvant cette fille, elle se sauverait elle-même. De quoi ? elle ne savait pas très bien. D'une existence de pure survie ? D'un combat incessant et stérile pour comprendre ?

Dingue, c'était dingue, mais elle ne pouvait plus reculer à présent. Et, dans son cœur, elle savait que tout risquer était moins dingue que de mener une vie sans but plus élevé que de survivre.

Comme propulsée par les cognements de son cœur, elle se retrouva devant la porte fermée de sa chambre.

Mon Dieu !

Elle n'avait pas envie d'entrer là-dedans. Avec le cadavre de Laura. L'homme dans le placard. Le nécessaire à couture attendant son prochain emploi.

Mon Dieu !

Mais c'était la seule cachette possible : elle ouvrit la porte, entra, referma la porte derrière elle, se glissa à gauche dans l'obscurité palpable et se colla à la paroi.

Peut-être ne rentrerait-il pas directement chez lui. Et s'il s'arrêtait avant pour jeter un coup d'œil à ses trophées ?

Elle le tuerait dès qu'il franchirait le seuil. Elle lui viderait son chargeur dessus. Ne pas prendre de risques.

Lui éliminé, on pouvait ne jamais retrouver Ariel. Ou on risquait de la découvrir trop tard, morte de faim, une mort atroce.

Mais si le tueur entrait dans la chambre, elle ne donnerait pas dans la demi-mesure. Elle ne se contenterait pas de le blesser, afin de le maintenir en vie pour l'interrogatoire de la police, pas dans cet endroit exigu sous l'ombre de sa présence menaçante...

Phares éteints, essuie-glaces arrêtés, Edgler Vess est assis dans la voiture morte sur le bas-côté. Il réfléchit.

De nombreuses options s'offrent à lui. La vie est toujours un buffet débordant de surprises, un vaste *smörgasbord* grognant d'un choix infini de sensations et d'expériences à vous électriser les sens... mais jamais autant que maintenant. Il veut exploiter au maximum l'occasion qui se présente, en extraire la plus grande exaltation possible et les sensations les plus poignantes : pas de précipitation.

La chance lui a permis de l'apercevoir dans le rétroviseur : filant comme un daim sur la chaussée, hésitant devant la portière ouverte du camping-car, puis se hissant à l'intérieur.

La femme de la Honda, certainement. En se faisant doubler, il a vu le pull rouge à travers le pare-brise.

Dans l'accident, elle a peut-être reçu un violent coup à la tête. Ou bien elle est étourdie, désorientée, effrayée. Cela expliquerait pourquoi elle ne vient pas lui demander de l'aide ou le prier de la conduire à la station-service la plus proche. Si elle a l'esprit confus, la décision irrationnelle de jouer les passagers clandestins dans le camping-car lui paraît peut-être parfaitement raisonnable.

Non, elle n'avait pas l'air de souffrir d'une blessure à la tête, ni d'être blessée tout court. Elle a traversé la route d'un pas assuré, sans tituber ni trébucher. À cette distance dans le rétroviseur, Vess n'aurait pas pu voir de sang même si elle avait saigné ; mais il sait instinctivement qu'il n'y en avait pas.

Plus il réfléchit à la situation, plus il lui semble que l'accident était une mise en scène.

Mais pourquoi ?

Si son mobile était le vol, elle lui aurait sauté dessus à l'instant où il mettait le pied à terre.

En plus, il ne conduit pas un de ces palaces sur roues à trois cent mille dollars pièce, au clinquant séduisant pour les voleurs. Son camping-car a dix-sept ans d'âge et, même bien entretenu, il vaut cinquante mille dollars à tout casser. Cela paraît vain de bousiller une Honda relativement neuve pour piller le contenu d'un véhicule ancien peu susceptible de renfermer des trésors.

Il a laissé les clés sur le tableau de bord, et le moteur tourne. Elle se serait déjà enfuie si telle était son intention.

Et il est peu probable qu'une femme seule sur une route déserte en pleine nuit projette un vol. Son comportement ne correspond à aucun profil criminel.

Il est dérouté.

Profondément.

Le mystère touche rarement la vie simple de M. Vess. Il est des choses qu'on peut tuer et d'autres non. Certaines sont plus dures à achever que d'autres, ou bien plus drôles. Hurlements, pleurs, les deux à la fois, ses victimes se contentent parfois de trembler en silence, dans l'attente de l'issue fatale, comme si elles avaient passé leur vie entière à attendre cette affreuse souffrance. Ainsi passent les jours... sans surprises, fleuve de sensations brutes sur lequel l'énigme fait rarement voile.

Mais cette femme au pull rouge est une énigme, plus mystérieuse et fascinante que tous ceux dont M. Vess a pu croiser le chemin. Il a du mal à imaginer les expériences qu'elle peut lui procurer, et la perspective de tant de nouveauté l'excite.

Il descend de la Honda et ferme la portière.

Il reste un instant à contempler la forêt sous la pluie froide, espérant paraître ne se douter de rien si la femme l'observe du camping-car. Peut-être se demande-t-il ce qui est arrivé au conducteur de la Honda ? Peut-être qu'en bon citoyen il se soucie de son état et envisage de fouiller les bois.

Des éclairs zèbrent le ciel, blancs et déchiquetés comme des squelettes en pleine course. Les grondements de tonnerre sont si violents qu'ils font vibrer les os de M. Vess, une sensation des plus agréables.

Indifférents à l'orage, plusieurs élans jaillissent soudain de la forêt, dérivent entre les arbres et les fougères. Ils se meuvent avec une grâce majestueuse, dans le silence presque irréel de l'écho du tonnerre, les yeux brillants dans la lueur des phares. Ils ont plus l'air d'apparitions que d'animaux réels.

Deux, cinq, sept et plus encore. Certains s'arrêtent net comme s'ils prenaient la pose, d'autres vont plus loin puis se figent à leur tour, au moins une douzaine d'élans immobiles qui, tous, le fixent.

Ils sont d'une beauté surnaturelle et les tuer lui apporterait une énorme satisfaction. S'il avait un de ses fusils à portée de main, il en tuerait le plus possible avant qu'ils ne prennent la fuite.

C'est jeune garçon qu'il a commencé son travail avec les animaux. En fait, il s'est d'abord attaqué aux insectes, pour rapidement passer aux tortues et aux lézards, puis aux chats et aux plus grosses espèces. Adolescent, une fois son permis de conduire en poche, il a rôdé sur des petites routes la nuit et à l'aube avant l'école, tirant sur des daims lorsqu'il en repérait, sur des chiens errants, des vaches, voire des chevaux dans des enclos lorsqu'il était sûr de ne pas se faire prendre.

Il a une bouffée de nostalgie à la pensée de rater ces élans. La vue de leur sang intensifierait le rouge du sien et ferait chanter ses artères.

Bien que généralement réticents et facilement effrayés, les élans le regardent froidement dans les yeux. Ils n'ont l'air ni inquiets, ni prêts à s'enfuir. Leur franchise lui paraît étrange ; et, pour une fois, il est mal à l'aise.

Quoi qu'il en soit, la femme au pull rouge l'attend, et elle est plus intéressante que tous les élans de la terre. Il n'est plus un enfant maintenant, et sa quête d'expériences intenses ne peut être conduite de manière satisfaisante sur les chemins détournés du passé. Voilà longtemps qu'il a mis les enfantillages de côté.

Il revient au camping-car.

La femme n'est assise ni à sa place, ni sur le siège avant.

En s'installant au volant, il jette un coup d'œil derrière lui, mais ne voit aucun signe de sa présence ni dans le coin-salon, ni dans le coin-repas. Le petit couloir du fond paraît désert lui aussi.

Les yeux sur le rétroviseur, il ouvre le vide-poches équipé d'un couvercle à tambour entre les sièges. Son pistolet est là où il l'a laissé, sans silencieux.

Pistolet en main, il pivote sur son siège, se lève et se dirige vers la kitchenette et le coin-repas. Le couteau à viande, trouvé sur la piste de la station-service, est toujours sur le comptoir. Il ouvre le placard à gauche du four : le Mossberg calibre 12 est là où il l'a rangé après avoir tué les deux employés.

Il ignore si elle a une arme. De loin, il n'a pas pu voir si elle avait les mains vides ou, tout aussi important, si elle était suffisamment jolie pour qu'il soit plaisant de la tuer.

Il contourne prudemment le coin-repas, juste avant les marches de la porte arrière. Elle n'est pas non plus recroquevillée là-dedans.

Le couloir.

Le bruit de la pluie. Le moteur qui tourne au ralenti.

Il ouvre la porte de la salle de bains, brusquement, conscient qu'il est impossible de se dissimuler dans cette boîte de conserve sur roues. Rien d'anormal dans l'espace exigu, pas l'ombre d'une passagère clandestine sur le trône, ni dans la cabine de douche.

Le petit placard avec sa porte à glissière : elle ne s'y trouve pas non plus.

Il ne lui reste qu'une pièce à fouiller : la chambre.

Vess se plante devant cette dernière porte close, positivement enchanté à la pensée de la femme blottie là-dedans, inconsciente de la présence de ceux qui partagent sa cachette.

Pas de rai de lumière sur le seuil, ni autour du chambranle ; elle est donc entrée dans l'obscurité. À l'évidence, elle n'a pas découvert la belle endormie sur le lit.

Peut-être qu'en tâtonnant dans le noir elle a découvert la porte en accordéon du placard. Peut-être que si Vess ouvre cette porte de chambre, elle va repousser en même temps les plis de vinyle pour tenter de se glisser silencieusement dans le placard, tout cela pour se retrouver nez à nez avec une étrange forme froide à la place de chemises sport.

M. Vess est amusé.

La tentation d'ouvrir la porte en grand est presque

irrésistible : la voir s'écarter du cadavre du placard, rebondir contre le lit, s'écarter de la morte, hurlant d'abord à la vue du visage cousu du garçon, puis de la fille menottée, et enfin de Vess soi-même, boule de flipper comique dans sa terreur...

Bien, mais après ce spectacle, il faudra immédiatement passer aux choses sérieuses. Il saura vite qui elle est ce qu'elle cherche.

M. Vess s'aperçoit qu'il n'a pas envie de voir prendre fin cette trop rare expérience du mystère. Il trouve plus plaisant de prolonger le suspense et de savourer l'énigme.

Il commençait à se lasser de la monotonie de ses expéditions. Ces événements inattendus le galvanisent.

Jouer la partie de cette manière implique certains risques, bien sûr. Mais qui dit vivre intensément dit vivre dangereusement. Le danger est le moteur d'une existence intense.

Il s'éloigne sans bruit de la porte de la chambre.

Il entre bruyamment dans la salle de bains, pisse et tire la chasse pour faire croire à la femme qu'il n'est venu à l'arrière que pour satisfaire un besoin naturel. Si elle se pense toujours ignorée, elle poursuivra l'objectif qui l'a amenée ici, et il sera intéressant de voir ce qu'elle fait.

Il repart vers l'avant, s'arrête dans la kitchenette pour prendre du café brûlant dans le Thermos sur le comptoir près des plaques de cuisson. Il allume aussi deux lampes pour clairement voir l'intérieur dans son rétroviseur.

De nouveau installé au volant, il sirote son café. Il est brûlant, noir et amer, juste comme il l'aime. Il glisse la tasse dans le support accroché au tableau de bord.

Il pose le pistolet dans le vide-poches entre les deux sièges, crosse en l'air, sans mettre le cran de sûreté. Il pourra ainsi s'en saisir en une seconde, virer sur son siège, tirer sur la femme avant qu'elle n'ait le temps de s'approcher... sans perdre le contrôle du camping-car.

Mais elle n'essaiera pas de l'attaquer, du moins pas si vite. Si l'attaquer était son intention première, elle l'aurait déjà fait.

Étrange.

— Pourquoi ? Et maintenant quoi ? dit-il tout haut, jouissant du suspense de sa situation particulière. Et maintenant quoi ? Que va-t-il se passer ? Surprise ! surprise !

Il boit une autre gorgée de café. Son arôme lui rappelle le craquant d'un toast brûlé.

Dehors, les élans ont disparu.

Une nuit de mystères.

Le vent gonfle et fouette les longues frondes des fougères. Telles des manifestations de violence, les fleurs de rhododendrons luisantes d'eau éclaboussent la nuit.

La forêt se dresse intacte. La puissance du temps est emmagasinée dans ces massives formes sombres et verticales.

M. Vess relâche le frein à main. Démarre.

Il double la Honda accidentée, jette un coup d'œil dans son rétroviseur intérieur. La porte de la chambre reste close. La femme se cache.

Maintenant qu'il roule, la passagère clandestine va peut-être se risquer à allumer une lampe et faire ainsi la connaissance de ses colocataires.

M. Vess sourit.

De toutes les expéditions qu'il a menées, c'est la plus intéressante et la plus exaltante. Et elle est loin d'être terminée.

Chyna était assise par terre dans l'obscurité. Adossée au mur. Le revolver à ses côtés.

Elle était intacte et vivante.

« Chyna Shepherd, intacte et vivante », murmura-t-elle, et c'était à la fois une prière et une vieille plaisanterie.

Durant toute son enfance, elle avait sincèrement prié pour cette double bénédiction, sa vertu et sa vie, psalmodiant des prières souvent aussi incohérentes que frénétiques. Elle avait fini par craindre que, las de ses incessantes supplications désespérées pour qu'Il la délivre, las de son incapacité de prendre soin d'elle-même et d'éviter les ennuis, Dieu ne décide qu'elle était arrivée au bout de son allocation de miséricorde divine. Dieu avait fort à faire, après tout, pour diriger l'univers, surveiller tant d'ivrognes et tant d'imbéciles, avec le diable occupé à faire du mal partout, les volcans en éruption, les marins perdus dans les tempêtes, les chutes de moineaux. À dix ou onze ans, par considération pour Son emploi du temps surchargé, elle avait résumé ses supplications incohérentes, dans les moments de terreur, à : « Dieu, ici Chyna Shepherd à... remplir le blanc avec le nom de l'endroit voulu... Faites que je m'en sorte intacte et vivante. » Puis, certaine que Dieu connaissait trop bien ses prétentions à Son temps et à Sa miséricorde, elle avait réduit sa prière au minimum télégraphique : « Chyna Shepherd, intacte et vivante. » Dans les moments de crise, sous des lits ou perdue au fond de placards derrière des vêtements, ou encore dans des greniers tapissés de toiles d'araignée sentant la poussière et le bois brut, ou, une fois, aplatie dans de la merde de rat sous une maison délabrée, elle avait murmuré ces cinq mots, ou plutôt les avait psalmodiés silencieusement, sans se lasser, *Chyna-Shepherd-intacte-et-vivante*, les récitant sans relâche, non parce qu'elle craignait que Dieu, pris par d'autres occupations, ne puisse l'entendre, mais pour se rappeler qu'Il était là, avait reçu son message et finirait par prendre soin d'elle si elle faisait preuve de patience. Et quand chaque crise était passée, quand le flot noir de la terreur reculait, quand son cœur bredouillant se remettait enfin à battre régulièrement et calmement, elle répétait ces cinq mots encore une fois, mais avec une inflexion différente, sur le ton d'un compte rendu indispensable, *Chyna-Shepherd-intacte-et-vivante*, un peu comme un marin en temps de guerre rend compte à son capitaine après que le bateau a survécu au mitraillage nourri d'avions ennemis : « Tout l'équipage répond à l'appel » ; et elle disait sa gratitude à Dieu avec ces cinq mêmes mots, convaincue qu'Il percevrait la différence d'inflexion et qu'Il comprendrait. C'était devenu une petite blague pour elle, et parfois elle accompagnait même le rapport d'un salut, ce qui lui paraissait acceptable, parce qu'elle s'était dit qu'étant Dieu, Dieu ne devait pas manquer d'humour.

« Chyna Shepherd, intacte et vivante. »

Cette fois, de la chambre du camping-car, c'était à la fois un compte rendu de sa survie et une prière fervente pour échapper à toutes les brutalités susceptibles de suivre.

« Chyna Shepherd, intacte et vivante. »

Petite fille, elle détestait son nom... sauf lorsqu'elle priait pour survivre. Ce nom de pays mal orthographié, stupide et frivole... qu'elle était incapable de défendre devant les taquineries des autres enfants. Sa mère s'appelant Anne, un prénom si simple, ce choix de Chyna paraissait non seulement frivole mais dénué de tact, voire méchant. Pendant presque toute sa grossesse, Anne avait vécu dans une communauté de défenseurs extrémistes de l'environnement, une cellule de la tristement célèbre Armée de la Terre, qui jugeait tout degré de violence justifiable pour la défense de la nature. Ils avaient hérissé des arbres de pointes métalliques dans l'espoir que des bûcherons perdraient leurs mains dans des accidents avec leurs scies électriques. Ils avaient brûlé deux usines de conditionnement de viande, avec leurs pauvres gardiens, saboté le matériel de construction de nouveaux lotissements empiétant sur des champs et tué un savant de Stanford parce qu'ils désapprouvaient son utilisation d'animaux dans ses expériences de laboratoire. Sous l'influence de ces amis, Anne Shepherd avait envisagé de nombreux prénoms pour sa fille : Jacinthe, Prairie, Océan, Ciel, Neige, Pluie, Feuille, Papillon... Toutefois, au moment de la naissance, elle avait quitté l'Armée de la Terre. Elle prénomma donc sa fille en pensant à la Chine et, un jour, le lui expliqua : « Tu vois, chérie, j'ai compris tout à coup que la Chine était la seule société juste sur terre, et cela m'a paru un bon choix. » Elle n'avait jamais pu se rappeler pourquoi elle avait remplacé le i par un y... Il faut dire que, travaillant à l'époque dans un labo de méthamphétamine, elle emballait le speed en doses abordables de cinq dollars et testait la marchandise suffisamment souvent pour se retrouver avec quelques trous de mémoire.

Enfant, Chyna n'aimait son prénom que lorsqu'elle priait pour que Dieu la délivre : elle se disait qu'Il se souviendrait d'elle plus facilement, qu'Il ne la confondrait pas avec les millions de Mary, Caroline, Heather, Tracy et Jane.

Maintenant son prénom ne lui faisait plus ni chaud ni froid. C'était juste un prénom comme un autre.

Elle avait appris que la personne qu'elle était, la vraie personne, n'avait rien à voir avec son prénom et pas grand-chose à voir non plus avec la vie qu'elle avait menée auprès de sa mère pendant seize ans. On ne pouvait pas la tenir responsable des haines et passions horribles dont elle avait été le témoin, ni des obscénités qu'elle avait entendues, ni des crimes qu'elle avait vu commettre, ni des choses que certains des amis de sa mère avaient réclamées d'elle. Elle n'était définie ni par un prénom, ni par une expérience honteuse ; elle se constituait de rêves et d'espoirs, d'aspirations, de respect de soi et de persévérance. Elle n'était pas de l'argile entre les mains d'autrui, mais un roc, et de ses propres doigts déterminés, elle était capable de sculpter sa personnalité comme elle le voulait.

Elle n'avait compris cela que douze mois plus tôt, à

vingt-cinq ans. Cette prise de conscience lui était venue lentement, comme une parcelle de terre nue se couvre progressivement de plantes rampantes jusqu'à ce qu'un jour, comme par miracle, la terre brune disparaisse sous des feuilles vert émeraude et de minuscules fleurs bleues. Un savoir précieux paraissait toujours acquis au prix de colossales difficultés... qui semblaient si minuscules rétrospectivement.

Le vieux camping-car avançait dans la nuit, grinçant comme une porte longtemps scellée, faisant tic-tac comme une horloge rouillée trop corrodée pour enregistrer fidèlement toutes les secondes, progressait vers l'aube.

Dingue. C'était dingue d'entreprendre ce voyage.

Mais sinon elle n'avait nulle part où aller.

Voilà ce sur quoi sa vie entière débouchait. L'intrépidité ne se limitait ni aux champs de bataille... ni aux hommes.

Chyna avait froid, elle était trempée et effrayée... mais étrangement, pour la première fois de sa vie, elle se sentait en paix avec elle-même.

— Ariel, dit-elle doucement, une fille dans l'obscurité en rassurant une autre.

6.

M. Vess sort des séquoias dans un crachin d'aube, d'abord gris acier puis un peu plus pâle, traverse des prairies côtières du même morne éclat métallique que le ciel, retrouve la route 101, passe dans d'autres forêts, de pins et d'épicéas cette fois, sort du comté de Humbolt, entre dans celui de Del Norte, une région encore plus isolée, et finit par quitter la 101 pour une route se dirigeant vers le nord-nord-est.

Au début, il jette de fréquents coups d'œil dans le rétroviseur, mais la porte de la chambre ne s'ouvre pas : la femme semble à l'aise en compagnie des cadavres ou, peut-être, dans son ignorance de leur présence. Dans sa retraite, du contre-plaqué scellé sur la fenêtre l'empêche de voir les premières lueurs de l'aube.

Vess conduit superbement bien et vite, même par mauvais temps. C'est ce qu'on aime faire qu'on fait le mieux : voilà pourquoi il est tellement doué pour tuer et pourquoi il associe cette passion à son amour de la conduite au lieu de se restreindre à chasser ses proies dans un rayon raisonnable autour de chez lui.

Sur cette route au décor toujours changeant, Edgler Vess est le réceptacle d'un influx constant de sensations visuelles neuves. Et, bien sûr, pour qui a les sens aussi exquisément affinés que lui et une capacité d'en jouer comme d'hologrammes, un beau panorama peut aussi être un son musical. Un parfum humé par la vitre ouverte cesse d'être seulement une expérience olfactive pour devenir aussi tactile : le doux parfum du lilas... un souffle féminin chaud sur la peau. Bien calé dans son siège, il voyage à travers un océan de sensations qui le submerge comme l'eau, la coque d'un sous-marin dans les profondeurs.

Il traverse la frontière de l'Oregon. Les montagnes viennent à lui pour l'entraîner dans leurs forteresses.

Sur les versants, les groupes d'arbres sont plus gris que verts sous la pluie tenace, et cette vision lui donne l'impression de mordre dans un morceau de glace, dur sous ses dents, au goût légèrement métallique mais agréable, et cruellement froid contre ses lèvres.

Il ne regarde plus que rarement dans son rétroviseur. La femme est un mystère, et on n'élucide pas les mystères de cette nature par le seul désir de les résoudre. Elle finira par se révéler, et l'intensité de l'expérience dépendra de son objectif et de ses secrets.

L'attente est délicieuse.

Pendant les dernières heures du trajet, il n'allume pas la radio, non qu'il craigne que la musique ne lui masque la progression furtive de la femme à l'arrière, mais parce qu'il l'écoute rarement en conduisant. Sa mémoire est une vaste sonothèque de ses morceaux musicaux préférés : les cris, les gémissements, les murmures suppliants, les hurlements aussi fins qu'une feuille de papier, les sanglots implorants, les propositions érotiques de l'ultime désespoir.

En quittant l'autoroute pour la départementale, il se rappelle Sarah Templeton dans sa cabine de douche, ses hurlements et ses haut-le-cœur étouffés par l'éponge à vaisselle verte qu'il lui a enfoncée dans la bouche et les deux bouts de ruban adhésif qui lui scellent les lèvres. Aucun programme musical, d'Elton John à Garth Brooks, de Pearl Jam à Sheryl Crow, de Mozart à Beethoven, n'est comparable à ce divertissement intérieur.

Il suit la départementale balayée de pluie jusqu'à l'entrée de son allée privée. Cette dernière est fermée par un portail flanqué de bosquets de pins et de buissons de ronces.

Ensemble de tubes en acier hérissés de barbelés, entre deux piliers d'acier inoxydable lestés de béton, cette porte s'ouvre vers la gauche au moyen d'une commande à distance. M. Vess presse un bouton et admire la majesté du mouvement.

Il franchit le portail, s'arrête, baisse sa vitre et sort la télécommande pour le refermer. Il vérifie que tout se passe bien dans son rétroviseur latéral.

Son allée est presque aussi longue que celle de la maison de la famille Templeton, puisque sa propriété couvre vingt-trois hectares à la lisière d'un terrain inculte de plusieurs kilomètres de long appartenant au gouvernement. Vess n'est pas aussi aisé que les Templeton ; ici la terre a bien moins de valeur que dans la vallée de Napa.

Malgré l'absence de revêtement, l'allée est peu boueuse et le camping-car ne risque pas de s'enliser. Sur le schiste argileux, la couche de terre est fine. Les amortisseurs en prennent un coup sur cette chaussée, mais, après tout, on est à la campagne, pas en ville.

Vess monte une côte douce entre deux hautes rangées de pins, d'épicéas et de sapins, puis la ligne des arbres recule un peu, et il passe la crête dénudée de la colline. La route redescend en une courbe gracieuse dans une petite vallée, avec la maison au bout, au pied de collines nimbées de brouillard matinal sous la pluie battante.

À la vue de son foyer, son cœur se gonfle. C'est là que son Ariel l'attend patiemment.

Sa maison d'un étage est petite mais solidement construite de rondins liés au ciment. Le bois est presque noir sous ses couches successives de poix, et le temps a donné une teinte brun tabac au ciment, tachetée du beige et du gris des réparations récentes.

La maison a été construite à la fin des années 1920 par le propriétaire d'une exploitation forestière familiale, longtemps avant que le gouvernement ne bannisse ce genre d'activité des terrains publics environnants. L'électricité a été installée dans les années 1940.

Voilà six ans qu'Edgler Vess est propriétaire de la maison. Il a refait l'installation électrique, amélioré la plomberie, agrandi la salle de bains du premier étage. Et, tout seul, bien entendu, il s'est chargé des travaux secrets de réaménagement du sous-sol.

Certains jugeraient la propriété isolée, trop éloignée d'un supermarché ou d'un cinéma multiplex. Mais pour M. Vess, dont la plupart des voisins seraient incapables de comprendre les plaisirs, l'isolement relatif est la condition *sine qua non* lorsqu'il investit dans un bien immobilier.

Toutefois, par un après-midi ou par un soir d'été, assis sous le porche dans le rocking-chair en bois courbé devant la vaste cour et les hectares de fleurs des champs des prairies défrichées par le bûcheron et ses fils, ou les yeux fixés sur l'étendue des étoiles, l'homme le plus faible, le plus humble et le plus citadin finirait par reconnaître que cet isolement a son charme.

Par beau temps, M. Vess aime bien dîner et boire une ou deux bières sous le porche. Dès que le silence des montagnes devient pesant, il s'autorise à entendre les voix de ceux qu'il a enterrés dans la prairie : leurs supplications et leurs lamentations, la musique qu'il préfère à tout programme radiophonique.

Outre la maison, il y a une petite grange qui servait d'écurie à l'ancien propriétaire aussi éleveur de chevaux. Un bâtiment de bardeaux traditionnel sur des fondations en béton et un soubassement en moellons ; le vent, la pluie et le soleil ont depuis longtemps déposé une patine argentée sur le cèdre, que Vess trouve ravissante.

Comme il ne possède pas de chevaux, l'écurie est

devenue son garage. Mais, pour une fois, il s'arrête devant la maison : la femme est dans le camping-car, et il va bientôt falloir s'en occuper. Il vaut mieux se garer là pour la surveiller de la maison et attendre la suite des événements.

Il jette un coup d'œil dans son rétroviseur.

Toujours aucun signe d'elle.

Coupant le moteur mais pas les essuie-glaces, Vess attend que ses gardiens fassent leur apparition. Cette matinée de fin mars est animée par une pluie oblique et des rafales de vent, mais rien ne bouge de son propre gré.

Ses gardiens ont appris à ne pas systématiquement attaquer un véhicule, voire à prendre leur temps avec les intrus à pied, pour mieux les attirer dans un cul-de-sac. Ils savent que la ruse est aussi importante que la fureur débridée, que les assauts les plus réussis sont précédés de silences, d'immobilités calculées pour endormir la méfiance de la proie.

La première tête noire apparaît, élancée comme une balle malgré ses oreilles dressées, collée au sol à l'arrière de la maison. Le chien hésite à révéler davantage de lui-même : il s'assure d'abord de bien comprendre la situation.

— Brave bête, murmure Vess.

À l'angle de la grange, entre les bardeaux de cèdre et le tronc d'un érable dénudé par l'hiver, un autre chien apparaît. L'ombre d'une ombre sous la pluie.

Vess n'aurait jamais remarqué ces sentinelles s'il n'avait su où les chercher. Leur sang-froid est remarquable, un hommage à ses dons de dresseur.

Deux autres chiens doivent être tapis ailleurs, derrière le camping-car, ou bien en train de ramper sous des buissons. Ce sont tous des dobermans, de cinq et six ans, dans la fleur de l'âge.

Vess ne leur a ni taillé les oreilles ni écourté la queue, comme on le fait généralement pour cette race, car il se sent des affinités avec les prédateurs de la nature. Il est capable d'une perception du monde égale à celle qu'il attribue aux animaux. Leur nature, leurs besoins élémentaires, l'importance de la sensation brute : ils ont une parenté.

Le chien posté à l'arrière de la maison se montre, et celui de la grange émerge de l'ombre des branches noires de l'érable. Un troisième doberman se dresse derrière la souche massive à moitié pétrifiée et envahie de houx d'un cèdre dans la cour latérale.

Ils connaissent le camping-car. Sans être leur point fort, leur vue est probablement suffisante pour leur permettre de distinguer leur maître à travers le pare-brise. Avec un odorat vingt mille fois plus développé que celui de l'humain moyen, ils ont sans aucun doute détecté son odeur malgré la pluie et les parois du camping-car. Mais ils ne remuent pas la queue et ne trahissent leur joie en aucune façon parce qu'ils sont encore de garde.

Le quatrième chien reste caché, mais les trois premiers s'approchent prudemment de Vess à travers la pluie et le brouillard. Tête dressée, oreilles pointées.

Leur silence discipliné et leur indifférence à l'orage lui rappellent le troupeau d'élans dans le bois de séquoias, étrangement absorbés, intenses. La grande différence, bien sûr, c'est que, en cas de confrontation avec tout autre que leur maître bien-aimé, ces créatures ne réagiraient pas avec la timidité de l'élan, mais arracheraient la gorge du malheureux imprudent.

Bien qu'elle ne l'eût pas cru possible, Chyna avait fini par s'endormir, bercée par le bourdonnement des pneus du camping-car. Elle rêva de maisons inconnues dont la disposition des pièces ne cessait de se modifier ; un occupant avide et affamé vivait à l'intérieur des murs et, la nuit, lui parlait à travers les grilles de ventilation et les prises électriques, lui murmurait ses besoins.

Le coup de freins la réveilla. Elle comprit aussitôt

que le camping-car s'était déjà arrêté brièvement quelques minutes avant ; depuis, elle n'avait que somnolé. Bien que le danger ne soit pas immédiat, elle saisit le revolver par terre à côté d'elle, se redressa et s'adossa au mur, tendue, tous les sens en éveil.

Elle sut à l'inclinaison du plancher et au bruit laborieux du moteur qu'ils gravissaient une côte. Puis ils passèrent le sommet et redescendirent. Ils s'arrêtèrent de nouveau, et on coupa le moteur.

La pluie sur le toit.

Chyna attendit des pas.

Elle se savait réveillée, mais elle avait l'impression de rêver, figée dans l'obscurité, le susurrement de la pluie ressemblant à des murmures dans des murs.

M. Vess prend le temps d'enfiler son imperméable et de glisser son Heckler & Koch P7 dans une des poches. Il retire le fusil à pompe du placard de la kitchenette, au cas où la femme fouillerait après son départ. Il éteint les lumières.

Lorsqu'il descend de son camping-car, indifférent à la pluie froide, les trois gros chiens s'avancent vers lui, puis le quatrième émerge de l'arrière du véhicule. Ils frissonnent tous du plaisir de le revoir, mais ils se surveillent encore, de peur qu'on ne les accuse de négliger leurs obligations.

Juste avant cette expédition, M. Vess les a mis en mode attaque en leur disant le mot : Nietzsche. Ils resteront prêts à tuer quiconque s'introduit dans la propriété jusqu'à ce qu'il leur dise : « Seuss », après quoi ils seront aussi affables que n'importe quel groupe de clebs sociables... sauf, bien entendu, si quelqu'un a la mauvaise idée de menacer leur maître.

Après avoir appuyé son fusil à pompe contre le camping-car, il tend les mains aux chiens. Ils se pressent autour de lui pour sentir ses doigts. Ils reniflent, halètent, lèchent et lèchent encore... Comme il leur a manqué !

Lorsqu'il s'accroupit pour se mettre à leur niveau, ils ne se tiennent plus de joie. Leurs oreilles frémissent, des frissons de joie pure parcourent leurs flancs minces, et ils gémissent doucement de bonheur, en se collant tous jalousement à lui, pour qu'il les touche, les caresse, les gratte.

Ils vivent dans un énorme chenil à l'arrière de la grange, dont ils entrent et sortent à volonté. Il est chauffé électriquement par temps froid pour garantir leur confort et leur bonne santé.

— Bonjour, Münster. Comment ça va, Liederkranz ? Tilsiter, mon gars, tu as l'air d'un vrai petit salopard. Et toi, Limburger, mon bon chien ? En voilà un bon chien !

À la mention de son nom, chacun se gonfle tellement de joie qu'il roulerait sur le dos pour offrir son ventre, battrait l'air de ses pattes et sourirait à la mort... s'il n'était encore de garde. Cette lutte entre le dressage et la nature en chaque animal, cette douce torture qui en fait pisser deux de frustration nerveuse est un des plaisirs de Vess.

Dans le chenil, il a bricolé des distributeurs électriques qui, en son absence, livrent automatiquement des portions calibrées de pâtée à chaque doberman. L'horloge du système est munie d'une pile de secours pour pallier les coupures de courant de courte durée. En cas de panne plus longue, les chiens peuvent toujours chasser pour se sustenter ; les prairies environnantes fourmillent de mulots, lapins et écureuils, et les dobermans sont de féroces prédateurs. Leur abreuvoir est alimenté par un goutte-à-goutte, mais, s'il s'arrête, il leur reste toujours la source voisine.

La plupart des expéditions de M. Vess sont des week-ends de trois jours, excèdent rarement cinq journées, et les chiens bénéficient d'une autonomie alimentaire de dix jours sans compter le gibier des prairies. Ils constituent un système de sécurité efficace et fiable : jamais de panne ni de circuit ni de détecteur de mouvements, jamais de contact magnétique corrodé... et jamais de fausses alertes.

Oh ! et comme ces bêtes l'aiment, sans réserve et loyalement, comme aucune puce électronique, aucun câble, aucune caméra, aucun détecteur de chaleur à infrarouge ne le pourra jamais. Sentant les taches de sang sur son jean et sa veste, ils fourrent leurs têtes luisantes sous son imperméable ouvert, oreilles aplaties, reniflant avidement à présent, détectant l'odeur de sang mais aussi celle de terreur dégagée par ses victimes lorsqu'elles étaient entre ses mains, leur souffrance, leur impuissance, le rapport sexuel qu'il a eu avec la dénommée Laura. Ce mélange d'odeurs âcres les excite et accroît leur respect pour Vess. Il leur a appris à ne pas tuer que pour se défendre et pour se nourrir ; avec un sang-froid à toute épreuve, ils tuent à présent pour le plaisir sauvage de la chose, pour satisfaire leur maître. Ils sont parfaitement conscients que ce dernier est capable d'une sauvagerie égale à la leur. Et, contrairement à eux, il n'a jamais eu besoin d'apprendre. Leur immense respect pour Edgler Vess monte en flèche, et ils geignent doucement, frémissent et font rouler leurs yeux mélancoliques dans une adoration craintive.

M. Vess se redresse. Il ramasse le fusil à pompe et claque la portière du camping-car.

Les chiens bondissent à ses côtés, non sans rester à l'affût de toute menace contre leur maître.

À voix basse, pour que la femme à l'intérieur ne puisse l'entendre, il dit :

— Seuss.

Les chiens se figent, le regardent, tête inclinée.

— Seuss, répète-t-il.

Les quatre dobermans ne sont plus en mode attaque : ils ne mettront plus automatiquement en pièces quiconque s'aventurera dans la propriété. Ils se secouent, comme pour se délivrer de la tension, puis tournent en rond, un peu désemparés, reniflant l'herbe et les roues avant du camping-car.

Ils sont comme des tueurs de la mafia qui, après leurs exécutions, seraient tout décontenancés de se retrouver réincarnés dans la peau de comptables.

Bien entendu, si un visiteur s'avisait de faire du mal à leur maître, ils se rueraient à sa défense, qu'il ait ou non le temps de crier le mot « Nietzsche ». Le résultat ne serait pas beau à voir.

Ils sont dressés pour sauter d'abord à la gorge. Puis ils attaquent le visage afin de susciter un maximum de terreur et de douleur... ils mordent les yeux, le nez, les lèvres. Puis l'entrejambe. Ensuite le ventre. Ils ne tournent pas les talons après avoir tué ; ils s'occupent un moment de leur proie, une fois qu'ils l'ont jetée à terre, jusqu'à ce qu'ils soient sûrs d'avoir terminé leur travail.

Même un homme armé d'un fusil à pompe ne pourrait pas les exterminer sans qu'au moins l'un d'eux réussisse à lui enfoncer les crocs dans la gorge. Un coup de feu ne les éloignera pas et ne les fera même pas tiquer. Rien ne peut les effrayer. L'agresseur hypothétique au fusil à pompe ne réussirait probablement à n'en descendre que deux avant que les deux autres ne lui règlent son compte.

— Couchés, dit M. Vess.

Ce simple mot donne l'ordre aux chiens de regagner leur chenil, et ils s'élancent aussitôt vers la grange. Sans aboyer, car il les a dressés au silence.

Ordinairement, il les autoriserait à rester avec lui, à jouir de sa compagnie, à passer la journée dans la maison, puis à s'empiler sur son corps comme un couvre-lit noir et fauve lorsqu'il dort pour tuer l'après-midi. Il les cajolerait et les câlinerait car, après tout, ils ont bien fait leur travail. Ils méritent leur récompense.

Mais la femme au pull rouge l'oblige à modifier ses habitudes. Si les chiens restent trop visibles, ils la gêneront, et elle risque de se tapir dans le camping-car, trop apeurée pour sortir.

Il faut lui donner suffisamment de liberté de manœuvre. Ou du moins d'illusion de liberté.

Il est curieux de voir ce qu'elle va faire.

Elle doit avoir un objectif, un mobile pour s'être comportée de manière aussi étrange. Tout le monde en a un.

Celui de M. Vess est de satisfaire tous les appétits qui surgissent, de partir en quête d'expériences encore plus monstrueuses, de s'immerger dans la sensation.

Quel que soit l'objectif de la femme, Vess sait qu'en définitive il sera de servir le sien. Elle est une glorieuse diversité de sensations puissantes et exquises dans une enveloppe humaine, emballée pour son seul plaisir... un peu comme une barre Hershey dans son emballage brun et argenté ou une saucisse Slim Jim bien calée dans son tube en plastique.

Le dernier des dobermans disparaît derrière la grange, dans le chenil.

M. Vess rejoint la vieille maison de rondins à travers la pelouse spongieuse, franchit le perron de moellons menant au porche. Il porte le Mossberg, mais il s'efforce de prendre l'air nonchalant, au cas où la femme, sortie de la chambre, l'observerait par une fenêtre.

Le rocking-chair en bois tourné est rangé à l'abri jusqu'au retour du printemps.

Traînant une morve argentée sur les planches humides du porche, plusieurs escargots de début de saison testent l'air de leurs cornes translucides et gélatineuses, entraînant leurs coquilles en spirale vers d'étranges quêtes. M. Vess prend garde de ne pas leur marcher dessus.

Un mobile est suspendu à un angle du porche, au bord du toit en bois. Il est constitué de vingt-huit coquillages blancs, plutôt petits, certains avec de ravissants intérieurs nacrés ; la plupart ont une forme en spirale, et tous sont exotiques.

Le mobile n'est pas un bon carillon éolien, parce que la plupart des notes qu'il produit sont en dessous du ton. Il l'accueille avec une rafale de cliquetis atonaux, mais Vess sourit parce qu'il a une valeur... non pas sentimentale mais nostalgique pour lui.

Ce joli spécimen d'artisanat appartenait à une jeune habitante d'une banlieue de Seattle. Avocate, dans les trente-deux ans, elle gagnait suffisamment bien sa vie pour posséder une maison dans un quartier chic. Pour une personne coriace au point de réussir dans la jungle juridique, cette femme avait une chambre étonnante, de vraie gamine : froufrous, fanfreluches, lit à baldaquin avec un ciel-de-lit orné de dentelle et de franges, dessus-de-lit au motif de roses bordé de volants amidonnés ; des ours en peluche partout ; des tableaux de cottages anglais disparaissant sous les volubilis et derrière les primevères ; et plusieurs mobiles en coquillage.

Il lui en avait fait, des choses excitantes dans ce décor ! Ensuite, il l'avait conduite dans le camping-car au sein d'endroits suffisamment isolés pour se livrer à d'autres actes encore plus excitants. Elle avait demandé : Pourquoi ?... et il avait répondu : Parce que c'est mon occupation. Sa vérité et sa raison d'être.

M. Vess a oublié son nom, mais il se rappelle avec attendrissement plusieurs choses d'elle. Certaines parties de son anatomie étaient aussi nacrées, lisses et jolies que l'intérieur de ces coquillages cliquetants. Il a notamment gardé un souvenir vif de ses petites mains, presque aussi minces et délicates que celles d'un enfant.

Ses mains l'avaient fasciné. Enchanté. Il n'avait jamais senti la vulnérabilité d'un être aussi intensément que la sienne lorsqu'il tenait ses petites mains tremblantes mais fortes. Oh ! quel écolier en pâmoison il avait été devant ces mains !

En accrochant le mobile sous le porche, en hommage à l'avocate, il a ajouté une petite touche personnelle. Ce détail pend à présent au bout d'une ficelle verte : l'index mince de la dame, réduit à l'état d'os mais encore indéniablement élégant, les trois phalanges cliquetant contre les petits coquillages, les éventails bivalves miniatures, les cornes et les minuscules spirales semblables aux coquilles des escargots.

Diling ! Diling !

Il ouvre la porte d'entrée et pénètre dans la maison. Il referme la porte derrière lui sans donner de tour de clé, pour permettre à la femme d'entrer si elle le décide.

Qui sait ce qu'elle va décider de faire ?

Déjà son comportement est aussi étonnant que mystérieux.

Elle l'excite.

Vess traverse l'entrée plongée dans la pénombre et prend l'étroit escalier fermé à sa gauche. Il monte les marches deux à deux, une main sur la rampe de chêne, jusqu'au premier étage. Un couloir court dessert deux chambres et une salle de bains. Sa chambre est à gauche.

Il lâche le Mossberg sur son lit et s'approche de la fenêtre orientée au sud. Il n'a pas besoin de repousser les rideaux bleus doublés de noir pour voir le camping-car garé sur l'allée. Les deux panneaux plissés ne se chevauchent pas tout à fait ; il lui suffit de jeter un coup d'œil dans l'espace de cinq centimètres pour voir le véhicule dans son entier.

À moins qu'elle ne soit sortie du camping-car immédiatement à sa suite, ce qui est hautement improbable, la femme se trouve toujours à l'intérieur. Elle n'est pas à l'avant, visible à travers le pare-brise.

Il sort le pistolet de sa poche et le met sur la commode. Il retire son imperméable qu'il jette sur le couvre-lit en chenille du lit bordé au carré.

Il va de nouveau vérifier à la fenêtre... toujours aucun signe de la femme mystérieuse.

Il fonce dans la salle de bains, en face dans le couloir. Carrelage, murs, baignoire, lavabo, toilettes, tout est blanc avec accessoires en laiton poli aux boutons en céramique blanche elle aussi. Tout brille. Pas une seule trace importune sur le miroir.

M. Vess aime les salles de bains lumineuses et propres. Il y a longtemps, il a vécu à Chicago chez sa grand-mère : elle était incapable de maintenir sa salle de bains dans l'état immaculé propre à satisfaire ses critères. Exaspéré, il avait fini par buter la vioque, en lui enfonçant un couteau dans le corps. Il était âgé de onze ans.

Passant une main derrière le rideau de la douche, il ouvre le robinet d'eau froide en grand. Comme il n'a pas l'intention de se laver maintenant, ce n'est pas la peine de gaspiller de l'eau chaude.

Il règle rapidement le jet de la pomme le plus fort possible. L'eau cogne contre la baignoire en fibre de verre, emplissant la salle de bains de roulements de tonnerre. Il sait par expérience que le son porte dans toute la petite maison ; même avec le tambourinement de la pluie sur le toit, sa douche est bien plus bruyante que celle de Sarah Templeton, et on l'entendra d'en bas.

Un radioréveil est posé sur une étagère au-dessus des toilettes. Il l'allume et règle le volume.

La radio est branchée sur une station de Portland donnant des informations vingt-quatre heures sur vingt-quatre. Ordinairement, quand M. Vess se baigne et fait sa toilette, il aime écouter ce genre de programme, non qu'il s'intéresse aux dernières nouvelles politiques ou culturelles, mais parce que, à l'heure actuelle, les bulletins parlent surtout des gens qui se mutilent et s'entre-tuent... guerre, terrorisme, viol, agression, meurtre. Et quand les gens ne sont pas capables de s'entre-tuer en nombre suffisant pour occuper les journalistes, la nature prend le relais avec une tornade, un ouragan, un gros tremblement de terre, ou une épidémie de bactéries dévoreuses de chair.

Parfois, en laissant les diverses nouvelles lui remémorer des souvenirs attendris de ses propres exploits meurtriers, il mesure combien il est lui-même une force de la nature : un ouragan, un violent orage, un astéroïde fonçant à travers le vide sidéral vers la terre, le distillat de toute la férocité humaine dans un seul corps. Une puissance élémentaire. Cette pensée lui plaît.

En l'occurrence, les informations ne créeraient pas l'ambiance voulue. Il tourne le bouton jusqu'à ce qu'il tombe sur une station diffusant de la musique. *Take the A Train*, par Duke Ellington.

Parfait.

Le « big band » fait jaillir en lui le reflet de la lumière dans des bulles de champagne à l'intérieur du cristal taillé d'une coupe, et cela lui rappelle l'odeur de citrons fraîchement coupés. Il sent la texture des notes dans l'air : certaines éclatent, d'autres rebondissent sur lui comme des centaines de petites balles en caoutchouc, et d'autres encore l'effleurent telles des feuilles craquantes d'automne soulevées par le vent : une musique très *tactile*, exubérante et grisante.

La femme va être subtilement bercée par le tempo du swing. Il lui sera difficile de craindre le pire, de croire que quelque chose d'affreux puisse lui arriver sur un tel arrière-plan sonore.

Parfait.

Vess se rue à la fenêtre de sa chambre dont il ne s'est pas éloigné plus d'une minute.

La pluie bat contre la vitre, ruisselle.

Sur l'allée, le camping-car n'a pas bougé.

La femme doit encore être à l'intérieur. Elle ne va probablement pas jaillir du véhicule pour s'enfuir en courant ; elle va certainement sortir prudemment, en hésitant à la portière. Bien qu'elle ait peut-être eu le temps de sortir pendant que M. Vess était dans la salle de bains, elle doit être recroquevillée contre la portière, essayant de se repérer, évaluant la situation. De sa position, il voit l'ensemble du véhicule, à l'exception d'angles morts à gauche et à l'arrière, mais la femme n'est pas visible.

— Quand vous voudrez, madame Desmond, dit-il, faisant allusion au personnage de Gloria Swanson dans *Le Boulevard du crépuscule*.

Ce film lui a fait beaucoup d'effet lorsqu'il l'a vu pour la première fois à la télévision. À treize ans, au bout de plus d'un an d'assistance psychologique après le meurtre de sa grand-mère. Il avait intuitivement compris que Norma Desmond était censée être le méchant, que le scénariste et le metteur en scène le voulaient ainsi... mais il l'avait admirée, adorée. Son égoïsme était palpitant, son égocentrisme, héroïque. Il n'avait jamais vu personnage plus vrai à l'écran. Voilà quelle était la vraie nature humaine, derrière les faux semblants et l'hypocrisie, derrière toutes ces foutaises d'amour, de compassion, d'altruisme : ils étaient tous des Norma Desmond, mais ils se refusaient à l'admettre. Norma n'en avait rien à secouer des autres, et elle soumettait tout le monde à sa volonté de fer, alors qu'elle n'était plus ni jeune, ni belle, ni célèbre, et lorsqu'elle se rendait compte qu'elle n'avait pas la prise voulue sur le personnage de William Holden, elle prenait un flingue et le descendait, un geste si puissant, si audacieux, que le jeune Edgler en avait été incapable de fermer l'œil cette nuit-là. Il avait passé son temps à se demander l'effet que cela ferait de rencontrer une femme aussi supérieure et aussi authentique que Norma Desmond... puis de la briser, de la tuer, de lui pomper toute la force de son égoïsme pour la faire sienne.

Peut-être cette femme mystère est-elle un petit peu comme Norma Desmond. Elle est audacieuse, aucun doute là-dessus. Il ne voit pas du tout où elle veut en venir, ni ce qu'elle trame ; et lorsqu'il comprendra son mobile, peut-être ne ressemblera-t-elle en rien à Norma Desmond. Mais au moins elle apporte quelque chose de neuf et d'intéressant.

La pluie.
Le vent.
Le camping-car.
Take the A Train a laissé la place à *String of Pearls*.
Contre les rideaux bleus, M. Vess murmure doucement : « Quand vous voudrez. »

Une fois le tueur descendu du camping-car et la portière claquée, Chyna avait longtemps attendu dans l'obscurité de la chambre au son de la berceuse à une note de la pluie.

Par prudence. Écouter. Attendre. Être sûre. Absolument sûre.

À ce moment-là, elle avait dû admettre que le courage lui manquait. Ses vêtements étaient pratiquement secs, maintenant, mais elle avait encore froid, et la source de ses frissons était la glace du doute dans ses entrailles.

Le mangeur d'araignées était parti. Il valait bien mieux rester dans le noir avec deux cadavres que de se risquer dehors et de tomber de nouveau sur lui. Il reviendrait, cette chambre n'avait rien d'une cachette sûre, mais, pour l'instant, ce qu'elle *ressentait* prenait le pas sur ce qu'elle *savait*.

Une fois sortie de sa paralysie, elle se mut avec un abandon téméraire, comme si la moindre hésitation devait la plonger dans une autre paralysie plus grave, insurmontable cette fois.

Elle ouvrit brusquement la porte, plongea dans le couloir, revolver brandi devant elle... ce salaud de meurtrier n'était peut-être pas sorti après tout... fila devant la salle de bains, traversa le coin-repas, entra dans le coin-salon et s'arrêta à quelques pas du siège du conducteur.

Malgré la faiblesse de la morne brume grise entrant par la lucarne et le pare-brise, elle put se rendre compte qu'elle était seule. Pas de tueur en train de la guetter.

Dehors, juste devant le camping-car, elle vit une

cour détrempée, quelques arbres dégoulinants d'eau, et une allée menant à une grange patinée par les intempéries.

Elle se rapprocha d'une fenêtre à droite, souleva prudemment un coin de rideau graisseux et découvrit une maison en rondins à une vingtaine de pas. Mouchetés par l'âge et plusieurs couches de créosote, ruisselants de pluie, les murs luisaient comme une peau de serpent sombre.

Il devait s'agir de la maison du tueur. Il avait dit aux employés de la station-service qu'il rentrait chez lui après son expédition de « chasse », et son discours avait eu l'accent de la vérité, notamment ses sarcasmes à propos de la jeune Ariel.

Le tueur devait se trouver à l'intérieur.

Elle se pencha au-dessus du siège du conducteur pour voir si les clés étaient sur le tableau de bord. Non. Ni dans le vide-poches.

Elle se glissa sur le siège du passager, se sentant affreusement exposée, malgré la pluie qui noyait le pare-brise. Rien dans l'autre vide-poches, ni dans la boîte à gants, ni dans les portières, ni sous les sièges qui révélât le nom du propriétaire ou quoi que ce soit à son sujet.

Il reviendrait bientôt. Pour Dieu sait quelle raison démente, il s'était démené et avait pris des risques pour ramener les cadavres, et il ne les laisserait probablement pas longtemps dans le camping-car.

La pluie l'empêchait d'en être sûre, mais elle crut voir que les rideaux étaient clos aux fenêtres du rez-de-chaussée de ce côté de la maison. Le tueur ne la verrait pas accidentellement lorsqu'elle descendrait du camping-car. Quant aux deux fenêtres du premier étage, elle ne distinguait pas assez bien pour juger de leur état.

Un couteau glacial fondit sur elle lorsqu'elle ouvrit la portière du camping-car et la referma le plus silencieusement possible.

Le ciel était bas et turbulent.

Une rangée de collines boisées s'élevait derrière la maison, disparaissant dans la brume perlée. Chyna sentit la présence de montagnes derrière, dans les nuages ; certainement encore couronnées de neige en ce début de printemps.

Elle courut sous le porche, à l'abri de la pluie, mais il pleuvait si fort qu'elle était de nouveau trempée. Elle s'adossa au mur rugueux.

Des fenêtres flanquaient la porte, et les rideaux de la plus proche étaient tirés.

De la musique à l'intérieur.

Du swing.

Elle regarda les prairies, le sentier qui menait de la maison au sommet d'une colline basse, avant de s'enfoncer dans le brouillard. Peut-être y avait-il d'autres maisons, là-bas, où elle pourrait trouver de l'aide.

Mais l'avait-on jamais aidée ?

Elle se rappela les deux brefs arrêts qui l'avaient réveillée... le camping-car devait avoir franchi un portail. Même privée, l'allée menait certainement à une route, où elle pourrait demander de l'aide à des voisins ou à des automobilistes.

Le sommet de la colline était à quatre cents mètres de la maison. Une vaste étendue de terrain découvert à traverser avant d'être à l'abri. S'il la voyait, il la rattraperait.

Elle n'était toujours pas sûre qu'il s'agissait bien de sa maison. Et, dans ce cas, y séquestrait-il Ariel ? Si elle revenait avec la police et qu'Ariel n'était pas là, le tueur risquait de ne jamais leur révéler où trouver la jeune fille.

Il fallait qu'elle s'assure qu'Ariel était bien dans le sous-sol.

Mais si la fille était effectivement là, en revenant avec les flics, Chyna risquait de retrouver le tueur barricadé dans la maison. Il faudrait une troupe de tireurs d'élite pour le déloger... et il aurait amplement le temps de tuer Ariel et de se suicider avant l'assaut final.

Oui, cela se passerait certainement comme ça si un flic débarquait. Le tueur comprendrait qu'il pouvait faire une croix sur sa liberté, que les jeux étaient faits, qu'il ne s'amuserait plus jamais, et sa seule porte de sortie serait une ultime célébration apocalyptique de la folie.

L'idée de perdre cette fille en danger si vite après avoir perdu Laura, avoir failli à Laura, était insupportable. Intolérable. Elle ne pouvait pas continuer à faire défaut aux gens comme, toute sa vie, les autres lui avaient fait défaut. On ne trouvait pas le sens de l'existence dans des cours et des manuels de psychologie, mais dans le souci de l'autre, le sacrifice, la foi, l'*action*. Elle ne voulait pas prendre ces risques. Elle voulait vivre... mais pour quelqu'un d'autre qu'elle-même.

Au moins maintenant elle avait une arme.

Et l'avantage de la surprise.

Plus tôt, à la maison Templeton et dans le camping-car, puis à la station-service, elle avait aussi eu l'avantage de la surprise, mais elle n'était pas en possession du revolver.

Elle était en train de se convaincre de choisir l'option la plus dangereuse, de se donner de bonnes excuses pour pénétrer dans la maison. Entrer dans la maison était de la folie furieuse, bon Dieu !... de la folie furieuse, mais elle s'efforçait de rationaliser son geste, parce qu'elle avait déjà pris sa décision.

En descendant du camping-car, la femme a une arme dans la main droite. On dirait un .38.

Une arme populaire chez certains flics. Mais cette femme ne se déplace pas comme un flic, ne tient pas l'arme comme un flic... bien qu'elle ait l'air à l'aise avec.

Non, elle n'appartient définitivement pas aux forces de l'ordre. C'est autre chose. Étrange.

M. Vess n'a jamais été aussi intrigué que par cette petite dame pleine de cran, cette mystérieuse aventurière. Un vrai régal.

Lorsqu'elle disparaît de sa vue en courant vers la maison, Vess passe de la fenêtre orientée au sud à celle orientée à l'est. Il écarte les rideaux bleus.

Aucun signe d'elle.

Il attend, retenant son souffle, mais elle ne prend pas la direction du sentier. Au bout d'une trentaine de secondes, il sait qu'elle ne s'enfuira pas.

En l'occurrence, elle l'aurait grandement déçu. Elle n'est visiblement pas du genre à baisser les bras. Elle est audacieuse. Il la veut audacieuse.

Si elle s'était enfuie, il aurait lancé les chiens à ses trousses, avec l'ordre non de la tuer mais de la retenir. Ensuite il l'aurait récupérée pour l'interroger à loisir.

Mais elle le cherche. Pour on ne sait quelle raison inimaginable, elle va le suivre dans la maison. Avec son revolver.

Il faudra être prudent. Oh ! qu'est-ce qu'il s'amuse ! L'arme ne fait qu'intensifier encore la partie.

Le porche de devant est juste dans l'axe de la fenêtre, mais il ne voit rien à cause de l'avancée du toit. La femme mystère est quelque part sur le porche. Il la *sent* proche, peut-être juste en dessous de lui.

Il récupère son pistolet sur la commode et traverse silencieusement la chambre moquettée. Il prend le couloir, s'arrête en haut de l'escalier. Seul le palier est visible, pas la salle de séjour, mais il écoute.

Si elle ouvre la porte d'entrée, il le saura, parce qu'un des gonds fait un bruit de roue à rochet. Pas fort, mais particulier. Comme il guette ce gond rouillé, ni le tambourinement de la pluie sur le toit, ni celui de la douche dans la baignoire, ni *In the Mood* à la radio ne pourront entièrement masquer ce son.

Dingue. Mais elle allait le faire. Pour Ariel. Pour

Laura. Mais aussi pour elle-même. Peut-être surtout pour elle-même.

Après toutes ces années passées sous des lits, au fond de placards, dans des greniers... elle ne se cacherait plus. Après toutes ces années à se contenter de s'en sortir, sans relever la tête, sans jamais attirer l'attention sur elle... il fallait soudain qu'elle agisse sinon elle exploserait. Elle avait vécu en prison depuis le jour de sa naissance, même après avoir quitté sa mère, une prison de peur, de honte et d'attentes diminuées, et elle s'était tellement habituée à cette vie limitée qu'elle n'en avait pas vu les barreaux. À présent une juste fureur la libérait, elle était ivre de liberté.

Le vent froid enfla, balayant des nappes de pluie sous le porche.

Un carillon de coquillages cliqueta, faux, irritant.

Elle se glissa devant la fenêtre, en s'efforçant d'éviter des escargots sur le plancher. Les rideaux ne bougèrent pas.

La porte d'entrée n'était pas fermée à clé. Elle la poussa lentement. Un gond racla.

Le morceau du « big band » se termina en fanfare, et aussitôt deux voix s'élevèrent au fond de la maison. Elle se figea sur le seuil... des publicités. La musique venait d'une radio.

Le tueur partageait peut-être la maison avec quelqu'un d'autre qu'Ariel et la procession de victimes ou de cadavres qu'il ramenait de ses voyages. Chyna le voyait mal avec une famille, une femme et des enfants, avec un acolyte : mais il existait des exemples rares de sociopathes meurtriers faisant équipe, comme dans le cas de l'étrangleur des collines de Los Angeles qui s'était révélé être deux hommes, une vingtaine d'années avant.

Les voix à la radio n'étaient pas une menace.

Brandissant le revolver devant elle, elle entra. Le vent siffla dans la maison, fit cliqueter un abat-jour... Il allait la trahir. Elle referma la porte.

Les voix de la radio provenaient d'une cage d'escalier à sa gauche. Elle observa les lieux en gardant un œil sur le bas des marches... On ne savait jamais.

La pièce du rez-de-chaussée faisait toute la largeur de la petite maison et elle ne ressemblait en rien à ce que Chyna s'attendait à trouver. Dans la faible lumière grise extérieure, elle découvrit des fauteuils en cuir vert foncé, avec des poufs, un canapé écossais sur de gros pieds ronds, des tables basses rustiques en chêne et une bibliothèque qui devait contenir trois cents volumes. Dans l'âtre de la cheminée monumentale en moellons se trouvaient des chenets en laiton et, sur le manteau, une vieille pendule avec deux cerfs en bronze, dressés sur leurs pattes arrière. Le décor était masculin mais sans excès... ni têtes de daim ou d'ours à l'œil vitreux sur les murs, ni gravures de chasse, ni râteliers de fusils, simplement un endroit confortable et douillet. Non pas un chaos reflétant les désordres de son esprit, mais l'ordre. Au lieu de la crasse, la propreté ; même dans la pénombre, il était évident que le ménage avait été bien fait. Loin d'empester l'odeur de la mort, la maison sentait la cire parfumée à l'essence de citron, le déodorant à la vague odeur de pin, et le feu de bois.

Vantant les mérites d'assurances puis de beignets, les voix de la radio faisaient vibrer l'escalier d'enthousiasme. Le tueur avait réglé le volume trop fort ; comme s'il essayait de masquer quelque chose.

Elle perçut alors effectivement un autre bruit, proche de la pluie, qu'elle finit par reconnaître. Une douche.

Voilà pourquoi il avait monté le volume. Il écoutait la radio sous sa douche.

Un coup de chance. Tant que le tueur se laverait, elle pouvait chercher Ariel sans risquer d'être surprise.

Elle traversa la pièce, franchit une porte entrouverte et se retrouva dans une cuisine. Aux murs, des carreaux de céramique jaune canari et des placards en pin noueux. Sur le sol, un carrelage de vinyle gris avec un semis jaune, vert et rouge. Nickel. Chaque chose à sa place.

L'eau qui trempait ses cheveux et son jean dégoulina sur le carrelage immaculé.

Aimanté sur un côté du réfrigérateur, un calendrier affichait déjà le mois d'avril sous la photo en couleurs de deux chatons, un noir et un blanc, avec des yeux d'un vert éblouissant, au milieu d'un énorme bouquet de muguet.

La normalité de la maison était terrifiante : ces surfaces brillantes, cette propreté, les petites touches intimes, ce sentiment que l'habitant des lieux pouvait marcher en pleine lumière dans n'importe quelle rue et passer pour un être humain malgré les atrocités qu'il avait commises.

Ne pense pas à ça.

Avance. La sécurité est dans le mouvement.

Elle passa devant la porte de service. Par les quatre carreaux du haut, elle aperçut un autre porche, une pelouse, deux gros arbres et la grange.

La cuisine s'ouvrait directement sur le coin-repas ; l'ensemble devait faire deux tiers de la largeur de la maison. La table ronde était un plateau de pin sombre reposant sur un gros fût ; on avait noué des coussins sur les quatre fauteuils de capitaine en pin.

À l'étage, la musique tonna de nouveau, mais elle parvenait assourdie dans la cuisine : Chyna aurait-elle été une passionnée de « big band » qu'elle aurait pu reconnaître le morceau.

Le bruit de la douche s'entendait davantage dans cette pièce que dans la salle de séjour, parce que les tuyaux passaient dans le mur arrière de la vieille maison. L'eau tirée dans la salle de bains rugissait dans un tuyau en cuivre. Ni fixé ni isolé, le tuyau vibrait contre un montant du mur, comme si on frappait sur du Placoplâtre.

Si ce bruit s'arrêtait brusquement, elle saurait que son temps d'exploration était compté. Dans le silence consécutif, il lui resterait au mieux une à deux minutes de grâce, le temps que le tueur se sèche. Ensuite, il pourrait surgir n'importe où.

Elle chercha un téléphone du regard... seulement une prise. Avec un téléphone, elle aurait pu prendre le temps de composer le numéro de la police, à supposer qu'il y en ait une dans ce trou paumé. Savoir que l'aide arrivait aurait rendu le reste de la fouille moins éprouvant pour les nerfs.

Une autre porte au bout du coin-repas. Malgré le vacarme ambiant, Chyna tourna la poignée le plus silencieusement possible et franchit prudemment le seuil.

Elle se retrouva dans une buanderie servant aussi d'office. Une machine à laver le linge. Un séchoir électrique. Des boîtes et des flacons de lessive alignés sur deux étagères, une odeur de détergent et de produit blanchissant.

Le rugissement de l'eau dans le tuyau frappeur y était encore plus fort que dans la cuisine.

À gauche, derrière la machine à laver le linge et le séchoir se trouvait une autre porte en pin brut sous une couche de peinture vert acide. Un escalier descendant vers une cave noire... son cœur se mit à battre plus fort.

— Ariel ? murmura-t-elle, mais elle n'obtint pas de réponse, parce qu'elle avait parlé plus pour elle-même que pour la fille.

Aucune fenêtre. Pas même une traînée trouble de gris d'orage filtrant à travers un soupirail ou une bouche d'aération. Noir comme l'intérieur d'un donjon.

Mais si ce salaud séquestrait la fille à cet endroit, c'était étrange qu'il n'ait pas ajouté un verrou à la porte.

La captive était peut-être séquestrée, voire menottée dans une pièce noire en dessous. Ariel n'avait peut-être aucun espoir d'atteindre cet escalier et cette porte, même si elle restait seule pendant des jours à s'angoisser dans ses entraves, ce qui expliquerait pourquoi le tueur savait qu'un obstacle supplémentaire à sa fuite ne serait d'aucune utilité, même en son absence.

Néanmoins, il était étrange qu'il ne s'inquiète pas qu'un cambrioleur pénètre par effraction dans la maison pendant son absence et découvre par hasard la prisonnière en descendant dans la cave. Vu l'âge de la maison, sa rusticité et l'absence d'alarmes apparentes, il ne devait pas y avoir de système de sécurité. Le tueur, avec tous ses secrets, aurait dû installer une porte blindée pour l'accès à la cave, et des serrures aussi inattaquables que celles du coffre d'une banque.

L'absence de mesures de sécurité pouvait vouloir dire qu'Ariel n'était pas là.

Non. Continue. Trouve-la.

Elle tâtonna à la recherche d'un interrupteur. La lumière s'alluma sur le palier et dans le sous-sol.

Les marches en béton nu étaient raides. Elles paraissaient beaucoup plus neuves que la maison... un apport récent, peut-être.

Le rugissement de l'eau dans les canalisations... le tueur était toujours dans la salle de bains, occupé à faire disparaître les traces de ses crimes.

— Ariel ? reprit-elle, un peu plus fort.

Toujours pas de réponse.

— Ariel !

Rien.

Elle n'avait pas envie de descendre dans cette fosse sans fenêtres, sans autre issue que l'escalier, même avec une porte sans verrou au bout. Mais il fallait bien y aller, si elle voulait s'assurer qu'Ariel était bien là.

Toujours le tuyau frappeur.

Qu'on soit un enfant ou un adulte responsable, finalement, on se retrouvait toujours au même point, toujours : on était seul, étourdi de frayeur, seul au fond d'un endroit lugubre, sombre et exigu, sans issues, seulement mû par un espoir fou, au milieu d'un monde indifférent, sans personne pour se soucier de votre sort.

À l'affût du moindre changement du bruit de l'eau dans le tuyau, Chyna descendit l'escalier, une marche après l'autre, la main gauche sur la rampe de fer. Elle tenait son arme dans la main droite ; elle la serrait tellement fort que ses articulations lui faisaient mal.

— Chyna Shepherd, intacte et vivante, dit-elle, tremblante. Chyna Shepherd, intacte et vivante.

À la moitié de l'escalier, elle regarda derrière elle. Au bout des traces de ses semelles mouillées, le palier semblait être à quatre cents mètres au-dessus d'elle, aussi lointain que le versant de la colline, du porche de la maison.

Alice descend dans le terrier du lapin et entre chez les fous sans espoir d'y prendre le thé.

Du seuil de la buanderie, M. Edgler Vess entend la femme mystère appeler Ariel. Elle n'est qu'à quelques pas de lui, derrière la machine à laver le linge et le séchoir, il ne peut donc pas se tromper.

Ariel.

Stupéfait, il reste bouche bée dans l'odeur de détergent et dans le martèlement étouffé du tuyau en cuivre contre le mur, la voix comme un écho dans sa mémoire.

Comment connaîtrait-elle l'existence d'Ariel ?

Si, elle recommence à l'appeler, plus fort.

M. Vess se sent soudain affreusement violé, oppressé, observé. Il jette un coup d'œil aux fenêtres du coin-repas et de la cuisine. Pas de visages radieux d'accusateurs inconnus pressés contre les vitres, rien que la pluie et la lumière grise noyée. Mais cela ne réduit pas son angoisse.

Ce n'est pas drôle. Plus drôle du tout.

Le mystère est trop profond. Et inquiétant.

C'est à croire que cette femme n'est pas sortie de cette Honda, mais d'une frontière invisible entre deux dimensions, d'un monde au-delà de celui-ci, d'où elle le surveillait secrètement. Tout cela a un goût parfaitement surnaturel, la texture d'un autre monde, et le détergent prend soudain une odeur d'encens qui brûle, l'air écœurant semble épaissi de présences invisibles.

Effrayé et rongé par le doute, peu habitué à ces deux émotions, M. Vess pénètre dans la buanderie en levant son Heckler & Koch P7. Son doigt enveloppe la détente et la presse légèrement, prêt à tirer.

La porte de la cave est ouverte. La lumière de l'escalier est allumée.

La femme est invisible.

Il relâche la détente.

Les rares fois où il reçoit soit pour un dîner, soit pour une réunion de travail, il poste toujours un doberman dans la buanderie. Le chien y somnole, silencieux. Mais si quelqu'un d'autre que son maître s'avisait d'entrer, il aboierait, gronderait et le ferait reculer.

En l'absence de Vess, les dobermans quadrillent l'ensemble de la propriété, et personne ne peut espérer pénétrer dans la maison elle-même, sans parler de la cave.

M. Vess n'a jamais mis de verrou à la porte de la cave parce qu'il craint qu'en se refermant accidentellement, elle ne le piège en bas pendant qu'il est en train de jouer. Avec un verrou à clé, bien sûr, cette catastrophe ne pourrait pas se produire. Lui-même voit mal comment un tel mécanisme pourrait se gripper et le piéger ; mais il est trop inquiet à cette idée pour prendre le risque.

Avec les années, il a vu le hasard à l'œuvre dans le monde et des gens périr à cause de lui. Une fin d'après-midi d'un mois de juin, il roulait vers Reno sur l'autoroute 80. Une jeune blonde au volant d'une Mustang décapotable doubla son camping-car. Elle était vêtue d'un short et d'un corsage blancs, et sa longue chevelure ruisselait de nuances rouge doré dans le vent du soleil couchant. Pris d'un soudain besoin irrésistible d'écraser son beau visage, il accéléra à fond pour ne pas perdre la Mustang de vue, mais sa quête paraissait vouée à l'échec. Dans les sierras, son camping-car poussif s'était fait distancer. Même s'il avait pu se rapprocher de la femme, la circulation était trop dense... trop de témoins... pour qu'il tente quoi que ce soit d'aussi audacieux que de l'obliger à sortir de la route. C'est alors que l'un des pneus de la Mustang éclata. La femme roulait tellement vite qu'elle faillit partir en tête-à-queue, faire un tonneau ; elle zigzagua, de la fumée bleue s'échappant de ses pneus, puis maîtrisa son véhicule avant de se garer sur le bas-côté. M. Vess s'arrêta pour lui prêter main-forte. Elle lui fut très reconnaissante de son offre d'assistance, souriante et délicieusement timide, une fille sympa avec une croix en or de trois centimètres au bout d'une chaîne... Ensuite, elle avait pleuré si fort et lutté d'une manière si excitante pour ne pas lui abandonner sa beauté, pour détourner le visage de ses divers instruments aiguisés... une jeune femme pleine d'entrain et de vie sur la route de Reno jusqu'à ce que le hasard la lui livre sur un plateau.

Si un pneu pouvait éclater, pourquoi un verrou ne se gripperait-il pas ?

Si le hasard peut donner, il peut aussi prendre.

M. Vess vit intensément, mais aussi prudemment.

Et voilà que cette femme qui appelle Ariel entre dans sa vie, comme un pneu éclaté, et soudain il ne sait plus si c'est elle qui est le cadeau ou le contraire.

Se souvenant du revolver et regrettant les dobermans, il se glisse jusqu'à la porte de la cave.

La voix de la femme monte du sous-sol : « China Shepherd, intacte et vivante. »

Ces mots sont si étranges, leur sens si mystérieux, ils ressemblent à une incantation, codée et énigmatique.

Confirmant cette impression, la femme se répète, comme si elle psalmodiait : « China Shepherd, intacte et vivante. »

Bien que Vess ne soit pas du genre superstitieux, il a un sentiment de surnaturel, comme jamais de sa vie.

Son cuir chevelu le picote, la chair de poule envahit sa nuque, sa main se resserre sur le pistolet.

Après une hésitation, il se penche par la porte ouverte de l'escalier pour regarder.

La femme est à quelques marches du bas. D'une main, elle tient la rampe, de l'autre, le revolver.

Pas un flic. Un amateur.

Mais elle pourrait bien être son pneu éclaté, et il est nerveux, agité, toujours dévoré de curiosité, mais prêt à faire passer sa sécurité avant tout.

Il se glisse sur le palier.

Elle a beau être tout près, elle ne l'entend pas : tout est en béton, rien ne craque.

Il vise le centre de son dos. Le premier coup va la catapulter, l'envoyer valdinguer bras en croix dans le sous-sol ; le deuxième l'atteindra en vol. Ensuite, Vess descendra en courant, tout en tirant un troisième et un quatrième coup, dans les jambes cette fois. Il s'abattra sur elle, pressera le canon de son arme contre sa nuque et, une fois qu'il la maîtrisera totalement, qu'il la dominera, il pourra décider si elle reste ou non une menace, s'il peut courir le risque de l'interroger, ou bien si elle est trop dangereuse et s'il doit l'achever en lui brûlant la cervelle.

Lorsque la femme passe sous la lampe en bas de l'escalier, M. Vess voit distinctement son revolver. Il s'agit effectivement d'un Smith & Wesson .38 spécial, comme il l'a pensé, quand il l'a vu de la fenêtre du premier étage, mais soudain la marque et le modèle de l'arme prennent un sens électrisant.

Il sent l'odeur d'une saucisse Slim Jim. Il se souvient d'yeux couleur de nuit s'écarquillant d'horreur et de désespoir.

Il a déjà vu ce modèle au cours des dernières heures. Il appartenait au jeune Asiatique de la station-service, qui l'avait tiré de sous le comptoir sans avoir le temps de s'en servir.

Le .38 a beau être un revolver populaire, il n'est pas

si courant que ça. Edgler Vess sait, avec la certitude d'un renard sur la piste d'un lapin dans les herbes, qu'il s'agit de la même arme.

S'il reste encore bien des mystères autour de la femme debout sur les marches en bas de l'escalier, si sa présence l'étonne toujours autant, elle n'a rien de surnaturel. Cette femme connaît le prénom d'Ariel non parce qu'elle le surveillait d'un autre monde, non parce qu'elle est au service d'une puissance supérieure, mais simplement parce qu'elle devait se trouver là, dans la station-service, lorsqu'il baratinait les deux employés avant de les tuer.

Où elle a pu se cacher, comment il a pu ne pas la remarquer, pourquoi elle ressent ce besoin de le poursuivre, comment elle a réuni le courage pour cette aventure téméraire... l'intuition seule ne peut le lui dire. Mais il va bientôt avoir tout le loisir de lui poser ces questions.

Baissant son pistolet, il recule dans la buanderie, au cas où elle lèverait les yeux.

Sa peur si inhabituelle, sa perception étrange de forces surnaturelles oppressantes se lèvent comme un brouillard, et il est stupéfait de son bref spasme de crédulité. Lui qui ne nourrit aucune illusion sur la nature de l'existence ! Lui si clairvoyant ! Lui qui sait la prééminence de la sensation pure ! Même lui, l'homme le plus rationnel qui soit, a pris peur.

Il rit presque de sa bêtise... et l'oublie aussitôt.

La femme devrait être en bas de l'escalier maintenant.

Il va l'autoriser à explorer les lieux. Après tout, pour on ne sait quelle raison bizarre, c'est ce qu'elle est venue faire ici, et il est curieux de voir sa réaction devant ce qu'elle va découvrir.

Il s'amuse de nouveau.

La partie reprend.

Chyna arriva en bas des marches.

À droite, le mur extérieur de pierres liées par du mortier. Rien dans cette direction.

À gauche, un espace courant sur toute la largeur de la maison.

À une extrémité, une chaudière à mazout et un gros cumulus. À l'autre, de hauts classeurs munis de portes à volets, un établi et une boîte à outils sur roulettes.

Juste en face, dans un mur en béton, une porte.

Un bruit.

Virant sur sa droite, Chyna faillit tirer... sur la chaudière : le pilote électrique s'allumait, le mazout s'enflammait.

Elle percevait encore la vibration du tuyau. Plus faible que dans l'escalier mais encore audible.

Elle distinguait à peine la musique de la salle de bains du premier étage, fil irrégulier de mélodie, surtout des cuivres ou le gémissement de la clarinette.

Manifestement insonorisée, la porte dans le mur du fond était capitonnée comme celle d'un théâtre : huit clous tapissiers à têtes rondes divisaient le vinyle marron en carrés rebondis. Le chambranle était protégé de façon identique.

Aucune serrure, pas même un pêne, pour l'empêcher de continuer.

En posant la main sur le vinyle, elle découvrit que le capitonnage était encore plus luxueux qu'à première vue. Cinq bons centimètres de mousse couvraient le bois.

Elle tira la longue poignée en inox en forme de U. La porte capitonnée racla doucement contre le chambranle et couina comme à l'ouverture d'un paquet de cacahouètes emballées sous vide.

Du capiton à l'intérieur également. L'épaisseur totale excédait les dix centimètres.

Chyna se retrouva dans un espace capitonné lui aussi, de deux mètres carrés, au plafond bas, comme un ascenseur. Le sol disparaissait sous un tapis de caoutchouc du type qu'on pose dans les cuisines de restaurant pour épargner les pieds des cuisiniers travaillant debout des heures d'affilée. Dans le faible éclairage encastré, elle nota que, à cet endroit, le capiton n'était pas en vinyle mais en coton gris pelucheux.

L'étrangeté de l'endroit aiguisa sa peur, mais en même temps il lui était tellement facile de comprendre l'usage de tout ce capitonnage que son estomac se souleva de nausée.

Une autre porte en face. Entièrement capitonnée elle aussi.

Là, enfin, il y avait des serrures. Il lui fallait des clés.

Elle remarqua alors un petit panneau en relief sur la porte elle-même, à hauteur d'œil, d'environ quinze centimètres sur vingt, muni d'une poignée. On aurait dit le panneau coulissant sur l'œilleton d'une porte pleine dans le quartier haute sécurité d'une prison.

Le tueur semblait prendre une douche inhabituellement longue. Non, elle n'était pas dans la maison depuis plus de trois minutes ; cela lui paraissait juste très long. S'il se récurait à fond, il n'en avait peut-être pas encore terminé.

Elle aurait aimé pouvoir mettre l'œilleton à nu tout en maintenant la porte extérieure ouverte, mais ce n'était pas possible. Trop loin. Elle laissa le battant se refermer derrière elle.

À cet instant, le bruit du tuyau frappeur cessa. Le silence fut soudain si profond que même son souffle irrégulier devint à peine audible. Sous le capitonnage, les murs devaient être couverts de couches d'isolation phonique.

Ou peut-être le tueur avait-il arrêté la douche à l'instant même où la porte se refermait... Il se séchait à présent. Ou bien il enfilait un peignoir sans prendre la peine de se sécher. Il descendait...

Vérifier. Tremblante, elle rouvrit la porte.

Toujours le tuyau frappeur.

Elle lâcha un soupir de soulagement.

Elle était encore en sécurité.

Bien, maintenant, reste calme, continue, vérifie que la fille est bien là et fais ce qu'il y a à faire.

Elle laissa à contrecœur la porte se refermer. Le martèlement du tuyau cessa de nouveau.

Elle eut l'impression de suffoquer. Peut-être la ventilation du vestibule laissait-elle à désirer, mais l'effet d'amortissement des murs capitonnés, au moins autant qu'une ventilation défectueuse, semblait rendre l'atmosphère aussi épaisse et aussi irrespirable qu'un nuage de fumée.

Elle fit coulisser le panneau sur la porte intérieure.

Une lumière rosée.

L'œilleton était équipé d'un écran épais pour protéger l'observateur d'une attaque venue de l'intérieur.

De l'autre côté, Chyna découvrit une grande salle, couvrant presque toute la surface de la salle de séjour sous laquelle elle se situait. L'éclairage se réduisait à trois lampes aux abat-jour à franges, équipées d'ampoules roses d'environ quarante watts.

À deux endroits, sur le mur du fond, des pans de brocart rouge et doré pendaient à des tringles en cuivre comme masquant des fenêtres, mais il ne pouvait pas en exister au sous-sol : il devait s'agir d'un décor visant à rendre la pièce plus confortable. Sur le mur de gauche, à peine effleuré par les lampes, on distinguait vaguement une grande tapisserie en lambeaux : des cavalières en robes longues et chapeaux-cloches montant en amazone dans une prairie printanière, à la lisière d'une forêt verdoyante.

Les meubles comprenaient un gros fauteuil avec des appuie-tête, un lit à deux places avec une tête-de-lit blanche sur laquelle était peinte une scène à peine visible dans la lumière rose, des bibliothèques décorées de moulures en feuilles d'acanthe, des vitrines avec des portes à meneaux, une petite table de salle à manger au plateau lourdement sculpté, accompagnée de deux chaises Directoire tapissées d'un tissu à fleurs, et un réfrigérateur. Une immense armoire teinte en brun, avec des motifs de fleurs en porcelaine craquelée sur les portes... ancienne, mais certainement une copie, abîmée mais jolie. Enfin, un banc capitonné devant une coiffeuse dotée d'un miroir en triptyque dans un cadre cannelé doré.

Aussi étrange que fût cette pièce souterraine, pareille à l'entrepôt des décors d'*Arsenic et vieilles dentelles*, la collection de poupées était de loin son élément le plus étrange. Des baigneurs, des poupées en plastique, en porcelaine, en chiffon... d'innombrables modèles, anciens et modernes, certains dépassant le mètre, d'autres plus petits qu'un carton de lait, en couche, en combinaison de ski, en robe de mariée, en barboteuse à carreaux, en costume de cow-boy, en tenue de tennis, en pyjama, en jupe de paille, en kimono, en costume de clown, en salopette, en chemise de nuit, en costume de marin... Les poupées couvraient les étagères, se profilaient derrière les portes de certaines vitrines, se perchaient sur l'armoire, étaient assises sur le réfrigérateur, le long des murs. D'autres s'entassaient dans un angle de la pièce et au pied du lit, masse hérissée de bras et de jambes, têtes penchées comme sur des cous cassés, telles des piles de cadavres gaiement vêtus, attendant d'être emportés au four crématoire. Deux voire trois cents petits visages luisaient dans la lumière rosée, ou affichaient une pâleur mortelle dans l'ombre... en biscuit, en porcelaine, en tissu, en bois et en plastique. Leurs yeux en verre, fer-blanc, bouton, tissu et céramique peinte réfléchissaient la lumière, étincelaient près de l'une des trois lampes, luisaient aussi faiblement que des braises lorsque leurs propriétaires étaient consignées dans les recoins les plus sombres.

L'espace d'un instant, Chyna fut presque convaincue que ces poupées étaient effectivement douées de la vue, à l'exception de quelques rares spécimens qui paraissaient aveugles dans les cataractes de lumière rose, et que la conscience animait leur terrible regard.

Aucune d'elles ne bougeait... mais elles semblaient vivantes. Elles avaient une puissance sinistre, comme si le tueur était aussi un sorcier volant les âmes de ceux qu'il assassinait pour les emprisonner dans ces silhouettes.

Elle perçut alors un mouvement dans la pièce, une ombre sortant de la pénombre : la captive. À son apparition, les poupées perdirent leur étrange magie. Chyna n'avait jamais vu jeune fille plus belle, plus belle encore que sur le Polaroïd, avec des cheveux raides et brillants d'une nuance enchanteresse d'auburn dans la lumière rose, bien que blond platine en réalité. Gracile, mince et gracieuse, elle possédait une beauté éthérée, angélique ; elle ressemblait moins à un être de chair et de sang qu'à une apparition porteuse d'un message de rédemption, une Nativité, un espoir, un guide.

Elle portait des mocassins noirs, des chaussettes blanches, une jupe noire ou bleue, et un corsage blanc à manches courtes avec un passepoil sombre au col et à la poche de poitrine : un véritable uniforme d'école paroissiale.

Il ne faisait pas de doute que le tueur l'habillait comme il l'entendait, et Chyna comprit tout de suite pourquoi ce genre de tenue pouvait lui plaire. Ariel faisait plus jeune que ses seize ans, habillée de cette façon ; avec ses bras minces, ses mains et ses poignets délicats, dans l'éclairage rosé, l'uniforme modeste lui donnait l'aspect d'une enfant de onze ans, intimidée par son dimanche de confirmation, naïve et innocente.

Les sociopathes comme ce type étaient attirés par la beauté et l'innocence, parce qu'ils se sentaient obligés de la profaner. Une fois l'innocence arrachée, la beauté tailladée et écrasée, la bête difforme pouvait enfin se sentir supérieure à la victime convoitée. Une fois l'innocence et la beauté en décomposition, le monde devenait plus proche du paysage intérieur du tueur.

La fille s'assit dans le fauteuil.

Elle avait un livre à la main. Elle l'ouvrit, tourna quelques pages et parut se plonger dans la lecture.

Bien qu'elle eût sans aucun doute entendu le panneau coulisser, elle ne leva pas les yeux. Elle supposait apparemment que son visiteur était, comme toujours, le mangeur d'araignées.

Prise d'une émotion qui lui serra le cœur et la surprit par son intensité, Chyna prononça son prénom :

— Ariel.

Le son tomba à travers l'œilleton dans un vide, sans franchir aucune distance, ni créer d'écho.

La cellule de la fille avait manifestement été soigneusement insonorisée, peut-être plus encore que le vestibule, et cette volonté affichée d'endiguer ses cris et ses hurlements semblait indiquer que, de temps à autre, le tueur invitait des gens chez lui. Peut-être à dîner. Ou à siroter une bière en regardant un match de football à la télé. Qu'il ose pareille chose était une nouvelle preuve de sa monstrueuse audace.

Mais le fait qu'il pût avoir des amis glaçait Chyna, des amis sains d'esprit, eux, qui seraient horrifiés de découvrir la fille dans la cave et de savoir que leur hôte massacrait des familles entières pour le plaisir. Il passait pour humain dans le monde de tous les jours. On riait de ses plaisanteries. On lui demandait conseil. On lui faisait partager ses joies et ses peines. Peut-être même allait-il à l'office. Peut-être même se rendait-il au bal, le samedi soir, pour danser de gentils petits pas de deux avec des cavalières souriantes, en cadence comme tout le monde.

Chyna éleva la voix :

— Ariel ?

La fille ne broncha pas.

— Ariel !

Dans son fauteuil, genoux serrés, livre sur les genoux, tête penchée sur sa page, mèches de cheveux lui dissimulant la moitié du visage, Ariel était comme sourde... ou comme une fille tapie au fond d'un placard, s'efforçant d'évacuer les cris des disputes d'adultes alcoolisés ou drogués, s'éloignant de plus en plus jusqu'à se retrouver dans un immense espace profondément silencieux bien à elle, hors d'atteinte.

Chyna se souvint de ces moments, dans son enfance, où se cacher simplement de sa mère et de ses amis plus dangereux ne lui avait pas apporté un sentiment de sécurité suffisant. Parfois les disputes, ou bien les fêtes devenaient trop violentes, trop tapageuses ; le chaos des rires déments et des jurons venait tourbillonner au fond de sa cachette, telle une tornade, et sa peur montait, grossissait au point de devenir incontrôlable, jusqu'à ce qu'elle soit sûre que son cœur ou son crâne allait exploser. Elle s'enfuyait alors dans des endroits plus accueillants de son esprit, franchissait le panneau à l'arrière de la vieille armoire pour se retrouver dans le pays de Narnia, découvert dans les merveilleux livres de M. C.S. Lewis, ou pour rendre visite à la maison de Crapaud et au Bois du *Vent dans les saules*, ou encore pour arpenter des contrées de son invention.

Elle avait toujours pu revenir de ses échappées. Mais il lui était arrivé de se dire que ce serait merveilleux de rester dans ces pays lointains, où ni sa mère ni ses acolytes ne la trouveraient jamais, malgré tous leurs efforts. Dans ces royaumes exotiques, il y avait souvent des dangers, mais aussi de vrais amis fidèles comme on n'en trouvait jamais de ce côté des armoires magiques.

Derrière l'œilleton, Chyna sut qu'Ariel avait cherché refuge dans une contrée lointaine, qu'elle s'était détachée de ce monde lamentable de toutes les manières possibles. Au bout d'un an au fond de ce trou lugubre, à subir de temps en temps les attentions du sociopathe, peut-être s'était-elle engagée si loin sur la route de l'aventure intérieure qu'elle ne pouvait pas, ou ne pourrait plus, revenir en arrière.

En fait, la fille leva les yeux de son livre et regarda fixement non le visage à l'œilleton, ni un point de la pièce, mais un autre situé dans un monde à des centaines de lieues de celui-ci. Malgré la faiblesse de l'éclairage rose, Chyna se rendit compte qu'Ariel avait les yeux dans le vague, et que son regard était aussi étrange que celui des poupées qui l'entouraient.

Le tueur avait dit aux hommes de la station-service qu'il ne l'avait pas encore touchée de « cette manière », et Chyna le croyait. Parce qu'une fois cette innocence détruite il serait pris de la compulsion d'écraser sa beauté ; et, ensuite, de l'achever. Le fait qu'elle soit en vie indiquait qu'elle était encore intacte.

Pourtant, jour après jour, mois après mois monstrueux, elle avait vécu dans un suspense épuisant, attendant que l'enfant de salaud haïssable décide qu'elle était « mûre » pour l'assaut brutal qui lui ferait subir sa mauvaise haleine contre son visage, ses mains brûlantes et insistantes, son poids lourd sur son corps, toutes les indignités et les humiliations. Dans sa pièce unique, la captive n'avait aucun endroit pour se cacher ; elle ne pouvait aller se réfugier ni sur le toit, ni sur la plage, ni dans le grenier, ni dans les branches les plus hautes de l'arbre dans la cour.

— Ariel.

Peut-être se réfugiait-elle dans les pages de son livre. Elle fonctionnait dans ce monde, s'y lavait, s'y alimentait, s'y habillait, mais elle *vivait* dans une autre dimension.

Ballottant sur un océan de chagrin, le cœur de Chyna s'engouffra dans une tempête de fureur :

— Je suis là, Ariel, je suis là. Tu n'es plus seule.

Ariel ne cilla pas, aussi figée dans ses rêves que les poupées.

— Je suis ta gardienne, Ariel. Je te protégerai.

Tandis que la jeune fille suivait une longue route sinueuse s'enfonçant dans son Ailleurs privé, ses mains se détendirent, et le livre glissa du fauteuil. Il tomba par terre, et le bruit de la chute fut absorbé par les murs et le plafond insonorisés. Inconsciente d'avoir lâché le livre, elle restait immobile.

— Je suis ta gardienne, répéta Chyna tout en s'interrogeant vaguement sur le choix de ses mots.

Elle avait plus peur pour Ariel que pour elle-même, et son cœur battait encore plus vite qu'avant.

— Ta gardienne.

Des larmes brûlantes lui embuèrent les yeux... une complaisance qu'elle ne pouvait s'autoriser. Elle cligna furieusement les paupières jusqu'à ce que ses yeux redeviennent secs et sa vision, claire.

Elle se détourna de la porte intérieure fermée et poussa l'extérieure avec colère.

Le tuyau.

À son retour dans le sous-sol, le tuyau frappeur parut lui sauter au visage.

Une minute avait dû s'écouler depuis qu'elle avait fait coulisser le panneau de l'œilleton.

Ce salaud de malade de merde se douchait toujours, nu et sans défense. Et maintenant qu'elle savait où se trouvait Ariel, les flics n'auraient plus besoin de lui pour les mener à la fille.

L'arme était chaude dans sa main.

Délicieusement chaude.

Si elle avait pu libérer Ariel et la sortir de là, elle l'aurait fait plutôt que de prendre l'option violente. Mais elle n'avait pas de clé, et la porte ne serait pas facile à défoncer.

La canalisation, toujours.

Elle n'avait pas le choix. Elle remonta l'escalier.

L'éclat bleuté de l'acier dans sa main.

Même si le tueur finissait de se doucher et coupait l'eau avant qu'elle ne puisse l'atteindre, il serait encore nu et sans défense, en train de se sécher... elle pénétrerait dans la salle de bains, tirerait sur lui à bout portant, jusqu'à la dernière balle, la première dans son cœur de merde, puis l'ultime dans sa sale gueule, pour être bien sûre de l'achever. Ne pas prendre de risques. Aucun.

Se servir de chaque balle, presser la détente jusqu'à ce que le chien claque dans le vide. Elle pouvait le faire. Tuer ce dingue, le tuer et le tuer encore, jusqu'à ce qu'il reste mort. Elle pouvait le faire, elle le ferait.

Elle remonta l'escalier raide, dans les empreintes humides qu'elle avait laissées en descendant : Chyna Shepherd sortie de sa cachette à jamais, intacte, vivante, quittant Narnia pour toujours.

Encore le tuyau frappeur.

Faudrait-il tirer sur le tueur à travers le rideau de sa douche ? S'agissait-il d'un rideau ou bien d'une porte vitrée ? Dans un cas comme dans l'autre, il faudrait tenir l'arme d'une main pour tirer le rideau ou ouvrir la porte de l'autre. Ce serait risqué, parce qu'une faiblesse étrange et consternante lui engourdissait les doigts et les poignets. Ses bras tremblaient déjà si fort qu'il lui fallut agripper l'arme à deux mains pour ne pas la lâcher.

Le cœur battant au rythme du tuyau de cuivre, terrifiée par la confrontation à venir même si ce malade était nu et vulnérable, elle arriva en haut des marches et pénétra dans la buanderie.

Elle ne pourrait pas lui tirer dessus à travers le rideau, parce qu'elle ne saurait pas si elle l'avait touché ou non. Elle tirerait à l'aveuglette, sans pouvoir le viser à la poitrine ou à la tête.

Elle passa devant le séchoir et la machine à laver, baignés de l'odeur de lessive, et arriva à la porte ouverte de la cuisine. Franchissant le seuil, elle enregistra à retardement le détail important qu'elle avait négligé sur le palier de l'escalier de la cave : des empreintes mouillées plus grandes que les siennes, se mêlant aux siennes...

Elle fonçait dans la cuisine, trop vite pour s'arrêter, quand le tueur fondit sur elle, de sa droite, du coin-repas. Grand, fort, un vrai poids lourd, ni nu ni sans défense... la douche n'avait jamais été qu'une ruse.

Il était rapide, mais elle le fut plus que lui. Elle

esquiva juste à temps sa tentative de l'envoyer valdinguer contre les placards, leva le revolver, le canon à un mètre de sa sale gueule, et appuya sur la détente... un bruit sec de baguette qui se brise.

Elle heurta le réfrigérateur, délogeant le calendrier et ses chatons qui tombèrent par terre.

Le tueur se jetait sur elle.

Elle pressa la détente, et le revolver refit son foutu bruit sec, enfin, merde ! l'employé de la station-service n'avait pas eu le temps de s'en servir avant de recevoir le coup de fusil ! Toutes les balles devaient être dedans. L'arme ne pouvait pas être vide.

C'était la première fois qu'elle voyait le visage du tueur. Jusque-là, elle n'avait aperçu que l'arrière et le haut de son crâne, son profil... toujours de loin. Il n'avait ni une face de lune, ni la mâchoire carrée, ni des lèvres pâles. Non, il était beau, avec des yeux bleus en superbe contraste avec le noir de ses cheveux, aucune lueur de démence dans le regard, des traits généreux bien dessinés, et un joli sourire.

Elle pressa la détente une troisième fois. Toujours ce fichu clic débile ! Souriant, le tueur lui arracha le revolver des mains avec une telle force qu'elle crut sentir son index se casser avant de glisser de la détente, et elle couina de douleur.

Le tueur recula, tenant l'arme, les yeux brillant d'excitation.

— Délicieusement jouissif !

Elle se blottit contre le réfrigérateur, piétinant les chatons.

— Je savais que c'était le même revolver, mais j'aurais pu me tromper, hein ? J'aurais un gros trou tout rond à la place de la figure maintenant, n'est-ce pas, jeune dame ?

Faible et étourdie de terreur, elle regarda désespérément autour d'elle en quête d'une arme de fortune, mais il n'y avait rien à portée de main.

— Un gros trou tout rond, répéta-t-il comme s'il trouvait l'idée amusante.

L'un de ces placards contenait peut-être des couteaux... Oui, mais dans quel tiroir ?

— Intense, dit-il en contemplant, l'air ravi, le revolver dans sa main.

Un pistolet posé sur le comptoir, à l'autre bout de la cuisine, à côté de l'évier, hors d'atteinte. Incroyable ! il disposait d'une arme, mais il ne s'en était pas servi, il avait préféré s'attaquer à elle à mains nues.

— Vous êtes une femme séduisante.

Elle détourna les yeux, espérant qu'il n'avait rien remarqué. Mais elle se racontait des histoires, elle le savait, parce qu'il voyait tout, tout.

Il la mit en joue.

— Vous étiez à la station-service la nuit dernière.

Elle haletait désespérément. Elle avait le souffle trop rapide, trop court, elle était au bord de la suffocation et furieuse contre elle-même, *furieuse*, de le voir aussi calme.

— Je sais que vous y étiez et je sais aussi que vous y avez trouvé ce .38 après mon départ, mais j'ai beau chercher, je ne vois pas ce que vous faites ici.

Peut-être pourrait-elle atteindre le pistolet avant qu'il puisse l'arrêter. Une chance sur un million. Deux, trois millions. Merde ! il fallait s'y résoudre, impossible.

Planté à un mètre cinquante d'elle, visant l'arête de son nez, la voix bouillonnante d'exaltation, le tueur reprit :

— Mais même si c'était l'arme de l'Asiatique, je marchais droit dans la gueule du dragon. J'ai eu de la chance. Et vous, vous en avez ?

Atteindre le pistolet frisait l'impossible, mais elle n'avait pas le choix. Rien à perdre.

— Allons, mon petit, écoutez-moi, s'il vous plaît, reprit-il avec un soupçon d'impatience. Je vous parle.

Vous vous sentez chanceuse en ce moment ? Aussi chanceuse que moi ?

S'efforçant de ne pas fixer le pistolet, rechignant à croiser ce regard trop normal, elle se concentra sur le canon du revolver.

— Non, réussit-elle à dire, presque avec l'impression que ce mot jaillissait de la gueule d'acier.

— Voyons si vous l'êtes.

— Non.

— Allons, un peu d'audace, chérie. Vérifions si vous avez de la chance, dit-il en appuyant sur la détente.

L'arme avait eu beau refuser de tirer trois fois, elle crut qu'elle allait lui exploser à la figure, parce que c'était généralement comme ça que la chance la traitait.

Un clic.

— Vous avez de la chance, encore plus que moi.

Mais de quoi parlait-il, nom de Dieu ? Elle n'arrivait à penser qu'au pistolet près de l'évier, cet ultime miracle.

— Quand Fuji a tiré ce truc de sous le comptoir, vous n'avez pas entendu ce que je lui ai promis ?

Toutes ces paroles et le calme de cette ordure de malade la déconcertaient encore plus. Qu'il lui tire dessus, la découpe, la batte, la viole probablement, lui arrache des réponses par la torture avant ou après, d'accord... mais devoir bavarder avec lui, nom de Dieu ! à croire qu'ils venaient de faire ensemble un gentil petit voyage ayant pris un tour intéressant.

— J'ai dit à Fuji, continua-t-il en pointant toujours le revolver sur elle : Ah non ! sinon je vous enfonce les balles dans le cul. Je tiens toujours mes promesses. Pas vous ?

Maintenant elle l'écoutait. Attentivement.

— Dans cette lumière faiblarde, et avec tout ce sang partout qui vous donnait la nausée, vous n'avez probablement pas remarqué que Fuji avait le pantalon autour des chevilles.

Il avait raison. Après s'être assurée d'un coup d'œil que les deux employés étaient bien morts, elle avait contourné leurs cadavres en regardant ailleurs.

— J'ai trouvé le moyen de lui en enfoncer quatre dans le cul.

Elle ferma les yeux. Pour les rouvrir aussitôt. Elle n'avait aucune envie de voir cette masse menaçante avec son joli sourire, ses taches de sang sur ses vêtements, l'absence de lueur inquiétante dans le regard... Mais elle n'osait pas détourner les yeux.

Chyna Shepherd, intacte et vivante.

— Je lui ai collé quatre balles dans le cul, mais elles sont ressorties aussitôt. Des petits gaz post mortem. C'était ridicule, assez drôle finalement, mais le temps pressait, comme vous le comprendrez, et finalement je n'ai pas eu envie de m'embêter avec la cinquième.

Peut-être était-ce mieux ainsi. Une dernière balle de roulette russe, et la paix, enfin ! ne plus essayer de comprendre pourquoi il y avait tant de cruauté dans le monde quand la gentillesse était l'option la plus simple.

— C'est un cinq coups.

Le canon vide et aveugle sous le nez, elle se demanda si elle verrait l'éclair et entendrait le rugissement, ou bien si la noirceur du canon deviendrait la sienne, sans transition.

Puis le tueur détourna le revolver et pressa la détente. La déflagration fit vibrer les vitres ; la balle pénétra dans une porte de placard, faisant gicler des éclats de pin et fracassant de la vaisselle à l'intérieur.

Les éclats volaient encore quand Chyna s'empara d'un tiroir. Lourd. Mais, avec une force soudain décuplée par son désespoir, elle le lança à la tête du tueur.

Sous la gerbe de cuillers, de fourchettes, de couteaux à beurre, étincelante de froids reflets fluorescents, qui s'abattait sur lui, il recula contre la table du coin-repas.

Chyna se rua vers l'évier. À la seconde où le tiroir

vide rencontrait un obstacle, elle posait la main sur le pistolet. Un point rouge sur l'acier, certainement le signe que la sécurité n'était pas mise, comme sur ceux avec lesquels elle avait appris à tirer... Et là, il suffisait d'une balle, rien qu'une. Qui serait engagée, par pitié ! Une seule balle, à bout portant.

Mais son index blessé se raidissait et gonflait déjà... Lorsqu'elle tenta de le glisser sur le pontet, la douleur la fit chanceler. Elle se retrouva ballottant sur une marée noire de nausée, cherchant le pontet de son majeur.

Patinant sur le sol dans un fracas de couverts, le tueur fut sur elle sans lui donner le temps de lever l'arme et de se retourner. Il lui aplatit le bras sur le comptoir.

Son doigt pressa la détente. Par réflexe. Une balle troua le carrelage derrière l'évier. Un tourbillon d'éclats de céramique jaune : Chyna ferma les yeux.

Un revers de main en travers de son crâne. Le noir derrière les paupières. Un poing s'abattant sur sa nuque.

Elle reprit ses esprits, étendue par terre. Devant les yeux des pelles, des fourches et des lances... les couverts.

Les bottes du tueur. Des bottes noires. Allant et venant.

Un instant, elle se crut revenue dans la maison des Templeton, cachée sous le lit de la chambre d'amis. Mais il n'y avait pas de couverts sur le sol de cette chambre...

— Et, en plus, il va falloir que je lave tout ça avant de le ranger, dit le tueur.

Il tournait dans la cuisine, ramassant méthodiquement les cuillers, puis les couteaux.

Elle pouvait bouger le bras. Mais il était lourd, une branche d'arbre pétrifiée. Elle parvint à mettre le tueur en joue et même à recourber son index palpitant sur la détente, en ravalant la douleur et son goût acide dans sa bouche.

Rien.

Elle pressa de nouveau, sans résultat... Sa main était vide ! Elle ne tenait pas le pistolet. Étrange.

Un couteau près de sa main. Un couteau de table avec de fines dents, idéal pour étaler le beurre, découper un poulet bien cuit, voire réduire des haricots verts en bouchées mangeables... mais pas pour poignarder un homme. C'était toujours ça. Elle s'en saisit en silence.

Bien, trouver la force de se relever. Étrange, elle n'arrivait même pas à soulever la tête. Jamais elle ne s'était encore sentie si fatiguée.

Elle avait reçu un violent coup de poing sur la nuque. Sa colonne vertébrale était-elle atteinte ?

Non ! elle ne pleurerait pas. Elle avait le couteau.

Le tueur s'approcha, se pencha et lui prit le couteau de la main. Étonnant comme ce dernier lui avait glissé des doigts, alors qu'elle le serrait furieusement, aussi fort qu'une plaque de glace en train de fondre.

— Vilaine, dit le tueur en lui donnant un coup sec sur le haut du crâne avec la lame.

Il poursuivit son rangement.

Ne pas penser à ma colonne vertébrale, attraper cette fourchette.

Il vint la lui prendre, elle aussi.

— Non, fit-il comme s'il s'adressait à un chiot rétif. J'ai dit non.

— Salaud, dit-elle, déconcertée par le son de sa propre voix.

— C'est celui qui dit qui est.

— Enfoiré de salaud.

— Oh ! élégant !

— Sac de merde.

— Je vais devoir vous laver la bouche avec du savon.

— Connard.

— Votre mère ne vous a pas appris des mots pareils.

— Tu ne connais pas ma mère.

Il la frappa de nouveau d'un grand coup sec sur la nuque.

Chyna s'enfonça dans le noir, écoutant inquiète le lointain rire gai de sa mère et des voix inconnues. Un bruit de verre qui se casse. Des jurons. Le tonnerre et le vent. Des palmiers se ployant dans la nuit enveloppant Key West. Le rire changea. Moqueur, à présent. Un fracas qui n'était pas le tonnerre. Et le cafard qui lui courait sur les jambes nues et sur le dos. Autres temps. Autres lieux. Dans le monde vaporeux du rêve, la poigne de fer du souvenir.

7.

À la porte de service, près de l'entrée et dans la chambre, on trouve des boutons qui permettent de déclencher une discrète sonnette dans le chenil derrière la grange. À ce son, les chiens se remettent aussitôt en service actif.

Peu après neuf heures du matin, après s'être occupé de la femme et avoir fait la vaisselle, M. Vess presse le bouton d'appel de la porte de la cuisine, puis s'approche de la grande fenêtre près du coin-repas pour surveiller la cour.

Bas et gris, le ciel voile toujours les monts Siskiyou, mais il ne pleut plus. L'eau goutte régulièrement des branches des conifères. L'écorce des arbres à feuilles caduques est d'un noir détrempé ; leurs grosses branches, dont certaines portent les premiers bourgeons verts fragiles du printemps, sont si charbonneuses qu'elles paraissent avoir été noircies par le feu.

D'aucuns jugeront la scène passive, maintenant que le tonnerre s'est tu et que les éclairs se sont éteints, mais M. Vess sait qu'un orage est aussi puissant après que lorsqu'il fait rage. Il est en harmonie avec cette nouvelle forme de puissance, celle, tranquille, de la croissance que l'eau offre à la terre.

Les dobermans surgissent à côté de la grange. Ils

trottent côte à côte, puis se séparent, partant chacun dans une direction.

Ils ne sont pas en mode attaque. Ils pourchasseront et retiendront un intrus, mais ne le tueront pas. Pour les préparer au sang, M. Vess doit prononcer le nom *Nietzsche*.

Liederkranz vient sous le porche arrière et, les yeux fixés sur la fenêtre, adore son maître. Il remue la queue une fois, deux fois, mais il est de garde, et cette brève marque d'affection mesurée est tout ce qu'il s'autorisera.

Il retourne dans la cour. Il observe, vigilant. Il regarde d'abord vers le sud, puis vers l'ouest, et enfin vers l'est. Il baisse la tête, hume l'herbe mouillée et finit par traverser la pelouse, en reniflant avec application. Ses oreilles s'aplatissent sur son crâne lorsqu'il se concentre sur une odeur, traquant ce qu'il imagine peut-être être une menace pour son maître.

Il est arrivé, rarement, que M. Vess libère un de ses captifs et autorise les chiens à le prendre en chasse, renonçant au plaisir de tuer lui-même. Un spectacle divertissant.

À l'abri derrière l'écran de sa garde prétorienne à quatre pattes, M. Vess monte dans la salle de bains et règle l'eau de la douche jusqu'à ce qu'elle soit somptueusement brûlante. Il baisse le volume de la radio mais la laisse branchée sur un programme de swing.

Pendant qu'il retire ses vêtements souillés, des nuages de vapeur se répandent au-dessus du rideau de douche. Cette humidité rehausse le parfum des taches brunes sur son jean, son T-shirt, sa veste. Nu, il reste quelques minutes le visage enfoui dedans, s'imprègne de l'odeur, puis renifle délicatement chaque nuance exquise après l'autre, tout en regrettant que son odorat ne soit pas vingt mille fois plus intense, comme celui d'un doberman.

Ces arômes le ramènent à la nuit précédente. Il entend de nouveau le doux bruit du silencieux, les cris étouffés de terreur et les faibles appels à la pitié dans le calme nocturne de la maison Templeton. Il sent la lotion corporelle au lilas de Mme Templeton, qu'elle s'était appliquée sur la peau avant de se coucher, le parfum du sachet dans le tiroir des dessous de la fille. Il goûte le souvenir de l'araignée.

À regret, il met ses vêtements au sale, parce que, ce soir, il doit passer pour l'homme ordinaire qu'il n'est pas, et cette lycanthropie inversée demande du temps si on veut que la métamorphose soit convaincante.

De ce fait, pendant que Benny Goodman joue *One O'Clock Jump*, M. Vess plonge sous le jet brûlant, se frotte vigoureusement avec le gant de toilette généreusement enduit de savon Irish Spring, pour se débarrasser des odeurs trop âcres du sexe et de la mort, qui pourraient alerter les moutons. Ils ne doivent jamais soupçonner un berger d'avoir une gueule pleine de crocs et une queue velue sous son déguisement de gardien de troupeau. Lentement, en se trémoussant en rythme, il savonne son épaisse tignasse à deux reprises avant d'y appliquer une crème traitante. À l'aide d'une petite brosse, il se nettoie les ongles. Il est parfaitement proportionné, mince et musclé. Comme toujours, il prend un grand plaisir à se savonner, à caresser les contours sculptés de son corps avec ses mains glissantes ; il se sent comme le son de la musique, l'odeur du savon, le goût de la crème fouettée sucrée.

La vie est. Vess vit.

Émergeant de l'obscurité et du tonnerre tropical de Key West, Chyna se retrouva dans une aveuglante lumière fluorescente qui blessa ses yeux larmoyants. Elle prit d'abord à tort la peur qui lui faisait cogner le cœur pour celle que lui inspirait Jim Woltz, l'ami de sa mère ; elle se crut sous le lit de la cabane au bord de la mer, le visage pressé contre le sol. Puis elle se rappela le tueur et la prisonnière.

Assise dans un fauteuil, elle était affalée sur la table

ronde du coin-repas à côté de la cuisine en pin. La tête tournée vers la droite, elle voyait le porche arrière et la cour par la fenêtre.

Le tueur lui avait glissé le coussin d'un des autres fauteuils sous la joue, pour lui éviter le contact du bois dur. Sa prévenance la fit frémir.

Lorsqu'elle tenta de relever la tête, une douleur lui transperça la nuque et palpita sur le côté droit de son visage. Au bord de l'évanouissement, elle décida de prendre son temps pour se redresser.

Une seconde plus tard, un raclement de chaînes lui faisait comprendre que se relever ne serait peut-être pas de son ressort, ni maintenant ni plus tard. En soulevant les mains, posées sur ses genoux, elle découvrit les menottes autour de ses poignets.

Elle tenta d'écarter les pieds... elle avait des fers aux chevilles. À en juger par le bruit de ferraille que produisait le moindre mouvement, ce n'étaient pas ses seules entraves.

Dehors, une forme noire comme la suie bondit à travers la pelouse et sauta sous le porche. Elle s'approcha de la fenêtre, se redressa, posa ses pattes sur le rebord et l'observa. Un doberman.

Mains étalées sur la reliure, Ariel tient un livre ouvert contre sa poitrine, comme un bouclier. Assise dans l'énorme fauteuil, jambes repliées sous elle, elle est la seule poupée parfaite de toutes celles présentes dans la pièce.

M. Vess s'assoit sur un pouf devant elle.

Il s'est bien lavé. Douché, shampouiné, rasé et peigné, il est présentable dans n'importe quelle compagnie, et toute mère, en le voyant au bras de sa fille, le prendrait pour le gendre idéal. Il porte des mocassins sans chaussettes, un Dockers en coton beige, avec une ceinture en cuir tressé, et une chemise de batiste vert pâle.

Dans son uniforme d'écolière, Ariel a belle apparence elle aussi. Vess est content de voir qu'elle a régulièrement pris soin d'elle-même en son absence, comme elle en avait l'ordre. Ce ne doit pas être facile de faire sa toilette à l'éponge et de laver cette glorieuse chevelure dans un lavabo.

Il a construit cette pièce pour d'autres, venus avant elle ; aucun d'eux n'est resté plus de deux mois. Jusqu'à ce qu'il rencontre son Ariel et prenne la mesure de son séduisant esprit d'indépendance, il n'aurait jamais imaginé qu'il tienne un jour à ce que quelqu'un s'attarde aussi longtemps. D'où l'inutilité de la douche.

Il a découvert son Ariel dans un journal. Bien que seulement en seconde, elle tenait du prodige puisqu'elle venait d'assurer la victoire de son équipe du lycée de Sacramento dans un décathlon universitaire organisé par l'État de Californie. Elle avait l'air si doux, si tendre sur la photo. Le journal en a tremblé dans ses mains, et il a tout de suite su qu'il se rendrait à Sacramento pour la rencontrer. Il a tué le père d'un coup de feu. Quant à la mère, qui possédait une énorme collection de poupées et en fabriquait elle-même comme passe-temps, Vess l'a battue à mort avec une marionnette ventriloque dotée d'une grosse tête sculptée dans de l'érable, aussi efficace qu'une batte de base-ball.

— Tu es plus belle que jamais.

Sa voix est étouffée par l'insonorisation, comme celle d'un enterré vivant du fond d'un cercueil.

Elle ne répond pas ; elle ignore sa présence. Elle est dans son mode silence, et ce, depuis plus de six mois, sans interruption.

— Tu m'as manqué.

Maintenant elle ne le regarde plus jamais en face, mais fixe un point sur le côté, au-dessus de sa tête. S'il se levait de son pouf pour se placer dans son champ de vision, elle fixerait *encore* un point situé au même endroit, sans qu'il réussisse jamais à surprendre le mouvement de ses yeux.

— J'ai quelques petites choses à te montrer.

D'une boîte à chaussures posée au pied du pouf, il extrait deux Polaroïd. Elle ne les acceptera pas, ne tournera pas la tête vers eux, mais il sait qu'elle examinera ces souvenirs après son départ.

Elle n'est pas aussi coupée du monde qu'elle le prétend. Ils sont engagés dans une partie complexe aux enjeux élevés, et elle se défend bien.

— Ça, c'est la photo d'une dame qui s'appelait Sarah Templeton, voilà à quoi elle ressemblait avant que je me la fasse. La quarantaine, mais très séduisante. Une femme ravissante.

Le fauteuil est si profond que le coussin du siège forme un rebord devant Ariel. Vess pose la photo dessus.

— Ravissante, répète-t-il.

Ariel ne cille pas. Elle est capable de fixer le vide sans ciller pendant un temps incroyablement long. M. Vess craint parfois qu'elle n'abîme ses magnifiques yeux bleus ; les cornées ont besoin d'une lubrification fréquente. Bien entendu, si elle reste ainsi trop longtemps, l'irritation finira par faire jaillir des larmes involontaires. Mais tout de même.

— Voici une seconde photo de Sarah, après, dit M. Vess en plaçant le cliché à côté du précédent. Comme tu peux le voir si tu choisis de regarder, le mot *ravissant* ne s'applique plus. La beauté ne dure jamais. Les choses changent.

De la boîte à chaussures, il tire deux autres photos.

— Voici la fille de Sarah, Laura. Avant. Et après. Elle était belle. Aussi belle qu'un papillon. Mais derrière le papillon, il y a toujours une chenille.

Il dispose les clichés sur le rebord du fauteuil et replonge la main dans la boîte à chaussures.

— Voici le père de Laura. Oh ! et son frère... et la femme dudit frère. Accessoires, ceux-là.

Il sort alors les trois Polaroïd du jeune homme asiatique, ainsi que le Slim Jim entamé.

— Il s'appelle Fuji. Comme la montagne du Japon.

Il pose les trois photos sur le fauteuil.

— J'en garderai une pour moi. Pour la manger. Ainsi, je deviendrai Fuji, avec la puissance de l'Orient et de la montagne, et, quand le moment viendra que je te prenne, tu sentiras à la fois le garçon et la montagne en moi, et tant d'autres... toute leur puissance. Ce sera très excitant pour toi, Ariel, au point que, lorsque ce sera fini, tu te moqueras bien d'être morte.

C'est un bien long discours pour M. Vess. D'habitude, il n'est pas du genre loquace, mais la beauté de la fille l'incite parfois à ce genre de débordement.

Il brandit la Slim Jim.

— La bouchée manquante a été mangée par Fuji juste avant que je le tue. Sa salive a séché sur la viande. Tu connaîtras ainsi le goût de sa puissance tranquille, de sa nature insondable.

Il pose la saucisse emballée sur le fauteuil.

— Je reviendrai après minuit, promet-il. Je te conduirai dans le camping-car : tu verras Laura, la vraie, en chair et en os. Je l'ai ramenée pour que tu voies ce qui arrive à tout ce qui est beau. Et il y a aussi un jeune homme, un auto-stoppeur que j'ai pris sur la route. Je lui ai montré une photo de toi, et je n'ai pas aimé sa façon de la regarder. Il t'a lorgnée. Aucun respect. Je n'ai pas non plus apprécié un de ses commentaires : je lui ai donc cousu la bouche et les paupières. Cela va t'exciter de voir ce que je lui ai fait. Tu vas pouvoir le toucher... et Laura aussi.

Vess guette un tic, un frémissement, un tressaillement, voire un changement subtil dans son regard qui indiquera qu'elle l'entend. Il sait pertinemment que c'est le cas, mais elle conserve une expression grave et un faux détachement catatonique.

Le jour où il lui tirera l'ombre d'un tressaillement, d'un tic, il la brisera complètement et la fera brailler comme un dément aux yeux exorbités au fond de la chambre capitonnée d'un asile. Cette descente dans la folie vociférante est toujours fascinante à observer.

Mais c'est une coriace, cette fille, avec des ressources intérieures surprenantes. Excellent. Le défi l'exalte.

— Et du camping-car, nous irons dans la prairie avec les chiens, Ariel, où tu pourras me regarder enterrer Laura et l'auto-stoppeur. Peut-être que le ciel sera dégagé à ce moment-là et qu'on verra des étoiles, voire la lune.

Ariel est blottie dans son fauteuil derrière son livre, le regard ailleurs, les lèvres légèrement ouvertes, l'immobilité incarnée.

— Oh ! à propos, je t'ai rapporté une autre poupée. Une petite boutique intéressante de Napa en Californie, où l'on vend le travail d'artisans locaux. Une poupée en chiffon. Tu vas l'aimer. Je te la donnerai plus tard.

M. Vess se lève pour aller examiner le contenu du réfrigérateur et du placard qui sert de garde-manger à la fille. Elle a suffisamment de provisions pour tenir encore trois jours ; il lui remplira ses étagères demain.

— Tu ne manges pas assez. Tu es ingrate. Je t'ai donné un réfrigérateur, un four à micro-ondes, de l'eau courante froide et chaude. Tu as tout ce dont tu as besoin pour prendre soin de toi. Tu devrais manger.

Les poupées ne réagissent pas plus que la fille.

— Tu as au moins perdu un kilo, voire un kilo et demi. Cela ne t'a pas encore abîmée, mais tu ne peux pas te permettre de maigrir davantage.

Elle fixe le vide, comme si elle attendait qu'on tire la ficelle de son larynx pour débiter des messages enregistrés.

— Ne crois pas que tu vas pouvoir t'affamer au point de devenir hâve et laide. Tu ne m'échapperas pas comme ça, Ariel. Je t'attacherai et je te nourrirai de force s'il le faut. Je t'introduirai de la nourriture pour bébé dans l'estomac avec un tube en caoutchouc. En fait, cela me plairait assez. Tu aimes la purée de petits pois ? de carottes ? La compote de pommes ? Mais cela n'a aucune importance puisque tu n'en sentiras pas le goût... à moins de régurgiter, bien sûr.

Il contemple les cheveux soyeux de la fille, blond-roux dans l'éclairage filtré. Ce spectacle touche l'ensemble de ses cinq sens extraordinaires : il baigne dans la splendeur sensorielle de cette chevelure, dans tous les sons, odeurs, textures qui lui procure leur vision. Pour lui, un stimulus a tant d'associations qu'il pourrait passer des heures perdu dans la contemplation d'un seul cheveu ou d'une goutte de pluie, s'il le voulait, parce que cela deviendrait un monde entier de sensations.

Il revient se planter devant le fauteuil.

Elle fait comme si elle ne le voyait pas, et, bien qu'il soit entré dans son champ de vision, son regard s'est de nouveau fixé sur ce fameux point, sans qu'il ait eu le temps de le voir bouger.

Elle est magiquement fuyante.

— Peut-être que j'obtiendrais un ou deux mots de toi si je te transformais en torche ? Hein ? Qu'en penses-tu ? Un petit peu de gaz à briquet dans cette chevelure dorée... et whoosh !

Elle ne cille pas.

— Je vais te jeter aux chiens, tiens, pour voir si cela te délie la langue.

Ni tressaillement, ni tic, ni frémissement. Quelle fille !

M. Vess vient coller son visage sous le nez d'Ariel.

Maintenant ses yeux sont juste en face des siens... mais elle ne le voit toujours pas. Elle a l'air de le transpercer, comme s'il n'était pas un homme de chair et de sang, mais un fantôme qu'elle n'arriverait pas tout à fait à détecter. Ce n'est plus seulement son vieux truc qui consiste à laisser son regard se voiler ; c'est une ruse infiniment plus intelligente qu'il ne saisit pas du tout.

— Nous irons dans la prairie après minuit, lui murmure-t-il. J'enterrerai Laura et l'auto-stoppeur. Peut-être que je te mettrai dans le trou avec eux et que je te couvrirai de terre... trois dans une seule tombe. Eux morts et toi vivante. Tu parlerais à ce moment-là, Ariel ? Est-ce que tu me supplierais ?

Pas de réponse.

Il attend.

La respiration de la fille est basse et régulière. Il est tellement près d'elle qu'il sent son souffle chaud contre ses lèvres, comme des promesses de baisers.

Elle aussi doit sentir son souffle.

Elle a certainement peur de lui, elle doit être révulsée, mais aussi sensible à sa séduction. Il n'en doute pas une seconde. Tout le monde est fasciné par le mal.

— Peut-être qu'il y aura des étoiles.

Le bleu de ses yeux, ces profondeurs étincelantes.

— Voire un clair de lune, murmure-t-il.

Les menottes en acier autour des chevilles de Chyna étaient reliées par une chaîne solide. Une autre chaîne, beaucoup plus longue, attachée à la première par un mousqueton, s'enroulait autour des pieds épais du fauteuil, des barreaux sur les côtés, repassait entre ses pieds à elle, encerclait le gros socle cylindrique de la table ronde avant de revenir au mousqueton. Le tout, trop serré pour lui permettre de se redresser. De toute façon, elle était liée au fauteuil, qui l'obligerait à se courber comme un troll bossu, et elle ne pouvait pas s'éloigner de la table.

Elle avait les mains menottées. Une chaîne s'accrochait à la menotte de son poignet droit. De là, elle passait derrière son dos et s'enroulait autour des barreaux du dossier sous le coussin, avant de rejoindre la menotte de son poignet gauche. Cette chaîne-là avait suffisamment de jeu pour lui permettre de poser les bras sur la table si elle le souhaitait.

Assise, penchée sur ses mains jointes, les yeux fixés sur son index droit rouge et gonflé, elle attendait.

Son doigt palpitait, elle avait mal à la tête, mais la douleur dans sa nuque s'était estompée. Elle savait qu'elle resurgirait avec encore plus de violence dans vingt-quatre heures, comme au lendemain d'une séance de coups de fouet.

Bien entendu, si elle était encore vivante dans vingt-quatre heures, cette nuque douloureuse serait le cadet de ses soucis.

Le doberman n'était plus à la fenêtre. Elle en avait vu deux arpenter la pelouse, narines frémissantes, se figeant parfois, oreilles dressées : visiblement de garde.

La nuit précédente, elle s'était servie de la fureur pour surmonter sa terreur, mais elle découvrait à présent que l'humiliation était bien plus efficace pour dompter la peur. Avoir été incapable de se protéger, se retrouver pieds et poings liés... ce n'était pas ça, la source de son humiliation ; ce qui la mortifiait, c'était son incapacité de tenir sa promesse à la jeune fille de la cave.

Je suis ta gardienne. Je te protégerai.

Elle ne cessait de revenir en pensée au vestibule capitonné et à l'œilleton de la porte intérieure. Rien n'avait indiqué que la jeune fille avait entendu sa promesse. Mais elle était malade à l'idée d'avoir éveillé de faux espoirs, à l'idée que, se sentant trahie et plus abandonnée que jamais, la jeune fille se retranche encore plus loin dans son Ailleurs.

Je suis ta gardienne.

Rétrospectivement, elle jugeait sa propre arrogance non seulement surprenante, mais perverse, trompeuse. En vingt-six ans d'existence, elle n'avait jamais sauvé personne, ni d'une façon ni d'une autre. Elle n'avait rien d'une héroïne, rien d'un de ces personnages de roman policier avec juste la petite trace de *angst* et de défauts attachants, et le talent d'un Sherlock Holmes et d'un James Bond réunis. Rester vivante, mentalement équilibrée et émotionnellement intacte avait été un combat suffisant pour elle. Elle n'était qu'une fille perdue, qui tâtonnait depuis des années en quête d'une illumination ou d'une solution n'existant probablement pas, mais cela ne l'avait pas empêchée de se planter devant cet œilleton et de promettre la délivrance.

Je suis ta gardienne.

Elle décroisa les mains. Elle les posa à plat sur la table, les fit glisser sur le bois comme pour lisser une nappe... Ses chaînes cliquetèrent.

Elle n'était pas un lutteur après tout, elle n'était le paladin de personne ; elle travaillait comme serveuse. Elle faisait bien son boulot, elle amassait les pourboires, parce que seize ans dans le monde tordu de sa mère lui avaient appris que l'obséquiosité était un moyen d'assurer sa survie. Avec ses clients, elle était inlassablement charmante, sans cesse agréable, toujours désireuse de plaire. Le rapport entre un client et une serveuse était, selon elle, l'idéal, parce qu'il était bref, codé, mené généralement avec la plus grande politesse : il n'exigeait pas qu'on mette son cœur à nu.

Je suis ta gardienne.

Dans sa détermination obsessionnelle de se protéger à tout prix, elle se montrait toujours aimable avec ses collègues, mais ne se liait jamais avec aucune. Qui disait amitié disait engagement, risques. Et elle avait appris à ne pas prêter le flanc aux blessures et aux trahisons qui allaient de pair avec l'engagement.

Elle n'avait connu que deux hommes dans sa vie. Elle avait eu de l'affection pour les deux et aimé le second, mais ces histoires n'avaient jamais duré que onze et treize mois respectivement. Les amants, s'ils en valaient la peine, exigeaient plus qu'un simple engagement ; ils avaient besoin de confidences, de partage, du lien de l'intimité émotionnelle. Il lui était difficile de trop en révéler sur son enfance ou sur sa mère, en partie parce que son impuissance pendant toutes ces années l'embarrassait. Plus exactement, elle avait fini par admettre que sa mère ne l'avait jamais vraiment aimée, n'avait peut-être même jamais été capable d'aimer personne. Et comment espérer être aimée d'un homme qui saurait qu'on ne l'a pas été par sa propre mère ?

Elle était consciente de l'irrationnel de son attitude, mais cela ne la libérait pas pour autant. Elle comprenait qu'elle n'était pas responsable de ce que sa mère lui avait fait, mais, quoi qu'en disent les thérapeutes dans leurs écrits et dans leurs émissions de radio, comprendre ne suffisait pas pour guérir. Et, au bout d'une décennie passée hors de l'emprise de sa mère, elle était parfois convaincue que les sombres événements de ces années troublées auraient pu être évités si elle, Chyna, avait été meilleure, plus digne.

Je suis ta gardienne.

Elle joignit de nouveau les mains sur la table. Elle se pencha jusqu'à presser son front contre ses pouces et ferma les yeux.

Laura Templeton était la seule amie intime qu'elle avait jamais eue. Leur amitié était une chose qu'elle avait fortement désirée sans la rechercher, dont elle avait eu un besoin désespéré sans jamais vraiment la nourrir ; c'était uniquement un témoignage, une preuve de la vivacité, de la persévérance et de l'altruisme de Laura face à sa prudence et à sa réserve, un résultat de la tendresse et de la singulière capacité d'aimer de cette amie. Et maintenant Laura était morte.

Je suis ta gardienne.

Dans la chambre de Laura, sous le regard mort de Freud, elle s'était agenouillée près du lit et avait murmuré à son amie entravée : *Je te sortirai d'ici.* Mon Dieu, comme c'était douloureux d'y penser. *Je te sortirai d'ici.* Son estomac se tordait de dégoût. *Je trouverai une arme*, avait-elle promis. Et altruiste jusqu'au bout, Laura l'avait pressée de s'enfuir : *Ne meurs pas pour moi.* Mais elle avait répondu : *Je reviendrai.*

Le chagrin fondit sur elle comme un grand oiseau noir et elle laissa presque ses ailes l'envelopper, trop avide de l'étrange réconfort de ces plumes frémissantes... puis elle comprit qu'elle se servait du chagrin pour faire tomber l'humiliation de son perchoir. Le chagrin prendrait la place de la haine de soi, du mépris.

Je suis ta gardienne.

L'employé de la station-service n'avait pas tiré, mais elle aurait dû vérifier le revolver. Elle aurait dû s'en douter. D'une manière ou d'une autre. Même si elle ne pouvait pas savoir ce que Vess avait fait des balles, *elle aurait dû s'en douter.*

Laura lui disait toujours qu'elle était trop dure avec elle-même, qu'elle ne guérirait jamais si elle s'ingéniait à se faire de nouveaux bleus sur les anciens dans une sorte d'autoflagellation infinie.

Mais Laura était morte.

Je suis ta gardienne.

Son humiliation se transforma en honte.

Et si l'humiliation était un bon moyen de réprimer la terreur, la honte était encore plus efficace. En se laissant aller à la honte, elle n'avait plus peur du tout, même entravée par des chaînes dans la maison d'un meurtrier sadique, avec personne au monde pour s'inquiéter de son sort. Sa présence ici ne semblait que justice.

Un bruit de pas.

Elle releva la tête et ouvrit les yeux.

Le tueur arrivait par la buanderie, revenant manifestement d'une visite à la fille de la cave.

Sans lui adresser la parole ni lui jeter le moindre regard, il ouvrit le réfrigérateur et en sortit une boîte d'œufs qu'il posa sur le comptoir à côté de l'évier. Il cassa adroitement huit œufs dans un bol et jeta les coquilles à la poubelle. Il rangea le bol dans le réfrigérateur et entreprit d'éplucher un oignon.

Cela faisait plus de douze heures qu'elle n'avait rien avalé ; elle se rendit compte avec consternation qu'elle mourait de faim. L'oignon dégageait l'odeur la plus douce qu'elle eût jamais sentie... Elle se mit à saliver. Après tout ce sang, la mort de la seule amie intime qui eût jamais compté pour elle, cela paraissait cruel d'avoir faim aussi vite.

Le tueur plaça l'oignon haché dans un Tupperware qu'il ferma et rangea dans le réfrigérateur à côté du bol d'œufs. Ensuite il râpa un morceau de cheddar dans un autre Tupperware.

Il avait des gestes rapides et efficaces, et il semblait prendre plaisir à ce qu'il faisait. Il veillait à la propreté de sa table de travail. Il se lavait les mains à fond entre deux tâches et les essuyait avec une serviette et non avec un torchon.

Il finit par venir la rejoindre à la table. Il s'assit en face d'elle, détendu, sûr de lui, une allure d'étudiant avec son Dockers, sa ceinture tressée et sa chemise de batiste.

La honte, qui avait paru sur le point de la consumer, avait fait long feu, remplacée à présent par un étrange mélange de fureur brûlante et d'amer abattement.

— Bien ! Je suis sûr que vous avez faim, et dès que nous aurons un peu bavardé je préparerai des omelettes au fromage avec des piles de toasts. Mais, pour mériter votre petit déjeuner, il faut que vous me disiez qui vous êtes, où vous vous cachiez dans cette station-service et pourquoi vous êtes ici.

Elle le regarda sans répondre.

— N'allez pas croire que vous pouvez me dissimuler quoi que ce soit.

Elle aurait préféré se damner plutôt que de lui répondre.

— Voilà comment les choses se présentent. De toute façon, je vais vous tuer. Je ne sais pas encore comment. Probablement devant Ariel. Elle a déjà vu des cadavres, mais elle n'a encore jamais été présente à l'instant fatidique, jamais entendu le cri ultime, ni vécu cette humidité soudaine.

Chyna s'efforçait de garder les yeux fixés sur lui, de ne trahir aucune faiblesse.

— Quel que soit le moyen que je choisisse pour

vous tuer, je vous rendrai les choses d'autant plus dures que vous ne m'aurez pas parlé volontairement. Il est des choses que j'aime et que je peux faire avant, ou après votre mort. Coopérez, et je le ferai après.

Chyna tenta sans succès de déceler une trace de folie dans son regard. Une nuance de bleu si gaie.

— Alors ?

— Vous êtes un malade.

— Je ne vous aurais pas crue aussi banale, fit-il en souriant.

— Je sais pourquoi vous lui avez cousu les paupières et la bouche.

— Ah ! vous l'avez donc trouvé dans le placard.

— Vous l'avez violé avant de le tuer, ou en le tuant. Vous lui avez cousu les paupières parce qu'il avait vu, cousu la bouche parce que vous aviez honte de vos actes et que vous craigniez que, même mort, il n'aille tout raconter à quelqu'un.

— En fait, je n'ai pas eu de rapports sexuels avec lui, répondit-il tranquillement.

— Menteur.

— Mais si c'était le cas, cela ne m'aurait pas gêné. Vous me croyez si primaire que ça ? Nous sommes tous bisexuels, vous ne croyez pas ? J'ai parfois envie d'un homme, et il m'est arrivé d'assouvir ce besoin. Tout n'est que sensation. Rien que sensation.

— Pauvre type !

— Je sais ce que vous essayez de faire, continua-t-il aimablement, visiblement amusé, mais cela ne marchera pas. Vous espérez qu'une insulte finira par me faire sortir de mes gonds. Vous me prenez pour un psychopathe sensible à la détente qui explosera à la bonne insulte, si on pousse le bon bouton, en attaquant sa mère peut-être, ou en blasphémant. Et vous espérez aussi que je vous tuerai vite, sous l'emprise de la fureur, pour en finir.

Chyna comprit qu'il avait raison, bien qu'elle n'ait pas agi intentionnellement. L'échec, la honte et la réduction à l'impuissance l'avaient plongée dans un désespoir qu'elle aurait préféré ignorer. Maintenant c'était plus elle-même que lui qui la rendait malade, parce qu'elle en venait à se demander si elle n'était pas une lâche et une perdante, après tout, comme sa mère.

— Mais je ne suis pas un psychopathe.

— Ah ? Et vous appelez ça comment ?

— Oh !... disons un aventurier meurtrier. Ou peut-être le seul être clairvoyant que vous ayez jamais rencontré.

— Minable vous convient mieux.

Il se pencha vers elle.

— Voici le marché... Ou vous me dites tout de vous, tout ce que je veux savoir, ou je m'attaque à votre visage avec un couteau, là, maintenant. Pour chaque question sans réponse, je découpe un morceau... un lobe, le bout de votre joli nez. Je vous sculpte comme un gri-gri de matelot.

Son ton n'était pas menaçant, mais neutre, et elle sut qu'il en était capable.

— Je prendrai toute la journée s'il le faut, et vous serez folle longtemps avant de mourir.

— Très bien.

— Très bien quoi ? Conversation ou sculpture ?

— Conversation.

— Brave fille.

Elle était prête à mourir s'il fallait en passer par là, mais elle ne voyait pas l'intérêt de souffrir inutilement.

— Comment vous appelez-vous ?

— Shepherd. Chyna Shepherd. Cela s'écrit C-h-y-n-a.

— Ah ! ce n'était donc pas une incantation finalement.

— Quoi ?

— Drôle de nom.

— Vraiment ?

— N'essayez pas de feinter avec moi, Chyna. Continuez.

— D'accord. Mais d'abord, pourrais-je avoir quelque chose à boire ? Je suis complètement déshydratée.

Il alla tirer un verre d'eau à l'évier. Il glissa trois glaçons dedans. Il revenait avec lorsqu'il se figea.

— Je pourrais y ajouter une rondelle de citron.

Et il ne plaisantait pas. Rentré de sa chasse, il s'efforçait à présent de quitter ses hardes de rôdeur sauvage pour endosser le déguisement du comptable, de l'employé, de l'agent immobilier, du mécanicien, ou autre, qui était le sien lorsqu'il passait pour un être normal. Certains sociopathes pouvaient adopter de fausses personnalités beaucoup plus convaincantes que les meilleures performances d'acteurs, et cet homme était probablement l'un de ceux-là, bien qu'après une immersion dans le massacre gratuit il eût besoin de cette période d'adaptation pour se rappeler les bonnes manières de la société civilisée.

— Non, merci, pas de citron.

— Ce n'est pas un problème, lui assura-t-il gentiment.

— Non, rien que de l'eau.

Avant de poser le verre, il glissa un sous-verre en céramique doublé de liège en dessous. Puis il se rassit en face d'elle.

Chyna était dégoûtée à l'idée de boire dans un objet qu'il avait touché, mais elle se sentait vraiment déshydratée, avec la bouche sèche et la gorge un peu douloureuse.

Les menottes l'obligèrent à prendre le verre à deux mains.

Elle savait qu'il guettait le moindre signe de peur.

L'eau ne fit pas de vagues dans le verre. Le bord du verre ne cogna pas contre ses dents.

En vérité, elle n'avait plus peur de lui, du moins plus pour le moment. Plus tard peut-être. Certainement. À présent, son paysage intérieur était un désert sous un ciel menaçant : une désolation engourdissante, avec des éclairs clignotant furieusement à l'horizon.

Elle vida la moitié du verre avant de le reposer.

— Quand je suis entré dans cette pièce, vous aviez les mains jointes et la tête penchée. Vous étiez en train de prier ?

Elle réfléchit.

— Non.

— Ce n'est pas la peine de me mentir.

— Je ne mens pas. Je ne priais pas à cet instant précis.

— Mais cela vous arrive-t-il ?

— Parfois.

— Dieu me redoute.

Elle ne broncha pas, attendant la suite.

— Dieu me redoute... D.M.R... ce sont des mots dont la première lettre est dans mon nom.

— Je vois.

— Gueule de dragon.

— Avec les lettres de votre nom.

— Oui. Et forges de l'enfer.

— Voilà un jeu intéressant.

— Les noms sont intéressants. Le vôtre est passif. China, la Chine. Le nom d'un lieu comme prénom. Et Shepherd, le berger... bucolique, confusément chrétien. Votre nom me fait penser à un paysan asiatique gardant des moutons sur une colline... ou à un Christ aux yeux bridés convertissant des païens. (Il sourit, ravi de sa plaisanterie.) Mais, manifestement, votre nom vous définit mal. Vous n'êtes pas un être passif.

— Je l'ai été, pendant la plus grande partie de ma vie.

— Vraiment ? En tout cas, vous ne l'étiez pas la nuit dernière.

— Peut-être pas la nuit dernière, mais jusque-là, oui.

— En revanche, mon nom est un nom de puissance. Edgler Foreman Vess. Vess, un serpent qui siffle. Vivre dangereusement, c'est encore une expression contenue dans mon nom.

— Démon.

— Exact... démon.

— Fureur.

Il paraissait heureux de la voir aussi disposée à jouer.

— Vous êtes douée.

— Vaisseau. C'est aussi dans votre nom.

— Facile. Semence, aussi. Vaisseau et semence, féminin et masculin. Vous aimeriez en tirer une insulte, Chyna ?

Au lieu de répondre, elle reprit le verre et le vida. Les glaçons étaient froids contre ses dents.

— Maintenant que vous avez humidifié votre sifflet, je veux tout savoir de vous. Souvenez-vous... sculpture.

Elle lui raconta tout, en commençant par l'instant où elle avait entendu le hurlement alors qu'elle était assise devant la fenêtre de la chambre d'ami dans la maison Templeton. Elle lui fit son récit sur un ton monocorde, non par calcul mais parce que, soudain, elle était incapable de s'exprimer autrement. Elle tenta de varier les intonations, de mettre un peu de vie dans son histoire... sans y parvenir.

Le son de sa voix relatant de manière monotone les événements de la nuit la terrifiait plus qu'Edgler Vess. Elle avait l'impression d'entendre parler une inconnue, un être perdu et vaincu.

Non, elle n'était pas vaincue, elle avait encore de l'espoir, elle finirait par avoir le dessus, elle aurait ce salaud meurtrier d'une manière ou d'une autre... Sa voix intérieure manquait de conviction.

Malgré la monotonie de son récit, elle parut captiver Vess. Nonchalamment adossé à son fauteuil, au début, il était à présent penché vers elle, bras sur la table.

Il l'interrompit plusieurs fois pour lui poser des questions. À la fin, il resta un moment plongé dans un silence contemplatif.

Le regarder lui était insupportable. Elle croisa les

mains derrière son verre, ferma les yeux et posa le front sur ses pouces, sa position lorsqu'il était sorti de la buanderie.

Elle ne priait toujours pas. Elle n'avait pas l'espoir nécessaire pour prier.

Au bout de quelques minutes, elle entendit le fauteuil de Vess racler le sol. Il y eut des allées et venues dans la pièce, puis elle reconnut les bruits familiers d'un cuisinier au travail.

Elle perçut l'odeur du beurre chauffant dans une poêle, puis celle d'oignons en train de fondre.

En racontant son histoire, elle avait perdu l'appétit, et il ne revint pas avec le parfum des oignons.

— C'est drôle que je n'aie pas aussitôt senti votre présence chez les Templeton.

— Vous en êtes capable ? dit-elle sans relever la tête. Vous pouvez sentir les gens, comme si vous étiez un foutu chien ?

— Habituellement, répondit-il sans se vexer et avec le plus grand sérieux. Et vous devez avoir fait plus d'un bruit pendant la nuit. Vous ne pouvez pas être furtive à ce point. J'aurais dû vous entendre respirer.

Un fouet battant vigoureusement des œufs dans un bol.

L'odeur du pain grillé.

— Dans une maison silencieuse, où tout le monde est mort, vos mouvements auraient dû créer des déplacements d'air, comme un souffle frais sur ma nuque, faire frissonner les poils sur le dos de mes mains. Chacun d'eux aurait dû être une texture différente contre mes yeux. J'aurais dû percevoir votre présence.

Il était raide dingue. Si mignon dans sa chemise de batiste, avec ses beaux yeux bleus, ses épais cheveux bruns peignés en arrière, et la fossette sur sa joue gauche... mais rongé de pustules et de chancres à l'intérieur.

— J'ai les sens inhabituellement aiguisés, voyez-vous.

Il fit couler l'eau dans l'évier. Sans même lever le nez, elle sut qu'il rinçait le fouet. Il ne le laisserait pas traîner sale dans un coin.

— Mes sens sont très aiguisés parce que je me suis consacré à la sensation. La sensation est ma religion, si l'on peut dire.

Il y eut un grésillement, plus fort que le bruit des oignons, et un nouveau parfum.

— Mais vous êtes restée invisible pour moi. Comme un esprit. Qu'est-ce qui vous rend si spéciale ?

— Si je l'étais tant que ça, murmura-t-elle amèrement, serais-je enchaînée ici ?

Elle ne s'était pas vraiment adressée à lui, et elle n'aurait pas cru qu'il l'entendrait dans les crachotements de la poêle.

— Vous devez avoir raison.

Lorsqu'il posa les assiettes sur la table, elle releva la tête et retira ses mains.

— Plutôt que de vous faire manger avec vos doigts, je vais vous donner une fourchette, parce que je présume que vous voyez l'inutilité d'essayer de me la planter dans l'œil.

Elle acquiesça.

— Bonne fille.

Dans son assiette l'attendait une grosse omelette débordant de cheddar et parsemée d'oignons sautés. Il avait disposé trois tranches de tomate ferme et du persil haché dessus. Les deux moitiés d'un toast beurré et coupé en diagonale encadraient le tout.

Il remplit son verre d'eau et ajouta deux autres glaçons.

Affamée peu de temps avant, elle pouvait à présent à peine tolérer la vue de la nourriture. Mais il fallait qu'elle mange ; elle se força à grignoter ses œufs et son toast. Elle ne serait jamais capable de terminer ce qu'il lui avait donné.

Vess mangeait avec délectation, ni bruyamment ni salement. Ses manières étaient irréprochables, et il se servait fréquemment de sa serviette pour s'essuyer les lèvres.

Chyna était perdue dans sa grisaille intérieure, et plus Vess semblait apprécier son petit déjeuner, plus son omelette avait un goût de cendres.

— Vous seriez plutôt jolie si vous étiez moins fripée et en sueur, avec votre visage souillé de boue, vos cheveux aplatis par la pluie. Très jolie, je pense. Une vraie séductrice sous cette crasse. Peut-être que, plus tard, je vous donnerai un bain.

Chyna Shepherd, intacte et vivante.

Étrangement, après un autre silence, Edgler Vess reprit :

— Intacte et vivante.

Elle n'avait pourtant pas dit sa prière à voix haute. Elle en était sûre.

— Intacte et vivante, répéta-t-il. Ce n'est pas ce que vous disiez... tout à l'heure dans l'escalier, en descendant voir Ariel ?

Elle le regarda, interloquée.

— N'est-ce pas ?

— Si.

— Cela m'a intrigué. Vous avez dit votre nom, puis ces trois mots, mais je ne risquais pas de comprendre ce que cela voulait dire tant que j'ignorais comment vous vous appeliez.

Elle tourna la tête vers la fenêtre. Un doberman errait dans la cour.

— Était-ce une prière ?

Dans son désarroi, Chyna n'avait pas cru qu'il puisse encore la terrifier, mais elle s'était trompée. Son intuition était effrayante...

Elle détourna les yeux du doberman et croisa le regard de Vess. L'espace d'une seconde, elle vit le chien qui sommeillait en lui, un aspect sombre et impitoyable.

— C'était une prière ?

— Oui.

— Dans votre cœur, Chyna, au plus profond de votre cœur, croyez-vous vraiment en l'existence de Dieu ? Soyez sincère, pas seulement avec moi mais avec vous-même.

À une époque, il n'y avait pas si longtemps, elle était tout juste assez sûre de ce qu'elle croyait pour répondre oui. Là, elle resta silencieuse.

— Même si Dieu existe, sait-Il que vous existez ?

Sans plus lui répondre, elle prit une autre bouchée d'omelette. Elle lui parut plus grasse qu'avant. Les œufs, le beurre et le fromage, trop riches, étaient écœurants, et elle eut du mal à avaler.

Elle reposa sa fourchette. Elle avait terminé. Elle n'avait pas mangé plus d'un tiers de son repas.

Vess vida son assiette, fit descendre le tout avec du café dont il ne lui offrit même pas une tasse... de peur, sans doute, qu'elle ne lui jette le breuvage brûlant à la figure.

— Vous avez l'air tellement morose.

Elle ne releva pas.

— Vous vous faites l'effet d'être une vraie ratée, non ? Vous avez failli à la pauvre Ariel, à vous-même et aussi à Dieu, s'Il existe.

— Qu'est-ce que vous attendez de moi ?

Elle voulait dire : Pourquoi m'infliger tout cela, pourquoi ne pas me tuer pour en finir ?

— Je n'y ai pas encore réfléchi. Quoi que je fasse, il faudra que cela sorte de l'ordinaire. Vous sortez de l'ordinaire, que vous le sachiez ou non, et ce que nous ferons ensemble devrait être... intense.

Elle ferma les yeux en se demandant si elle pourrait retrouver le royaume de Narnia après toutes ces années.

— Je ne peux pas répondre pour vous, continua-t-il, mais je sais pertinemment ce que je veux d'Ariel. Voulez-vous que je vous raconte ?

Elle était vraisemblablement trop vieille pour croire en quoi que ce soit, pas même à une armoire magique.

La voix de Vess semblait sortir de sa grisaille intérieure, comme s'il y vivait autant que dans le monde réel.

— Je vous ai posé une question, Chyna. Vous vous rappelez notre marché ? Ou vous répondez... ou je vous découpe un bout du visage. Vous voulez que je vous raconte ce que j'ai l'intention de faire avec Ariel ?

— Je suis sûre que je peux le deviner.

— Oui, en partie. Des rapports sexuels, c'est évident. C'est un beau morceau. Je ne l'ai pas encore touchée, mais j'y viendrai. Et je crois qu'elle est vierge. Du moins, quand elle parlait encore, elle m'a dit qu'elle l'était, et elle n'avait pas l'air du genre à mentir.

Ou alors dans l'armoire l'attendaient effectivement le Bois au-delà de la Rivière, Rat, Taupe et M. Blaireau, des frondaisons sous le soleil d'été, et Pan jouant de sa flûte dans l'ombre fraîche des arbres.

— Et je veux l'entendre pleurer, la voir désemparée et en pleurs. Je veux sentir la pureté de ses larmes. Je veux toucher la texture exquise de ses cris, en connaître l'odeur propre et goûter sa terreur. C'est toujours comme ça. Toujours.

Ni la Rivière languide, ni le Bois ne se matérialisèrent, malgré ses efforts. Rat, Taupe, M. Blaireau et Crapaud avaient disparu à jamais dans la mort haïssable qui prend tout. Et, d'une certaine manière, c'était triste, aussi triste que ce qui était arrivé à Laura et ce qui ne tarderait pas à lui arriver à elle.

— De temps à autre, je ramène quelqu'un dans la pièce de la cave... et toujours dans le même but.

Elle n'avait pas envie d'entendre ça. Les menottes l'empêchaient de se boucher les oreilles. Et si elle avait tenté de le faire, ce salaud aurait attaché ses poignets à ses chevilles. Il insisterait pour qu'elle écoute.

— Les expériences les plus intenses de ma vie ont toutes eu lieu dans cette pièce, Chyna. Pas les rapports sexuels. Ni les coups, ni les découpages. Cela vient plus tard, en prime. Je commence par les briser, et c'est là que cela devient intense.

Elle avait la poitrine serrée. Elle respirait mal.

— Les deux premiers jours, ils pensent tous qu'ils vont devenir fous de terreur, mais ils ont tort. Il faut plus d'un jour ou deux pour faire sombrer quelqu'un dans la folie, la folie sans retour. Ariel est ma septième prisonnière, et les autres ont conservé leur santé mentale pendant des semaines. L'un de mes captifs a craqué le dix-huitième jour, mais trois d'entre eux ont tenu deux mois pleins.

Chyna renonça au Bois fuyant et croisa son regard.

— La torture psychologique est tellement plus intéressante et plus difficile à mener que la physique, bien que cette dernière puisse être grisante, indéniablement. L'esprit est tellement plus coriace que le corps... un vrai défi, bien plus grand et de loin. Et quand l'esprit cède, je vous jure que je l'entends craquer, il produit un bruit plus sec qu'un os qui se brise... et comme il résonne !

Elle s'efforça de voir dans son regard la bête qu'elle y avait déjà surprise. Il fallait qu'elle la voie. Elle avait besoin de la voir.

— Quand mes victimes craquent, certaines se tordent par terre, battent des pieds et des jambes, déchirent leurs vêtements. Elles se tirent les cheveux, Chyna, et se plantent les ongles dans le visage, et certaines se mordent suffisamment fort pour saigner. Elles se mutilent avec tant d'imagination. Elles sanglotent, pendant des heures, des jours entiers, même dans leur sommeil. Elles aboient comme des chiens, Chyna, piaillent et battent des bras comme si elles étaient convaincues de pouvoir voler. Elles ont des hallucinations, elles voient des choses bien plus effrayantes que moi. Certaines parlent diverses langues. C'est ce qu'on appelle la « glossolalie ». Vous connaissez ce phénomène ? Fascinant. On dirait vraiment un langage, bien que ce ne soit que des vociférations et des supplications dénuées de sens. Certaines ne maîtrisent plus leurs fonctions corporelles et se vautrent dans leur saleté. Un peu désordre mais fascinant à observer... la condition humaine dans ce qu'elle a de plus bas, ce que la plupart ne peuvent admettre que dans la folie.

Elle avait beau faire des efforts, elle ne parvenait pas à voir la bête dans son regard, seulement un bleu placide et le noir attentif de la pupille. Elle n'était même plus sûre de l'avoir vue. Il n'était pas mi-homme, mi-loup, une créature qui rôdait à quatre pattes les soirs de pleine lune. Non, il n'était rien d'autre qu'un homme... vivant à une extrémité du spectre de la cruauté humaine, mais un homme néanmoins.

— Certains se réfugient dans un silence catatonique, comme Ariel. Mais je finis toujours par les en tirer. Ariel est de loin la plus têtue, mais cela la rend d'autant plus intéressante. Je la briserai elle aussi et, quand son craquement se produira, Chyna, il sera incomparable. Glorieux. Intense.

— L'expérience la plus intense de toutes est de faire preuve de miséricorde, dit Chyna sans savoir d'où ces mots lui étaient venus.

Ils ressemblaient à une supplication, et elle ne voulait pas qu'il puisse croire qu'elle implorait sa pitié. Même dans son désespoir, elle ne serait pas réduite à ramper.

Un sourire soudain fit presque ressembler Vess à un gamin sur son vélo, amateur de bonnes blagues, collectionneur de cartes de base-ball, constructeur de maquettes d'avion, et enfant de chœur le dimanche. Elle crut qu'il souriait à cause de ce qu'elle venait de dire, qu'il s'amusait de sa naïveté, mais ce n'était pas le cas.

— Peut-être... que ce que je veux de vous, c'est que vous soyez avec moi quand j'amènerai enfin Ariel à craquer. Au lieu de vous tuer devant elle pour la faire basculer, je m'y prendrai autrement. Et vous pourrez assister au spectacle.

Oh ! mon Dieu !

— Vous êtes étudiante en psychologie après tout, presque un vrai docteur en psychologie. Non ? Assise là à me juger sévèrement, si certaine que mon esprit est « aberrant » et que vous n'ignorez rien des mécanismes de ma pensée. Comme ce serait intéressant dès lors de voir si l'une des théories modernes de ces fameux mécanismes est mise en échec par cette petite expérience. Vous ne croyez pas ? Une fois que j'aurai brisé Ariel, vous pourrez écrire un article sur le sujet, Chyna, pour mes seuls yeux. Je serai ravi de lire le fruit de vos réflexions.

Mon Dieu ! faites que je n'en arrive jamais là. Jamais elle n'accepterait d'être le témoin d'une chose pareille. Bien qu'entravée, elle trouverait un moyen de se suicider avant de se laisser conduire dans cette pièce pour regarder cette jolie fille... voir cette jolie fille se dissoudre. Elle s'ouvrirait les poignets en mordant dedans, avalerait sa langue, s'arrangerait pour se rompre le cou dans l'escalier. Elle trouverait un moyen. Un moyen.

Manifestement conscient de l'avoir tirée de sa grisaille désespérée pour la jeter dans l'horreur pure, Vess sourit de nouveau... puis s'intéressa à son assiette.

— Vous avez l'intention de terminer ?

— Non.

— Alors je vais le faire.

Il repoussa son assiette vide et prit celle de Chyna. Avec sa fourchette, il coupa une bouchée de l'omelette froide, la mit dans sa bouche et gémit doucement de plaisir. Lentement, sensuellement, il sortit les dents de la fourchette de sa bouche, en serrant les lèvres autour, puis les lécha une dernière fois d'un coup de langue.

— Je sens votre goût sur les dents. Votre salive a une saveur agréable... à part ce soupçon d'amertume. Cela ne doit pas être un composant habituel, seulement la conséquence d'une aigreur d'estomac passagère.

Comme elle ne pouvait pas s'échapper en fermant

les yeux, elle le regarda dévorer ce qui restait de son petit déjeuner.

Lorsqu'il eut terminé, elle avait une question à lui poser :

— La nuit dernière... pourquoi avez-vous mangé l'araignée ?

— Pourquoi pas ?

— Ce n'est pas une réponse.

— C'est la meilleure, quelle que soit la question.

— Proposez-m'en une autre.

— Vous avez trouvé cela dégoûtant ?

— Je suis curieuse, c'est tout.

— Nul doute que vous considérez cela comme une expérience négative... manger une araignée avec toutes ces petites pattes qui gigotent.

— Nul doute.

— Mais il n'y a pas d'expériences négatives, Chyna. Seulement des sensations. On ne peut pas attacher de valeurs à la sensation pure.

— Bien sûr que si.

— Si vous le pensez, vous vous êtes trompée de siècle. Quoi qu'il en soit, l'araignée a une saveur intéressante, et maintenant je comprends mieux les araignées pour en avoir absorbé une. L'apprentissage du ver plat, cela vous dit quelque chose ?

— Le ver plat ?

— Vous devriez avoir rencontré cela dans un cours d'initiation à la biologie. Eh bien, certains vers plats peuvent apprendre petit à petit à se sortir d'un labyrinthe...

Elle s'en souvenait :

— Et si on les réduit en bouillie pour les donner à manger à un autre groupe de leurs semblables, ce second groupe va sortir du labyrinthe au premier essai.

— Oui ! c'est ça, acquiesça-t-il, l'air ravi. Ils absorbent la connaissance par la chair.

Elle ne prit pas la peine de réfléchir à la meilleure manière de formuler sa question suivante, car, visiblement, Vess était imperméable aux insultes comme aux flatteries :

— Allons ! vous n'allez pas me dire que vous savez à présent ce que cela fait d'être une araignée, que vous avez la connaissance d'une araignée parce que vous en avez mangé une ?

— Bien sûr que non, Chyna. Si j'étais aussi terre à terre, je serais dingue. Non ? Dans un asile quelconque, en train de parler à une foule d'amis imaginaires. Mais du fait de mes sens aiguisés, j'ai effectivement absorbé de l'araignée une qualité infirme d'aranéidité que vous ne pourrez jamais comprendre. J'ai accru ma conscience de l'araignée en tant que petit chasseur merveilleusement conçu, une créature de puissance. Araignée est un mot de puissance, qui est aussi dans mon nom... et dans le vôtre d'ailleurs. Et c'était risqué de manger une araignée, ce qui donnait plus d'attrait à l'entreprise. À moins d'être entomologiste, on ne peut savoir si un spécimen est venimeux ou non. Certaines araignées sont extrêmement dangereuses. Une morsure à la main est une chose... mais il fallait agir vite et l'écraser contre mon palais avant qu'elle n'ait le temps de me mordre la langue.

— Vous aimez prendre des risques.

— Je suis comme ça, c'est vrai, dit-il en haussant les épaules.

— Vivre dangereusement.

— C'est ça. C'est dans mon nom.

— Et si vous vous étiez fait mordre la langue ?

— La douleur est comme le plaisir, elle est différente, c'est tout. Apprenez à en jouir, et vous serez plus heureuse dans la vie.

— Même la douleur est neutre ?

— Bien sûr. C'est une pure sensation. Elle aide à développer le récif de l'âme... si tant est que l'âme existe.

Elle ne voyait pas de quoi il voulait parler avec son récif de l'âme, mais elle ne posa pas la question. Elle était lasse de lui. Lasse de le craindre, lasse de le haïr même. Avec ses questions, elle s'efforçait de *comprendre*, comme elle l'avait fait toute sa vie, et elle en avait marre de cette quête forcenée de signification. Elle ne saurait jamais pourquoi certaines personnes commettaient d'innombrables petites cruautés, ou de plus graves, et cette volonté de comprendre n'avait réussi qu'à l'épuiser, la laissant vide, grise et froide à l'intérieur.

— Cela doit vous faire mal, reprit Vess en désignant son index rouge et gonflé. Et votre nuque aussi.

— Le pire, c'est la migraine. Et cela n'a rien d'un plaisir.

— Je ne peux pas vous prouver que vous avez tort en un éclair. Cela prend du temps. Mais voici une petite leçon, facile à comprendre...

Il repartit vers les placards. Sur une étagère à épices, parmi les flacons et boîtes de thym, de clous de girofle, d'aneth, de noix de muscade, de poivre de Cayenne, de gingembre, de marjolaine et de cannelle se trouvait un tube d'aspirine.

— Je n'en prends pas pour les maux de tête, parce que j'aime savourer la douleur. Mais je garde de l'aspirine sous la main pour en mâcher un comprimé de temps à autre, pour le goût.

— C'est infect.

— Amer, c'est tout. L'amer peut être aussi plaisant que le sucré une fois que vous apprenez que chaque expérience, chaque sensation est précieuse.

Il revint vers la table avec le tube d'aspirine. Il le posa devant elle... et prit son verre d'eau.

— Non, merci.

— L'amertume existe aussi.

Elle ignora le tube.

— Comme vous voudrez, dit Vess en débarrassant.

Chyna avait beau être percluse de douleurs, elle refusait de prendre l'aspirine. Irrationnellement peut-être, elle avait le sentiment qu'en mâchant ces comprimés, même pour l'effet médical pur, elle pénétrerait dans les salles étranges de la folie d'Edgler Vess. C'était un seuil qu'elle ne voulait franchir sous aucun prétexte, même avec les pieds solidement ancrés dans le monde réel.

Il lava à la main les assiettes, les bols, les poêles et les couverts. À la fois efficace et méticuleux, se servant d'eau brûlante et de litres de liquide vaisselle parfumé au citron.

Chyna avait encore une question qu'elle ne pouvait pas taire.

— Pourquoi les Templeton ? Pourquoi les choisir, eux ? Ce n'était pas un hasard, n'est-ce pas ?

— Non, en effet, dit-il en frottant la poêle de l'omelette avec un tampon en plastique. Il y a quelques semaines, Paul Templeton est venu dans la région pour affaires et...

— Vous le connaissiez ?

— Pas vraiment. Il était en ville, la capitale du comté, pour affaires comme je l'ai dit, et en sortant quelque chose de son portefeuille pour me le montrer, il a fait tomber un dépliant de photos. Une photo de sa femme. Une autre, de Laura. Elle avait l'air... si fraîche, si naturelle. J'ai dit un truc du genre « jolie fille », et Paul s'est mis à délirer sur elle, en vrai père pétant de fierté. Il m'a raconté qu'elle allait bientôt décrocher sa maîtrise de psychologie. Elle lui manquait, il avait hâte de voir arriver la fin du mois, parce qu'elle rentrerait pour un week-end de trois jours. Il n'a pas mentionné qu'elle amenait une amie.

Un accident. Des photos qui tombent. Quelques mots échangés.

L'*arbitraire* de la chose était renversant et presque plus qu'elle n'en pouvait supporter.

Puis, en regardant Vess essuyer les comptoirs, rincer et frotter l'évier, elle commença à se dire que ce qui était arrivé à la famille Templeton était pire que purement arbitraire. Toutes ces morts violentes semblaient soudain être un coup du destin, une inexorable spirale, un voyage sans retour vers une obscurité définitive, comme si tous ces gens n'étaient nés et n'avaient vécu que pour Edgler Vess.

Comme si elle aussi n'était née et n'avait lutté jusque-là que pour fournir un instant de satisfaction à ce prédateur sans âme.

Le pire dans les déchaînements horribles de ce type n'était pas la douleur et la peur qu'il infligeait, ni le sang, ni les cadavres mutilés. La douleur et la peur étaient relativement brèves, par comparaison avec celle de la vie quotidienne. Le sang et les cadavres n'étaient que des conséquences. L'horreur, c'était qu'il avait privé de sens les vies inachevées de ses victimes, qu'il s'était attribué le rôle de but de leur existence, qu'il les avait privées non pas de temps mais de la possibilité de s'accomplir.

Ses principaux péchés étaient l'envie devant la beauté, le bonheur... et l'orgueil, cette volonté de plier, de forcer le monde à s'adapter à sa vision de la création. Il n'y avait pas péchés plus graves... les mêmes que ceux du diable, archange chassé du paradis à cause de ses transgressions.

En essuyant les assiettes, les casseroles et les couverts, Edgler Vess avait l'air aussi propre et rose qu'un bébé sortant du bain et aussi innocent que l'enfant qui vient de naître. Il sentait le savon, l'after-shave tonifiant et le liquide vaisselle au citron. Mais, malgré tout, elle s'attendait presque superstitieusement à détecter une légère odeur de soufre.

Chaque vie réservait une série de tranquilles épiphanies... ou du moins d'occasions d'épiphanie... et Chyna fut submergée par une nouvelle bouffée de chagrin lorsqu'elle songea à cet aspect sinistre des voyages interrompus des membres de la famille Templeton. Les bontés qu'ils auraient pu avoir pour autrui. L'amour qu'ils auraient pu donner. Tout ce qu'ils auraient pu finir par comprendre dans le secret de leur cœur.

La vaisselle du petit déjeuner terminée, Vess revint vers la table.

— J'ai deux ou trois choses à faire là-haut et dehors, et ensuite il faudrait que je dorme quatre ou cinq heures. Je travaille ce soir. J'ai besoin de repos.

Elle se demanda quelle occupation était la sienne, mais elle ne l'interrogea pas. Il pouvait aussi bien faire allusion à un vrai travail qu'à sa volonté de briser la santé mentale d'Ariel. S'il s'agissait de cela, Chyna n'avait pas envie de savoir ce qui allait se passer.

— Faites attention en changeant de position dans votre fauteuil. Ce serait dommage d'érafler le bois avec ces chaînes.

— J'en serais horrifiée.

Il la fixa pendant près d'une demi-minute.

— Si vous êtes assez bête pour penser que vous pouvez vous libérer, sachez que j'entendrai les chaînes s'entrechoquer et je serai obligé de revenir vous faire taire. Si c'est nécessaire, ce que je vous ferai ne vous plaira pas.

Elle ne dit mot. Elle était entravée, sans espoir de pouvoir s'échapper.

— Même si vous arrivez on ne sait comment à vous libérer de la table et du fauteuil, vous n'irez ni très vite ni très loin. J'ai des chiens de garde.

— Je les ai vus.

— Même si vous n'étiez pas enchaînée, ils vous jetteraient par terre et vous tueraient à peine auriez-vous franchi le seuil.

Elle n'avait pas de mal à le croire... mais elle ne comprenait pas ce besoin qu'il avait d'insister autant.

— Un jour, j'ai lâché un jeune homme dans la cour. Il a couru droit vers l'arbre le plus proche et pu grimper dedans en n'ayant à déplorer qu'une vilaine morsure au mollet droit et une égratignure à la cheville gauche. Il se croyait à l'abri dans les branches avec les chiens qui le surveillaient d'en bas, mais j'ai sorti un

22 long rifle et je lui ai tiré dans la jambe. Il est tombé de l'arbre et, une minute après, tout était réglé.

Chyna garda le silence. Parfois, communiquer avec cette chose haïssable ne paraissait pas plus possible que de discuter des mérites de Mozart avec un requin.

— La nuit dernière, vous étiez invisible à mes yeux.

Elle attendit.

Il l'examina, comme s'il voulait s'assurer que les chaînes et les menottes tenaient bien.

— Comme un esprit.

Elle se demandait s'il était possible de deviner les pensées de cette chose visqueuse... qui donnait l'impression d'être vaguement mal à l'aise à l'idée de la laisser seule. Elle n'arrivait pas à comprendre pourquoi.

— Vous restez ?

Elle acquiesça.

— Brave petite.

Il se dirigea vers la porte de la salle de séjour.

Il restait encore un problème à régler avant son départ :

— Une dernière chose...

Il se retourna.

— Pourriez-vous me conduire aux toilettes ?

— Je n'ai pas envie de m'embêter à vous enlever les chaînes maintenant. Pissez dans votre froc si besoin. J'ai l'intention de vous nettoyer plus tard de toute façon. Et je peux toujours acheter de nouveaux coussins.

Il disparut dans la salle de séjour.

Chyna était bien décidée à ne pas connaître l'humiliation de tremper sa culotte. Elle avait vaguement envie de faire pipi, mais cela ne pressait pas encore. Plus tard, elle aurait des problèmes.

Comme c'était étrange de se soucier encore d'éviter l'humiliation ou de penser à l'avenir.

M. Vess s'arrête au milieu de la salle de séjour pour

écouter la femme dans la cuisine. Il n'entend pas de raclements de chaînes. Il attend. Toujours rien. Ce silence l'inquiète.

Il ne sait pas trop quoi penser d'elle. Il en sait tellement long sur son compte à présent... mais elle reste mystérieuse.

Entravée comme elle l'est, elle ne peut assurément pas être son pneu éclaté. Elle a l'odeur du désespoir et de la défaite. Dans son intonation vaincue, il voit la grisaille des cendres et sent la texture d'un linceul. Elle est pratiquement morte... et elle y est résignée. Pourtant...

De la cuisine provient un cliquetis. Faible, ce n'est pas un vigoureux assaut contre ses entraves. Juste un petit bruit modeste lorsqu'elle change de position... peut-être en serrant les cuisses pour réprimer son envie d'uriner.

M. Vess sourit.

Il monte dans sa chambre. Sur l'étagère du haut, au fond du placard, il prend un téléphone. Il le branche et passe deux coups de fil, pour faire savoir qu'il est rentré de son week-end de trois jours et qu'il reprendra le collier dès ce soir.

Bien qu'il soit sûr qu'en son absence les dobermans ne laisseront personne pénétrer dans la maison, Vess n'a que deux téléphones qu'il range dans des placards avant de sortir. Au cas fort improbable où un intrus réussirait à échapper aux chiens, il ne pourrait pas téléphoner pour demander de l'aide.

Les téléphones cellulaires sont un risque auquel M. Vess songe depuis quelque temps. Il voit mal un cambrioleur potentiel muni d'un téléphone portable l'utiliser pour demander à la police de le délivrer d'une maison où il serait piégé par des chiens de garde, mais on a déjà vu plus étrange. Si Chyna Shepherd avait trouvé un téléphone cellulaire dans la Honda de l'employé la nuit dernière, elle ne serait pas prisonnière de ses chaînes.

La révolution technologique de cette fin de millénaire a des côtés pratiques, mais aussi des aspects dangereux. Grâce à ses compétences en informatique, il a modifié ses fichiers d'empreintes dans diverses administrations gouvernementales, si bien qu'il peut opérer sans gants dans des endroits comme la maison Templeton et jouir de la sensualité de l'expérience sans trembler. Mais un téléphone cellulaire entre de mauvaises mains au mauvais moment pourrait soudain le mener à l'expérience la plus intense de sa vie... et l'ultime. Parfois il regrette l'époque plus simple de Jack l'éventreur, ou bien du splendide Ed Gein, l'inspirateur de *Psychose*, ou encore de Richard Speck : le monde était moins compliqué, ses semblables n'encombraient pas autant le champ de ses manœuvres sanglantes.

En s'acharnant fiévreusement à faire monter les indices d'écoute, en gonflant systématiquement l'importance de tous les faits divers imprégnés de sang, en transformant les tueurs en célébrités, et en rampant devant, les médias ont peut-être inspiré davantage de gens appartenant à son espèce clairvoyante. Mais ils ont également alarmé les moutons. À présent, trop d'éléments du troupeau louchent à force d'être vigilants et sont prompts à s'enfuir au premier signe de danger.

Enfin ! cela ne l'empêche pas de s'amuser.

Après ses coups de téléphone, M. Vess va dans son camping-car. Les plaques d'immatriculation, les vis, les écrous et le tournevis pour les fixer sont dans un tiroir de la kitchenette.

Par divers moyens, généralement deux à trois semaines avant l'une de ses expéditions, M. Vess choisit soigneusement ses cibles, comme la famille Templeton. Et s'il rapporte parfois une prise vivante pour la pièce de la cave, il se rend généralement bien au-delà des frontières de l'Oregon pour minimiser les risques que ses deux vies, de bon citoyen et d'aventurier meurtrier, ne se chevauchent au moment le moins opportun.

Bien que n'ayant pas recouru à cette méthode pour Laura Templeton, il a compris que se balader clandestinement au hasard, par le biais de l'ordinateur, dans les fichiers de l'énorme service des véhicules motorisés de la Californie voisine est un excellent moyen de localiser des femmes séduisantes. Les photos de leurs permis de conduire, clichés du visage seulement, sont maintenant fichées. Chaque photo est accompagnée de l'âge, de la taille et du poids de la femme... des statistiques qui permettent à Vess d'écarter les grand-mères photogéniques et les grosses aux visages minces. Certaines ne communiquent que des numéros de boîtes postales, mais la plupart donnent leur adresse : il lui suffit alors de se procurer des plans de ville détaillés. Lorsqu'il arrive à une cinquantaine de kilomètres de la résidence cible, il retire les plaques de son camping-car, pour ne pas se faire coincer à cause du témoignage d'un voisin doté d'une bonne mémoire visuelle qui relèverait le numéro d'immatriculation d'un camping-car à l'apparence pourtant bien innocente. Il ne remet ses plaques qu'une fois rentré en Oregon.

S'il se faisait arrêter par la police pour excès de vitesse ou une autre infraction au code de la route, il jouerait la surprise quant à cette absence de plaque et déclarerait que, pour Dieu sait quelle raison, on avait dû les lui voler. Il est bon comédien ; sa confusion serait convaincante. Si l'occasion se présentait, si le danger était mesuré, il tuerait le flic. Dans le cas contraire, il pourrait vraisemblablement résoudre rapidement le problème en faisant appel à la solidarité professionnelle.

Il s'accroupit pour visser ses plaques.

Un à un, les chiens le rejoignent, reniflant ses mains et ses vêtements, peut-être déçus de ne trouver que l'odeur de l'after-shave et du liquide vaisselle. Ils crèvent d'envie de se faire longuement cajoler, mais ils sont de garde. Aucun ne s'attarde longtemps, chacun retournant à sa patrouille après une petite tape sur la tête, un grattouillis derrière les oreilles et un mot de tendresse.

— Bon chien, dit M. Vess à chacun. Bon chien.

Quand il en a terminé avec la plaque avant, il se redresse, s'étire et bâille en contemplant son domaine.

Au niveau du sol, le vent est tombé. L'air est immobile et humide. Cela sent l'herbe mouillée, l'humus et la forêt de pins.

Maintenant qu'il ne pleut plus, le brouillard se dégage sur les collines et au pied des montagnes derrière la maison. Il ne voit pas encore les sommets de la chaîne occidentale, ni la couverture de neige sur les pics les plus élevés. Mais directement devant et à l'est, où il n'y a pas de brouillard, des nuages plus gris que noirs d'orage, un doux gris taupe, filent vers le sud-est poussés par un vent de haute altitude. À minuit, comme il l'a promis à Ariel, il y aura peut-être des étoiles, voire un clair de lune pour éclairer les herbes hautes de la prairie et se refléter dans les yeux laiteux de Laura la morte.

M. Vess passe à l'arrière du camping-car pour fixer la seconde plaque... et découvre des traces bizarres sur le sol. Il fronce les sourcils en les examinant.

L'allée est en argile schisteuse, mais, en cas de forte pluie, la boue de la cour voisine l'envahit. Ici et là se forme une peau au-dessus de la pierre, fine, mais visqueuse, sombre et dense.

Et sur cette peau de boue se dessinent des empreintes de sabot, peut-être de daim. Un daim de bonne taille. Qui a traversé l'allée plus d'une fois.

Il s'est même attardé à un endroit, en grattant le sol.

Il n'y a plus de traces de pneus dans la boue ; elles ont été effacées par la pluie. À l'évidence, les empreintes datent d'après l'orage.

Vess s'accroupit à côté des traces pour les toucher. Il sent la dureté lisse des sabots qui ont imprimé les marques.

Une race de daims vit dans les collines et les montagnes avoisinantes. Ils s'aventurent rarement dans la propriété de M. Vess, parce qu'ils craignent les dobermans.

C'est là l'aspect le plus étrange des traces de daim : qu'il n'y ait pas d'empreintes de pattes de chien parmi elles.

Les dobermans ont été dressés pour se concentrer sur les intrus humains et pour ignorer les animaux sauvages, autant que faire se peut. Sinon, ils risqueraient d'être distraits à un moment crucial pour la sécurité de leur maître. Ils n'attaqueront jamais ni lapins, ni écureuils, ni opossums... ni daims... à moins que la faim ne les y pousse. Ils ne les pourchasseront même pas pour s'amuser.

Mais les chiens remarqueront d'autres animaux croisant leur chemin. Ils assouvissent leur curiosité dans les limites de leur dressage.

Ils se seraient approchés de ce daim et l'auraient encerclé s'il s'était immobilisé à cet endroit, le paralysant de terreur, ou bien l'incitant à fuir. Et, après son départ, ils auraient piétiné l'allée plusieurs fois pour renifler ses traces.

Mais il n'y a aucune trace de pattes visible parmi les empreintes du daim.

Frottant ses doigts boueux, M. Vess se redresse et tourne sur lui-même, regardant attentivement les alentours. Les prairies au nord et les lointaines forêts de sapins. L'allée conduisant à l'est vers le sommet chauve. La cour au sud, d'autres prairies, et de nouveau des forêts. Enfin, la cour de derrière, la grange, les collines. Le daim, si c'en était un, a disparu.

Edgler Vess est immobile. Il écoute. Attentif. Il respire profondément, en quête d'odeurs. Puis il ouvre la bouche, aspirant ce qu'il peut sur sa langue. L'air humide est comme la peau visqueuse d'un cadavre contre son visage. Tous ses sens sont en éveil, tout le spectre de ses sensations et le monde fraîchement lavé s'y engouffrent.

Finalement, il ne détecte rien d'anormal dans cette matinée.

Pendant qu'il fixe la plaque arrière, Tilsiter vient le rejoindre. Il fourre son museau au creux de son cou.

Vess l'encourage à rester. Quand il en a terminé avec la plaque, il le dirige vers les traces de daim toutes proches.

Le chien semble ne pas les voir. Ou, s'il les voit, il ne s'y intéresse pas.

Vess le conduit au beau milieu des empreintes. Il les lui montre.

Comme le chien n'a pas l'air de comprendre, il pose la main sur sa tête et presse son museau contre la boue.

Le doberman perçoit enfin une odeur, renifle avidement, gémit d'excitation. Puis décide qu'il n'aime pas ce qu'il sent. Il échappe à l'emprise de son maître et recule, l'air penaud.

— Quoi ?

Le chien se lèche les babines. Il détourne le regard vers les prés, l'allée, la cour. Il jette un coup d'œil à Vess, puis repart en patrouille vers le sud.

Les arbres gouttent toujours. Le brouillard se lève. Les nuages filent vers le sud-est.

M. Vess décide de tuer Chyna Shepherd sur-le-champ.

Il va la traîner dans la cour, l'obliger à s'allonger face contre terre et lui tirer deux coups de feu dans la nuque. Il travaille ce soir et, comme il faut qu'il dorme avant, il n'aura pas le temps de faire durer le plaisir de la tuer.

Plus tard, en rentrant, il peut l'enterrer dans la prairie sous l'œil des chiens, dans le chant des insectes qui se nourrissent les uns des autres dans l'herbe haute, et sous le regard d'Ariel qu'il obligera à embrasser chacun de ces cadavres avant qu'ils disparaissent à jamais sous la terre... tout cela au clair de lune s'il y en a un.

Vite maintenant : l'achever et dormir.

En se hâtant vers la maison, il se rend compte qu'il

tient toujours le tournevis, lequel peut être plus intéressant à utiliser que le pistolet, et tout aussi rapide.

Le perron, le porche de devant, où le doigt de l'avocate de Seattle pend silencieusement entre les coquillages dans l'air frais immobile.

Il ne prend pas la peine de s'essuyer les pieds, un rare manquement à une habitude compulsive.

Le grincement du gond se mêle à sa respiration rauque lorsqu'il entre dans la maison. En refermant la porte derrière lui, il est surpris d'entendre les battements de son cœur.

Il n'a jamais peur, jamais. Avec cette femme, toutefois, il a été *désarçonné* plus d'une fois.

Il fait quelques pas dans la pièce, puis s'arrête, pour se reprendre. De retour dans la maison, il ne comprend pas pourquoi tuer la femme lui a paru aussi urgent.

L'intuition.

Mais jamais son intuition ne lui a envoyé un message aussi insistant, tout en le laissant ainsi en conflit avec lui-même. Cette femme sort de l'ordinaire, et il a tellement envie d'en faire des usages pas ordinaires. Se contenter de lui envoyer deux balles dans le crâne ou de lui enfoncer plusieurs fois le tournevis dans le corps serait gaspiller son potentiel.

Il n'a jamais peur. Jamais.

Être à ce point *décontenancé* est un défi pour l'image la plus chère qu'il a de lui-même. Le poète Sylvia Plath, dont l'œuvre le laisse curieusement ambivalent, a écrit que le monde était gouverné par la panique : « La panique à face de chien, de diable, de sorcière, de putain, la pure panique sans visage... toujours la même madame Panique, qu'on dorme ou qu'on veille. » Mais madame Panique ne domine pas Edgler Vess et ne le fera jamais, parce qu'il ne se fait aucune illusion sur la nature de l'existence, ne nourrit aucun doute sur son objectif, et aucun instant de sa vie ne nécessite jamais d'être ré-interprété lorsqu'il a le temps d'y réfléchir tranquillement.

Sensation.

Intensité.

Il ne peut vivre intensément s'il a peur, parce que madame Panique inhibe la spontanéité et l'expérimentation. Il ne va donc pas permettre à cette femme mystère de le hanter.

Sa respiration et les battements de son cœur redevenus normaux, il fait tourner le manche gainé de caoutchouc du tournevis dans sa main, les yeux fixés sur la courte lame émoussée au bout de la longue tige d'acier.

À la seconde où Vess pénétra dans la cuisine, avant même qu'il n'ouvre la bouche, Chyna sentit qu'il avait changé. Il était dans un état d'esprit différent, bien que la différence fût si subtile qu'elle défiait toute définition.

Il s'approcha de la table comme dans l'intention de s'y asseoir, puis s'arrêta devant son fauteuil. Les sourcils froncés, sans rien dire, il la fixa.

Il tenait un tournevis dans sa main droite. Il faisait tourner le manche entre les doigts, comme s'il resserrait une vis imaginaire.

Il avait des paquets de boue séchée collés à ses semelles. Il ne s'était pas servi du paillasson avant d'entrer.

Elle savait qu'elle ne devait pas parler la première. Ils se trouvaient à un moment de transition étrange où les mots n'auraient plus forcément le même sens qu'avant, où la déclaration la plus innocente pouvait devenir une incitation à la violence.

Peu avant, elle aurait presque préféré être tuée sans attendre, et elle avait tenté de déclencher une de ses pulsions meurtrières. Elle avait également envisagé des moyens de se suicider, malgré ses chaînes. Elle retenait à présent sa langue pour éviter de le rendre furieux par inadvertance.

Manifestement, même au plus profond de son désespoir, elle continuait d'entretenir un espoir minuscule mais têtu, enfoui dans sa grisaille intérieure. Un refus stupide. L'envie pathétique d'une dernière chance. L'espoir, qui lui avait toujours paru noble, semblait à présent aussi déshumanisant qu'une cupidité fiévreuse, aussi sordide que la luxure, une soif animale d'un peu plus de vie à tout prix.

Elle se trouvait au fond d'un endroit lugubre.

— La nuit dernière, finit par dire Vess.

Elle attendit.

— Dans les séquoias.

— Oui ?

— Vous avez vu quelque chose ?

— Vu quoi ?

— Quelque chose d'étrange ?

— Non.

— Si !

Elle secoua la tête.

— Les élans.

— Ah ! oui, les élans.

— Un troupeau d'élans.

— Oui.

— Vous ne les avez pas trouvés étranges ?

— Des élans côtiers. Ils pullulent dans la région.

— Ils paraissaient presque apprivoisés.

— Peut-être parce qu'ils sont habitués aux touristes.

Il réfléchit à son explication en faisant lentement tourner le tournevis.

— Peut-être.

Chyna remarqua que les doigts de sa main droite étaient couverts d'une pellicule de boue séchée.

— Je sens leur musc, la texture de leurs yeux, j'entends la verdeur des fougères qui ondulent autour d'eux, et c'est une huile noire et froide dans mon sang.

Il n'y avait rien à dire à cela ; elle resta coite.

Vess contempla l'extrémité du tournevis, puis ses chaussures. Regardant par-dessus son épaule, il remarqua les traces de boue par terre.

— Impensable !

Il posa le tournevis sur un comptoir.

Il retira ses chaussures et les emporta dans la buanderie où elles attendraient d'être nettoyées.

Il revint pieds nus et, avec des serviettes en papier et du Windex, nettoya la boue sur le carrelage. Dans la salle de séjour, il passa l'aspirateur sur le tapis.

Ces corvées domestiques l'occupèrent pendant près d'un quart d'heure ; à la fin, il n'était plus dans le même état d'esprit qu'à son entrée dans la cuisine. Les tâches ménagères semblaient dissiper son cafard.

— Je monte dormir. Tâchez de ne pas trop faire cliqueter vos chaînes.

Elle ne broncha pas.

— Ne faites pas de bruit, sinon je descends vous fourrer deux mètres de chaîne dans le cul.

Elle acquiesça.

— Brave petite.

Il sortit.

La différence entre le comportement habituel de Vess et son état d'esprit récent n'échappait plus à Chyna. Pendant quelques minutes, il avait perdu de son assurance. Mais il l'avait retrouvée.

M. Vess dort toujours nu pour rêver plus facilement. Au pays du sommeil, tous ceux qu'il rencontre sont nus, qu'ils soient mis en pièces dans une glorieuse humidité sous sa domination, ou qu'ils courent en meute avec lui à travers des endroits obscurs avant de ressortir dans la clarté de la lune. Il est une chaleur dans ses rêves qui non seulement rend les vêtements superflus, mais brûle en lui le concept même de vêtements, si bien qu'être nu est plus naturel dans le monde du rêve que dans la réalité.

Il ne fait jamais de cauchemars. Pour la bonne raison que, dans sa vie quotidienne, il affronte les sources de ses tensions et les règle. Il n'est jamais déprimé par la culpabilité. Il ne juge pas les autres et n'est jamais touché par ce qu'ils pensent de lui. Il sait que si un acte qui lui fait envie lui paraît bien, alors il est bien. Il se donne toujours la priorité, il pense d'abord à lui, parce que, pour être un être humain réussi, il faut d'abord s'aimer soi-même. Par conséquent, il va se coucher l'esprit clair et le cœur en repos.

À peine a-t-il posé la tête sur l'oreiller que M. Vess dort. De temps en temps, ses jambes remuent sous les couvertures, comme s'il poursuivait quelque chose.

Une fois dans son sommeil, il dit « Père », presque révérencieusement, et le mot reste suspendu telle une bulle... ce qui est étrange car, à neuf ans, Edgler Vess a tué son père en le réduisant en cendres.

Dans un cliquetis de chaînes, Chyna se pencha pour récupérer le coussin par terre à côté de son fauteuil. Elle le mit sur la table et posa la tête dessus.

Selon l'horloge de la cuisine, il était midi moins le quart. Cela faisait plus de vingt-quatre heures qu'elle n'avait pas fermé l'œil, sauf pour une brève somnolence dans le camping-car et lorsqu'elle avait sombré dans l'inconscience quand Vess l'avait assommée.

Bien qu'épuisée et engourdie de désespoir, elle ne s'attendait pas à être capable de dormir. Elle espérait simplement qu'en gardant les yeux fermés et en laissant ses pensées remonter vers des temps plus heureux, elle pourrait arriver à oublier son besoin de plus en plus pressant d'uriner et la douleur dans sa nuque et son index.

Elle marchait dans des rafales de fleurs rouges arrachées, sans craindre l'obscurité, ni les éclairs qui la zébraient de temps à autre, lorsqu'elle fut réveillée non par le tonnerre mais par des ciseaux coupant du papier.

Elle leva la tête du coussin et se redressa. La lumière fluorescente lui piqua les yeux.

Debout devant l'évier, Edgler Vess ouvrait un grand paquet de chips.

— Ah ! vous êtes réveillée, paresseuse.

Chyna regarda l'horloge. Cinq heures vingt.

— J'ai cru qu'il allait falloir une fanfare pour vous tirer du sommeil.

Elle avait dormi pendant près de cinq heures. Elle avait les paupières collantes. La bouche pâteuse. Elle puait la sueur, se sentait graisseuse.

Elle ne s'était pas mouillée pendant son sommeil, et elle eut un bref sentiment de triomphe absurde à l'idée de ne pas avoir été réduite à ce nouveau degré d'humiliation. Puis elle vit combien elle était pathétique de s'enorgueillir ainsi de sa continence, et sa grisaille intérieure s'assombrit encore.

Vess portait des bottes noires, un pantalon kaki, une ceinture noire, et un T-shirt blanc.

Il avait des bras musclés, énormes. Elle ne ferait jamais le poids devant des masses pareilles.

Il apporta une assiette sur la table. Il lui avait préparé un sandwich.

— Jambon, fromage et moutarde.

Un ruché de laitue s'échappait du pain. Deux cornichons à l'aneth encadraient le sandwich.

Vess posa le paquet de chips sur la table.

— Je n'en veux pas.

— Il faut que vous mangiez.

Elle regarda par la fenêtre.

— Si vous ne mangez pas, je vous nourrirai de force.

Il prit le tube d'aspirine et le secoua pour attirer son attention.

— C'était bon ?

— Je n'en ai pas pris.

— Ah ! alors comme ça, vous apprenez à jouir de la douleur.

Quoi qu'elle dise, il gagnait.

Il remporta l'aspirine et revint avec un verre d'eau.

— Il faut faire fonctionner vos reins, dit-il en souriant, sinon ils vont s'atrophier.

Il nettoya le comptoir où il avait préparé le sandwich.

— On a abusé de vous quand vous étiez enfant ? demanda Chyna en se haïssant de poser la question, d'essayer encore de comprendre.

Vess rit en secouant la tête.

— On n'est pas dans un manuel, Chyna. Mais dans la réalité.

— Alors ?

— Non. Mon père était comptable à Chicago. Ma mère vendait des vêtements pour femmes dans un grand magasin. Ils m'aimaient. Ils m'ont acheté trop de jouets, plus que je n'en voulais, d'autant plus que je préférais m'amuser avec... autre chose.

— Des animaux.

— Exact.

— Et avant les animaux... des insectes ou des petites choses comme des poissons rouges ou des tortues.

— Vous avez lu ça dans vos manuels ?

— C'est le premier signe et le pire. Torturer des animaux.

— C'était drôle..., dit-il en haussant les épaules, de voir ces trucs stupides griller dans leur carapace. Franchement, Chyna, il faut que vous appreniez à dépasser ces petits jugements de valeur mesquins.

Elle ferma les yeux, espérant qu'il se décide à partir travailler.

— Quoi qu'il en soit, mes parents m'aimaient, pris au piège de leurs illusions. À l'âge de neuf ans, j'ai déclenché un incendie. J'ai versé de l'essence à briquet dans leur lit pendant leur sommeil et approché une cigarette.

— Mon Dieu !

— Voilà que vous recommencez.

— Pourquoi ?

— Pourquoi pas ?

— Mon Dieu !

— Vous voulez la meilleure réponse, à défaut ?

— Oui.

— Alors regardez-moi quand je vous parle.

Elle ouvrit les yeux.

Son regard la transperça.

— Je leur ai fichu le feu parce que je pensais qu'ils commençaient peut-être à comprendre.

— Quoi ?

— Que j'étais un peu spécial.

— Ils vous ont surpris avec la tortue.

— Non. Avec le chaton d'une voisine. On habitait une banlieue agréable. Les animaux domestiques pullulaient dans ce quartier. Quoi qu'il en soit, quand ils m'ont pris la main dans le sac, ils ont commencé à parler de médecin. J'avais beau n'avoir que neuf ans, je savais que je ne pouvais pas autoriser une chose pareille. Les médecins risquaient d'être plus difficiles à tromper. Alors on a eu un petit incendie.

— Et on ne vous a rien fait ?

En ayant terminé avec son ménage, il s'assit à la table.

— Personne n'a rien soupçonné. Papa fumait au lit, ont dit les pompiers. Cela arrive tout le temps. Toute la maison a cramé. J'ai moi-même failli y rester, et ma pauvre maman hurlait, et je ne pouvais pas aller la sauver, je ne pouvais pas aider ma pauvre maman, et j'avais si peur, si peur... (Il lui fit un clin d'œil.) Après, je suis allé vivre avec ma grand-mère. C'était une vioque agaçante, pleine de règles, de règlements, de normes de conduite, de manière et de politesses qu'il fallait que j'apprenne. Elle était incapable de tenir une maison correctement. Sa salle de bains était dégueulasse. Elle m'a conduit à ma seconde et ultime erreur. Je l'ai tuée pendant qu'elle préparait le dîner dans la cuisine. Une impulsion... deux coups de couteau dans chaque rein.

— Quel âge ?

— Grand-mère ou moi ?

— Vous.

— Onze ans. Trop jeune pour être jugé. Trop jeune

pour que quiconque pense vraiment que je savais ce que je faisais.

— Il a bien fallu qu'ils vous fassent quelque chose.

— Quatorze mois dans un centre à vocation sociale. Des tonnes de thérapie, d'assistance psychologique, d'attentions et de câlins. Parce que, vous voyez, j'avais dû faire la peau de ma pauvre vieille grand-mère parce que j'avais refoulé le chagrin que m'avait causé la mort accidentelle de mes parents dans cet affreux incendie. Un jour, j'ai compris ce qu'ils essayaient de me faire dire, et je me suis effondré en pleurs. Oh ! Chyna, comme j'ai pleuré, comme je me suis complu dans le remords pour ma pauvre grand-mère. Les thérapeutes et les travailleurs sociaux étaient ravis.

— Où êtes-vous allé ensuite ?

— J'ai été adopté.

Elle en resta sans voix.

— Je sais ce que vous pensez. Les orphelins de douze ans ne sont pas si nombreux à être adoptés. Les gens recherchent généralement des nourrissons à mouler à leur image. Mais j'étais tellement *beau*, Chyna, d'une beauté presque irréelle. Vous me croyez ?

— Oui.

— Les gens veulent de beaux enfants. De beaux enfants avec de jolis sourires. J'étais gentil et charmant. À ce moment-là, j'avais appris à mieux dissimuler au milieu de vous autres hypocrites. On ne me surprendrait plus jamais avec un chaton ensanglanté ou une grand-mère morte.

— Mais qui... qui était prêt à vous adopter après ce que vous aviez fait ?

— Ce que j'ai fait a été expurgé de mon dossier, bien sûr. Je n'étais rien qu'un pauvre petit garçon, après tout. Allons, Chyna, vous ne voudriez tout de même pas que ma vie entière soit fichue en l'air à cause d'une malheureuse erreur ? Les psychiatres et les assistants sociaux ont huilé mes rouages, et je leur serai toujours redevable de leur gentil, honnête besoin de croire.

— Vos parents adoptifs ne savaient rien ?

— Ils savaient que j'avais été traumatisé par la mort de mes parents dans un incendie, que ce traumatisme avait requis une assistance psychologique et qu'il fallait surveiller les signes de dépression chez moi. Ils voulaient tellement améliorer ma vie, empêcher la dépression de me rattraper.

— Que leur est-il arrivé ?

— Nous avons vécu deux ans à Chicago et puis nous sommes venus nous installer ici en Oregon. Je les ai laissés vivre pendant assez longtemps, en les autorisant à faire semblant de m'aimer. Pourquoi pas ? Ils appréciaient tellement leurs illusions. Mais, à la fin de mes études, à vingt ans, comme j'avais besoin de bien plus d'argent que je n'en disposais, il y a eu un autre horrible accident, un nouvel incendie dans la nuit. C'étaient onze longues années après celui qui avait coûté la vie à mes parents, et à un demi-continent de là. Aucun assistant social ne m'avait vu depuis des années, et puisqu'il n'existait pas de dossier sur ma terrible erreur avec grand-mère, on n'a jamais fait de rapprochement.

Il y eut un silence.

— Allez, mangez, dit-il en tapotant l'assiette devant elle. Pour ma part, je dînerai dehors. Désolé de ne pas pouvoir vous tenir compagnie.

— Je vous crois.

— Quoi ?

— Quand vous dites qu'on n'a pas abusé de vous.

— Bien que cela aille à l'encontre de tout ce que vous avez appris. Brave petite. Vous savez reconnaître la vérité quand vous l'entendez. Peut-être que tout espoir n'est pas perdu pour vous finalement.

— On ne peut pas vous comprendre, reprit-elle plus pour elle-même que pour lui.

— Bien sûr que si. Je suis simplement en contact

avec ma nature reptilienne, Chyna. Elle est en chacun de nous. Nous descendons tous du premier poisson visqueux à avoir rampé hors de l'eau. La conscience reptilienne... elle existe encore en chacun de nous, mais la plupart d'entre vous s'efforcent de se le dissimuler, pour se convaincre qu'ils sont plus propres et meilleurs que ce qu'ils sont vraiment. L'ironie de la chose, c'est que, si vous vouliez bien admettre votre nature reptilienne, vous trouveriez la liberté et le bonheur après lesquels vous courez tous comme des malades.

Il tapota de nouveau l'assiette, puis le verre d'eau. Il se leva et repoussa son fauteuil sous la table.

— Cette conversation n'est pas tout à fait ce à quoi vous vous attendiez, n'est-ce pas, Chyna ?

— Non.

— Vous vous attendiez que j'use de faux-fuyants, me plaigne d'être une victime, me trouve des excuses bien structurées, que je vous sorte une histoire d'inceste. Vous aviez envie de croire que votre petit interrogatoire révélerait un fanatisme religieux secret... que j'entends des voix divines dans ma tête. Vous ne vous attendiez pas que ce soit aussi direct. Aussi honnête.

Il s'arrêta près de la porte de la salle de séjour et se tourna vers elle.

— Je ne suis pas unique, Chyna. Le monde regorge de mes semblables... la plupart sont juste un peu moins libres. Vous savez où bien des gens de mon espèce finissent par échouer, selon moi ?

— Où ? demanda-t-elle, malgré elle.

— Dans la politique. Imaginez, Chyna : avoir le pouvoir de déclencher des guerres. Comme ce serait satisfaisant. Bien entendu, dans la vie publique, il faudrait renoncer au plaisir de plonger les mains dans le carnage, de se les salir avec tous ces fluides magnifiques. Il faudrait se satisfaire du frisson d'envoyer des milliers de gens à une mort, à une destruction lointaines. Mais je crois que je pourrais m'adapter. Et il y aurait toujours des photos de la zone en guerre, des comptes rendus, bien crus comme on les aime. *Et jamais un risque de se faire prendre.* Et le plus étonnant... c'est qu'après ils construisent des monuments à votre gloire. Vous pouvez raser un petit pays de la surface de la terre ; ils donneront des dîners en votre honneur. Vous pouvez tuer trente-quatre enfants dans une communauté religieuse, les écraser sous des chars, les brûler vifs, prétendre que ce sont de dangereux membres de sectes... et espérer des applaudissements. Quelle puissance ! Quelle intensité !

Il jeta un coup d'œil à l'horloge.

Cinq heures et quelques minutes.

— Je finis de m'habiller et je pars. Je rentrerai le plus tôt possible après minuit. (Il secoua la tête comme si sa vision l'attristait.) Intacte et vivante. Quel genre d'existence est-ce là, Chyna ? Cela ne vaut pas le coup. Entrez donc en contact avec votre conscience reptilienne. Ouvrez les bras au froid et à l'obscur. C'est ce que nous sommes.

Il l'abandonna à ses chaînes à l'instant où le crépuscule envahissait le monde.

8.

M. Vess sort sous le porche, ferme la porte d'entrée à clé et siffle les chiens.

L'atmosphère se rafraîchit au crépuscule ; l'air est tonifiant. Vess remonte la fermeture Éclair de son blouson.

Des quatre points cardinaux, les quatre dobermans jaillissent du crépuscule. En se bousculant pour être le plus près de lui possible, ils martèlent les planches de leurs grosses pattes dans un fandango de plaisir canin.

Il s'agenouille au milieu d'eux, distribuant de nouveau généreusement son affection... au goutte-à-goutte.

Étrangement, à l'instar des humains, les dobermans semblent incapables de déceler le manque de sincérité de l'affection de M. Vess. Ils ne sont que des outils pour lui, pas des animaux chéris, et l'attention qu'il leur porte est comparable à l'huile 3 en 1 dont il se sert pour lubrifier sa perceuse électrique, sa ponceuse et sa scie à dents articulées. Au cinéma, c'est toujours le chien qui devine le loup-garou potentiel chez l'homme redoutant la lune et qui l'accueille avec des grognements, toujours le chien qui reste à l'écart du personnage secrètement habité par un parasite étranger. Mais c'est du cinéma.

Les chiens le trompent sans aucun doute autant que

lui les trompe. Leur amour n'est rien d'autre que du respect... ou une peur de lui sublimée.

— Nietzsche.

Comme un seul chien, les quatre dobermans se contractent convulsivement et se figent. Les oreilles qui se sont dressées à l'annonce de l'ordre s'aplatissent.

Leurs yeux noirs brillent dans le crépuscule.

Ils s'éloignent du porche pour s'égailler dans la propriété, sur le mode attaque.

M. Vess met son chapeau, se dirige vers la grange où il gare sa voiture.

Il laisse le camping-car à côté de la maison. Plus tard, il reculera sur l'allée, pour se rapprocher de la prairie de tombes non marquées.

En marchant, il respire lentement et profondément et s'éclaircit l'esprit : il se prépare à entrer de nouveau dans le monde ordinaire.

Il aime la parodie qu'est sa seconde vie, passer pour l'un de ces réprimés et victimes d'illusions qui, par multitudes, dirigent le monde à coups de mensonges, vivent dans la négation, l'angoisse et l'hypocrisie. Il est pareil à un renard dans un enclos de poulets attardés mentaux incapables de faire la distinction entre un prédateur et l'un des leurs... un jeu amusant pour un renard doté du sens de l'humour.

Chaque jour, toute la journée, il jauge les autres d'un regard, teste furtivement leur fermeté en les effleurant amicalement, respire les odeurs alléchantes de leur chair, fait son choix parmi eux comme il choisirait une volaille emballée au supermarché. Il tue rarement ceux qu'il rencontre sous sa personnalité publique... seulement s'il est absolument sûr de s'en tirer et si le poulet en question promet d'être savoureux.

Si Chyna Shepherd n'avait pas bousculé ses habitudes, il aurait consacré davantage de temps à se réacclimater à son rôle de M. Tout-le-Monde. Il aurait peut-être regardé une émission de jeux à la télévision, lu un ou deux chapitres d'un roman sentimental de Robert

James Waller et feuilleté un numéro de *People* pour se rappeler ces trucs que le peloton désespéré de l'humanité utilise pour s'anesthésier contre sa conscience de la véritable nature animale de l'homme et du caractère inévitable de sa mort. Il aurait passé un moment devant une glace à s'exercer à sourire, à étudier son regard.

Lorsqu'il arrive devant la grange en cèdre argenté, il est sûr qu'il va pouvoir se reglisser sans accroc dans sa seconde vie et que tous ceux qui regarderont dans sa mare seront réconfortés d'y trouver le reflet de leurs propres visages. La plupart des gens ont consacré tant d'efforts et de temps à nier leur nature prédatrice qu'ils ont du mal à la reconnaître chez autrui.

Il ouvre la porte près du grand rideau de fer, s'arrête et jette un coup d'œil à l'arrière de la maison. Comme il a laissé la femme dans le noir, il ne distingue même pas sa silhouette à travers la fenêtre.

Le crépuscule nuageux est toutefois encore assez lumineux pour que Miss Shepherd, l'éminente psychologue, l'ait vu marcher jusqu'à la grange. Elle l'observe peut-être en ce moment.

M. Vess se demande ce qu'elle pense de lui sous ce nouvel aspect surprenant. Elle doit être choquée. Encore des illusions en miettes. Le voir partir vers sa seconde vie, comprendre qu'il passe effectivement pour un citoyen ordinaire, doit la plonger dans un désespoir encore plus profond que tout ce qu'elle a pu connaître.

Il sait vraiment y faire avec les femmes.

Une fois que Vess eut éteint les lumières et quitté la cuisine, Chyna s'adossa au fauteuil, parce que l'odeur du sandwich au jambon la rendait malade. Il n'était pas avarié ; il avait une odeur parfaitement normale, mais l'idée même de nourriture lui donnait la nausée.

Environ vingt et une heures s'étaient écoulées depuis son dernier vrai repas, le dîner à la maison Templeton. Les quelques bouchées d'omelette au fromage du petit déjeuner ne suffisaient pas à la rassasier, à compenser notamment toute son activité physique de la nuit précédente ; elle aurait dû mourir de faim.

Mais manger était un aveu d'espoir, et elle ne voulait plus espérer. Elle avait passé sa vie à le faire, telle une imbécile intoxiquée d'attentes optimistes. Et chaque espoir se révélait aussi vide qu'une bulle. Chaque rêve, un verre attendant de voler en éclats.

Jusqu'à la nuit dernière, elle avait cru s'être suffisamment éloignée du malheur de l'enfance, avoir gravi une échelle jusqu'à des hauteurs phénoménales de compréhension et, fière d'elle-même, elle s'était félicitée de ses exploits. Maintenant elle avait l'impression de s'être bercée d'illusions, de n'avoir jamais grimpé, que, pendant des années, ses pieds avaient glissé sur les deux mêmes degrés bien lubrifiés, comme sur une de ces machines de salle de gym, lui faisant dépenser une énergie énorme... sans la faire progresser d'un millimètre. Ses longues années à travailler comme serveuse, ses jambes douloureuses et cette raideur au creux des reins à force de passer des heures debout, sa volonté de toujours choisir les cours les plus difficiles à l'université de Californie, ses heures passées à étudier tard dans la nuit après son retour du restaurant, ses innombrables sacrifices, sa solitude, sa lutte incessante... tout cela pour échouer ici, dans cet endroit sinistre, dans ces chaînes, dans ce crépuscule qui s'assombrissait.

Elle avait espéré pouvoir un jour comprendre sa mère, trouver de bonnes raisons de lui pardonner. Elle avait même, Dieu lui pardonne, secrètement espéré qu'elles pourraient faire la paix. Elle savait qu'elles ne pourraient jamais avoir un rapport mère-fille sain, ni être amies ; mais elle avait au moins cru qu'un jour elles seraient capables de déjeuner ensemble dans un café avec vue sur l'océan, au frais sous un immense parasol du patio, et que, sans jamais évoquer le passé, elles bavarderaient de films, de la météo, du vol des mouettes dans le ciel bleu saphir... peut-être sans une tendresse de nature à guérir les blessures mais du moins sans haine. Elle savait à présent que, même si par miracle elle sortait intacte et vivante de cette prison, elle n'atteindrait jamais ce degré rêvé de compréhension ; tout rapprochement entre sa mère et elle était impossible.

La cruauté et la traîtrise humaines dépassaient l'entendement. Il n'y avait pas de réponses. Seulement des prétextes.

Elle se sentait perdue. Elle se trouvait dans un lieu encore plus étrange que la cuisine d'Edgler Vess et dans une obscurité bien plus menaçante.

Elle ne s'était jamais sentie perdue, vraiment perdue. Effrayée, oui. Parfois désorientée et sombre. Elle avait toujours porté une carte dans sa tête, avec un chemin au tracé certes un peu vague, elle s'était persuadée que son cœur renfermait une boussole qui ne la trahirait pas. Elle s'était souvent trouvée au mauvais endroit, mais elle avait toujours été sûre qu'il existait une issue... comme dans ces labyrinthes de miroirs de fête foraine où les reflets infinis de soi, toujours plus effrayants, finissent par conduire à la sortie.

Pas de carte cette fois.

Ni de boussole.

La vie elle-même était un labyrinthe de miroirs, et elle était perdue dans ses pièces nautiles, sans personne vers qui se tourner, sans main à laquelle se raccrocher.

Admettant enfin qu'elle était pratiquement orpheline de mère depuis sa naissance et le serait toujours, et que sa seule véritable amie gisait morte dans le camping-car d'Edgler Vess, Chyna regretta de ne pas connaître le nom de son père, de n'avoir même jamais vu son visage. Shepherd était le nom de jeune fille de sa mère, qui ne s'était jamais mariée. « Tu peux t'estimer heureuse d'être illégitime, ma fille, disait Anne, parce que cela veut dire que tu es *libre*. Les petits bâtards ne sont pas encombrés de parents qui s'accrochent comme des sangsues psychiques prêts à vous sucer l'âme. » Chaque fois qu'elle l'avait interrogée au sujet de son père, Anne s'était contentée de répondre qu'il était mort, et elle avait pu le dire avec l'œil sec, voire avec une certaine légèreté. Elle refusait de fournir des détails sur son physique, d'évoquer son travail, de révéler où il avait vécu, voire de reconnaître qu'il eût même un nom. « Quand je suis tombée enceinte de toi, je ne le voyais plus. C'était du passé. Je ne lui ai rien dit pour toi. Il n'a jamais su. »

Chyna aimait bien rêvasser de son père parfois. Elle imaginait que sa mère avait menti à son sujet, comme pour tant de choses, et qu'il était vivant. Il ressemblerait beaucoup à Gregory Peck dans *Du silence et des ombres*, un homme grand avec un regard gentil, une voix douce, aimable, doté d'un humour tranquille, avec un sens aigu de la justice ; certain de ce qu'il était et de ses convictions. Un homme admiré et respecté, mais qui ne se croirait pas plus spécial qu'un autre. Qui l'aimerait.

Si elle avait connu son nom, elle l'aurait dit maintenant, à voix haute. Le son seul l'aurait réconfortée.

Elle pleurait. Depuis qu'elle était à la merci de Vess, elle avait senti les larmes monter plus d'une fois, mais elle les avait retenues. À présent, elle ne pouvait plus contenir ce flot brûlant. Elle se méprisa de pleurer... pas longtemps. Finalement, ces larmes amères étaient l'aveu bienvenu qu'il ne restait pas d'espoir pour elle. Elles la lavaient de l'espoir, et c'était tout ce qu'elle désirait à présent, parce que l'espoir ne menait jamais qu'à la déception et à la souffrance. Toute sa pauvre vie, du moins depuis son huitième anniversaire, elle avait refusé de se laisser aller à pleurer. Être dure et garder l'œil sec était le seul moyen d'obtenir le respect de ces gens qui, à la moindre faiblesse de l'autre, ont une lueur boueuse effrayante dans le regard et vous encerclent comme des chacals autour d'une gazelle à la jambe cassée. Mais retenir ses larmes ne repousserait pas le chacal qui avait promis de rentrer après minuit, et une vie entière de chagrin et de blessures jaillit d'elle. Elle fut secouée de sanglots si violents que sa poitrine commença à lui faire plus mal que sa nuque ou son doigt foulé. Elle avait la gorge à vif. Elle s'affaissa dans ses chaînes, dans la prison de son fauteuil, le visage crispé, brûlant et ruisselant, l'estomac noué et froid, le goût du sel dans la bouche, haletant, gémissant de désespoir, s'étranglant sur l'étouffante conscience de sa terrible solitude. Elle tremblait sans pouvoir se contrôler, et ses mains se serrèrent en de frêles poings, puis se rouvrirent et se refermèrent dans le vide à côté de sa tête, comme si son angoisse était un capuchon qu'elle pourrait arracher. Profondément seule, perdue et sans amour, elle s'enfonça dans un labyrinthe de miroirs mental sans même le nom de son père pour la réconforter.

Elle finit par percevoir un bruit de moteur. Les accents cuivrés d'un klaxon : deux coups brefs, suivis de deux autres.

Elle releva la tête et vit des phares à travers ses larmes. Une voiture sortait de la grange. Vess devait être au volant, bien sûr.

Il la narguait avec ce coup de klaxon allègre, mais cela ne suffit pas à ranimer sa colère.

Elle regardait le crépuscule, et peu lui importait que cela pût être le dernier qu'elle verrait jamais. Elle se souciait seulement d'avoir passé la plus grande partie de sa courte vie dans la solitude, sans personne à ses côtés pour partager les couchers de soleil, les cieux étoilés, la turbulente beauté des nuages d'orage. Elle regrettait de ne pas être allée davantage vers les autres, au lieu de se replier sur elle-même, de faire de son cœur un placard dans lequel s'abriter. Maintenant que plus rien n'avait d'importance, que cette prise de conscience ne pouvait plus rien lui apporter, elle comprenait qu'on avait encore moins d'espoir de survivre seul qu'avec les autres. Elle savait depuis toujours que la terreur, la trahison et la cruauté avaient un visage humain, mais elle n'avait pas compris que le courage, la bonté et l'amour aussi. L'espoir n'était pas de l'artisanat ; il ne s'agissait pas non plus d'un produit qu'elle pouvait fabriquer comme des échantillons de broderie, ni d'une substance qu'elle pouvait sécréter, dans sa prudente solitude, comme un érable produisant l'essence du sirop. On trouvait l'espoir dans autrui, en tendant la main, en prenant des risques, en ouvrant la forteresse de son cœur.

Cette soudaine illumination paraissait si évidente, la plus simple des sagesses, et pourtant elle n'y était arrivée qu'*in extremis*.

Et elle avait laissé filer l'occasion de la mettre en pratique. Elle mourrait comme elle avait vécu... seule. Au lieu de lui arracher des torrents de larmes, cette nouvelle prise de conscience la jeta dans un endroit encore plus lugubre qu'avant, un jardin intérieur de pierres et de cendres.

Le regard embué toujours fixé sur la fenêtre, elle perçut un mouvement dans les dernières lueurs du crépuscule. Cela paraissait trop gros pour être un doberman.

Mais si Vess était parti, qui cela pouvait-il bien être ?

Elle s'essuya les yeux sur sa manche et cligna les paupières jusqu'à ce que la forme mystérieuse se détache des larmes et des ombres ambiantes. Un élan. Une femelle, sans bois.

Certainement venu des contreforts boisés à l'ouest, l'élan traversa tranquillement la cour et s'arrêta deux fois pour arracher une touffe d'herbe luxuriante. Grâce à son séjour au ranch du comté de Mendocino, Chyna savait que ces animaux étaient très sociables et se déplaçaient toujours en troupeaux, mais celui-ci semblait seul.

Les dobermans auraient dû le cerner de leurs aboiements rageurs, excités par la perspective du sang. Les chiens devaient être capables de percevoir son odeur même des coins les plus reculés de la propriété. Mais il n'y en avait pas un seul en vue.

De même, l'élan aurait dû sentir la présence des dobermans et s'enfuir. La nature avait offert cette douce proie aux pumas, aux loups et aux troupeaux de coyotes ; dîners-sur-le-sabot de tant de prédateurs, les élans restaient toujours vigilants et prudents.

Mais ce spécimen semblait parfaitement se moquer de la présence de chiens dans le voisinage immédiat. À part ses deux pauses brèves pour brouter l'herbe grasse, il se dirigea droit vers le porche arrière.

Sans être une spécialiste de la vie animale, Chyna crut reconnaître un élan côtier, comme ceux rencontrés dans la forêt de séquoias. Sa robe, brun-gris, portait les marques blanches et noires familières.

Non, impossible. Des élans côtiers, si loin de l'océan ! En descendant du camping-car, elle avait senti la présence de montagnes autour d'elle. À présent, la pluie avait cessé et le brouillard s'était levé ; à l'ouest, où les dernières gouttes de lumière s'évaporaient, les noires silhouettes de hauts pics se pressaient contre des lambeaux de nuages et un ciel d'un pourpre électrique. Avec une chaîne montagneuse d'une taille aussi formidable les séparant du Pacifique, les élans côtiers ne pouvaient s'être enfoncés si loin à l'intérieur des terres... ils étaient surtout une race des basses terres avec un faible pour les plaines et les collines. Il devait s'agir d'une autre race d'élans... malgré sa ressemblance avec ceux de la nuit précédente.

Figée devant la balustrade du porche étroit, à une distance de moins de trois mètres, la créature imposante fixait la fenêtre. Et Chyna.

Non, l'élan ne pouvait pas la voir. Sans lumière, la cuisine était plus sombre que le crépuscule qui enveloppait l'animal. De sa place, l'intérieur de la maison devait lui paraître plongé dans le noir.

Pourtant il était indéniable que l'animal la fixait. De ses grandes prunelles sombres, luisant doucement.

Elle se rappela le soudain retour de Vess dans la cuisine ce matin. Inexplicablement tendu, faisant indéfiniment tourner le tournevis dans sa main, une étrange lueur dans le regard. Et il avait posé d'innombrables questions sur les élans dans le bois de séquoias.

Chyna ne savait pas plus pourquoi Vess se préoccupait tant des élans qu'elle n'arrivait à comprendre pourquoi celui-là se tenait là, sans chiens autour, à l'observer intensément à travers la vitre. Elle ne s'interrogea pas longtemps sur ce mystère. Elle était d'humeur à accepter, à expérimenter, à admettre qu'on ne pouvait pas toujours tout comprendre.

Quand le ciel pourpre vira à l'indigo puis à l'encre de Chine, les yeux de l'élan se firent progressivement plus lumineux. Et non rouges comme ceux de certains animaux la nuit, mais dorés.

Son souffle s'échappait en panaches pâles de ses naseaux noirs et humides.

Sans cesser de regarder l'animal droit dans les yeux, Chyna pressa ses poignets l'un contre l'autre du mieux qu'elle put malgré les menottes. Toutes ses chaînes s'entrechoquèrent, celles qui la vissaient au fauteuil et celles qui la reliaient à son passé.

Elle se souvint de sa promesse solennelle de se suicider plutôt que d'être le témoin de la totale destruction mentale de la jeune fille dans la cave. Elle avait cru être capable de trouver le courage de s'ouvrir les veines du poignet en mordant dedans jusqu'à se vider de son sang. La douleur serait vive mais relativement brève... puis elle glisserait ensommeillée de cette obscurité dans une autre, éternelle.

Elle ne pleurait plus. Elle avait les yeux secs.

Son cœur battait étonnamment lentement, comme celui d'un dormeur dans le repos sans rêve que procure un puissant sédatif.

Elle leva les mains devant son visage, tout en gardant les doigts écartés pour continuer de fixer l'élan dans les yeux.

Elle approcha sa bouche de son poignet gauche, à l'endroit qu'il lui faudrait mordre. Son souffle était chaud contre sa peau fraîche.

Le soleil était complètement couché derrière les nuages. Les montagnes et le ciel ressemblaient à une grande houle noire menaçante sur un océan nocturne.

Chyna ne distinguait plus que le regard luisant de la tête en forme de cœur de l'élan.

Elle posa les lèvres contre son poignet gauche. Son pouls lui parut dangereusement régulier sous ce baiser.

Dans l'obscurité, l'élan sentinelle et elle-même se contemplaient, et elle ne savait qui des deux hypnotisait l'autre.

Puis elle pressa les lèvres contre son poignet droit. La même peau fraîche, le même pouls lent et régulier.

Elle ouvrit la bouche et mordit un pli de chair. Il semblait y avoir suffisamment de prise entre ses incisives pour une morsure fatale. Elle réussirait sans aucun doute si elle s'acharnait deux ou trois fois.

À l'instant de mordre, elle comprit que cela ne réclamait aucun courage. Au contraire. C'était de ne pas mordre qui serait brave.

Mais que lui importait la bravoure, le courage ? Plus rien n'avait d'importance, sinon de mettre un terme à la solitude, à la douleur, à ce sentiment aigu d'inutilité.

La jeune fille. Ariel. Au fond de cette détestable obscurité silencieuse.

Elle resta figée un bon moment dans cette position.

Entre deux battements d'une régularité solennelle, son cœur était aussi calme que des eaux profondes.

Puis, sans être consciente d'avoir relâché le bout de chair coincé entre ses dents, Chyna se rendit compte que ses lèvres se pressaient de nouveau contre son poignet intact. Elle sentit son pouls lent dans ce baiser de la vie.

L'élan avait disparu.

Disparu.

Chyna fut surprise de ne plus voir qu'obscurité à la place qu'il avait occupée. Pourtant, elle était sûre de ne pas avoir fermé les yeux, ni cillé. Elle avait dû être aveuglée, comme en transe parce que l'élan majestueux s'était fondu dans la nuit aussi mystérieusement que l'assistant d'un magicien disparaît derrière un rideau noir artistiquement drapé.

Soudain son cœur se mit à battre la chamade.

— Non, murmura-t-elle dans la cuisine obscure, et le mot fut à la fois une promesse et une prière.

Telle une roue folle, son cœur l'entraînait en dehors de la grisaille intérieure dans laquelle elle s'était perdue, la sortait de cette noirceur pour la pousser vers un paysage plus lumineux.

— Non ! répéta-t-elle.

Ce n'était plus un murmure, mais une affirmation, un défi.

Elle secoua ses chaînes comme un cheval fougueux cherchant à se libérer de son trait.

— Non, non et non !

Elle protesta si fort que l'écho de sa voix lui fut renvoyé par la surface dure du réfrigérateur, la vitre de la porte du four, la céramique des comptoirs.

Elle tenta de faire reculer son siège pour se mettre debout. Mais la chaîne s'enroulant entre les barreaux de son fauteuil et le pied de la table l'en empêcha.

Si elle se rejetait en arrière le plus loin possible en plantant les talons dans le sol, elle n'irait probablement pas bien loin. Elle ne réussirait au mieux qu'à tirer la lourde table avec elle centimètre par centimètre. Et une vie entière ne suffirait pas à créer une tension suffisante pour briser la chaîne.

Mais elle ne se rendrait pas. Non, non et non ! Pas question.

Elle se pencha en avant, pour tendre la chaîne qui reliait ses deux menottes, passait derrière son dos et s'enroulait, sous le coussin, autour des barreaux verticaux du dossier de son fauteuil. Elle tira de toutes ses forces, espérant entendre un craquement sec de bois qui se casse, et une aiguille de douleur traça une couture chaude sur sa nuque ; le souvenir du poing de Vess se réveilla dans son cou et sur tout le côté droit de son visage. Non ! elle ne céderait pas. Elle tira plus fort... éraflant le mobilier, oui, monsieur..., banda tous ses muscles, tira, les fesses collées sur le siège tout en faisant à moitié décoller le fauteuil du sol, força sur les barreaux, encore et encore, jusqu'à ce que ses biceps en frémissent. *Tire !* Grognant sous l'effort, la rage, la frustration, des aiguilles de douleur lui brodant la nuque, les épaules et les bras. *Tire !* Jetant toute son énergie dans l'entreprise, tenant plus longtemps cette fois, serrant les dents si fort qu'elle en eut les muscles des mâchoires agités de tics, elle tira encore jusqu'à ce qu'elle sente les artères battre sur ses tempes et voie des roues rouges et argentées tourner derrière ses paupières. Mais rien, pas le moindre craquement. Le fauteuil était solide, les barreaux épais, et les chevilles tenaient.

Elle avait l'impression que son cœur se fracassait contre sa cage thoracique, à cause de l'effort bien sûr, mais surtout parce qu'elle débordait d'un sentiment de libération exaltant. Dingue ! Stupide ! Elle était toujours entravée, pas plus près de briser ses chaînes qu'à l'instant où elle avait repris ses esprits dans ce fauteuil. Mais elle avait le sentiment de s'être déjà échappée et de seulement attendre que la réalité veuille bien le reconnaître.

Haletante, elle réfléchit.

Le front baigné de sueur.

Oublier le fauteuil pour l'instant. Pour s'en débarrasser, il faudrait d'abord être capable de se lever et de bouger. Elle ne pourrait s'en occuper qu'une fois délivrée de la table.

Elle ne pouvait pas se pencher suffisamment pour ouvrir le mousqueton reliant la chaîne entre ses fers aux chevilles à celle, plus longue qui s'enroulait autour du fauteuil et de la table. Sinon, libérer ses jambes aurait été un jeu d'enfant.

Si elle arrivait à renverser la table, la chaîne qui s'enroulait autour du pied et venait s'accrocher aux fers de ses chevilles glisserait quand le pied basculerait, n'est-ce pas ? Dans le noir, elle ne pouvait pas vérifier, mais cela avait une chance de marcher.

Il restait le fauteuil en face d'elle, celui sur lequel Vess s'était assis. Il fallait qu'elle le repousse. Mais, enchaînée comme elle l'était, avec le socle de la table dans la trajectoire, elle ne pouvait pas tendre les jambes suffisamment loin. Avec ses entraves, il lui était aussi impossible de se pencher au-dessus de la grande table ronde pour le faire tomber.

Finalement elle tenta de se rejeter en arrière sur son fauteuil, espérant entraîner la table avec elle, loin du siège de Vess. La chaîne enroulée autour du pied se tendit. Chyna tira en arrière, les talons fermement plantés dans le sol. Le meuble lui sembla bien trop lourd... Vess l'avait-il lesté de sable pour l'empêcher de branler ? Un grincement... La table avança de quelques centimètres sur le carrelage en vinyle, faisant vibrer l'assiette du sandwich et le verre d'eau.

Ce serait plus dur qu'elle ne l'avait cru. Elle avait l'impression de participer à une de ces émissions de télévision débiles de défis physiques, d'être en train de tirer un wagon de marchandises. Chargé. La table n'en bougea pas moins, à contrecœur. Au bout de quelques minutes, après s'être interrompue deux fois pour reprendre son souffle, Chyna s'arrêta, de crainte de se piéger contre le mur séparant la cuisine de la buanderie ; il fallait se garder un peu d'espace de manœuvre. Il était difficile d'évaluer les distances dans le noir, mais elle pensait avoir déplacé la table d'environ un mètre, suffisamment pour que le fauteuil de cette ordure cesse d'être un obstacle.

Essayant d'épargner son doigt foulé, elle plaça ses

mains menottées à plat sous la table et souleva. Dieu que c'était lourd ! Avec ce plateau en pin de cinq centimètres d'épaisseur, les épaisses douves du fût qui servait de pied, les cerceaux de fer autour des douves, peut-être ce sable à l'intérieur... Et collée au fauteuil comme elle l'était, elle n'avait aucune puissance de levier. Le fût se souleva d'environ deux centimètres, puis du double. Le verre d'eau se renversa, roula par terre et se brisa. Oui ! Mais c'était trop lourd. Elle craqua, et le pied retomba brutalement.

Elle fit jouer ses muscles, respira profondément et se remit immédiatement à la tâche. Cette fois, elle écarta les pieds autant que le permettaient les entraves. Elle aplatit ses paumes sous le plateau de pin, pouces repliés autour du rebord lisse. Elle tendit jambes et bras. Lorsque la table se souleva, elle poussa également sur ses jambes, se relevant centimètre par centimètre, un centimètre durement gagné pour chaque centimètre du recul de la table. Ses entraves l'empêchaient de se redresser complètement, ni même à moitié... elle se relevait peu à peu dans un accroupissement raide et gênant, entravée par le poids de la table. Elle souleva, tendant les muscles des cuisses, haletant, tremblant sous l'effort. Soulever ! Encore ! Chaque précieux centimètre gagné améliorait sa prise. Soulever ! Soulever !

L'assiette du sandwich et le sac de chips glissèrent par terre. La porcelaine se brisa, et les chips s'éparpillèrent sur le sol avec un bruit désagréable de rongeurs décampant à toute allure.

Dieu, qu'elle avait mal à la nuque ! En plus, on aurait dit qu'on lui enfonçait un tire-bouchon dans la clavicule droite. Mais la douleur ne l'arrêtait pas ! Elle la motivait, au contraire. Plus la douleur était vive, plus elle s'identifiait à Laura et à l'ensemble de la famille Templeton, au jeune homme crucifié dans le placard du camping-car, aux employés de la station-service, et à toutes les victimes peut-être enterrées dans la prairie ;

et plus elle s'identifiait à eux, plus elle voulait que Edgler Vess connaisse un monde de souffrance. Plus question de tendre l'autre joue. Non ! œil pour œil à présent. Elle voulait voir ce salaud de Vess hurler dans le supplice du chevalet, étiré par les poids jusqu'à ce que ses articulations cèdent et que ses tendons se déchirent. Pas question qu'il échoue dans un asile d'État pour les déments criminels, où on l'analyserait, le conseillerait et le guiderait sur la meilleure manière d'acquérir plus de respect de soi, où il serait soigné avec une panoplie de drogues antipsychotiques, jouirait d'une chambre privée et d'un poste de télévision, s'inscrirait à des tournois de cartes avec ses copains dingues, dégusterait une dinde à Noël. Ah non ! Au lieu d'être confié à la clémence de psychiatres et d'assistants sociaux, il tomberait entre les mains expertes d'un tortionnaire imaginatif : là, on verrait combien de temps ce salaud de malade de merde resterait fidèle à sa philosophie de la neutralité des expériences, de l'égalité des sensations. Cette pensée n'avait peut-être rien de noble, mais c'était un carburant pur, à haut degré d'octane, qui brûlait avec une lumière intense et alimentait son moteur.

Elle devait avoir réussi à soulever le socle d'environ sept centimètres... difficile à dire, mais il lui restait encore des tonnes de chevaux-vapeur. Courbée en Z inversé, aussi voûtée qu'un troll maudit par Dieu, elle soulevait la table, genoux douloureux, cuisses frémissant sous l'effort, les fesses plus serrées qu'un poing de politicien autour d'un pot-de-vin en liquide. Elle s'encourageait à haute voix en s'adressant à la table comme si celle-ci était douée d'une conscience : « Allez, allez, bouge, bordel, bouge, salope, plus haut, nom de Dieu ! allez, plus haut. »

Elle devait être aussi ridicule que le cow-boy de western qui, pigeant soudain que le joueur en face de lui est un tricheur professionnel, lui renverse la table de poker sur les genoux, sauf qu'elle jouait au ralenti, comme dans un film sous-marin.

Au début, le fauteuil ne bougeait pas quand ses fesses s'en soulevaient, mais, plus elle montait les bras, plus la chaîne entre ses menottes et les barreaux du dossier se tendait : les pieds arrière du fauteuil finirent par décoller du sol. Maintenant elle soulevait la table par-devant et le fauteuil par-derrière. Le bord dur du siège s'enfonçait dans ses cuisses, et le haut incurvé du dossier à barreaux pressait cruellement contre ses omoplates, à mesure que le fauteuil jouait les serre-joints en V, l'empêchant de se redresser davantage.

Mais elle continua tout de même à se coller contre la table en la soulevant, se séparant suffisamment du siège pour se redresser peu à peu d'un centimètre à la fois. À bout de forces, elle se mit à grogner : Oh ! hisse ! Oh ! hisse ! La sueur lui dégoulinait sur le visage, lui piquait les yeux... De toute façon, on ne voyait rien dans cette cuisine obscure. La brûlure dans les yeux ? Minable comme douleur. En revanche, elle avait l'impression d'être au bord de se péter un vaisseau... ou de propulser un caillot de sang droit dans son cerveau.

La peur revenait, pour la première fois depuis des heures, parce que, tout en luttant contre cette table, elle ne pouvait s'empêcher de penser à ce que Edgler Vess lui ferait s'il la retrouvait à son retour dans les vaps, tenant des propos incohérents à cause d'une attaque cérébrale. Avec une cervelle en bouillie, elle n'aurait plus rien d'un jouet compliqué ; elle ne réagirait plus suffisamment pour lui procurer les frissons voulus lorsqu'il la torturerait. Peut-être recourrait-il alors aux mêmes jeux qu'avec les tortues de son enfance. Peut-être la tirerait-il dans la cour pour lui foutre le feu rien que pour le plaisir de la voir ramper maladroitement sur des membres paralysés.

La table se renversa avec une telle violence qu'elle

fit trembler la vaisselle dans les placards et vibrer une vitre.

Chyna avait eu beau se dépenser furieusement pour ce résultat, elle fut si surprise par son succès soudain qu'elle ne cria pas de triomphe. S'appuyant contre la table renversée, elle s'appliqua à récupérer son souffle.

Trente secondes plus tard, en tentant de se dégager, elle s'aperçut que la chaîne refusait de se libérer.

Tombant à quatre pattes par terre, le fauteuil sur le dos, elle tendit ses mains menottées vers la table renversée, comme si elle recherchait l'ombre d'un parasol géant au bord de la mer. Elle tâtonna le fût.

La table n'avait pas basculé complètement. La base du socle, entourée d'un cerceau, était à nu, mais la chaîne restait coincée derrière.

Le fauteuil sur le dos, Chyna tenta de se redresser, mais ne réussit qu'à s'accroupir. Elle tendit les deux mains, replia ses doigts autour du cerceau, prit le temps de réunir ses forces et tira vers le haut.

Ses mains moites de sueur glissèrent sur le cerceau peint. Elle heurta violemment l'extrémité rugueuse du socle du bout des doigts et hurla sous la douleur qui lui transperça l'index.

Elle avait pourtant tout fait pour l'épargner. Elle serra sa main blessée contre sa poitrine, attendant que son doigt se décidât à cesser de palpiter.

Elle s'essuya les mains sur son jean, recourba de nouveau les doigts autour du cerceau, hésita, tira, et le pied du fût se souleva du sol... d'un demi-centimètre, puis d'un centimètre. Du pied gauche, elle appuya sur la chaîne jusqu'à ce qu'elle pense l'avoir libérée, puis lâcha la base du socle à terre.

Elle retomba dans le fauteuil, et cette fois rien ne l'entrava. La chaîne racla le sol : elle ne l'ancrait plus à la table.

Le fauteuil alla heurter le mur séparant la cuisine de la buanderie. Elle progressa latéralement vers la fenêtre, pour se dégager de la table.

Elle était loin d'être libre et encore moins sauvée, mais elle exultait : elle avait au moins franchi une étape. Telle une marée montante incessante, une migraine venait mouiller son front et sa tempe droite. Son index gonflé était un monde de souffrances en soi. Malgré l'épaisseur de ses chaussettes, elle avait l'impression que ses chevilles étaient meurtries et usées par les entraves, elle s'était arraché la peau sur le poignet gauche en tentant de briser les barreaux du dossier du fauteuil. Ses articulations étaient douloureuses ; ses muscles brûlaient des efforts qu'elle avait exigés d'eux ; elle avait un point au côté gauche qui tirait comme une aiguille enfilée avec du fil brûlant... mais elle exultait !

Une fois à côté de la fenêtre, elle laissa les pieds du fauteuil retomber par terre. Elle s'assit.

Ses battements de cœur se calmaient ; elle s'adossa au coussin, haletant toujours. Et éclata de rire. Un rire musical incroyablement enfantin lui échappa, un gloussement étonnant, à la fois de plaisir et de soulagement nerveux.

Elle frotta ses yeux piqués par la sueur sur une manche de son pull en coton, puis sur l'autre. Avec ses mains menottées, elle lissa maladroitement ses cheveux courts en arrière, les dégageant de son front où ils pendaient en langues humides.

Un nouveau trille de rire plus doux montait en elle, lorsqu'elle détecta un mouvement du coin de l'œil droit. Elle tourna la tête vers la fenêtre, heureuse à l'idée de revoir l'élan.

Un doberman la fixait.

Les étoiles étaient rares, la lune ne brillait pas entre les nuages déchiquetés, et le chien était d'un noir huileux. Mais elle le voyait très distinctement avec sa truffe humide pressée contre la vitre, à quelques centimètres d'elle. Un regard d'encre, froid et impitoyable, immobile, glacial, comme celui d'un requin.

Un faible gémissement s'échappait de l'animal,

audible à travers la vitre, ni un gémissement de peur ni une demande d'attention, mais une sorte de mélopée funèbre irrépressible qui exprimait parfaitement la passion de tuer brûlant dans ses yeux.

Chyna ne riait plus.

Le chien disparut de la fenêtre.

Elle entendit ses pattes résonner sur les planches du porche où il se mit à aller et venir en gémissant.

Puis le chien réapparut, plantant ses larges pattes sur le rebord de la fenêtre, yeux dans les yeux avec elle. Agité, il dénudait les crocs d'une manière menaçante, mais il n'aboyait ni ne grondait.

Peut-être le bruit du verre d'eau se brisant sur le sol ou le fracas de la table renversée avait-il porté jusque dans la cour. Peut-être ce doberman se trouvait-il suffisamment près pour l'entendre. Peut-être était-il à cette fenêtre depuis un moment, écoutant Chyna maudire ses entraves et s'encourager en luttant pour se libérer de la table... En tout cas, il l'avait entendue rire. Avec sa mauvaise vue de chien, il ne devait distinguer que son visage, pas le chaos derrière. Mais avec son odorat phénoménal, il détectait peut-être l'odeur de son exubérance soudaine à travers l'obstacle vitré... et cela l'alarmait.

Rectangle d'environ un mètre cinquante à un mètre quatre-vingts de large sur un mètre vingt de haut, la fenêtre était divisée en deux panneaux coulissants. Elle semblait avoir été installée lors d'une rénovation récente. Chyna aurait été davantage rassurée par une fenêtre à petits carreaux. Ces deux panneaux étaient suffisamment larges pour laisser passer le doberman agité s'il décidait de bondir à travers.

Non, impossible. Les chiens avaient été dressés pour patrouiller sur la propriété, non pour attaquer la maison.

D'un blanc tirant sur le gris, les crocs de l'animal luisaient dans l'obscurité : un grand sourire sans joie.

Plutôt que de faire un mouvement brusque, Chyna

attendit que le chien disparaisse de nouveau de la fenêtre avant de se pencher pour récupérer la longueur de chaîne qui traînait par terre. Il ne fallait pas qu'elle se prenne les pieds dedans. Dans le bruit des allées et venues des pattes sur les planches, elle se redressa, lutin voûté sous son fauteuil. Elle fit lentement le tour de la cuisine, en frôlant les murs et les placards, tâtonnant de son mieux malgré ses menottes et la chaîne qu'elle retenait. Elle avançait en traînant les pieds pour repousser les morceaux d'assiette et de verre cassés.

Près de la porte de la salle de séjour, elle trouva l'interrupteur. Elle rechignait à appuyer dessus. En apercevant le doberman revenu à la fenêtre, elle regretta d'être obligée d'allumer.

Mais il fallait qu'elle fouille les tiroirs. À la fenêtre, le doberman frémit, aplatit les oreilles contre son crâne, les redressa aussitôt, la repéra et la fixa.

Ignorant sa présence, Chyna se pencha le plus bas possible, hissant le fauteuil sur son dos. Elle s'efforça d'atteindre le mousqueton qui reliait la chaîne de ses fers à celle, plus longue, qu'elle venait de dégager, mais qui s'enroulait toujours autour des barreaux horizontaux du dossier du fauteuil. Elle n'y parvint pas.

Elle revint sur ses pas le long des placards. Elle ouvrit les tiroirs pour en explorer le contenu.

En passant devant la prise téléphonique, elle s'arrêta pour la regarder, frustrée. Si Edgler Vess avait effectivement une vie d'homme ordinaire en dehors de celle d'aventurier meurtrier, un job et une vie sociale comme couverture pour sa vraie nature, il devait avoir un téléphone quelque part ; la prise n'était pas un vestige de l'époque des anciens propriétaires. Il avait dû cacher l'appareil.

Pour un tueur psychotique, complètement délirant par certains côtés, Vess était étonnamment prudent et méthodique lorsqu'il s'agissait de couvrir ses arrières. Agent du chaos, ne laissant que du chaume dans la vie des autres, il maintenait l'ordre dans ses propres affaires et évitait les erreurs.

Elle ouvrit des placards, mais n'y trouva que des pots, des poêles, des casseroles, des assiettes et des verres. Elle ne tarda pas à renoncer au téléphone. Vess, s'il avait pris la peine de débrancher et de dissimuler l'appareil, l'avait caché hors de la cuisine, dans un endroit où elle ne risquait guère de le trouver même si elle consacrait des heures à la fouille.

Elle ouvrit les tiroirs. Dans le quatrième, elle découvrit un plateau en plastique compartimenté contenant une collection de petits ustensiles et gadgets de cuisine.

Elle gara le fauteuil à côté du tiroir ouvert et s'assit.

Dehors, le doberman avait repris ses allées et venues, d'un pas plus rapide, courant presque à présent d'un bout à l'autre du porche, tout en gémissant plus fort. Pourquoi était-il encore aussi agité ? Elle ne cassait et ne démolissait plus rien ! Elle fouillait silencieusement les tiroirs, en réduisant le cliquetis de ses chaînes, en prenant garde de ne rien faire qui pût l'alarmer. On aurait dit qu'il comprenait qu'elle était en train de s'échapper... Non, ce n'était qu'un animal. Et pourtant il n'arrêtait pas d'arpenter le porche, de revenir se poster à la fenêtre pour la fixer de ses féroces yeux noirs, l'air de lui dire : *Éloigne-toi du tiroir, salope.*

Elle sortit un tire-bouchon à manche en bois, en examina la vis et le rejeta. Un ouvre-bouteilles. Non. Un économe. Une râpe à citron. Non plus. Elle trouva une pince à tout faire d'une vingtaine de centimètres de long que Vess utilisait probablement pour extraire des olives ou des cornichons de bocaux pleins. Les lames de la pince se révélèrent trop larges pour entrer dans les minuscules serrures de ses menottes... elle la rejeta aussi.

Elle trouva alors l'objet idéal : une broche en acier de dix centimètres de long qui devait servir pour les volailles. Il y en avait une douzaine, serrées par un élastique. Elle en tira une : rigide, d'environ quinze millimètres de diamètre avec une pointe à une extrémité et une boucle d'un centimètre de diamètre à l'autre. Il en existait de plus petites pour rôtir les poulets, mais celle-ci était destinée aux dindes.

Elle sentit aussitôt le parfum d'une succulente dinde rôtie. Elle en saliva ; son estomac grogna et elle regretta de ne pas avoir mangé le sandwich au jambon et au fromage que Vess lui avait préparé.

Tenant la broche entre le pouce et le majeur, pour épargner son index gonflé, elle en glissa la pointe dans le trou minuscule de sa menotte gauche. Elle poussa et produisit une série de petits cliquetis et de raclements en tentant de crocheter la serrure.

Cela lui rappela un film dans lequel le plus grand tueur psychotique et génie criminel de son époque fabriquait une clé de menotte avec la cartouche à encre en métal d'un stylo bille et une vulgaire pince à dessin. Il se libérait de ses menottes en quinze secondes, maîtrisait ses deux gardiens, les tuait, et découpait, au canif, le visage de l'un d'eux pour s'en faire un masque. Au cinéma, on n'arrêtait pas de voir des prisonniers, pas plus expérimentés qu'elle en la matière, se débarrasser de leurs entraves.

Dix minutes plus tard, la menotte gauche résistait toujours.

— Le cinéma raconte vraiment des conneries !

Elle était tellement frustrée que la broche en tremblait dans sa main.

Sous le porche, le chien allait et venait moins vite qu'avant, mais il restait agité. Il gratta deux fois à la porte de derrière, la seconde avec une ferveur considérable, comme s'il pensait pouvoir se trouer un passage dans le bois.

Chyna fit passer la broche dans sa main gauche et s'attaqua à la menotte droite. Elle se concentrait tellement sur la minuscule serrure qu'elle transpirait autant que lorsqu'elle s'efforçait de renverser la table.

Finalement elle jeta par terre la broche à dinde, qui rebondit sur le carrelage contre un morceau d'assiette cassée et un bout de verre.

Peut-être se serait-elle libérée en un clin d'œil si elle avait été le plus grand tueur psychotique et génie criminel du siècle. Mais elle n'était qu'une serveuse étudiante en psychologie.

Aussi malencontreusement saine d'esprit et honnête citoyenne fût-elle, elle pourrait peut-être ouvrir les menottes et les fers autour de ses chevilles avec un outil plus approprié qu'une broche à dinde, mais il lui faudrait probablement plusieurs heures pour y arriver. Elle ne pouvait pas se permettre de consacrer autant de temps à sa seule libération, parce que, après, il lui restait encore de nombreuses tâches urgentes à faire avant le retour de Vess.

Elle referma le tiroir d'un coup sec. Retenant le fauteuil, se saisissant de la chaîne, elle se redressa.

Avec un bruit de chaînes digne d'un fantôme, elle s'approcha de la porte de la salle de séjour.

Derrière elle, à la fenêtre, le gros doberman se mit à gratter frénétiquement la vitre de ses deux pattes avant. Ses griffes grinçaient comme des ongles sur un tableau noir.

Elle avait eu l'intention de tâtonner dans la salle de séjour en laissant la porte ouverte et la lumière allumée dans la cuisine, mais le chien lui ficha la frousse. Il se déchaînait de nouveau. Espérant l'apaiser avant qu'il ne décide de sauter à travers la fenêtre, elle éteignit le néon du plafond.

Il grattait toujours.

Elle sortit de la cuisine et referma la porte derrière elle pour ne plus entendre ces grincements et bloquer le chemin de ce fichu chien s'il était suffisamment dingue pour faire exploser la vitre.

Elle tâtonna le long du mur. Manifestement, les seuls interrupteurs se trouvaient de l'autre côté, près de l'entrée.

La salle de séjour paraissait plus noire que la cuisine. Les rideaux de l'une des grandes fenêtres donnant sur le porche de devant étaient tirés. L'autre fenêtre était un vague rectangle gris qui n'admettait pas plus de lumière que celle de la cuisine.

Chyna se figea, prenant le temps de s'orienter, de se rappeler l'emplacement des meubles. Elle n'avait vu cette pièce qu'une fois, et dans la pénombre. Ce matin, en arrivant de la façade de la maison, la porte de la cuisine était un peu à gauche sur le mur du fond. Le joli canapé écossais aux pieds ronds, à sa droite, ce qui le mettait maintenant à sa gauche puisqu'elle faisait face au porche de devant. Le canapé était flanqué de tables basses rustiques en chêne... avec une lampe sur chacune.

S'efforçant de garder cette image à l'esprit, elle progressa à petits pas prudents dans le noir, craignant de trébucher contre un fauteuil, un pouf ou un porte-magazines. Entravée, avec son fauteuil sur le dos, elle ne pourrait négocier sa chute et risquait de se casser une cheville ou une jambe.

Là-dessus, Vess rentrerait chez lui, consterné par le chaos et déçu de la voir abîmée avant qu'il n'ait eu le temps de jouer avec. Alors elle aurait droit aux jeux de la tortue, ou bien il innoverait avec sa jambe cassée pour lui apprendre à jouir de la douleur.

Elle se cogna d'abord dans le canapé... mais ne tomba pas. Suivant des doigts le dossier du canapé, elle se traîna vers la gauche jusqu'à une table basse. Sa main se referma enfin sur le bouton de la lampe... une autre main, énorme, jaillissant de l'obscurité allait couvrir la sienne... Vess s'était faufilé dans la maison : il la guettait assis sur le canapé à quelques centimètres d'elle. Souriant, il l'attendait, posé comme une grosse araignée patiente sur sa toile écossaise, se réjouissant à l'idée de réduire en miettes ses espoirs de liberté. La lampe s'allumerait, Vess lui adresserait un clin d'œil et lui dirait : *Intense*.

L'interrupteur était un glaçon entre son pouce et son majeur. Collé à sa peau.

Le cœur battant comme les ailes d'un oiseau en cage, si fort qu'il empêchait ses poumons de se dilater, Chyna se décida à allumer. Une lumière douce baigna la pièce. Edgler Vess n'était pas assis sur le canapé. Ni dans un fauteuil. Nulle part. Elle souffla, fut parcourue d'un frisson qui fit cliqueter ses chaînes, s'appuya au canapé et sentit peu à peu son cœur affolé se calmer.

Après ces heures grises de déprime pendant lesquelles elle avait été comme morte sur le plan émotionnel, elle se sentait stimulée par cette lutte terrifiante. Si jamais elle était prise d'une crise d'arythmie cardiaque fatale, le simple fait de songer à Vess serait plus efficace pour faire repartir son muscle défaillant que les électrodes d'un défibrillateur. La peur prouvait qu'elle était revenue à la vie et avait retrouvé l'espoir.

Elle se traîna jusqu'à la cheminée en moellons gris qui couvrait tout le mur nord de la pièce. Le vaste foyer n'était pas surélevé, ce qui lui faciliterait la tâche.

Elle avait songé à descendre à la cave, où se trouvait un établi, pour examiner les scies qui ne manqueraient pas de figurer parmi les outils de Vess. Mais elle avait rapidement éliminé cette solution.

Descendre l'escalier raide de la cave avec ses fers et son fauteuil sur le dos serait peut-être un peu moins casse-cou que de sauter à moto au-dessus d'un canyon, mais indéniablement risqué. Elle n'était que modérément sûre d'atteindre le bas des marches sans faire le plongeon et se fendre le crâne comme une coquille d'œuf sur le sol en béton, voire se casser une jambe en trente-six endroits... très modérément. Elle n'était pas au meilleur de sa forme : elle n'avait pas avalé grand-chose depuis vingt-quatre heures et elle venait de subir une épreuve physique épuisante. En outre, sous l'effet de la douleur, elle tremblait convulsivement. Elle avait à peu près autant de chances de réussir cette expédition qu'un funambule se lançant sur le fil après avoir englouti quatre doubles Martini.

En outre, même si elle trouvait une scie aux dents solides et d'une taille maniable, elle ne pourrait pas lui imprimer la force nécessaire. Pour libérer la chaîne s'enroulant autour du fauteuil, il faudrait scier les trois barreaux horizontaux entre les pieds, qui faisaient chacun deux à trois centimètres de diamètre. En d'autres termes, s'asseoir, se pencher et scier à l'envers sous le fauteuil. Même si la chaîne du haut avait assez de jeu pour lui permettre de se baisser suffisamment, ce dont elle doutait, elle ne réussirait qu'à écorcher le bois. Avec un peu de chance, elle ferait tomber le troisième barreau vers la fin du printemps. Ensuite, il faudrait qu'elle s'occupe des quatre solides barreaux du dossier pour libérer la chaîne du haut, tâche que même un homme caoutchouc aussi entravé qu'elle ne réussirait pas.

Scier les chaînes relevait de l'impossible. Elles étaient plus accessibles que les barreaux, mais Vess ne devait pas posséder les scies *ad hoc*, et elle n'avait pas la force nécessaire.

Il fallait se résigner à des méthodes plus primitives. Mais elle s'inquiétait des blessures qu'elle risquait de s'infliger dans le processus.

Sur le manteau de la cheminée, les cerfs de bronze, figés pour l'éternité dans leur bond, mêlaient leurs bois autour de la face blanche et ronde de la pendule.

Sept heures huit.

Il lui restait presque cinq heures avant le retour de Vess.

Ou peut-être pas.

Il avait dit qu'il reviendrait le plus tôt possible après minuit, mais elle n'avait aucune raison de penser qu'il disait la vérité. Il pouvait rentrer à dix heures. Ou à huit. Voire dans dix minutes.

Elle rejoignit à petits pas le dallage de la cheminée, passa devant le foyer et les chenets en laiton. Tout le mur autour était constitué de moellons lisses. Exactement la surface dure dont elle avait besoin.

Elle se plaça perpendiculairement au mur, tourna le haut du buste le plus possible vers la gauche sans bouger les pieds, comme un athlète olympique s'apprêtant à lancer le disque, puis se rejeta de toutes ses forces vers la droite. Cette manœuvre catapulta le fauteuil... toujours sur son dos... dans la direction opposée de son corps, contre les moellons. Il s'écrasa dans le mur, rebondit dans un cliquetis de chaînes et s'aplatit contre elle en lui meurtrissant l'épaule, les côtes et la hanche. Elle recommença la manœuvre, en y mettant encore plus d'énergie, mais, à la seconde tentative, elle comprit qu'au mieux elle réussirait à faire sauter le vernis et quelques lamelles de pin. Des centaines de faibles coups de ce genre finiraient peut-être par avoir raison du fauteuil, par le transformer en petit bois ; mais avant d'y arriver, en subissant chaque fois le mouvement de recul, elle serait réduite à une masse d'hématomes sanguinolente.

En balançant le fauteuil comme un chien remue la queue, elle n'arriverait pas à rassembler la force nécessaire. C'était justement ce qu'elle avait craint. Il ne restait qu'une autre méthode pour parvenir à ce résultat... mais elle lui déplaisait souverainement.

Elle jeta un coup d'œil à la pendule sur la cheminée. Deux minutes seulement s'étaient écoulées depuis la dernière fois qu'elle l'avait regardée.

Deux minutes n'étaient rien si elle avait effectivement jusqu'à minuit, mais étaient un gaspillage de temps désastreux si Vess était sur le chemin du retour. Peut-être était-il en ce moment même en train de quitter la route, de franchir le portail, de remonter sa longue allée privée, ce sale menteur, après lui avoir fait croire qu'il ne rentrerait qu'après minuit, tout cela pour revenir en douce et...

Elle était en train de se mitonner un bon gros pain nourrissant de panique, bien gonflé, et, si elle s'autorisait à en manger une seule tranche, elle s'en gaverait. Non, la panique était une perte de temps et d'énergie.

Il fallait qu'elle reste calme.

Pour se libérer du fauteuil, il fallait qu'elle se serve de son corps comme d'un bélier, en acceptant une douleur à la limite du supportable. Elle souffrait déjà affreusement, mais ce qui l'attendait serait pire... dévastateur... et cette perspective la terrifiait.

Il devait y avoir un autre moyen.

Elle resta figée à écouter les battements de son cœur et le tic-tac creux de la pendule.

Si elle commençait par monter au premier étage, elle trouverait peut-être un téléphone, ce qui lui permettrait d'appeler la police. Ils sauraient maîtriser les dobermans. Ils auraient les clés pour ouvrir ses fers et ses menottes. Ils libéreraient aussi Ariel. Un seul coup de téléphone, et elle serait délivrée de tous ses soucis.

Mais au fond de son cœur elle savait... sa bonne vieille copine l'intuition... qu'elle ne trouverait pas d'appareil téléphonique en haut non plus. Edgler Vess n'avait aucune faille. Il branchait le téléphone quand il était chez lui, mais le planquait lorsqu'il s'absentait. Peut-être l'embarquait-il avec lui chaque fois qu'il sortait.

Entravée, déséquilibrée par le fauteuil et donc dangereusement maladroite, elle risquait une chute grave en montant l'escalier. Elle s'exposerait à un risque encore plus grand si elle devait redescendre sans avoir trouvé de téléphone. Et elle gaspillerait un temps précieux.

Tournant le dos au mur de pierre, elle se traîna à un mètre cinquante de lui, ferma les yeux et rassembla son courage.

Et si un des barreaux du dossier se brisait ? Et si l'extrémité déchiquetée traversait le coussin, ou bien passait à côté, et l'embrochait, par-derrière, jusqu'aux entrailles ?

Elle allait plus vraisemblablement s'abîmer la

colonne vertébrale. Si elle dirigeait toute la force de l'impact sur la partie inférieure du fauteuil, le siège lui rentrerait dans les jambes ; la partie supérieure s'écarterait d'elle, puis, avec le recul, s'écraserait contre le haut de son dos ou contre sa nuque. Les barreaux étaient fixés entre le siège et l'appuie-tête en pin, et ce dernier était si solide qu'il causerait de sérieux dégâts s'il se rabattait violemment contre ses vertèbres cervicales. Elle pouvait se retrouver à plat ventre sur le sol de la salle de séjour, entièrement paralysée sous son fauteuil et ses chaînes.

Non, elle réfléchissait trop, comme toujours : cette manie qu'elle avait d'envisager toutes les manières dont une situation, ou bien une relation, pouvait mal tourner... Encore une des retombées d'une enfance passée à se cacher du mauvais côté des sommiers, en attendant que cessent les disputes ou les orgies.

L'année de ses sept ans, sa mère et elle avaient habité un moment avec un dénommé Zack et une certaine Memphis dans une vieille ferme délabrée non loin de La Nouvelle-Orléans. Une nuit, deux hommes avaient débarqué, munis d'une glacière en polystyrène... Memphis les avait descendus dans les cinq minutes suivant leur arrivée. Les visiteurs étaient dans la cuisine, assis à la table. L'un bavardait avec Chyna, l'autre débouchait une bouteille de bière... quand Memphis avait sorti un fusil du réfrigérateur et tué les deux hommes d'une balle dans la tête, l'un après l'autre, si vite que le second n'avait même pas eu le temps de plonger pour se couvrir. Aussi rapide qu'un lézard, Chyna avait fui, persuadée que, prise de folie, Memphis allait tous les exterminer. Elle s'était cachée dans un tas de foin dans le grenier de la grange. Pendant l'heure qu'il avait fallu aux adultes pour la retrouver, elle avait si souvent vu son propre visage exploser sous l'impact de la balle que toutes les images qui lui défilaient dans l'esprit... même celles, fugitives, du Bois dans lesquelles elle ne parvenait pas à s'échapper... étaient rouges, d'un rouge humide.

Mais elle avait survécu à cette nuit-là.

Elle survivait depuis longtemps. Une éternité.

Et elle survivrait aussi à cela... ou mourrait en essayant.

Sans rouvrir les yeux, elle se jeta à reculons contre le mur aussi vite que le permettaient ses fers, tout en se disant, malgré sa peur, qu'elle devait faire un spectacle assez comique, à courir ainsi à petits pas de bébé. Puis elle s'écrasa contre la pierre, et ne trouva plus ça drôle du tout.

Elle s'était un peu courbée en avant pour lever les pieds du fauteuil derrière elle et s'assurer qu'ils prendraient le choc. Avec tout son poids à elle en plus, cela produisit un craquement satisfaisant à l'impact... mais le siège vint s'enfoncer douloureusement dans l'arrière de ses cuisses. Elle tituba, l'appuie-tête lui fouetta le cou, comme prévu, et la déséquilibra. Elle tomba à genoux sur les dalles et s'aplatit par terre avec le fauteuil toujours sur le dos, tellement percluse de douleurs diverses que ce n'était pas la peine d'essayer d'en dresser l'inventaire.

Elle ne pourrait se relever qu'en s'agrippant à quelque chose. Elle rampa jusqu'au fauteuil le plus proche pour se redresser, grognant sous l'effort et la douleur.

Bon, elle n'appréciait pas la douleur autant que Vess, mais elle n'allait pas non plus en faire un fromage. Elle pouvait encore ramper et se redresser, c'était déjà ça. Sa colonne vertébrale était intacte. Pour l'instant. Mieux valait souffrir que de ne plus rien sentir du tout.

Les pieds et les trois barreaux inférieurs paraissaient intacts. Mais, à en juger par le bruit, elle les avait affaiblis.

En se postant cette fois à deux mètres cinquante du mur, elle se lança à reculons le plus vite possible, essayant de placer les pieds du fauteuil dans la même position que la première fois. Elle fut récompensée par un vrai craquement distinct... le bruit du bois qui se fend, bien qu'elle eût l'impression que ses os se brisaient.

Un barrage de douleur se rompit en elle. Des courants froids l'entraînèrent vers le fond, mais elle résista avec la détermination désespérée d'un nageur luttant contre une chape d'eau obscure.

Cette fois, elle n'était pas tombée. Elle se remit en position. Sans reprendre son souffle, toujours voûtée pour s'assurer que les pieds du fauteuil prendraient le plus gros de l'impact, elle chargea de nouveau à reculons dans le mur.

Elle se réveilla face contre terre devant le foyer de la cheminée. Elle avait dû rester inconsciente une minute ou deux.

Le tapis était aussi froid et ondulant que de l'eau. Chyna ne flottait pas, mais luisait faiblement sur la surface ridée de l'eau, comme métamorphosée en bandes de soleil cuivré ou en nuages aux reflets sombres.

C'était l'arrière de son crâne qui lui faisait le plus mal.

Elle se sentait tellement mieux lorsqu'elle ne pensait ni à ses douleurs ni à ses problèmes, lorsqu'elle se contentait de n'être rien d'autre qu'une ombre de nuage miroitant sur la surface d'une rivière agitée, s'éloignant en glissant, glissant, liquide et fraîche, de plus en plus loin.

Ariel. Dans la cave. Sous la surveillance des poupées.

Je suis la gardienne de ma sœur.

Elle réussit tant bien que mal à se remettre à quatre pattes.

Elle entendit alors des grattements venant du porche de la façade.

Elle se redressa en s'agrippant à un fauteuil et regarda la fenêtre. Deux dobermans la fixaient, les pattes avant sur le rebord, les yeux d'un jaune rayonnant du reflet de la douce lumière ambrée de la lampe sur la table basse.

À la base du mur de pierre gisait un des pieds arrière du fauteuil. Ce bout de pin tourné n'était plus qu'échardes à l'extrémité la plus épaisse, là où il était fixé au siège, avec deux centimètres de barreau déchiqueté au milieu, à un angle de quarante-cinq degrés.

La chaîne du bas était plus qu'à moitié dégagée.

Sous le porche, un chien allait et venait. L'autre l'observait toujours.

Elle fit remonter la chaîne du haut vers la gauche, à travers les barreaux du dossier, en passant sa main droite derrière sa tête, pour fournir le plus de jeu possible à son autre main. Puis elle la tendit, sous l'accoudoir, sous le siège, cherchant les pieds à tâtons. L'arrière gauche avait disparu... c'était celui qui gisait contre le mur. Le barreau de côté partait toujours du pied avant gauche, mais il n'était plus relié à rien, et la chaîne enroulée autour avait glissé.

Elle procéda de la même façon pour vérifier cette fois l'état des pieds droits. L'arrière droit avait un peu de jeu. Elle le tira, le poussa, le tordit, tentant de le briser. Mais elle n'avait pas la puissance de levier nécessaire, et le pied était encore trop fermement attaché pour céder.

Il n'y avait jamais eu de barreau entre les deux pieds avant. Maintenant la chaîne du bas n'était plus retenue que par le barreau entre les pieds du côté droit.

Elle chargea de nouveau à reculons dans le mur. Une douleur cuisante lui explosa dans le corps, et elle crut défaillir. Le pied arrière droit était toujours intact. Ah, non ! Refusant de succomber à la douleur, à l'épuisement, à tout cela, elle recommença. Le bois se brisa avec un craquement sec, des bouts de pin crépitèrent contre les moellons et, dans un cliquetis retentissant, la chaîne se libéra.

Courbée en avant, étourdie, emplie d'une obscurité

tourbillonnante, tremblant violemment, Chyna s'appuya des deux mains au dossier du gros fauteuil en cuir. Elle était à moitié malade de douleur et de peur à l'idée des dégâts qu'elle venait peut-être de s'infliger, se demandant si elle ne s'était pas brisé des vertèbres ou n'allait pas succomber à une hémorragie interne.

Un des chiens gratta à la vitre.

Elle n'était pas encore libre. Elle restait enchaînée à la partie supérieure de la chaise.

Les quatre barreaux entre l'appuie-tête et le siège étaient plus fins que ceux qui reliaient les pieds, ils se briseraient certainement plus facilement. Elle n'avait pas pu empêcher le siège de buter sans pitié contre l'arrière de ses genoux et de ses cuisses, mais, pour cette partie de l'opération, le coussin en mousse du dossier devrait lui apporter une certaine protection.

Deux pilastres en pierre encadraient le foyer, soutenant la plaque d'érable stratifié de quinze centimètres d'épaisseur constituant le manteau. Ils étaient incurvés... leur renflement devrait lui permettre de concentrer l'impact sur un ou deux barreaux à la fois au lieu de l'étaler sur les quatre.

Elle repoussa les lourds chenets et un râtelier en laiton d'accessoires pour la cheminée. Sous l'effort, la tête lui tourna, son estomac se souleva.

Elle n'osait plus réfléchir à ce qu'elle faisait. Elle agissait, purement et simplement, mue par une aveugle détermination animale de se libérer.

Cette fois, elle ne se voûta pas ; du plus loin possible, elle se jeta à reculons contre le pilastre. Le coussin la protégea effectivement, mais pas suffisamment. Elle avait tant de contusions, de muscles froissés et d'os douloureux que le choc aurait été dévastateur même avec un double rembourrage, comme le coup de marteau en caoutchouc d'un dentiste contre une dent cariée. Toutes ses articulations semblaient ne plus être qu'une carie. Elle ne s'arrêta pas pour souffler, parce qu'elle craignait que toutes ces douleurs, palpitant ensemble, ne la jettent par terre, ne la paralysent, au point qu'elle ne trouverait plus la force de se relever. Elle commençait à être à court de ressources, et aussi à court de temps. Hurlant de désespoir à l'idée de la douleur qui la guettait, elle chargea à reculons et beugla quand le choc fit vibrer ses os comme des dés dans un verre. L'horreur. Mais elle se relança immédiatement dans le pilastre, chaînes cliquetantes, bois craquant, hurlante, incapable de s'arrêter de crier et effrayée par ses propres hurlements, pendant que les chiens vigilants gémissaient à la fenêtre... et une nouvelle fois à reculons, chargeant dans la pierre comme un bélier.

Elle se retrouva face contre terre sans se rappeler comment elle avait échoué là, agitée de haut-le-cœur secs parce qu'elle avait l'estomac vide, s'étranglant sur un goût amer à l'arrière de sa bouche, mains crispées à la seule pensée de la défaite, se sentant petite, faible et pitoyable, toute tremblante.

Les tremblements finirent par se calmer, et le tapis se mit à onduler, agréablement frais sous elle, et elle redevint un nuage se reflétant sur des eaux vives. L'ombre auréolée de soleil et l'eau sans fond filaient dans la même direction, toujours dans la même direction, indéfiniment, rapides et soyeuses, vers le bord du monde... puis plongèrent dans un vide, stagnant et noir.

9.

Se croyant cernée de chiens, Chyna se réveilla de rêves rouges de fusils cachés dans un réfrigérateur et de têtes en train d'exploser, mais seule. Seule dans la salle de séjour, où régnait le silence. Les dobermans ne faisaient plus d'allées et venues sous le porche et, lorsqu'elle put enfin relever la tête, elle ne vit pas d'yeux noirs à la fenêtre.

Les chiens étaient dehors, plus calmes à présent parce qu'ils avaient compris que leur heure viendrait. Dehors à observer la porte et les fenêtres. Guettant l'apparition de son visage. Le bruit d'un pêne, le grincement d'un gond.

Elle souffrait tellement qu'elle était surprise d'avoir repris conscience. Et encore plus d'avoir les idées claires.

Une douleur primait sur toutes les autres, plus urgente. Contrairement aux souffrances causées par ses os meurtris et ses muscles torturés, elle pouvait aisément se soulager de cette pression douloureuse, et sans même être obligée de s'infliger l'épreuve de bouger de l'endroit où elle était étendue.

Bon Dieu, non ! marmonna-t-elle en se redressant lentement sur son séant.

En se relevant, elle réveilla de nouvelles douleurs ; elles lui broyèrent les os, lui embrasèrent les muscles.

Elle se figea et chercha son souffle, mais, une fois debout, elle sut que ce fardeau de souffrances multiples ne la mutilerait pas, qu'elle saurait le supporter.

Elle s'était débarrassée du lourd fauteuil. Il gisait autour d'elle en fragments et en éclats, et aucune de ses chaînes ne s'enroulait plus autour des barreaux.

D'après la pendule sur la cheminée, il était huit heures moins trois... Vraiment ? La dernière fois qu'elle se rappelait avoir regardé l'heure, il était sept heures dix. Elle ne savait pas très bien combien de temps il lui avait fallu pour se libérer du fauteuil, mais elle devait être restée inconsciente pendant une demi-heure, voire plus. Oui, une demi-heure... sa sueur avait séché, et ses cheveux n'étaient plus que légèrement humides sur la nuque... Elle se sentit de nouveau faible et incertaine.

Si elle pouvait se fier à Vess, il lui restait quatre heures avant son retour. Mais il y avait encore beaucoup à faire, et cela ne suffirait peut-être pas.

Elle s'assit sur le bord du canapé. Libérée du lourd fauteuil en pin, elle pouvait enfin atteindre le mousqueton de la courte chaîne entre ses fers. Elle l'ouvrit.

Les chevilles toujours entravées, elle dut se traîner jusqu'à l'escalier du premier étage.

Elle alluma la lumière et gravit laborieusement les marches étroites, en posant d'abord le pied gauche, puis le droit. Elle progressa lentement. S'agrippant des deux mains à la rampe. Sans le fauteuil sur son dos, elle n'était plus en équilibre précaire, mais elle craignait toujours de trébucher à cause de la chaîne qui entravait ses chevilles.

Après le palier, à mi-hauteur de la seconde volée de marches, toutes ses douleurs, sa peur de tomber et la pression sur sa vessie s'associèrent pour la courber en deux. Le ventre tordu de crampes violentes, elle s'appuya au mur, agrippée à la rampe, soudain baignée de sueurs froides, poussant de faibles gémissements. Elle allait défaillir, c'était sûr, et se rompre le cou.

Mais les crampes s'atténuèrent, et elle reprit son ascension.

Au premier étage, elle alluma la lampe du couloir. Trois portes. Celles de droite et de gauche étaient fermées, mais celle du fond s'ouvrait sur une salle de bains.

Dans la salle de bains, malgré ses menottes et ses mains tremblantes, elle réussit à déboucler sa ceinture, déboutonner son jean, ouvrir la fermeture Éclair et descendre jean et slip. Assise, elle fut atteinte d'une nouvelle crise de crampes, bien plus terribles que celles de l'escalier. Elle avait refusé de se laisser aller, de mouiller sa culotte à la table de la cuisine, comme Vess l'aurait voulu, refusé d'être réduite à ce degré d'impuissance. Maintenant elle n'arrivait pas à se soulager, bien qu'elle le désirât désespérément, ne serait-ce que pour faire cesser ces crampes. En se retenant trop longtemps, elle avait dû provoquer un spasme de la vessie. Ses crampes s'aggravèrent, venant confirmer son diagnostic. Elle eut l'impression qu'on lui passait les entrailles à l'essoreuse... puis le soulagement vint.

Devant le flot soudain, elle se surprit à dire : « Chyna Shepherd, intacte et vivante et capable de pisser. » Et elle se mit à sangloter et à rire à la fois, non de soulagement mais sous l'effet d'un étrange sentiment de triomphe.

Se libérer de la table, briser le fauteuil et ne pas se mouiller semblaient être des actes de courageuse endurance comparables aux premiers pas sur la lune, à la découverte du pôle ou bien au débarquement en Normandie. Elle rit d'elle-même, rit jusqu'à ce que les larmes lui inondent le visage. Oui, son triomphe était petit, voire pathétique, mais immense, à ses yeux.

« Tu brûleras en enfer », dit-elle à Edgler Vess, et elle espéra avoir l'occasion de le lui dire en face avant de presser la détente pour l'envoyer dans l'autre monde.

Son dos lui faisait tellement mal après les coups

qu'elle venait de s'infliger, surtout au niveau des reins, qu'elle vérifia qu'il n'y avait pas de sang dans ses urines. Non.

En jetant un coup d'œil dans le miroir au-dessus du lavabo, elle eut un choc. Ses cheveux courts étaient emmêlés et ternes de sueur. Sa mâchoire droite semblait être tachée d'encre pourpre mais, en la palpant, elle découvrit que c'était la lisière d'un hématome qui lui mouchetait tout ce côté du cou. Là où elle n'était ni meurtrie ni souillée, sa peau était grise et granuleuse, comme après une longue maladie. Son œil droit était enflammé au point que le blanc cessait d'être visible : on distinguait juste l'iris sombre et la pupille flottant dans une ellipse de sang. L'œil injecté et l'autre intact la regardaient avec une expression hantée tellement inquiétante qu'elle se détourna, déconcertée et effrayée. Le visage dans le miroir était celui d'une femme qui avait déjà perdu la bataille. Ce n'était pas celui d'un vainqueur.

Elle s'efforça aussitôt de chasser cette pensée décourageante de son esprit. Non, elle venait de voir le visage d'une battante... plus seulement le visage d'une simple survivante, mais d'une battante. Chaque battante connaissait sa part de punition, physique et morale. Sans angoisse et douleur, il n'y avait aucun espoir de gagner.

De la salle de bains, elle alla à petits pas jusqu'à la porte de droite dans le couloir, qui s'ouvrit sur la chambre de Vess. Ameublement simple et succinct. Un lit fait au carré avec un dessus en chenille beige. Pas de tableaux, pas de bibelots, ni d'accessoires de décoration. Ni livres, ni magazines, ni journal ouvert à la page des mots croisés. Un endroit fait pour dormir, où Vess ne s'attardait pas, ne vivait pas.

Il vivait en fait dans la douleur d'autrui, dans un orage de mort, dans l'œil de la tempête où l'ordre régnait au milieu des hurlements du vent.

Pas d'arme dans les tiroirs de la table de nuit. Pas de téléphone non plus.

Le vaste placard, dans lequel on pouvait pénétrer, était profond de trois mètres et faisait toute la largeur de la chambre : une pièce en soi. Au premier coup d'œil, il semblait ne rien contenir d'utile pour elle. Elle y découvrirait certainement quelque chose d'intéressant si elle prenait la peine de chercher, peut-être une arme bien dissimulée. Mais, à la vue des étagères surchargées, des tiroirs pleins, des boîtes s'entassant sur des boîtes, elle perdit courage : il lui faudrait des heures pour en venir à bout. Il y avait plus urgent.

Elle vida les tiroirs de la commode par terre, mais ils ne contenaient que des chaussettes, des sous-vêtements, des pulls, des maillots de corps, et quelques ceintures enroulées. Pas d'arme.

De l'autre côté du couloir, elle trouva un bureau spartiate. Des murs nus. Des stores noirs au lieu de rideaux. Deux ordinateurs, chacun équipé de sa propre imprimante laser, chacun sur une longue table. De l'équipement informatique, dont elle ne put identifier qu'une partie.

Entre les deux tables, une chaise de bureau. Pas de tapis, le parquet était à nu, à l'évidence pour faire rouler plus facilement la chaise d'une table à l'autre.

Cette pièce morne et utilitaire l'intriguait. Elle eut l'intuition qu'il s'agissait d'un endroit important. Son temps était compté, mais cela valait la peine de s'attarder un peu.

Elle s'assit et regarda autour d'elle, ébahie. Elle savait que le monde entier était câblé à présent, jusque dans les coins les plus reculés, mais c'était étrange de trouver cet équipement high-tech dans une maison aussi rustique et isolée.

Elle soupçonnait Vess d'être en mesure de se brancher sur Internet, mais il n'y avait ni téléphone ni modem en vue. Elle repéra deux prises de téléphone inutilisées dans la plinthe. Encore son obsession de la sécurité : elle était coincée.

Que pouvait-il bien faire là-dedans ?

Sur une des tables s'empilaient six à huit carnets à spirale avec des couvertures colorées. Elle ouvrit le plus proche. Il était divisé en cinq parties, chacune portant le nom d'une administration fédérale. La première était la Sécurité sociale. Vess avait noirci les pages de ce qui semblait être des notes sur la méthode de tâtonnement qu'il avait employée pour pirater et manipuler les fichiers administratifs. La deuxième partie était intitulée Département d'État (service des passeports) et, à en juger par ce qui suivait, Vess cherchait à déterminer la meilleure manière de truquer les données informatiques sans être détecté.

À l'évidence, tout cela constituait des préparatifs pour les jours où, se glissant dans sa peau d'aventurier meurtrier, il avait besoin de nouvelles identités.

Toutefois, Chyna ne pensait pas que les projets de Vess s'arrêtassent à la falsification de fichiers publics et à l'obtention de fausses identités. Elle avait la sensation troublante que cette pièce contenait des informations cruciales pour sa survie si elle savait où chercher.

Elle reposa le carnet et pivota sur sa chaise pour faire face au second ordinateur. Un classeur à deux tiroirs était rangé sous la table. Dans celui du dessus, elle trouva des dossiers suspendus dotés d'étiquettes bleues avec un nom précédé d'un prénom.

Chaque chemise contenait un dossier de deux pages sur différents policiers et, au bout de quelques minutes, Chyna conclut qu'ils devaient être adjoints du shérif du comté dans lequel la maison de Vess était située. Ces dossiers fournissaient le signalement de ces hommes, ainsi que des renseignements sur leur famille et leur vie privée. Une photocopie de la photo d'identité officielle de l'adjoint y était agrafée.

Ce malade recueillait-il ces renseignements sur la flicaille locale en prévision du jour où il aurait affaire à eux ? Comme moyen de pression ? Ces efforts paraissaient excessifs même pour quelqu'un d'aussi méticuleux que lui, mais l'excès était sa philosophie.

Dans l'autre tiroir, elle trouva de nouvelles chemises. Avec des étiquettes portant des noms, seulement des noms.

Dans la première, étiquetée ALMES, elle trouva un agrandissement pleine page du permis de conduire délivré en Californie à une jeune et jolie blonde du nom de Mia Lorinda Almes. À en juger par la netteté du document, il ne s'agissait pas d'une photocopie agrandie de l'original, mais d'une reproduction sur une imprimante laser d'excellente qualité de données numériques reçues sur une ligne téléphonique, par le biais d'un ordinateur.

Les seuls autres éléments contenus dans la chemise étaient six Polaroïd de Mia Lorinda Almes. Deux gros plans pris sous des angles différents. La jeune femme était belle. Et terrifiée.

On aurait la version revue et corrigée par Vess d'un press-book.

Quatre autres Polaroïd de Mia Almes.

Ne les regarde pas.

Les deux suivants étaient des photos en pied. La jeune femme était nue sur les deux. Menottée.

Chyna ferma les yeux. Et les rouvrit. Il fallait qu'elle regarde, peut-être parce qu'elle était décidée à ne plus jamais se voiler la face.

Sur les cinquième et sixième photos, la jeune femme était morte et, sur la dernière, sa beauté n'existait plus, détruite par une balle ou par un couteau.

Le dossier et les photos glissèrent des doigts de Chyna sur le plancher. Elle se prit le visage à deux mains.

Elle n'essayait pas de chasser ces visions sinistres. Non, elle s'efforçait de refouler un souvenir vieux de dix-neuf ans : une ferme délabrée non loin de La Nouvelle-Orléans, deux visiteurs munis d'une glacière en polystyrène, un fusil sorti d'un réfrigérateur, et la froide exactitude d'une femme prénommée Memphis tirant deux fois.

Mais la mémoire n'en faisait jamais qu'à sa tête.

Les visiteurs, qui avaient déjà fait affaire avec Zack et Memphis, venaient acheter de la drogue. La glacière était remplie de liasses de billets de cent dollars. Peut-être Zack n'avait-il pas la livraison promise ; peut-être Memphis et lui avaient-ils besoin de plus d'argent que ne leur en rapporterait cette vente... toujours est-il qu'ils avaient décidé de descendre les deux hommes.

Après la tuerie, Chyna avait filé se cacher dans le grenier de la grange, certaine que Memphis les exterminerait tous. Quand Memphis et Anne la découvrirent, elle se défendit sauvagement. Mais, à sept ans, elle n'était pas de taille. Sous les cris et les battements d'ailes des hiboux, les femmes la tirèrent du foin infesté de souris et la portèrent dans la maison.

Zack était parti planquer les cadavres ailleurs, et Memphis nettoya le sang dans la cuisine, pendant que Anne obligeait sa fille à avaler un peu de whisky. Chyna serra les lèvres, refusant de boire, mais sa mère lui dit : « T'es une vraie épave, bordel ! T'arrêtes pas de chialer, et ce verre ne va pas te faire de mal. Tu en as besoin, petit, fais confiance à maman. Un bon verre de whisky fait tomber la fièvre, et ce que tu as est justement un genre de fièvre. Allez, petite dinde, ça ne va pas t'empoisonner. Bon Dieu ! ce que tu peux être pleurnicheuse quelquefois. Ou tu l'avales, ou je t'immobilise en te pinçant le nez pendant que Memphis te le fait avaler de force. C'est ce que tu veux ? » Chyna s'était donc résolue à boire le whisky, suivi d'un verre de lait que sa mère avait également jugé indispensable. L'alcool l'avait étourdie, rendue toute drôle, mais ne l'avait pas apaisée.

Toutefois, elle avait semblé plus calme aux deux femmes parce que, gentil petit pêcheur qu'elle était, elle avait fait remonter à l'intérieur la ligne de sa peur, pour qu'elles ne la voient pas. À sept ans, elle avait déjà compris que montrer sa peur était dangereux, car les autres le prenaient toujours pour une preuve de faiblesse, et il n'y avait pas de place pour les faibles en ce bas monde.

Plus tard, ce soir-là, Zack était rentré avec l'haleine empestant le whisky, lui aussi. Exubérant, il voulait fêter l'événement. Il fonça sur Chyna, la serra contre lui, lui colla un baiser sur la joue, la prit par les mains et tenta de l'entraîner dans une danse : « Cette ordure de Bobby, la dernière fois qu'il est venu, j'ai su, en voyant qu'il n'arrivait pas à détacher les yeux de Chyna, qu'il bandait pour les petites filles, un vrai malade, et ce soir, en arrivant, il avait presque la langue qui lui pendait aux genoux devant elle ! Tu aurais pu lui tirer dessus une douzaine de fois, Memphis, avant qu'il s'en rende compte ! » Bobby était l'homme assis à la table de la cuisine, qui avait bavardé avec Chyna, la fixant intensément de ses beaux yeux gris, s'adressant directement à elle comme le font rarement les adultes avec les enfants, lui demandant si elle préférait les petits chats ou les petits chiens, et ce qu'elle voulait faire lorsqu'elle serait grande : devenir une actrice célèbre, une infirmière ou un médecin ?... quand Memphis l'avait tué d'une balle dans la tête. « Avec ce que portait notre Chyna, ajouta Zack, excité, Bobby en a presque oublié la présence des autres. » C'était une nuit chaude et moite et, avant l'arrivée des visiteurs, la mère de Chyna lui avait demandé d'enlever son short et son T-shirt pour lui faire enfiler un bikini jaune : « Mets seulement le slip, poussin, sinon tu vas prendre un coup de chaleur. » À sept ans, Chyna était suffisamment âgée pour être un peu gênée de se promener torse nu, même si elle ne savait pas bien pourquoi. Elle le faisait encore l'été précédent, à l'âge de six ans ; mais c'était par une nuit affreusement chaude et moite. Elle n'avait pas compris ce que Zack voulait dire en parlant de ce qu'elle portait. Des années plus tard, lorsqu'elle avait enfin compris, elle avait demandé à sa mère de s'expliquer. Anne avait ri : « Allons, petite, c'est pas la peine d'essayer de la ramener avec moi. On survit en se servant de ce qu'on a, et pour nous autres, les filles, c'est notre corps. Tu étais la distraction idéale. De toute façon, cette pauvre cloche de Bobby ne t'a jamais touchée, hein ? Il s'est contenté de te dévorer des yeux pendant que Memphis sortait le fusil. N'oublie pas, chérie, que nous avons eu notre part du gâteau et que nous avons bien vécu dessus un bon moment. » Chyna aurait voulu lui rétorquer : *mais tu m'as utilisée, tu m'as collée juste devant lui, j'ai vu sa tête exploser... et je n'avais que sept ans !*

Des années plus tard, dans le bureau de Vess, elle entendait encore la détonation et voyait encore la tête de Bobby exploser : le souvenir était toujours aussi vif. Elle ignorait quelle arme Memphis avait utilisée, mais les balles devaient être des *wadcutters*, en plomb nu, de gros calibre, à tête creuse déformable parce que les dégâts étaient indescriptibles.

Elle regarda le tiroir ouvert. Vess avait utilisé trois formats de chemises, avec un étiquetage décalé, si bien que tous les noms étaient visibles. Derrière la chemise Almes, il y en avait une autre au nom de TEMPLETON.

Chyna repoussa le tiroir du pied.

Elle avait trouvé trop de choses dans ce bureau, mais rien d'utile.

Avant de quitter l'étage, elle éteignit toutes les lumières. Si Vess rentrait tôt, avant qu'elle n'ait le temps de s'enfuir avec Ariel, il comprendrait tout de suite en voyant la maison éclairée que quelque chose clochait. En revanche, l'obscurité endormirait sa méfiance, et à l'instant où il franchirait le seuil... elle aurait peut-être une dernière chance de le tuer.

Elle espérait ne pas en arriver là. Elle avait beau s'imaginer en train de presser la détente, elle ne voulait pas être de nouveau confrontée à lui, même si elle trouvait un fusil qu'elle chargerait elle-même et pourrait tester avant son retour. Elle était une survivante, une battante, mais Vess était plus que ça : aussi inaccessible que les étoiles, une chose venue d'une obscurité supérieure. Devant lui, elle ne faisait pas le poids, et elle ne voulait pas avoir l'occasion de le démontrer.

Une marche à la fois, en s'appuyant à la rampe, elle redescendit aussi vite qu'elle l'osa dans la salle de séjour. Il n'y avait pas de doberman à la fenêtre.

À la pendule, il était huit heures vingt-deux, et soudain la soirée lui parut être une luge sur une pente verglacée, prenant de la vitesse.

Elle éteignit la lampe de la salle de séjour et se traîna péniblement dans la cuisine. Elle y alluma le néon, pour éviter de marcher, de tomber et de se couper sur les bouts de verre.

Il n'y avait pas de doberman non plus sur le porche arrière. Seule la nuit guettait à la fenêtre.

En entrant dans la buanderie noire, Chyna referma la porte de la cuisine derrière elle après avoir éteint le néon.

La cave, l'établi et les placards.

Dans les grands placards métalliques à portes à volets, elle trouva des pots de peinture et de laque, des pinceaux et des chiffons pliés avec autant de soin que des draps de lin. Un placard entier était rempli d'épais rembourrages d'où pendaient des lanières de cuir noires avec des boucles en chrome ; n'ayant aucune idée de leur usage, elle n'y toucha pas. Dans le dernier placard, Vess rangeait plusieurs outils, dont une perceuse.

Dans l'un des tiroirs de la grosse boîte à outils sur roulettes, elle trouva une collection complète de forets rangés dans trois boîtes en plastique transparent. Ainsi qu'une paire de lunettes de protection en Plexiglas.

Derrière l'établi, on avait installé un tableau électrique avec huit prises, mais elle préféra la prise de terre plus bas, à côté de l'établi. Elle lui permettrait de s'asseoir par terre.

Bien que les forets fussent seulement classés par taille, elle devina qu'ils étaient tous destinés à travailler le bois et qu'ils ne perceraient pas facilement l'acier. De toute façon, elle voulait seulement faire sauter les serrures de ses fers.

Elle choisit au jugé un foret qui semblait correspondre à la taille de la serrure et le fixa sur la perceuse. Saisissant l'outil à deux mains, elle pressa le bouton : un gémissement perçant. Le foret tournait si vite qu'il avait l'air d'un cylindre lisse et inoffensif.

Chyna lâcha le bouton, posa la perceuse silencieuse sur le sol et chaussa les lunettes protectrices. L'idée que Vess ait porté ces lunettes la déconcertait. Elle s'attendait qu'elles déforment tout, comme si les molécules des verres avaient été transformées par la puissance magnétique qui permettait à Vess d'attirer toutes les visions de son monde sur ses rétines.

Mais, lunettes ou non, sa vision était la même, bien qu'un peu limitée par la monture.

Elle reprit la perceuse à deux mains et inséra le bout du foret dans la serrure du fer de sa cheville gauche. Lorsqu'elle pressa le bouton, le contact des deux aciers produisit un hurlement infernal. Le foret trembla violemment, ressortit de la serrure et dérapa sur le fer de cinq centimètres de large en faisant jaillir des petites étincelles. Heureusement qu'elle avait de bons réflexes ! Sinon, c'était son pied qui prenait.

Elle réinséra le foret dans la serrure. Tenant cette fois la perceuse plus fermement, elle poussa plus fort pour éviter que le foret ne ressorte du trou. L'acier hurla, hurla, des tourbillons de fumée à l'odeur désagréable s'élevèrent du point chauffé, et le fer vibrant appuya douloureusement contre sa cheville au travers de la chaussette. La perceuse trembla entre ses mains, soudain ruisselantes de sueur. Une gerbe d'éclats de métal lui sauta au visage. L'extrémité du foret se brisa, lui passa au ras du crâne et alla heurter tellement violemment le mur en béton qu'il en fit sauter un morceau avant de retomber avec un bruit de balle perdue sur le sol de la cave.

Une sensation de piqûre sur la joue gauche : un éclat d'acier s'était fiché dans sa chair. Environ un centimètre de long et aussi mince qu'une lame de verre. Chyna réussit à l'extraire entre deux ongles. Elle sentit un filet chaud lui couler sur la commissure des lèvres.

Elle retira le foret inutilisable et le remplaça par un autre, un peu plus gros.

Elle recommença l'opération. Le fer autour de sa cheville gauche s'ouvrit. Moins d'une minute plus tard, le droit suivait son exemple.

Elle posa la perceuse et se releva tant bien que mal, les jambes tremblantes. Elle ne tremblait pas à cause de ses nombreuses douleurs, ni de faim, ni de faiblesse, mais parce qu'elle venait de se libérer de ses fers alors qu'elle n'aurait jamais osé l'espérer deux heures plus tôt. Elle venait de se libérer. Toute seule.

Mais il restait les menottes, et elle aurait besoin de ses deux mains pour tenir la perceuse... Elle avait déjà une idée de la manière de procéder.

Les menottes n'étaient pas le seul défi restant à relever, la fuite était loin d'être assurée, mais Chyna jubilait en remontant l'escalier de la cave. Cette fois, elle le gravit presque en courant malgré sa faiblesse et les frémissements dans ses muscles, sans même toucher la rampe, traversa la buanderie et... Elle s'arrêta brusquement, la main sur la poignée de la porte de la cuisine : ce matin aussi, elle s'était ruée à l'intérieur, rassurée par le tuyau frappeur dans le mur, tout cela pour se faire piéger par Vess !

Elle demeura derrière la porte jusqu'à ce que sa respiration se calme, mais elle fut incapable de faire taire son cœur, qui, après avoir battu d'exaltation dans l'escalier raide, s'affolait maintenant, terrifié par Vess. Elle tendit l'oreille, n'entendit rien au-dessus des battements de son cœur et tourna la poignée le plus silencieusement possible.

La porte s'ouvrit sans bruit sur une cuisine aussi sombre qu'elle l'avait laissée. Elle trouva l'interrupteur, hésita, alluma... Pas de Vess.

Allait-elle passer le reste de ses jours à trembler comme une feuille en franchissant un seuil ?

D'un tiroir où elle se souvenait d'avoir vu des ustensiles de cuisine, elle sortit un couteau à viande avec un manche en châtaignier usé. Elle le posa sur le comptoir près de l'évier.

Elle prit un verre, le remplit au robinet d'eau froide et le vida en longues gorgées avant de le reposer. Rien ne lui avait jamais paru aussi délicieux que cette eau.

Dans le réfrigérateur, elle trouva un cake à la cannelle et aux noix sous un glaçage blanc toujours dans son emballage. Elle déchira l'emballage et arracha un gros morceau de gâteau. Penchée au-dessus de l'évier, elle mangea voracement, se bourrant la bouche à s'en gonfler les joues, léchant avidement le glaçage sur ses lèvres, miettes et morceaux de noix tombant dans l'évier.

En mangeant, elle gémit de plaisir, puis faillit s'étrangler de rire, s'étouffa, au bord des larmes, rit de nouveau. Un orage d'émotions. Mais ce n'était pas grave. Les orages ne duraient pas, et ils avaient des vertus purificatrices.

Elle avait parcouru un sacré chemin. Et ce n'était pas fini. C'était ça, les voyages.

Elle prit le tube d'aspirine sur l'étagère à épices. Elle fit tomber deux comprimés dans la paume de sa main, remplit un autre verre d'eau, avala les aspirines et but encore deux verres d'eau.

Je les ai avalés, pas croqués, la, la, la !

Elle se servit une autre part de gâteau. Elle exultait.

Attention ! n'oublie pas les chiens ! Ces horribles dobermans dans le noir, ces saletés de clébards nazis avec leurs grands crocs et leurs yeux noirs comme ceux d'un requin !

À un râtelier près de l'étagère à épices, elle vit les clés du camping-car, mais c'étaient les seules. Vess ne laisserait pas traîner les clés de la cellule insonorisée.

Elle prit le couteau à viande, le cake à moitié mangé et redescendit à la cave en éteignant derrière elle.

Pointe et goujon.

Elle connaissait ces mots exotiques, comme tant d'autres, pour les avoir rencontrés petite fille dans les livres de C.S Lewis, de Robert Louis Stevenson et de Kenneth Grahame. Chaque fois qu'elle tombait sur un mot inconnu, elle cherchait sa signification dans un dictionnaire de poche en lambeaux, un bien précieux qu'elle emporta avec elle partout où sa mère choisissait de l'entraîner, année après année, jusqu'à ce qu'il soit tellement enrubanné de Scotch qu'elle pouvait à peine lire les définitions entre deux bandes de cellophane jaunissante.

Pointe : l'aiguille dans un gond qui pivote lorsqu'une porte s'ouvre ou se ferme.

Goujon : le fourreau dans lequel l'aiguille pivote.

L'épaisse porte intérieure du vestibule insonorisé était équipée de trois gonds. La pointe de chaque gond avait une tête légèrement arrondie qui dépassait du goujon d'environ quinze millimètres.

Dans la boîte à outils, Chyna prit un marteau et un tournevis.

Elle maintint la porte extérieure du vestibule ouverte avec le tabouret de l'établi et en coinçant un bout de bois sous le battant. Puis elle plaça le couteau à viande sur le tapis en caoutchouc du vestibule, à portée de main.

Elle fit coulisser le panneau couvrant l'œilleton sur la porte intérieure et vit le rassemblement de poupées dans la lumière rosâtre. Certaines avaient les yeux aussi brillants que ceux d'un lézard, et d'autres, aussi noirs que ceux de certains dobermans.

Ariel était assise jambes repliées dans l'énorme fauteuil, tête penchée, visage caché par une mèche de cheveux. On aurait pu croire qu'elle dormait... sans ses poings serrés sur ses genoux. Si elle avait les yeux ouverts, ils fixaient ses poings.

— Ce n'est que moi, dit Chyna.

Aucune réaction.

— N'aie pas peur.

Ariel était tellement immobile que son voile de cheveux ne frémissait même pas.

— Ce n'est que moi.

Plus humble, cette fois, elle ne se présenta pas comme une gardienne ou un sauveur.

Elle commença par le gond du bas. La chaîne entre ses menottes était à peine assez longue pour lui permettre de se servir de ses outils. Le tournevis dans la main gauche, elle glissa l'extrémité de la lame sous le chapeau arrondi de la pointe. Elle prit le marteau par la tête et tapa le plus fort possible sur le bout du manche du tournevis. Le gond était bien huilé, heureusement. À chaque coup de marteau, l'aiguille sortait davantage du goujon. Cinq minutes plus tard, malgré une petite résistance, la troisième aiguille jaillissait du gond du haut.

Les goujons se constituaient de pentures intercalées sur le chambranle et le battant lui-même. Sans aiguille pour les unir, les pentures bâillaient.

La porte ne tenait plus que par les deux serrures du côté droit, mais les pênes dormants ne tourneraient pas comme des gonds. Chyna tira la porte capitonnée par les pentures. Deux centimètres sur les douze sortirent du chambranle à gauche, vinyle couinant contre vinyle. Chyna recourba les doigts autour de cette prise, tira, et sa vision se brouilla de rouge quand la douleur transperça de nouveau son index blessé. Mais elle fut récompensée par le hurlement métallique des pênes de laiton jouant dans les taquets, puis par un faible craquement de bois quand l'ensemble de la serrure commença à se détacher. Elle continua de tirer, régulièrement, décollant le battant millimètre par millimètre... Haletante au point de ne même plus jurer de contrariété.

Le poids de la porte et la position des deux pênes dormants commençaient à collaborer avec elle. Les serrures étant rapprochées, placées directement l'une en dessous de l'autre, le lourd battant tournait peu à peu sur elles comme sur un pivot. Le sommet du battant commença à se dégager, sous l'effet de la gravité. Chyna tira plus fort, et grogna de satisfaction quand le bois se fendit de nouveau. Le battant épais de douze centimètres se détacha côté gonds. Elle dégagea alors les pênes.

La porte tombait vers elle... Chyna battit en retraite dans la cave juste à temps. Le lourd battant s'aplatit dans le vestibule.

Reprenant son souffle, elle tendit l'oreille... en quête d'un indice indiquant le retour de Vess.

Finalement elle franchit le vestibule, marchant sur la porte.

Les poupées l'observaient, immobiles et sournoises.

Ariel était assise dans le fauteuil, tête baissée, poings serrés, exactement dans la même attitude que lorsque Chyna lui avait parlé par l'œilleton. Si elle avait entendu les coups de marteau et le vacarme, cela ne l'avait pas dérangée.

— Ariel ?

Aucune réaction.

Chyna s'assit sur le pouf devant le fauteuil.

— Chérie, il est temps de partir.

Toujours rien. Elle se pencha pour regarder le visage derrière son rideau de cheveux. Les yeux étaient ouverts, fixés sur les poings serrés. Les lèvres bougeaient, comme si la jeune fille murmurait des confidences, sans qu'un son s'échappe de sa bouche.

Chyna plaça ses mains menottées sous le menton d'Ariel pour lui relever la tête. La jeune fille n'essaya pas de se dégager, ne tiqua pas. Elles se faisaient face, mais Chyna eut l'impression d'être transparente sous ce regard morne, comme si le paysage de l'Ailleurs était sans vie, glacial et décourageant.

— Il faut qu'on parte. Avant son retour.

Le regard brillant et attentif, les poupées écoutaient peut-être. Mais Ariel, non, apparemment.

Chyna prit un des poings de la fille entre ses mains. Les articulations étaient dures, et la peau froide, aussi tendue que si elle était suspendue à des rochers au-dessus d'un précipice.

Elle tenta de lui écarter les doigts. Une sculpture en marbre ne lui aurait pas résisté davantage.

Finalement, elle porta la main à ses lèvres et l'embrassa plus tendrement qu'elle n'avait jamais embrassé personne, plus tendrement que personne ne l'avait jamais embrassée.

— Je veux t'aider. J'ai besoin de t'aider. Si je ne peux pas partir avec toi, cela ne sert à rien que je parte.

Aucune réaction.

— Laisse-moi t'aider. S'il te plaît.

Elle déposa un autre baiser sur la main et sentit enfin les doigts frémir. Ils s'ouvrirent un peu, froids et raides, semblant refuser de se détendre complètement, aussi recourbés et rigides que ceux d'un squelette aux articulations calcifiées.

Le désir d'Ariel de demander de l'aide, tempéré par sa peur paralysante de s'engager, rappelait des souvenirs cuisants à Chyna. Cela réveilla sa pitié pour cette fille perdue, pour toutes les autres, et sa gorge se serra tellement qu'elle fut momentanément incapable de déglutir ou de respirer.

Elle prit la main d'Ariel entre les siennes et se releva.

— Allons, viens, petite fille. Viens avec moi. On sort d'ici.

Le visage aussi inexpressif qu'un œuf, le regard aussi détaché que celui d'une novice dans l'attente fascinée d'une Visitation, Ariel se leva. Elle fit deux pas vers la porte et se figea, refusant d'aller plus loin malgré les supplications de Chyna. La fille voyait peut-être un Ailleurs imaginaire dans lequel trouver une paix fragile, un Bois à elle, mais elle semblait ne plus être capable d'imaginer que ce monde-ci puisse encore exister au-delà des murs de sa cellule...

Chyna lui lâcha la main. Elle choisit une poupée... une charmeuse en biscuit avec des anglaises dorées et des yeux verts peints, portant un tablier blanc sur une robe bleue. Elle la colla contre la poitrine de la fille en l'encourageant à la serrer dans ses bras. Elle ne savait pas trop pourquoi cette collection était là, mais peut-être Ariel aimait-elle les poupées, auquel cas elle pourrait la suivre plus facilement si elle lui en donnait une pour la réconforter.

Ariel resta les bras ballants, une main serrée en un poing, l'autre en pince de crabe à demi ouverte. Puis, sans détourner les yeux de son monde lointain, elle saisit la poupée par les jambes. Comme l'ombre d'un oiseau en vol, une expression féroce passa sur son visage. Elle se tourna et, balançant la poupée comme une masse, lui écrasa la tête sur le plateau de la table, mettant en pièces le visage de porcelaine imperturbable.

Chyna sursauta.

— Non, dit-elle en posant une main sur l'épaule d'Ariel.

Ariel se dégagea et abattit de nouveau la poupée sur la table, plus fort que la première fois, et Chyna recula, non de peur mais par respect pour la furie de la fille. Et c'était de la furie effectivement, une colère juste, pas seulement un spasme autiste, malgré son absence d'expression.

Ariel frappa la poupée contre la table à plusieurs reprises, jusqu'à ce que la tête en morceaux se détache, roule à l'autre bout de la pièce et rebondisse contre un mur, que les bras tombent, que le corps soit réduit en miettes. Puis elle la lâcha et se figea, tremblante, bras ballants. Toujours dans son Ailleurs.

Des étagères, du haut des placards, des coins les plus sombres de la pièce, les poupées observaient intensément la scène, comme transportées par cet éclat, presque avec l'air de s'en repaître, comme l'aurait fait Vess.

Chyna voulait prendre la fille dans ses bras, mais les menottes l'en empêchaient. Elle lui effleura le visage et l'embrassa sur le front.

— Ariel, intacte et vivante.

Raide, tremblante, la jeune fille ne réagit pas. Progressivement, ses tremblements se calmèrent.

— J'ai besoin de toi, supplia Chyna. Besoin de toi.

Cette fois, telle une somnambule, Ariel s'autorisa à se laisser entraîner hors de la cellule.

Elles franchirent la porte tombée. Dans la cave. Chyna ramassa la perceuse par terre, la brancha et la posa sur l'établi.

Elle pressentait qu'il était plus de neuf heures. Dans la nuit, des chiens attendaient, et Edgler Vess, à son travail, rêvassait de son retour prochain auprès de ses captives.

Tentant sans succès d'inciter la jeune fille à la regarder en face, Chyna lui expliqua ce qu'elle attendait d'elle. Elle pourrait peut-être conduire le camping-car malgré ses menottes, mais ce ne serait pas facile, parce qu'elle devrait lâcher le volant pour changer de vitesse. Régler le problème des chiens avec les menottes serait beaucoup plus dur. Voire impossible. Si elles voulaient faire le meilleur usage possible du temps qu'il leur restait avant le retour de Vess et avoir une chance de s'enfuir, il fallait qu'Ariel fasse sauter les serrures de ses menottes avec la perceuse.

La jeune fille parut ne pas avoir entendu un mot de ce qu'elle venait de lui expliquer. Chyna parlait encore quand les lèvres d'Ariel se remirent à converser silencieusement avec un fantôme : elle s'interrompait de temps en temps comme pour écouter la réponse d'un ami imaginaire.

Chyna lui montra tout de même comment tenir la perceuse et appuya sur le bouton. La jeune fille ne broncha pas devant le hurlement du moteur.

— À toi maintenant.

Ariel restait bras ballants, mains à demi ouvertes et doigts recourbés comme depuis qu'ils avaient lâché la poupée cassée.

— Nous n'avons pas beaucoup de temps.

Dans son Ailleurs sans horloge, le temps ne signifiait rien.

Chyna posa la perceuse sur l'établi. Elle tira la fille devant l'outil et lui plaça les mains dessus.

Ariel ne s'écarta pas, ne retira pas ses mains, mais elle ne souleva pas non plus la perceuse.

Chyna *sut* qu'elle l'avait entendue, qu'elle comprenait la situation, et que, quelque part, elle mourait d'envie de l'aider.

— Tous nos espoirs sont entre tes mains. Tu peux le faire.

Elle récupéra le tabouret de l'établi qui maintenait la porte ouverte et s'assit dessus. Elle posa les mains sur l'établi, poignets en l'air pour exposer la minuscule serrure dans la menotte gauche.

Les yeux fixés sur ou plutôt à travers le mur de béton, conversant silencieusement avec un ami de son Ailleurs, Ariel semblait ne pas voir la perceuse. Ou peut-être n'était-ce pas une perceuse pour elle mais autre chose, un objet qui la remplissait soit d'espoir, soit d'effroi, ce qu'elle confiait à présent à son ami fantôme.

Même si elle prenait la perceuse et regardait la menotte, les chances qu'elle soit capable de s'acquitter de cette tâche semblaient minces. Et les chances qu'elle évite de trouer la paume ou le poignet de Chyna encore plus.

Les chances de salut étaient toujours minces, mais Chyna avait survécu à d'innombrables nuits de rage sanglante et de quête de luxure. La survie était très différente du salut, bien sûr, mais c'était une condition préalable.

Quoi qu'il en soit, elle était prête maintenant à accorder ce qu'elle n'avait encore jamais accordé, pas même à Laura Templeton : sa confiance. Une confiance sans réserve. Et si cette fille essayait et ratait son coup, laissait glisser la perceuse et trouait de la chair et non de l'acier, Chyna ne lui tiendrait pas rigueur de son échec. Parfois, le seul fait d'essayer était déjà un triomphe.

Et elle savait qu'Ariel voulait essayer.

Elle le savait.

Pendant une minute ou deux, elle l'encouragea à s'y mettre, puis voyant que cela ne marchait pas, elle s'efforça d'attendre en silence. Mais son silence la fit penser aux cerfs de bronze bondissant au-dessus de la pendule de la cheminée, et la pendule au jeune homme crucifié dans le placard du camping-car, paupières et lèvres cousues dans un silence encore plus profond que celui de la cave.

Sans calcul, surprise mais se fiant à son instinct, elle entreprit de raconter à Ariel les événements de la nuit de ses huit ans : la cabane de Key West, l'orage, Jim Woltz, le cafard frénétique sous le lit en fer...

Enivré de Dos Equis et défoncé grâce à deux petites pilules blanches avalées avec sa première bouteille de bière, Woltz taquina Chyna parce qu'elle n'avait pas réussi à éteindre d'un seul coup toutes les bougies de son gâteau d'anniversaire : « Ça porte la poisse, la môme. Nom de Dieu ! cela va nous attirer un paquet d'emmerdes. Si tu ne souffles pas toutes les bougies, tu ouvres la porte à des lutins et à des diablotins qui vont s'engouffrer dans ta vie, toutes sortes d'esprits malfaisants à l'affût de tes petits trésors. » À ce moment précis, le ciel nocturne se fendit d'une lumière blanche, et les ombres des palmiers bondirent aux fenêtres de la cuisine. La cabane vibra sous le fracas du tonnerre aussi violent que des explosions de bombes, et l'orage éclata. « Tu vois ? lui dit Jim Woltz. Si tu ne rectifies pas le tir sur-le-champ, des méchants vont venir nous découper en morceaux et nous mettre tout sanguinolents dans des seaux à appâts pour aller les porter aux requins en haute mer. T'as envie de te transformer en chair à requin ? » Ce discours effraya Chyna, mais sa mère le trouva drôle. Il faut dire qu'Anne buvait de la vodka à la limonade depuis la fin de l'après-midi.

Woltz ralluma les bougies et insista pour que Chyna essaie de nouveau. Lorsqu'elle n'en éteignit de nouveau que sept sur huit, Woltz lui prit la main, lui lécha le pouce et l'index, lentement, d'une manière qui la révulsa, puis l'obligea à moucher la dernière bougie. Elle eut une brève sensation de chaleur, mais ne se brûla pas ; toutefois, ses doigts furent noircis par la mèche fumante, et leur vue la terrifia.

Quand elle fondit en larmes, Woltz la retint sur sa chaise, tandis qu'Anne rallumait les huit bougies, insistant pour qu'elle essaie de nouveau. La troisième fois, Chyna ne réussit qu'à en éteindre six de son souffle chancelant. Lorsque Woltz tenta de les lui faire moucher, elle se dégagea et sortit en trombe de la cuisine, dans l'intention de se réfugier sur la plage, mais les éclairs tombaient autour de la maison comme des miroirs, et un claquement de tonnerre aussi fort qu'une canonnade de bateaux de guerre emplissait le golfe du Mexique... elle avait couru dans sa petite chambre, avait rampé sous le lit bas, dans ces ombres secrètes où attendait le cafard.

— Woltz, ce salaud, continua-t-elle, m'a suivie dans la maison, en criant, en renversant des meubles, en claquant des portes, en gueulant qu'il allait me mettre en pièces et me jeter aux requins. J'ai compris plus tard qu'il jouait. Il essayait de me ficher une peur de tous les diables. Il adorait me terrifier, me faire pleurer... Je n'ai jamais eu la larme facile... jamais...

Elle s'interrompit, incapable de poursuivre.

Ariel ne fixait plus le mur, mais la perceuse sous ses mains. La voyait-elle ? Son regard était toujours perdu dans le lointain.

Peut-être n'écoutait-elle pas, mais Chyna se sentit obligée de poursuivre son récit.

C'était la première fois qu'elle révélait à quiconque, autre que Laura, ce qui lui était arrivé dans son enfance. La honte l'avait toujours réduite au silence... Pourtant elle n'était directement responsable d'aucune des humiliations qu'elle avait subies. Elle avait été une victime, petite et sans défense, mais elle portait le fardeau de la honte que tous ses tortionnaires, dont sa propre mère, étaient incapables de ressentir.

Elle avait dissimulé certains des pires détails de son passé à Laura Templeton elle-même, sa seule amie. Souvent, sur le point d'avouer, elle reculait et parlait non des événements qu'elle avait subis et des gens qui l'avaient tourmentée mais des endroits où elle avait vécu : Key West, le comté de Mendocino, La Nouvelle-Orléans, San Francisco, le Wyoming. Elle devenait lyrique en évoquant la beauté naturelle des montagnes, des plaines, des bayous, ou des brisants baignés de lune dans le golfe de Mexico, mais elle sentait la colère lui tirer les traits et la honte l'empourprer lorsqu'elle révélait les vérités plus dures sur les amis d'Anne qui avaient peuplé son enfance.

Elle avait la gorge serrée. Elle était étrangement consciente du poids de son cœur, comme une pierre dans sa poitrine, lourd du passé.

Malade de honte et de colère, elle avait néanmoins le sentiment qu'elle devait finir de raconter à Ariel ce qui s'était passé cette nuit de bougies non éteintes en

Floride. Cette révélation ouvrirait peut-être la porte de l'obscurité.

— Oh ! mon Dieu ! comme je le haïssais, ce salaud graisseux puant la bière et la sueur, qui démolissait tout dans ma chambre, ivre, qui hurlait qu'il allait me transformer en chair à requin, avec le rire d'Anne dans la salle de séjour, puis sur le seuil de la chambre, son rugissement de femme soûle, tout cela le soir de mon anniversaire, la fête du jour de ma naissance, ma journée...

Les larmes seraient peut-être venues maintenant si elle n'avait pas passé sa vie à apprendre à les refouler.

— ... et le cafard qui me courait dessus, sur le dos, qui m'entrait dans les cheveux...

Dans la chaleur moite et suffocante de Key West, le tonnerre grondait à la fenêtre et chantait dans les ressorts du lit, et des reflets bleu froid d'éclairs frissonnaient tel un feu imaginaire sur le plancher peint. Chyna faillit hurler quand le cafard tropical, gros comme sa main de petite fille, s'enfonça dans ses longues tresses, mais sa peur de Woltz l'avait réduite au silence. Elle serra les dents lorsque le cafard, sortant de ses cheveux, longea son épaule, descendit son bras mince, jusqu'au sol ; espérant qu'il s'enfuirait dans la pièce, n'osant pas le repousser de crainte que Woltz n'entende le bruit, malgré le fracas du tonnerre, ses menaces et ses jurons, le rugissement de rire soûl de sa mère. Mais le cafard repartit vers un de ses pieds nus et se remit à l'explorer avant de remonter sur son mollet, sa cuisse... Puis il rampa sous une jambe de son short, dans la raie de ses fesses, antennes frémissantes. Elle gisait dans une paralysie de terreur, appelant de ses vœux la fin de la torture par n'importe quel moyen... demandant que la foudre la frappe, que Dieu l'emmène dans un endroit meilleur que ce monde haïssable.

Riant, sa mère entra dans la pièce : « Jimmy, pauvre andouille, elle n'est pas là. Elle est dehors, sur la plage, comme d'habitude. » Et Woltz répondit : « Eh bien, si elle revient, je la transforme en chair à requin, je le jure. » Puis il rit et ajouta : « Bon Dieu, t'as vu ses yeux ? Elle était morte de trouille. » « Ouais, dit Anne, c'est une vraie trouillarde. Elle va rester planquée pendant des heures. Je me demande quand elle va se décider à grandir. » Ce à quoi Woltz répliqua : « C'est sûr qu'elle ressemble pas à sa mère. T'es née adulte, toi, hein, bébé ? » « Écoute, connard, tu me fais un truc comme ça, c'est sûr que je vais pas m'enfuir comme elle. Je te foutrai un tel coup dans les couilles que tu serais obligé de te faire rebaptiser Nancy. » Woltz rugit de rire et, de sa cachette, Chyna vit les pieds nus de sa mère s'approcher de ceux de Woltz, et sa mère se mit à glousser.

Gros, obscène, agité, le cafard rampa sous la ceinture du short de Chyna, et remonta vers son cou... Elle se sentit alors incapable de le supporter de nouveau dans ses cheveux. Sans se soucier des conséquences, elle tendit la main et attrapa le cafard. La bête gigota, mais elle referma le poing dessus.

Tête pressée contre le plancher, elle fixait toujours les pieds nus de sa mère. Dans les éclairs, un vêtement se posa en tourbillonnant sur le sol, masse douce de coton jaune autour des chevilles fines d'Anne. Son corsage. Elle eut un gloussement ivre quand son slip glissa sur ses jambes bronzées.

Dans le poing de Chyna, les pattes du cafard en colère gigotaient. Ses antennes frémissaient. Woltz enleva ses sandales, et l'une d'elles heurta le lit, juste sous le nez de Chyna, qui entendit le bruit d'une fermeture Éclair. Dure, fraîche et huileuse, la petite tête du cafard roula entre ses deux doigts. Le jean troué de Woltz atterrit en tas sur le plancher, dans le cliquetis de la boucle de sa ceinture.

Anne et lui tombèrent sur le lit étroit, les ressorts couinèrent sous leur poids, pressant les lames du sommier contre les épaules et le dos de Chyna, la clouant au sol. Soupirs, murmures, encouragements impatients, gémissements, halètements, et grognements de bêtes... Chyna les avait tous déjà entendus d'autres nuits à Key West et ailleurs, mais toujours à travers des murs, de pièces voisines. Elle ne savait pas vraiment ce qu'ils voulaient dire, et elle ne voulait pas le savoir, parce qu'elle sentait que cela ne ferait que créer de nouveaux dangers, pour lesquels elle n'était pas équipée. Ce que faisaient sa mère et Jim Woltz au-dessus de sa tête était à la fois effrayant et profondément triste, plein d'une signification terrible, pas moins étrange ou moins puissant que le fracas du tonnerre dans le ciel au-dessus du golfe, et les éclairs tombés du paradis sur terre.

Elle ferma les yeux pour ne plus voir ni les éclairs ni le tas de vêtements sur le sol. Elle s'efforça de chasser l'odeur de poussière, de moisi, de bière, de sueur et du savon de bain parfumé de sa mère, et elle imagina que ses oreilles étaient pleines de cire qui étouffait le tonnerre, le tambourinement de la pluie sur le toit et les bruits d'Anne avec Woltz. Serrée comme elle l'était, elle aurait dû pouvoir se faufiler dans un état de patiente insensibilité, voire à travers le portail magique du Bois.

Elle n'y réussit qu'à moitié et encore, parce que Woltz secoua le lit avec une telle force qu'elle dut adapter sa respiration au rythme qu'il imprimait. Quand les lattes se pressaient contre elle sous son poids, elles l'écrasaient tant contre le plancher nu que sa poitrine lui faisait mal et que ses poumons refusaient de se dilater. Elle ne pouvait respirer que lorsque Woltz se soulevait. Cela continua ainsi pendant affreusement longtemps et, quand ce fut enfin terminé, elle gisait tremblante et baignée de sueur, engourdie de terreur et prête à tout pour oublier ce qu'elle venait d'entendre, surprise qu'on ne lui ait pas coupé la respiration à jamais et fait exploser le cœur. Elle serrait dans son poing ce qui restait du gros cafard qu'elle avait involontairement écrasé ; une matière visqueuse répugnante lui coulait entre les doigts, froide à présent, et son estomac se souleva devant cette mixture étrange.

Au bout d'un moment, après des murmures et un rire doux, Anne se leva, récupéra ses vêtements et partit dans la salle de bains. Quand la porte se referma, Woltz alluma la petite lampe de chevet et se pencha. Il apparut tête en bas, juste en face de Chyna. Dans son visage en contrejour, seuls ses yeux brillaient d'un éclat noir. Il lui sourit : « Comment va la petite reine du jour ? » Incapable de parler ou de bouger, Chyna croyait à moitié que l'humidité dans sa main était un morceau sanguinolent de chair à requin. Elle savait que Woltz allait la découper en morceaux parce qu'elle l'avait entendu le dire à sa mère, la découper en morceaux et la mettre dans un seau et la jeter aux requins. En fait, il sortit du lit... enfila son jean, remit ses sandales et quitta la pièce.

Dans la cave d'Edgler Vess, à des milliers de kilomètres de Key West et dix-huit ans plus tard, Chyna remarqua qu'Ariel semblait regarder la perceuse au lieu de voir à travers.

— Je ne sais pas combien de temps je suis restée sous ce lit, continua-t-elle. Peut-être quelques minutes, peut-être une heure. Je les ai de nouveau entendus dans la cuisine, sortir une autre bière, préparer une autre vodka limonade pour elle, discuter et rire. Et il y avait quelque chose dans son rire à elle... un vilain petit ricanement... je ne sais pas... mais quelque chose m'a fait penser qu'elle savait que j'étais sous le lit, qu'elle le savait mais qu'elle n'avait pas résisté à Woltz quand il lui avait déboutonné son corsage.

Elle fixa ses menottes sur l'établi.

Elle sentait encore la matière visqueuse du cafard lui couler entre les doigts. En écrasant l'insecte, elle avait aussi écrasé ce qui restait de sa fragile innocence et tout espoir d'être une fille pour sa mère ; bien qu'après cette nuit il lui eût encore fallu des années pour le comprendre.

— Je ne me rappelle pas du tout comment j'ai quitté la cabane, par la porte d'entrée, par une fenêtre... toujours est-il que je me suis retrouvée sur la plage sous l'orage. Les brisants n'étaient pas énormes. Ils le sont rarement sauf en cas d'ouragan, et ce n'était qu'un orage tropical typique, presque sans vent, avec une pluie battante tombant toute droite. Mais les vagues étaient plus grosses que d'habitude, et j'ai songé à nager dans ces eaux noires jusqu'à un reflux. J'essayais de me persuader que tout irait bien, que je pouvais nager jusqu'à ce que je me fatigue, que je rejoindrais Dieu.

Les mains d'Ariel parurent se crisper sur la perceuse.

— Mais, pour la première fois de ma vie, l'océan me faisait peur... ses brisants battaient comme un cœur géant, ses eaux paraissaient d'un noir aussi luisant qu'une carapace de cafard et semblaient s'incurver pour se fondre dans un ciel noir d'encre. C'était l'infinité de l'obscurité qui m'effrayait, sa continuité, mais, à l'époque, je ne connaissais pas ce mot. Je me suis donc étendue sur la plage, avec la pluie qui battait si fort que je ne pouvais pas garder des yeux ouverts. Même paupières fermées, je voyais encore les éclairs, un énorme fantôme lumineux, et puisque j'étais trop effrayée pour nager jusqu'à Dieu, j'ai attendu que Dieu vienne à moi, dans un éclat aveuglant. Mais Il ne venait pas, ne se décidait pas, et j'ai fini par m'endormir. Peu après l'aube, à mon réveil, l'orage était fini. Le ciel était rouge à l'est, saphir à l'ouest, l'océan plat et vert. Je suis rentrée ; Anne et Woltz dormaient encore dans leur chambre. Mon gâteau d'anniversaire était toujours sur la table de la cuisine. Le glaçage rose et blanc était mou et perlé d'huile jaunâtre à cause de la chaleur, et les huit bougies étaient toutes tordues. Personne n'en avait mangé, et je n'y ai pas touché non plus... Deux jours plus tard, ma mère larguait les amarres et m'embarquait pour Tupelo, le Mississippi, Santa

Fe, ou Boston... Je ne sais plus trop où, mais j'étais soulagée de partir... et terrifiée par ceux qui nous attendaient. Heureuse seulement sur la route, loin de la dernière destination et pas encore arrivée à la suivante, la paix de la route ou des rails. J'aurais pu voyager indéfiniment.

Au-dessus d'elles, la maison d'Edgler Vess restait silencieuse.

Une ombre déchiquetée traversa le sol de la cave.

Levant le nez, Chyna vit une araignée occupée à tisser sa toile près d'une lampe.

Peut-être devrait-elle affronter les dobermans avec ses menottes. Le temps passait.

Ariel souleva la perceuse.

Chyna ouvrit la bouche pour l'encourager, puis se ravisa, terrifiée à l'idée de mal choisir ses mots et de renvoyer la jeune fille dans sa transe.

Sans un mot, elle se leva pour mettre les lunettes de protection sur le nez d'Ariel. Qui n'objecta pas.

Elle revint s'asseoir et attendit.

Un froncement de sourcils se dessina sur la mare placide du visage d'Ariel. Il y flotta.

La jeune fille pressa le bouton. Le moteur hurla, et le foret tourna. Elle relâcha le bouton et regarda le foret s'arrêter.

Chyna se rendit compte qu'elle retenait sa respiration. Elle expira, inspira profondément, et l'air lui parut plus doux qu'avant. Elle rectifia la position de ses mains sur l'établi pour présenter la menotte gauche à Ariel.

Derrière les lunettes, les yeux d'Ariel passèrent lentement de l'extrémité du foret à la serrure. Elle regardait à présent, tout en paraissant toujours ailleurs.

Confiance.

Chyna ferma les yeux.

Dans son attente, le silence devint si profond qu'elle commença à entendre des bruits imaginaires dans le lointain, pareils aux lumières fantômes qui jouent derrière des paupières fermées : le tic-tac doux et solennel de la pendule de la cheminée, l'agitation des dobermans vigilants dans la nuit à l'extérieur.

Elle sentit une pression sur la menotte gauche.

Elle ouvrit les yeux.

Le foret était dans la serrure.

Elle referma les yeux, en plissant les paupières pour les protéger des éclats de métal. Elle tourna la tête.

Ariel appuya sur le foret pour l'empêcher de rebondir, comme Chyna le lui avait expliqué. La menotte se pressa contre le poignet.

Silence. Immobilité. Rassemblant son courage.

Soudain le moteur hurla. Il y eut le hurlement de l'acier contre l'acier, suivi de la fine odeur âcre du métal chaud. Les vibrations dans l'os du poignet de Chyna irradièrent dans son bras, amplifiant toutes les douleurs hantant ses muscles. La menotte gauche s'ouvrit.

Chyna aurait pu se débrouiller raisonnablement bien avec la paire de menottes pendant de sa main droite. Peut-être était-ce insensé de risquer une blessure pour l'avantage supplémentaire relativement petit d'être complètement libre. Mais ce n'était pas une question de logique. Ni de comparaison raisonnable des risques et des avantages. C'était une question de foi.

Le foret cliqueta contre la serrure et s'inséra dans la menotte droite.

Ariel relâcha le bouton et releva la perceuse.

Avec un rire de soulagement et de plaisir, Chyna se débarrassa de ses menottes et leva les mains, les contemplant avec émerveillement. Ses deux poignets étaient à vif et suintaient par endroits. Mais cette douleur était moins sévère que bien d'autres qu'elle supportait, et rien ne pouvait diminuer sa joie d'être de nouveau libre.

Ariel était figée, debout, la perceuse dans les mains. Chyna lui prit l'outil pour le poser sur l'établi.

— Merci. C'était génial. Tu as été parfaite !

La fille se tenait de nouveau bras ballants ; toutefois ses pâles mains délicates ne ressemblaient plus à des pinces mais aux mains détendues d'un dormeur.

Chyna lui enleva les lunettes, et leurs regards se croisèrent, enfin. Elle vit la fille qui vivait derrière le beau visage, la vraie fille derrière la forteresse du crâne, où Edgler Vess ne pouvait l'atteindre qu'au prix d'efforts colossaux, si tant était qu'il y parvenait.

Puis, en une seconde, le regard d'Ariel repartit dans le sanctuaire de son Ailleurs.

— Oh ! non, s'exclama Chyna qui ne voulait pas perdre la fille qu'elle venait d'entr'apercevoir.

Elle serra Ariel dans ses bras :

— Reviens, ma douce. Tout va bien. Reviens vers moi, parle-moi.

Mais Ariel ne revint pas. Après s'être obligée à entrer dans le monde d'Edgler Vess suffisamment longtemps pour faire sauter les serrures des menottes, elle avait épuisé ses réserves de courage.

— D'accord. Je ne t'en veux pas. Nous ne sommes pas encore sorties d'ici. Maintenant, il faut qu'on s'occupe des chiens.

Depuis son royaume lointain, Ariel l'autorisa à la prendre par la main pour la conduire vers l'escalier.

— Nous sommes capables de nous occuper d'une troupe de sales clebs, la môme. Il faut y croire, dit Chyna sans être bien sûre d'y croire elle-même.

Libre des menottes et des fers, sans fauteuil sur le dos, avec une vessie glorieusement vide, elle n'avait plus d'autre souci que les chiens. À mi-hauteur de l'escalier, elle se souvint d'un détail vu plus tôt ; il l'avait rendue perplexe, mais à présent c'était clair... et d'une importance vitale.

— Attends. Attends-moi ici, dit-elle en plaçant la main molle de la fille autour de la rampe.

Elle redescendit l'escalier quatre à quatre, se rua sur les placards métalliques et ouvrit les portes derrière lesquelles elle avait vu les étranges rembourrages avec des lanières en cuir noir et des boucles en chrome. Elle les sortit et les étala par terre.

Des vêtements. Une veste avec une épaisse couche de mousse sous une matière artificielle qui paraissait beaucoup plus solide que le cuir. Un rembourrage particulièrement épais autour des manches. Deux autres rembourrages rebondis et renforcés de plastique dur, comme sur les tenues pare-balles ; le plastique était articulé aux genoux pour permettre une plus grande liberté de mouvement. Un autre rembourrage protégeait l'arrière des jambes, attaché à un bouclier en plastique dur pour les fesses, une ceinture et des boucles reliant le tout aux rembourrages de devant.

Derrière les vêtements, elle trouva des gants et un étrange casque matelassé avec une visière transparente en Plexiglas. De même qu'une veste avec une étiquette Kevlar dessus qui ressemblait exactement aux vêtements pare-balles portés par les troupes de tireurs d'élite.

Elle y remarqua des accrocs, et d'autres déchirures qui avaient été recousues avec un fil noir aussi épais que du fil de pêche. Elle reconnut les points réguliers fermant les lèvres et les paupières de l'auto-stoppeur. Çà et là dans le matelassage, des petits trous béaient, non réparés. Des traces de crocs.

C'était le costume de protection que Vess revêtait pour dresser ses dobermans.

Il se protégeait autant que pour affronter une troupe de lions affamés. Pour un homme qui aimait à prendre des risques, à vivre dangereusement, il semblait prendre des précautions extrêmes avec ses chiens.

Chyna sut alors tout ce qu'il était nécessaire de savoir de la sauvagerie des dobermans.

10.

Il ne s'était pas écoulé plus de vingt-deux heures depuis le premier cri dans la maison des Templeton à Napa. Une vie entière. Minuit approchait : que réserverait cette nouvelle journée ?

Deux lampes étaient allumées dans la salle de séjour. Chyna ne se souciait plus de garder la maison dans le noir. Dès qu'elle franchirait le seuil pour affronter les chiens, elle n'aurait plus aucun espoir de donner un faux sentiment de sécurité à Vess s'il rentrait tôt.

D'après la pendule sur la cheminée, il était dix heures et demie.

Ariel était assise dans un fauteuil. Les bras serrés contre son corps, elle se balançait d'avant en arrière, comme souffrant de crampes, mais sans émettre un son et le visage toujours aussi inexpressif.

Chyna nageait littéralement dans la combinaison protectrice de Vess, et elle ne savait pas si elle devait se sentir ridicule, ou craindre d'être plus gênée que protégée par le vêtement énorme. Elle avait roulé les poignets et le bas des jambes avant de les fixer avec de grandes épingles à nourrice venant d'un nécessaire à couture trouvé dans la buanderie. Les boucles et les fermetures en velcro lui avaient permis de resserrer suffisamment le harnachement pour l'empêcher de lui tomber sur les hanches. Grâce au gilet en Kevlar, plus ajusté, elle flottait moins dans la veste. Le col articulé en plastique pare-balles la protégerait d'attaques à la gorge. Ainsi déguisée, elle ressemblait à un employé du nucléaire s'apprêtant à pénétrer dans une centrale.

Ses chevilles et ses pieds restaient vulnérables. La paire de chaussures de combat aux bouts renforcés d'acier de Vess était bien trop grande pour elle. Face à ces chiens, ses mocassins seraient pratiquement aussi efficaces que des mules. Si elle voulait arriver entière dans le camping-car, elle avait intérêt à être rapide et agressive.

S'armer d'une sorte de gourdin ? Elle y avait songé. Mais, engoncée dans son armure, elle n'aurait pas la liberté de mouvement nécessaire pour repousser ou blesser les dobermans.

Elle s'était rabattue sur deux vaporisateurs à levier découverts dans un placard de la buanderie. Un produit pour nettoyer les vitres et un détachant pour tapis et tissus. Après avoir vidé et rincé les flacons dans l'évier de la cuisine, elle avait songé à les remplir d'eau de Javel avant d'opter finalement pour de l'ammoniaque pur dont Vess, ce cher maniaque de la propreté, conservait deux bidons. Les vaporisateurs à jet réglable l'attendaient près de la porte d'entrée.

Dans son fauteuil, Ariel continuait à se balancer d'avant en arrière en silence, les yeux fixés sur le tapis.

Dans cet état catatonique, elle ne risquait guère d'aller où que ce soit de son propre gré.

— Reste où tu es, lui dit malgré tout Chyna. Surtout, ne bouge pas, d'accord ? Je reviens te chercher.

Aucune réaction.

— Ne bouge pas !

La combinaison commençait à peser douloureusement sur ses muscles meurtris et ses articulations abîmées. Plus les minutes passaient, plus l'inconfort la ralentirait mentalement et physiquement. Il n'y avait pas de temps à perdre.

Elle enfila le casque à visière. Elle avait rembourré

l'intérieur avec une serviette pour qu'il s'emboîte bien sur son crâne, et la jugulaire le retenait. La visière incurvée en Plexiglas lui descendait à cinq centimètres sous le menton, mais au-dessus, l'air circulait librement... et six petits trous au centre assuraient une ventilation supplémentaire.

Elle s'approcha de la fenêtre. Pas de chien en vue. La cour était sombre, et la prairie semblait aussi noire que la face cachée de la lune. Tapis dans l'obscurité, les chiens devaient observer sa silhouette se découpant dans la lumière. Prêts à lui bondir dessus derrière la balustrade du porche.

Elle jeta un coup d'œil à la pendule.

Dix heures trente-huit.

— Non ! Oh ! mon Dieu ! Non, je ne veux pas !

Elle se rappela soudain le cocon qu'elle avait trouvé pendant un séjour avec sa mère en Pennsylvanie, quatorze ou quinze ans avant. La chrysalide pendait au bout d'une branche de bouleau, dans un rayon de soleil. Elle renfermait un papillon venant de dépasser la phase de la pupe. Sa métamorphose achevée, il s'agitait frénétiquement dans son cocon, gigotait des pattes, à la fois impatient d'être libre et effrayé par le monde hostile dans lequel il s'apprêtait à naître. Dans son harnachement, Chyna frémissait autant que lui, non d'impatience de se lancer dans le monde nocturne qui l'attendait, mais plutôt d'une envie folle de battre en retraite au plus profond de sa chrysalide.

Elle se dirigea vers la porte.

Elle enfila les gants de cuir tachés, étonnamment souples malgré leur poids, qu'elle resserra grâce aux bandes velcro aux poignets.

Elle avait fixé en la cousant une clé en laiton au pouce du gant droit. Elle s'était arrangée pour que l'extrémité dentelée dépasse du pouce pour l'insérer plus facilement dans la serrure de la portière du camping-car. Pas question de la faire tomber par terre, ni d'être obligée de la chercher au fond d'une poche au milieu de monstres bondissants.

Peut-être la portière n'était-elle même pas fermée à clé... Mais elle ne prendrait pas ce risque.

Elle ramassa les deux vaporisateurs. Un dans chaque main. Vérifia qu'ils étaient bien réglés sur le jet le plus puissant.

Elle ouvrit doucement la porte et tendit l'oreille. Rien.

Le porche avait l'air vide.

Elle sortit et referma la porte, maladroitement, gênée par ses vaporisateurs.

Elle plaça les doigts autour des leviers. L'efficacité de ses armes dépendrait de la vitesse d'attaque des chiens et de sa propre capacité de profiter de la moindre occasion offerte de viser juste.

Dans cette nuit sans un souffle de vent, le mobile de coquillages ne tintait pas. Aucune feuille ne frissonnait sur l'arbre au bout du porche.

La nuit semblait muette. De toute façon, avec son casque, Chyna n'aurait pas capté le moindre bruit.

Elle eut la sensation folle que le monde entier n'était plus qu'un diorama très détaillé, scellé dans un presse-papiers en verre.

Sans brise pour leur apporter son odeur, les chiens ignoraient peut-être qu'elle était sortie de la maison.

Oui, et les poules ont des dents, mais elles nous le cachent.

Le perron se trouvait au bout du porche, à droite. Le camping-car était garé sur l'allée, à six mètres des marches.

Collée au mur, Chyna progressa lentement vers la droite, tout en jetant constamment des coups d'œil à gauche, vers la cour. Pas de chiens.

Il faisait tellement froid que son souffle formait un léger brouillard à l'intérieur de la visière. Les nuages de condensation s'évanouissaient rapidement, mais chacun semblait s'étendre plus loin que le précédent.

Malgré l'espace sous le menton et les six petits trous d'aération, elle commença à craindre que ces nuages ne finissent par l'aveugler. Elle haletait, mais elle n'était pas plus capable de maîtriser sa respiration que les battements rapides de son cœur.

Souffler vers le bas, en avançant la lèvre supérieure, pour minimiser le problème. Cela se traduisit par un faible sifflement creux, vibrant au rythme de sa peur.

Deux petits pas de côté, trois, quatre : elle passa devant la fenêtre de la salle de séjour. Péniblement consciente de la lumière derrière elle. Silhouette de nouveau.

Elle n'avait pas voulu laisser Ariel seule dans le noir. Dans son état actuel, cela n'aurait peut-être pas fait grande différence, mais elle ne s'était pas sentie en droit de l'abandonner dans l'obscurité.

Presque parvenue au perron, elle s'enhardit. Elle se décolla du mur, fit face aux marches et s'en approcha aussi vite que le lui permettait son harnachement.

Aussi noir que la nuit dont il jaillissait, aussi silencieux que les nuages hauts filant lentement dans un champ d'étoiles, le premier doberman arrivait sur elle. De l'avant du camping-car. Sans aboyer ni grogner.

Elle faillit ne pas le voir à temps. Oubliant de maîtriser son souffle, elle créa un nuage de condensation sur sa visière. La pâle pellicule d'humidité se dissipa aussitôt, mais le chien était déjà là, fonçant vers le perron, oreilles aplaties contre le crâne, tous crocs dehors.

Elle pressa le levier du vaporisateur dans sa main droite : un arc d'ammoniaque éclaboussa le porche à environ deux mètres, trop court pour toucher le chien.

Il arrivait vite. Elle eut l'impression d'être un gosse armé d'un pistolet à eau. Ridicule. Cela ne marcherait jamais. Bon Dieu ! il fallait que ça marche, sinon elle finirait en pâtée.

Elle pressa de nouveau le levier... le doberman franchissait le perron, encore hors d'atteinte. Elle regretta de ne pas avoir un jet plus puissant, avec une portée d'au moins six mètres, pour pouvoir arrêter la bête avant qu'elle n'arrive sur elle. Elle pressa de nouveau le levier, et l'ammoniaque toucha le chien à la seconde où il pénétrait sous le porche, lui éclaboussant la gueule et les crocs.

L'effet fut instantané. Déséquilibré, le doberman patina vers elle, en geignant ; elle fit un bond de côté, sinon il serait écrasé contre elle.

L'ammoniaque lui rongeant la langue et lui envahissant les poumons, incapable de respirer une bouffée d'air pur, le chien roula sur le dos, se frottant frénétiquement le museau de ses pattes. Il éternua, toussa, poussant des gémissements perçants.

Chyna poursuivit son chemin.

Merde, merde, merde, merde !

Elle avança jusqu'en haut des marches du perron, lança un coup d'œil derrière elle : le gros chien s'était redressé, et il tournait en rond en secouant la tête. Entre deux gémissements aigus de douleur, il éternuait violemment.

Le deuxième chien jaillit de l'obscurité à l'instant où elle descendait la dernière marche. Détectant du coin de l'œil un mouvement à sa gauche, elle tourna la tête et vit un mortier lui arriver dessus. Elle leva le bras gauche, pas assez vite : le choc faillit la faire tomber. Elle chancela, mais réussit à garder l'équilibre.

Le doberman avait les crocs plantés dans le rembourrage de sa manche gauche. Il ne se contentait pas de s'efforcer de l'immobiliser : il mâchonnait l'épaisseur de mousse comme s'il essayait d'en arracher un morceau, pour la mutiler, lui sectionner une artère, la vider de son sang.

Arrivé sur elle dans un silence discipliné, le chien ne grondait toujours pas. Mais du fond de sa gorge montait un son à mi-chemin entre le grognement et le lamento funèbre... un étrange cri irrépressible qu'elle percevait malheureusement fort bien malgré son casque.

À bout portant, de la main droite, elle envoya une giclée d'ammoniaque dans le féroce regard noir.

Les mâchoires du chien s'ouvrirent comme sous l'effet d'un mécanisme à ressort : il tournoya sur lui-même et recula, des fils argentés de salive lui dégoulinant des babines noires, hurlant de douleur.

Elle se rappela l'avertissement sur l'étiquette du bidon d'ammoniaque : *peut causer de graves mais temporaires brûlures aux yeux.*

Gémissant comme un enfant blessé, le chien roula dans l'herbe, se frottant les yeux avec ses pattes comme le premier s'était frotté la gueule, mais plus frénétiquement.

Le fabricant recommandait qu'on se rince les yeux contaminés à l'eau courante pendant un quart d'heure. Sans eau, à moins de trouver instinctivement le chemin d'un ruisseau ou d'une mare, le chien lui offrait donc un bon quart d'heure de tranquillité.

Il se redressa d'un bond et chercha à se mordre la queue. Il tituba, s'effondra, se remit tant bien que mal à quatre pattes et s'enfonça dans la nuit, temporairement aveugle, poussant des cris épouvantables.

En courant vers le camping-car, Chyna eut un éclair de remords. L'animal l'aurait froidement déchiquetée s'il avait pu, mais il n'était tueur que par dressage, non par nature. D'une certaine manière, il n'était qu'une victime de plus d'Edgler Vess qui avait adapté sa vie à ses besoins. Si elle avait pu totalement se fier à son harnachement protecteur, elle lui aurait épargné ces souffrances.

Combien de chiens encore ?

Vess avait laissé entendre qu'ils étaient plusieurs. Quatre, non ? Mais il pouvait avoir menti. Il n'y en avait peut-être que deux finalement.

N'y pense pas : avance.

À la portière côté passager, elle essaya la poignée. Fermée à clé.

Pitié ! Plus de chiens ! Rien que cinq secondes sans chien !

Elle lâcha le vaporisateur de sa main droite, pour pincer la clé entre le pouce et l'index. Elle la sentait à peine à travers des gants épais.

Sa main tremblait. La clé racla contre la serrure en chrome. Chyna l'aurait lâchée si elle ne l'avait pas cousue.

Elle s'apprêtait à glisser la clé dans la serrure, lorsqu'elle s'écrasa contre la portière, sous la poussée d'un doberman qui planta ses crocs dans l'épais col de sa veste et peut-être aussi dans la bande de plastique articulé qui lui protégeait le cou. Accroché à elle, il tentait sans succès de la déchirer de ses griffes, comme un amant démoniaque dans un cauchemar.

Sous le poids, elle faillit basculer en arrière. Non ! Reste debout ! Tu es fichue s'il te fait tomber.

Tournée à cent quatre-vingts degrés dans son effort pour garder l'équilibre, elle remarqua que le premier doberman n'était plus sous le porche. La créature pendue à son cou devait être le petit qu'elle avait attaqué au museau. Ce sale chien respirait de nouveau malgré son arsenal chimique, il reprenait du service, donnant son maximum pour Edgler Vess.

Peut-être n'y avait-il que deux chiens après tout.

Gênée par le lourd matelassage des manches de sa veste, elle pressa maladroitement le levier du vaporisateur gauche, mais elle rata la bête.

Elle chargea à reculons dans le camping-car, comme elle l'avait fait avec le fauteuil contre la cheminée. Piégeant le doberman entre son corps et la paroi.

Lâchant prise, il poussa un cri aigu, un son pathétique qui la rendit malade tout en lui paraissant bien agréable, finalement, une vraie musique à ses oreilles.

Boucles cliquetantes, Chyna se glissa de côté, hors de portée, inquiète pour ses chevilles.

Mais le doberman ne semblait plus d'humeur à lutter. Il s'éloigna d'elle, la queue basse, lui jetant un regard en biais, tremblant et éternuant comme s'il avait un poumon abîmé, et ménageant apparemment sa patte arrière droite.

Elle pressa le levier. La créature était hors de portée ; le jet atterrit dans l'herbe.

Deux chiens hors de combat !

Bouge ! Avance !

Elle se retourna vers le camping-car : un troisième chien, énorme, lui sauta à la gorge, mordit sa veste et la déséquilibra. Elle cria.

Elle tombait. Merde !

Avec le chien sur elle, lui mâchant frénétiquement le col de sa veste.

Le souffle coupé en heurtant brutalement le sol, elle lâcha le vaporisateur qui rebondit dans l'herbe. Trop loin.

Le chien arracha une bande de matelassage du col de sa veste et secoua la tête pour s'en débarrasser, éclaboussant sa visière de jets de salive bouillonnante. Il s'attaqua de nouveau au même endroit, encore plus férocement, enfonçant davantage les crocs, cherchant la chair, le sang, le triomphe.

Elle lui bourrait la gueule de coups de poing, tentant de lui écraser les oreilles, peut-être sensibles, vulnérables.

— Lâche-moi, sale bête. Mais lâche !

Le doberman ouvrit la gueule sur sa main droite, fit claquer ses crocs dans le vide, recommença et serra. Il lui secoua violemment la main, comme s'il cherchait à briser la colonne vertébrale d'un rat coincé entre ses incisives. La pression fut telle qu'elle hurla.

Lâchant sa main, le chien lui ressauta à la gorge. Attaquant le gilet de Kevlar.

Hurlant de douleur, Chyna tendit sa main droite meurtrie vers le vaporisateur gisant dans l'herbe. Trente centimètres trop loin.

En tournant la tête vers le vaporisateur, elle avait involontairement fait remonter sa visière, ouvrant la voie au chien, qui fourra son museau sous le Plexiglas, au-dessus du gilet en Kevlar, mordant dans l'épais matelassage de son col articulé en plastique dur, sa dernière défense. Les crocs plantés dans cette armure, le chien se rejeta avec une telle violence en arrière qu'il lui fit décoller la tête du sol.

La nuque transpercée d'une flèche douloureuse, Chyna tenta de repousser son agresseur qui pesait sur elle.

Elle sentait son souffle chaud sous son menton. S'il parvenait à glisser la gueule sous sa visière, il lui mordrait le menton, il le ferait, il allait le faire.

Elle poussa de toutes ses forces, tentant de se dégager, le chien toujours pesant sur son corps, mais elle réussit à progresser de quelques centimètres en direction du vaporisateur. Elle poussa de nouveau... le flacon n'était plus qu'à quinze centimètres du bout de ses doigts.

Elle vit alors l'autre doberman boiter vers elle, prêt à se relancer dans la bataille. Elle ne lui avait pas abîmé les poumons finalement, en le coinçant contre le camping-car.

Deux. Elle ne pouvait rien faire contre deux chiens sur elle.

Elle poussa de nouveau, tentant péniblement de se dégager, entraînant le doberman toujours accroché à elle.

Sa langue chaude lui râpait le menton, le léchait, goûtant sa sueur. Toujours ce son horrible au fond de la gorge.

Pousse !

Ayant repéré son point le plus vulnérable, le chien boiteux fondit sur son pied droit. Elle le repoussa d'un coup de chaussure, le chien recula, pour revenir aussitôt à la charge. Nouveau coup de pied, et le doberman referma ses crocs sur le talon de son mocassin.

Elle haletait, couvrant de buée l'intérieur de sa

visière. Avec son museau coincé sous le Plexigas, le chien en faisait autant. Elle n'y voyait plus rien.

Coups de pied pour faire reculer un agresseur. Poussées pour se dégager de l'autre.

Une langue chaude sur son menton, trempé de salive. L'haleine fétide. Les crocs à deux centimètres de sa chair. La langue de nouveau.

Elle toucha enfin le vaporisateur. Referma les doigts autour.

La main palpitant de la morsure à travers le gant, elle redouta un instant de ne pas pouvoir tenir le flacon convenablement, puis elle pressa le levier, envoyant un jet d'ammoniaque à l'aveuglette. Sans réfléchir, elle s'était servie de son index enflé ; sous la douleur, elle eut un éblouissement. Changeant de doigt, elle pressa de nouveau.

Les crocs du chien boiteux traversèrent le cuir du mocassin et s'enfoncèrent dans son pied droit.

Elle envoya une nouvelle giclée d'ammoniaque en visant ses pieds, une autre, et le doberman lâcha prise. Ils hurlaient tous les deux, aveugles, tremblants, réunis à présent dans la même communauté de douleur.

Un claquement de crocs. L'autre chien. Poussant sous sa visière, vers son menton. Toujours avec ce lamento affamé.

Elle lui appuya le vaporisateur contre la gueule, pressa le levier, deux fois, et le chien lâcha prise en hurlant.

Quelques gouttes d'ammoniaque pénétrèrent par les six petits trous au centre de sa visière. Elle ne distinguait rien à travers le Plexiglas embué, et les vapeurs âcres lui coupèrent le souffle.

Haletante, les yeux larmoyants, elle lâcha le vaporisateur et rampa vers ce qu'elle pensait être la direction du camping-car. Se cognant la tête dedans, elle se redressa. Une sensation de brûlure au pied droit : sa chaussure devait baigner dans une mare de sang.

Trois chiens.

Qui disait trois, disait forcément quatre.

Le quatrième viendrait.

L'ammoniaque s'évaporait plus lentement de sa visière que de sa veste déchirée. Elle avait hâte d'enlever le casque pour respirer librement. Attendre d'être à l'abri à l'intérieur de l'habitacle.

S'étranglant dans les vapeurs d'ammoniaque, s'efforçant de souffler vers le bas de sa visière, à moitié aveuglée par ses yeux larmoyants, elle tâtonna jusqu'à la portière. Finalement, elle pouvait prendre appui sur son pied blessé.

La clé était toujours cousue au gant droit. Elle la prit entre le pouce et l'index.

Un chien hurlait dans le lointain, probablement le premier touché. Plus près, un autre pleurait et gémissait. Un troisième éternuait, suffoquait dans les vapeurs d'ammoniaque.

Mais où était le quatrième ?

Elle finit par trouver la serrure. Elle ouvrit la portière. Se hissa sur le siège avant droit.

Lorsque la portière claqua, une masse vint s'écraser dessus. Le quatrième chien.

Chyna retira son casque, ses gants. Sa veste matelassée.

Gueule béante, le doberman sautait contre la fenêtre. Ses griffes grincèrent sur la vitre, puis il se laissa tomber dans l'herbe, sans la quitter des yeux.

Dans la lumière venant de l'étroit couloir, le corps de Laura Templeton gisait toujours sur le lit, dans un enchevêtrement de chaînes et de menottes, enveloppé d'un drap.

La poitrine de Chyna se serra d'émotion, et sa gorge se gonfla au point de l'empêcher de déglutir. Non, ce cadavre n'était pas Laura. La vraie Laura était partie, et il ne restait plus que son enveloppe charnelle... de la chair et des os condamnés à devenir poussière. Son esprit avait fui dans la nuit, vers un foyer plus lumineux et plus chaud, dans l'au-delà, et cela ne servirait plus à rien de verser des larmes pour elle.

La porte du placard était fermée. Le mort y était toujours crucifié, elle en était sûre.

En quatorze heures, ou plus depuis qu'elle avait quitté cette pièce, l'air étouffant avait acquis une faible mais répugnante odeur de corruption. Elle s'était attendue à pire. Elle respira tout de même par la bouche, pour éviter cette puanteur.

Elle alluma le spot de la table de nuit et ouvrit le premier tiroir. Les objets qu'elle y avait découverts la nuit précédente étaient encore là, s'entrechoquant faiblement dans les vibrations du moteur.

Elle n'avait pas laissé le moteur tourner de gaieté de cœur, de peur que le bruit ne lui masque l'arrivée d'un autre véhicule. Mais il fallait qu'elle s'éclaire, et elle ne voulait pas courir le risque de mettre la batterie à plat.

Elle prit le paquet de tampons de gaze, le rouleau de sparadrap et les ciseaux.

Elle alla s'asseoir dans un fauteuil du coin-salon. Elle retira sa chaussure droite, puis sa chaussette, trempée.

Le sang coulait noir et épais de deux trous au cou-de-pied. Il suintait, il ne coulait pas à flots... Elle n'en mourrait pas.

Elle pressa deux tampons de gaze contre les trous et les fixa avec du sparadrap. En serrant un peu le pansement, elle arrêterait peut-être le saignement.

Elle aurait préféré nettoyer ses blessures à l'alcool, mais elle n'en avait pas sous la main. De toute façon, elles ne s'infecteraient pas avant quelques heures, et d'ici là elle serait loin et en mesure de recevoir des soins. Ou elle serait morte d'une autre cause.

Le risque de rage paraissait presque nul. Edgler Vess devait veiller jalousement sur la santé de ses chiens. Leurs vaccins étaient certainement en règle.

Elle n'essaya même pas de remettre sa chaussette

froide et gluante de sang. Elle glissa son pied bandé dans sa chaussure dont elle desserra un peu le lacet.

Elle prit le petit escabeau métallique rangé entre les placards de la cuisine et le réfrigérateur. Elle le porta dans le couloir et l'ouvrit sous la lucarne, un rectangle plat de plastique dépoli d'environ un mètre de long sur cinquante centimètres de large.

Elle grimpa sur la seconde marche pour examiner la lucarne, espérant la trouver entrouverte, ou bien munie d'un levier. Mais le panneau était fixe.

Repartant vers le coin-repas, elle alla choisir un outil dans la ceinture trouvée dans l'établi de Vess et qu'elle avait eu l'idée d'emporter, glissée sous son harnachement.

Elle prit le marteau.

En se juchant sur la première marche de l'escabeau, elle avait la tête à vingt centimètres de la lucarne. Elle balança le marteau dans le rectangle.

Aucun résultat.

Elle recommença.

Le camping-car avait au moins quinze ans d'âge, et cela semblait être la lucarne d'origine. Ce n'était pas du Plexiglas, mais une matière moins solide ; au bout d'années de soleil et d'intempéries, le plastique s'était fragilisé.

Le panneau rectangulaire craqua enfin, sur la longueur du cadre. Chyna frappa dans la fissure, l'agrandit jusqu'à l'angle, puis sur la largeur, et enfin sur la seconde longueur.

Elle dut s'interrompre plusieurs fois pour reprendre son souffle et changer le marteau de main. Finalement le panneau vibra dans son cadre. Il semblait ne plus tenir que par quelques bouts de plastique et par le quatrième bord intact.

Elle lâcha le marteau, remua les doigts pour les dégourdir, puis étala les mains contre le panneau. Grognant sous l'effort, elle poussa en grimpant sur la seconde marche de l'escabeau.

Avec un craquement, le panneau se souleva de deux centimètres, bordures déchiquetées raclant les unes contre les autres. Puis il craqua sur le quatrième côté, lui résistant encore jusqu'à la faire crier de contrariété. Elle donna une nouvelle poussée, de toutes ses forces. Le quatrième côté céda avec un bruit de coup de feu qui claque.

Elle repoussa le panneau qui racla contre le toit avant de tomber sur l'allée.

À travers le trou au-dessus de sa tête, elle vit les nuages découvrir la lune. Une lumière froide baigna son visage, et dans le ciel sans fond étincelait le feu blanc immaculé des étoiles.

Chyna recula pour se garer parallèlement à la maison, le plus près possible du porche. Elle laissa le lourd véhicule s'immobiliser doucement, de crainte de s'enfoncer dans l'herbe et de s'enliser dans la pelouse encore boueuse une demi-journée après l'arrêt de la pluie. Elle ne pouvait pas se permettre de s'enliser.

Elle mit le véhicule en position parking et tira le frein à main. Elle laissa le moteur tourner.

Dans le petit couloir, l'escabeau s'était renversé. Elle le redressa, grimpa sur la seconde marche et passa la tête dans l'air nocturne, à travers la lucarne cassée.

Dommage que l'escabeau n'ait que deux marches. Maintenant il fallait qu'elle se hisse sur le toit. Et elle en était un peu loin.

Elle plaça les mains à plat de chaque côté de l'ouverture rectangulaire et poussa, si fort qu'elle sentit ses tendons se tendre entre son cou et ses épaules, son pouls battre comme les tambours du jugement dernier à sa carotide, chacun des muscles de ses bras et de son dos frémir sous l'effort.

Elle fut à deux doigts de céder à la douleur et à l'épuisement. Puis elle songea à Ariel dans le fauteuil de la salle de séjour : se balançant d'avant en arrière, le regard ailleurs, les lèvres entrouvertes dans un cri silencieux. Cette image lui donna des ailes, lui fit toucher des ressources insoupçonnées en elle-même. Ses bras tremblants se tendirent lentement, et elle poussa encore. Elle était à plat ventre sur le toit.

Des éclats de plastique s'étaient fichés dans son pull.

Elle roula sur le dos et se tâta le ventre pour mesurer l'ampleur des dégâts. Le sang coulait de deux petites coupures. Rien de grave.

Du lointain dans la nuit lui parvinrent les hurlements d'au moins deux chiens blessés. Leurs cris pathétiques étaient tellement emplis de terreur, de vulnérabilité, de tristesse et de solitude qu'ils frisaient la limite du supportable.

Elle s'approcha du bord du toit pour jeter un coup d'œil dans la cour à l'est de la maison.

Le doberman indemne qui trottait autour du camping-car la repéra aussitôt. Il se figea juste en dessous d'elle, la regardant fixement, lui montrant ses crocs. Apparemment indifférent aux souffrances de ses compagnons.

Elle s'éloigna du bord et se redressa. La surface métallique était un peu glissante de rosée... Dieu merci ! ses semelles étaient en caoutchouc. Si elle glissait et tombait dans la cour, sans armes ni harnachement de protection, le doberman lui arracherait la gorge en dix secondes.

Elle s'était garée le plus près possible du rebord du toit du porche. Elle franchit l'espace de trente centimètres. Les plaques d'asphalte avaient une consistance sableuse sous ses semelles, moins traîtres que le toit du camping-car.

La pente n'était pas très raide, et elle rejoignit facilement la façade de la maison. La pluie récente avait amplifié l'odeur de goudron des nombreuses couches de créosote avec lesquelles on avait traité les rondins au fil des années.

La fenêtre à guillotine de la chambre de Vess était ouverte de six centimètres, comme elle l'avait laissée avant de sortir de la maison. Elle glissa ses mains douloureuses sous le panneau du bas et le souleva en grognant sous l'effort. Avec l'humidité, le bois avait gonflé, mais, au bout de deux essais, elle parvint à la remonter complètement.

Elle entra dans la chambre éclairée.

Dans le couloir, elle jeta un coup d'œil à la porte ouverte en face. Le bureau était plongé dans le noir, et elle avait encore la sensation troublante d'avoir raté quelque chose, un détail vital qu'elle devrait connaître sur le compte de Vess.

Mais elle n'avait plus le temps de mener l'enquête. Elle descendit en courant au rez-de-chaussée.

Dans la salle de séjour, Ariel était toujours assise dans son fauteuil. Elle se balançait d'avant en arrière, les bras serrés contre elle, perdue dans son Ailleurs.

Selon la pendule de la cheminée, il était onze heures quatre.

— Tu restes là. Encore une minute.

Chyna alla dans la buanderie. Elle trouva un balai-éponge.

En rentrant dans la salle de séjour, elle entendit le son familier et redouté.

Jetant un coup d'œil vers la plus proche fenêtre, elle vit le doberman indemne gratter la vitre. Ses oreilles dressées s'aplatirent sur son crâne quand son regard croisa le sien. Il entonna cette mélopée funèbre qui lui faisait dresser les cheveux sur la tête.

Se détournant de lui, elle marchait vers Ariel quand son attention fut attirée par la seconde fenêtre : un autre doberman, les pattes avant posées sur le rebord.

Ce devait être le premier, celui dont elle avait aspergé la gueule d'ammoniaque et qui lui avait mordu le pied lorsqu'elle était clouée au sol par le troisième.

Elle était sûre d'avoir aveuglé le deuxième chien qui s'était lancé sur elle comme un mortier jaillissant de l'ombre, ainsi que le troisième. Jusque-là elle avait cru avoir eu aussi celui-là.

Erreur !

Bien sûr, elle était alors elle-même pratiquement aveuglée par sa visière embuée... et affolée d'être clouée au sol par une bête qui mâchonnait les alentours de la gorge, lui léchait le menton. Elle savait seulement qu'il avait hurlé et lui avait lâché le pied lorsqu'elle l'avait aspergé.

Le second jet d'ammoniaque ne l'avait pas plus handicapé que le premier.

— Sale veinard, murmura-t-elle.

Il ne grattait pas à la vitre. Il se contentait de l'observer. Intensément. Oreilles dressées. Ne ratant rien.

Ou peut-être ne s'agissait-il pas du même chien. Peut-être y en avait-il cinq. Voire six.

Des grattements à l'autre fenêtre.

S'accroupissant devant Ariel, Chyna lui dit :

— Chérie, nous sommes prêtes à partir.

La jeune fille se balançait toujours.

Chyna la prit par la main. Cette fois, il ne fut pas nécessaire de forcer un poing de marbre. Ariel se leva.

Le balai-éponge dans une main, guidant la jeune fille de l'autre, Chyna traversa la salle de séjour, passant devant les deux grandes fenêtres de façade. Elle marchait lentement sans regarder les dobermans de peur que la hâte ou un regard croisé ne les incitent à bondir à travers la vitre.

Ariel et elle arrivèrent en bas de l'escalier.

Derrière elle, un des chiens se mit à aboyer.

Cela ne lui plut pas du tout. Mais alors pas du tout. C'était leurs premiers aboiements. Leur silence discipliné l'avait glacée... mais là, c'était pire.

Gravissant péniblement l'escalier, tirant la fille derrière elle, Chyna eut l'impression d'avoir cent ans. Elle avait envie de s'asseoir, de reprendre son souffle, de reposer ses jambes douloureuses. Mais il fallait continuellement tirer Ariel par la main, sinon elle s'arrêtait et se mettait à murmurer silencieusement. Chaque marche semblait plus haute que la précédente. Alice suivait le lapin blanc, le ventre plein de champignons exotiques, montant l'escalier enchanté.

Elles allaient s'engager dans la seconde volée de marches quand il y eut un fracas au rez-de-chaussée. Une vitre venait de voler en éclats. Chyna retrouva aussitôt sa jeunesse et bondit vers le palier avec la légèreté d'une gazelle tout en encourageant Ariel à accélérer le mouvement.

La cage d'escalier résonna d'aboiements frénétiques.

Chyna se rua dans le couloir, tenant toujours fermement la main de la fille. Un roulement de tonnerre derrière elle.

La porte à gauche. La chambre de Vess.

Elle tira la fille derrière elle et claqua la porte. Pas de verrou. Juste le pêne activé par la poignée.

Allons ! Ce ne sont que des chiens, des saletés de clébards, ils ne sont pas capables de tourner une poignée.

La porte trembla dans son cadre. Un chien se jetait dedans.

Chyna tira Ariel jusqu'à la fenêtre ouverte, posa le balai-éponge sur le toit.

Aboyant comme des fous, les chiens grattaient à la porte.

Elle prit le visage de la fille entre ses mains et plongea avec espoir son regard dans ses beaux yeux bleus : vides.

— Chérie, je t'en prie, j'ai encore besoin de toi, comme pour la perceuse et les menottes. J'ai encore plus besoin de toi maintenant, Ariel, parce qu'il ne reste pas beaucoup de temps, et nous sommes si près du but, si près.

Ariel ne semblait pas la voir.

— Écoute-moi, où que tu sois, où que tu te caches, que ce soit dans le Bois, ou derrière la porte de l'armoire à Narnia... à Oz peut-être, mais où que tu sois, écoute-moi, je t'en prie, et fais ce que je te dis. Il faut que nous sortions sur le toit du porche. Il n'est pas très incliné, c'est faisable, mais il faut que tu fasses attention. Je veux que tu sortes par la fenêtre et que tu fasses deux pas à gauche. Pas à droite. C'est trop près du rebord, tu tomberais. Fais deux pas vers la gauche et attends-moi. Je te suis, mais attends-moi, et je te guiderai.

Elle lâcha le visage de la fille et la serra très fort contre elle, l'aimant comme la sœur qu'elle n'avait pas eue, la mère qu'elle n'avait pu aimer comme elle aurait voulu, l'aimant pour ce qu'elle avait traversé, pour avoir souffert et survécu.

— Je suis ta gardienne, chérie. Ta gardienne. Vess ne te touchera plus jamais, ce salaud, ce malade. Il ne posera jamais plus la main sur toi. Je vais te sortir de ce sale endroit et t'emmener loin de lui à jamais, mais il faut que tu coopères, que tu m'aides et que tu m'écoutes et que tu fasses très, très attention.

Elle lâcha la fille et rencontra de nouveau son regard.

Ariel était toujours dans son Ailleurs. Rien de la lueur fugitive dans la cave, après qu'elle s'était servie de la perceuse.

Les aboiements avaient cessé.

Pour laisser place à un autre bruit.

La poignée s'agitait. L'un des chiens devait taper dessus avec sa patte.

La porte n'adhérait pas au cadre : un centimètre de vide entre le battant et le chambranle, la longueur d'un pêne. Si ce dernier n'était pas convenablement engagé, un chien pouvait pousser le battant.

— Attends, dit-elle à Ariel.

Elle traversa la pièce et entreprit de tirer la commode devant la porte.

Les chiens avaient dû sentir sa présence, ils se remirent à aboyer. La vieille poignée en fer noir cliqueta plus furieusement qu'avant.

La commode était lourde. Mais à défaut d'une chaise au dossier haut et avec la table de nuit trop basse...

Chyna tira la commode jusqu'à la moitié du battant. Cela devrait suffire.

Les dobermans s'affolaient, aboyant encore plus furieusement qu'avant, comme s'ils savaient qu'elle venait de les déjouer.

Elle se retourna : Ariel n'était plus là.

— Non !

Elle se rua à la fenêtre.

Radieuse dans le clair de lune, les cheveux argentés et non plus blonds, Ariel attendait sur le toit du porche à l'endroit exact qu'elle lui avait indiqué. Le dos pressé contre le mur de rondins, elle regardait le ciel, même si elle devait probablement fixer quelque chose d'infiniment plus éloigné que de simples étoiles.

Chyna franchit la fenêtre ; les dobermans s'agitaient toujours furieusement dans la maison derrière elle.

Dehors, les deux blessés ne gémissaient plus dans le lointain.

Elle prit la main d'Ariel. Une main froide et molle et non plus raide et recroquevillée comme une pince de crabe.

— Très bien, c'était très bien. Tu as fait juste comme je te l'avais dit. Mais attends-moi toujours, d'accord ? Reste avec moi.

Prenant le balai-éponge de sa main libre, elle guida Ariel jusqu'au rebord du toit. L'espace de trente centimètres qui les séparait du camping-car était potentiellement dangereux pour quelqu'un dans l'état de la jeune fille.

— Nous allons y aller ensemble. D'accord ?

Ariel fixait toujours le ciel. Ses yeux, cataracte de clair de lune, lui donnaient l'air d'un cadavre au regard laiteux.

Glacée comme devant un mauvais présage, Chyna lâcha la main de sa compagne et l'obligea gentiment à baisser la tête vers l'espace qui les séparait du camping-car.

— Ensemble. Donne-moi la main. Fais attention

pour traverser. Ce n'est pas large, il n'est même pas nécessaire de sauter. Mais ne mets pas le pied au milieu, tu risquerais de tomber dans la cour, où les chiens t'attraperaient.

Chyna enjamba l'espace, mais Ariel ne la suivit pas. Se tournant vers elle, tenant toujours sa main molle, elle la tira gentiment.

— Allez, petite. Viens, partons d'ici. Nous allons le livrer aux flics, et il ne pourra plus jamais faire de mal à personne, jamais, ni à toi, ni à moi, à personne.

Après une hésitation, Ariel enjamba l'espace et glissa sur le métal trempé de rosée du toit du camping-car. Chyna lâcha le balai-éponge pour la retenir.

— On y est presque.

Elle ramassa le balai et guida Ariel jusqu'à la lucarne, où elle l'encouragea à s'agenouiller.

— C'est bien. Maintenant, attends. On y est presque.

Elle s'allongea à plat ventre, se pencha à l'intérieur de la lucarne et repoussa l'escabeau à l'aide du balai-éponge. En tombant dessus, elles pouvaient se casser une jambe.

Elles étaient trop près de la liberté pour prendre des risques inutiles.

Elle se redressa et jeta le balai-éponge dans la cour. Elle mit une main sur l'épaule d'Ariel :

— Bien, maintenant glisse les jambes dans la lucarne. Allez. Assieds-toi sur le bord, fais attention aux bouts de plastique qui dépassent et laisse pendre tes jambes. Oui, c'est ça. Bien, maintenant laisse-toi tomber sur le sol et avance. D'accord ? Tu comprends ? Va à l'avant, pour que je ne te tombe pas dessus.

Elle la poussa doucement, et cela suffit. Ariel se laissa tomber à l'intérieur, atterrit sur ses pieds, trébucha sur le marteau qu'elle avait abandonné plus tôt, et mit une main contre la paroi pour se rééquilibrer.

— Avance. Va à l'avant.

Derrière Chyna, la vitre d'une fenêtre du premier étage se brisa sur le toit du porche. Une des fenêtres du bureau. La porte était restée ouverte, et les chiens s'y étaient rués en désespoir de cause.

En se retournant, elle vit un doberman lui foncer dessus : s'il la heurtait, il la précipiterait dans la cour.

Le chien bondit sur le toit du camping-car, elle l'esquiva, il glissa, griffa le métal et tomba dans la cour sous ses yeux.

Hurlant, il heurta le sol et tenta de se redresser. Son arrière-train ne suivit pas. Il avait dû se casser le coccyx. Il souffrait visiblement, mais il était tellement furieux que Chyna l'intéressait davantage que son sort. Derrière collé au sol, il se mit à aboyer en la regardant.

Silencieux, prudent et vigilant, l'autre doberman avait également franchi la fenêtre du bureau. C'était celui qu'elle avait aspergé deux fois d'ammoniaque, touchant le museau chaque fois, car il secouait encore la tête et s'ébrouait comme gêné par des restes de vapeurs. Il avait appris à la respecter, et il n'allait pas lui sauter dessus comme l'autre.

Tôt ou tard, il finirait par comprendre qu'elle ne tenait plus le vaporisateur, qu'elle n'avait rien qui puisse servir d'arme. Il retrouverait son courage.

Que faire ?

Elle regretta d'avoir jeté le balai-éponge dans la cour. Elle aurait pu le repousser avec le manche en bois lorsqu'il l'attaquerait. En poussant suffisamment fort, elle aurait peut-être même pu le blesser.

Mais le balai était dans la cour.

Que faire ?

Au lieu de traverser le toit du porche, le doberman rasa le mur de façade, tête dans les épaules, s'éloignant d'elle en jetant des coups d'œil derrière lui. Il arriva devant la fenêtre ouverte de la chambre de Vess, puis repartit lentement, son regard passant des éclats de verre baignés de lune à elle.

Il y avait peut-être une arme improvisée dans le

camping-car, qu'Ariel pourrait lui passer. Oui, mais quoi ?

— Ariel, appela-t-elle doucement.

Au son de sa voix, le chien s'immobilisa.

— Ariel.

Pas de réponse.

C'était sans espoir. Elle n'avait pas le temps de la convaincre d'agir.

Quand le doberman attaquerait, elle n'aurait pas la chance de la première fois. Il ne glisserait pas du toit sans lui planter les dents dedans. Et elle n'avait plus que ses mains nues pour se défendre.

Le chien cessa ses allées et venues. Il leva sa tête noire fuselée et la fixa, oreilles dressées, haletant.

Le quittant des yeux à contrecœur, elle jeta un coup d'œil par la lucarne.

Ariel n'était pas dans le couloir. Mais à l'avant comme elle le lui avait demandé. Bien.

Le chien ne haletait plus. Il était raide et vigilant. Lorsqu'elle se tourna vers lui, ses oreilles frémirent et s'aplatirent contre son crâne.

— Et merde ! lança-t-elle en sautant à l'intérieur du camping-car. La douleur explosa dans son pied blessé.

L'escabeau qu'elle avait repoussé à l'aide du balai-éponge était contre la porte fermée de la chambre. Elle le tira vers l'avant.

Un bruit de pattes sur le toit en métal.

Elle récupéra le marteau par terre et glissa le manche dans la ceinture de son jean. La tête en acier était froide contre son ventre malgré son pull rouge. Le chien apparut à l'ouverture, silhouette prédatrice dans le clair de lune.

Elle saisit l'escabeau par sa poignée tubulaire et recula vers la porte de la salle de bains, prenant soudain conscience de l'exiguïté du couloir. Elle ne pourrait pas balancer l'escabeau comme un gourdin, pas la place. Mais il lui serait utile. Elle le leva devant elle à la manière d'un dresseur de lions avec une chaise.

— Viens, petit salaud, viens, dit-elle d'une voix tremblante.

L'animal hésitait au bord du vide.

Elle n'osait pas détourner le regard. Il lui bondirait dessus à la seconde.

— Viens, cria-t-elle. Mais qu'est-ce que tu attends ? De quoi tu as peur, trouillard ?

Le chien grogna.

— Allez, descends, sale bête, viens !

Grondant, le doberman sauta. Il atterrit, sembla ricocher et lui bondit dessus.

Elle passa à l'attaque, le recevant de face, brandissant devant lui les pieds de l'escabeau comme s'il s'agissait de quatre épées.

Sous le poids de l'animal, elle faillit tomber sur le dos, puis il rebondit en arrière, hurlant de douleur : il avait dû heurter un pied de l'escabeau. Il partit s'effondrer en titubant au fond du petit couloir.

Il se redressa, un peu branlant sur ses pattes. Mais elle était déjà sur lui, poussant sans pitié avec les pieds métalliques, pour déséquilibrer le chien, l'empêcher de faire le tour de l'escabeau, de passer en dessous ou de sauter par-dessus. Malgré ses blessures, il était rapide, fort, nom de Dieu ! d'une force colossale et aussi souple qu'un chat. Les muscles des bras brûlant sous l'effort, son cœur battant, si fort que sa vision semblait clignoter à chaque battement, elle tint bon. L'escabeau se replia un peu, lui pinçant deux doigts, elle le rouvrit d'un coup sec, le poussant contre le chien, encore et encore, jusqu'à ce qu'elle le coince contre la porte de la chambre. Le doberman se tortilla, grondant, tenta de mordre le tabouret, griffa le sol, la porte, cherchant frénétiquement à s'échapper. Il pesait aussi lourd qu'elle, il était tout en muscle, et elle ne le maîtriserait pas longtemps. Elle poussa de tout son poids contre l'escabeau, le tenant d'une main le temps de tirer le marteau de sa ceinture. Le chien réussit à sortir la tête de sa cage métallique, força, crocs à nu, énormes, la salive lui dégoulinant des babines, le regard noir injecté de sang, gonflé de rage. Poussant toujours l'escabeau, Chyna lui assena un coup de marteau. Elle avait touché un os. Le chien hurla. Elle recommença, lui abattant cette fois la masse sur le crâne. Le chien s'écroula en silence.

Elle recula.

L'escabeau s'écrasa par terre.

Le chien respirait encore. Il faisait un son pathétique. Puis il tenta de se relever.

Elle l'attaqua une troisième fois. La bonne.

Haletant, ruisselante de sueur froide, elle lâcha le marteau et tituba dans la salle de bains. Elle vomit dans les toilettes, se purgeant du gâteau de Vess.

Elle ne se sentait pas triomphante.

De toute sa vie, jamais elle n'avait tué plus gros qu'un cafard... jusqu'à maintenant. L'autodéfense justifiait cet acte mais ne le rendait pas plus facile à admettre.

Très consciente du peu de temps qu'il leur restait, elle n'en prit pas moins cinq minutes pour s'asperger le visage d'eau froide et se rincer la bouche.

Son reflet dans le miroir la terrifia. Le visage disparaissant sous les hématomes, ensanglanté. Les yeux cernés de noir. Les cheveux sales et emmêlés. Elle avait l'air d'une folle.

Folle, elle l'était. Folle d'amour pour la liberté, impatiente d'y goûter. Enfin, enfin ! Libérée de Vess et de sa mère. De son passé. Du besoin de comprendre. Folle de l'espoir de pouvoir sauver Ariel et d'enfin ne plus se contenter de survivre.

Assise sur le canapé dans le coin-salon, bras serrés contre son corps, Ariel se balançait d'avant en arrière. En gémissant. C'était la première fois que Chyna entendait le son de sa voix depuis qu'elle l'avait découverte par l'œilleton la veille au matin.

— Tout va bien. Chut ! tout ira très bien. Tu vas voir.

La fille gémissait toujours.

Chyna la conduisit jusqu'au siège du copilote et la sangla dans sa ceinture de sécurité.

— On s'en va maintenant. C'est fini.

Elle s'installa au volant. Le moteur tournait. Selon la jauge à essence, le réservoir était plein. Pression d'huile bonne. Pas de lueurs rouges sur le tableau de bord.

Elle alluma les phares, desserra le frein à main et démarra.

Surtout, éviter de patiner, de s'embourber dans la pelouse. Elle rejoignit l'allée au pas et tourna à gauche.

Elle n'était pas habituée à conduire un bahut pareil, mais elle se débrouillait plutôt bien. Après ce qu'elle venait de traverser dans les dernières vingt-quatre heures, elle se sentait capable de conduire n'importe quoi. Même un char, elle aurait trouvé le moyen de le sortir de là.

Jetant un coup d'œil dans le rétroviseur latéral, elle regarda la maison de rondins s'évanouir dans le clair de lune. Toutes les lampes brillaient, l'endroit paraissait aussi chaleureux que n'importe quel foyer normal.

Ariel s'était tue. Courbée en avant, retenue par la ceinture de sécurité, les mains enfoncées dans les cheveux, elle se serrait le crâne comme si elle craignait qu'il n'explose.

— Nous y sommes presque. Ce n'est plus très loin maintenant.

Le visage de la fille n'était plus placide, comme il l'avait été depuis que Chyna l'avait aperçu sous la lampe de la pièce aux poupées, mais il n'était pas beau non plus. Les traits déformés par l'angoisse, elle semblait agitée de sanglots secs, sans larmes.

Qu'est-ce qui la tourmentait autant ? La terreur de se faire coincer par Vess, à deux doigts de la liberté ? Peut-être cela n'avait-il rien à voir avec le présent, peut-être était-elle perdue dans un moment terrible du passé, ou réagissait-elle à des événements imaginaires se déroulant dans l'Ailleurs où Vess l'avait plongée.

Elles arrivèrent au sommet de la côte chauve et s'engagèrent dans une longue descente douce cernée d'arbres. Chyna était sûre que Vess s'était arrêté de chaque côté du portail la veille, quand il était entré dans la propriété, et elle se dit qu'elles ne devaient plus en être loin.

Vess n'était pas descendu du camping-car. Le portail devait s'ouvrir électriquement.

Agrippant le volant d'une main, Chyna ouvrit le vide-poches à tambour entre les deux sièges. Elle y trouva une commande à distance à l'instant où le portail apparaissait dans les phares.

Un obstacle formidable. Des poteaux en acier. Des tubes. Du barbelé. Elle pria pour ne pas être obligée de foncer dedans : le camping-car ne parviendrait peut-être pas à l'abattre.

Elle tendit la commande à distance vers le pare-brise, pressa le bouton. Le portail bougea. Oui !

Elle freina, laissant le temps à la lourde porte de s'ouvrir. Pesamment.

La peur l'enveloppa comme les ailes d'un oiseau noir affolé... Vess les attendait : il leur bloquerait le passage à la seconde où le portail finirait de s'ouvrir.

Elle se retrouva au bord de la route : aucune autre voiture à l'horizon.

Au nord, à gauche, la route montait vers une nuit de forêt, des nuages et des étoiles, telle une rampe qui les enverrait dans le vide sidéral.

À droite, la route descendait en pente douce vers un virage à travers les champs et les bois. Dans le lointain, à huit ou dix kilomètres, une faible lueur dorée se dessinait dans la nuit, tel un éventail japonais sur du velours noir, comme si une petite ville attendait dans cette direction.

Chyna tourna à droite, laissant le portail d'Edgler Vess grand ouvert. Elle accéléra. Trente kilomètres à l'heure. Cinquante. Soixante. Elle maintint cette vitesse. Mais elle avait l'impression d'aller plus vite qu'un jet. En vol, libre.

Bien que percluse de douleurs et épuisée au-delà de toute description, elle sentit son moral remonter en flèche.

Chyna Shepherd, intacte et vivante, pas une prière mais un rapport délivré à Dieu.

Elles roulaient en pleine campagne ; il n'y avait aucun bâtiment sur les côtés de la route, aucune lumière à part cette lueur dans le lointain. Pourtant, elle se sentait baignée de lumière.

Ariel se tenait toujours la tête, le visage blême d'angoisse.

— Ariel, intacte et vivante. Intacte et vivante. Vivante. Tout va bien. Tout ira bien. La maison est déjà à cinq kilomètres derrière nous, et nous nous en éloignons à chaque minute, à chaque seconde.

En haut d'une petite côte, Chyna cligna les yeux, soudain éblouie par des phares. Une voiture arrivait en sens inverse.

Elle se tendit. Et si c'était Vess ?

Il était minuit moins trois, d'après l'horloge du tableau de bord.

Même s'il s'agissait de Vess qui ne manquerait pas de reconnaître son propre véhicule, Chyna se sentit en sécurité. Le camping-car était beaucoup plus gros que sa voiture, il ne pourrait pas la forcer à quitter la route. En fait, elle pourrait même l'écraser, si on en arrivait là, et elle n'hésiterait pas à se servir de ce bahut comme d'un bélier si elle ne parvenait pas à distancer ce malade.

Non, ce n'était pas lui. Il y avait quelque chose sur le toit de la voiture, comme des râteliers pour des skis... Non, une rampe de gyrophare éteinte et un ensemble sirène-haut-parleur. La nuit dernière, en suivant Vess sur la 101, elle avait tellement espéré croiser une voiture de police... et voilà qu'il en arrivait une...

Elle klaxonna, fit des appels de phare, et freina.

— Des flics, dit-elle à Ariel. Regarde, des flics ! Tout va s'arranger.

La fille se recroquevilla.

En réponse à ses coups de klaxon et à ses appels de phare, le policier alluma ses gyrophares, mais ne déclencha pas sa sirène.

Chyna se gara.

— Ils vont arrêter Vess avant qu'il ne découvre notre disparition et tente de s'enfuir.

La voiture de patrouille la croisa. Elle distingua les mots BUREAU DU SHÉRIF : les plus beaux du monde.

Dans le rétroviseur latéral, elle regarda la voiture faire demi-tour. Puis cette dernière la dépassa et se gara à dix mètres devant elle, sur le bas-côté gravillonné.

Soulagée, exultante, Chyna ouvrit sa portière et sauta par terre. Elle courut vers la voiture de police.

Il n'y avait qu'un agent. Il portait une casquette à large visière. Il ne semblait pas pressé de descendre.

Les gyrophares faisaient gicler des gouttes de lumière rouge qui coulaient sur la chaussée baignée de lune et des éclaboussures de lumière bleue dans un rêve plein de turbulences, donnant l'impression que les hauts arbres bordant la route bondissaient et reculaient, bondissaient et reculaient. Un vent sorti de nulle part souleva des nuages de feuilles mortes et de poussière comme si les gyrophares eux-mêmes avaient perturbé la sérénité de la nuit.

À mi-chemin de la voiture, dans laquelle le policier était toujours assis, Chyna se souvint soudain des dossiers dans le bureau de Vess... Elle comprit alors le sens des menottes.

Elle s'arrêta net.

— Oh ! mon Dieu !

Elle fit demi-tour et courut vers le camping-car. Dans la lumière rouge et bleu, sous le poids de la lune, elle eut l'impression de courir au ralenti dans un rêve, dans un air aussi épais que de la crème anglaise.

Devant la portière ouverte, elle jeta un coup d'œil vers la voiture de police. Le flic en descendait.

Haletant, elle se hissa au volant en claquant sa portière.

Le flic était descendu de sa voiture. Edgler Vess.

Chyna relâcha le frein à main.

Vess ouvrit le feu.

11.

Edgler Foreman Vess, le plus jeune shérif de toute l'histoire du comté, regarde dans son rétroviseur latéral Chyna Shepherd courir sur le bas-côté vers sa voiture de patrouille, et il se demande si, après tout, cette femme n'est pas son pneu éclaté, la force destructrice de son brillant avenir. Lorsqu'il la voit piler brutalement pour faire demi-tour vers le camping-car dans la lueur des clignotants, son inquiétude grandit.

En même temps, cette femme lui plaît énormément... il n'est pas mécontent de l'avoir rencontrée.

— Quelle petite salope intelligente !

En descendant de sa voiture de patrouille, il dégaine son revolver, pour lui coller une balle dans une jambe. Il a encore l'espoir de sauver la situation. S'il peut l'handicaper et la porter dans le camping-car avant qu'un autre automobiliste survienne, tout rentrera dans l'ordre. Ah ! lui remettre ses chaînes. Jouissif ! Ariel ne lèvera pas le petit doigt pour aider cette femme et, si elle s'avise d'essayer, il lui balancera le canon de son arme dans la gueule... Cela gâchera les projets qu'il a pour elle, mais voilà un an qu'il contemple son beau visage en mourant d'envie de le lui démolir, et passer à l'acte sera une satisfaction énorme, même dans ces circonstances.

La petite dame est plus rapide que lui. Le temps

qu'il lève le revolver et la mette en joue, elle est déjà au volant, elle claque sa portière.

Il ne peut plus prendre de risques, il ne peut plus se contenter de la blesser pour s'amuser avec plus tard. Il faut qu'il la bute. Il tire six fois dans le pare-brise.

Voyant le pistolet se lever, Chyna hurla à Ariel : « Baisse-toi ! » Elle la poussa sous le pare-brise, s'aplatissant elle-même en travers du vide-poches. Couvrant la fille de son mieux, elle ferma les yeux en lui criant d'en faire autant.

Les coups claquèrent, en rapide succession et le pare-brise explosa. Des rideaux de verre Sécurit gluant s'écrasèrent sur les sièges avant, se répandirent sur elles.

Elle tenta de compter les coups. Pensa en entendre six. Peut-être cinq, seulement. Elle n'était pas sûre. Merde ! Peu importait le chiffre exact... elle n'avait pas bien vu l'arme. Elle n'était pas sûre qu'il s'agisse bien d'un revolver. Un pistoler pourrait avoir plus de six balles, jusqu'à dix et plus, bien plus s'il avait un chargeur rallongé.

Elle se redressa dans une cascade d'éclats de verre et regarda à travers le cadre vide du pare-brise. Vess était à côté de la voiture de patrouille, à neuf mètres. Il était en train de retirer les douilles vides... un revolver.

Elle venait de desserrer le frein à main. Elle passa une vitesse.

Bien droit, l'air serein, sans hâte apparente, mais visiblement les doigts un peu gourds, Vess tirait un clip de chargement rapide de la cartouchière accrochée à son ceinturon.

Grâce aux mauvaises fréquentations de sa mère, Chyna savait ce qu'était un clip de chargement rapide. Avant que Vess n'ait le temps de recharger, elle leva le pied de la pédale de frein et appuya sur l'accélérateur.

Avance, bordel ! Avance...

Installant le clip sur son revolver, Vess leva le nez

presque nonchalamment en entendant le rugissement du moteur.

Chyna fonça sur la voie de gauche, comme pour doubler la voiture de patrouille et s'enfuir, mais en fait elle allait écraser ce malade.

Vess lâcha le clip, referma le barillet.

— Reste couchée, ne bouge pas ! hurla Chyna à Ariel, de crainte qu'elle ne se redresse.

Elle baissa elle-même la tête à l'instant où une balle ricochait contre le cadre du pare-brise pour se perdre à l'intérieur du camping-car.

Elle redressa aussitôt la tête, parce qu'elles roulaient, et elle avait besoin de voir où elle allait. Elle braqua à droite, visant Vess devant sa portière ouverte.

Il tira de nouveau, et elle eut l'impression de regarder au fond du canon quand la flamme jaillit. Elle entendit une sorte de sifflement, comme au passage d'un gros bourdon un après-midi d'été, et elle sentit une odeur de chaud, de cheveu brûlé.

Vess plongea dans sa voiture pour l'éviter. Le camping-car s'écrasa contre la portière, l'arracha, emportant peut-être au passage une ou les deux jambes du salaud.

Le parfum des coups de feu rappelle toujours au shérif Vess la puanteur du sexe, peut-être parce que cela sent le chaud ou que l'odeur d'ammoniaque dans la poudre est plus marquée dans le foutre, mais quelle qu'en soit la raison, les coups de feu l'excitent, lui donnent aussitôt une érection, et il lâche un hurlement de joie en plongeant dans la voiture. Le rugissement du camping-car lui fonçant dessus l'enveloppe d'un tumulte digne d'une rencontre du troisième type. En sautant à l'abri, il remonte les jambes, mais il sait que cela va être juste, drôlement juste, et c'est là tout le plaisant de la chose. Il sent quelque chose buter contre son pied droit, le vent froid s'engouffre derrière lui, la portière se détache, arrachée, et rebondit dans un bruit de tôle sur la chaussée au passage du camping-car hurlant.

Il a le pied droit engourdi ; il ne ressent pas encore la douleur, mais il pense qu'il a été soit écrasé, soit arraché. Lorsqu'il s'assoit au volant, rengaine son revolver et tend la main vers ce qu'il croit être un moignon pissant le sang, il découvre que son pied est intact. C'est le talon de sa botte qui a été arraché. Rien de pire. Le talon en caoutchouc.

Il a le pied endolori ; son mollet le picote jusqu'au genou, mais il éclate de rire.

— Tu paieras le cordonnier, salope.

Le camping-car roule à soixante mètres devant lui, en direction du sud.

Comme il n'a pas arrêté le moteur en se garant sur le bas-côté, il lui suffit de desserrer le frein à main et de passer une vitesse pour repartir. Les pneus soulèvent un nuage de graviers qui crépitent sous le châssis. La voiture bondit en avant. Le caoutchouc chaud hurle comme un nourrisson qui a mal, mord la chaussée, et Vess fonce derrière le camping-car.

Distrait par son pied endolori et sa hâte imprudente de mettre la main sur cette femme, il se rend compte trop tard que le gros véhicule ne se dirige plus vers le sud. Il revient vers lui en marche arrière à environ cinquante kilomètres à l'heure, peut-être plus.

Vess enfonce la pédale de frein, mais avant qu'il n'ait le temps de braquer à gauche pour éviter la masse qui lui fonce dessus, de sortir de la trajectoire, le camping-car lui rentre dedans avec un bruit effroyable, comme une collision avec un roc. Sa tête part en arrière, puis il pique si violemment du nez sur le volant que sa respiration en est coupée, et une obscurité étourdissante tourbillonne au coin de ses yeux.

Son capot se redresse, et il ne voit plus rien. Mais il entend ses pneus tourner et sent l'odeur de caoutchouc brûlé. La voiture de patrouille recule, poussée par le camping-car qui regagne de la vitesse après avoir été considérablement ralenti par la collision.

Vess tente de passer la marche arrière, en se disant qu'il va réussir à se détacher du camping-car, mais le levier de la boîte de vitesses bégaie obstinément dans sa main, passe au point mort et se fige. La transmission est foutue.

En plus, il soupçonne son avant endommagé d'être accroché à l'arrière du camping-car.

Elle va le pousser hors de la route. À certains endroits, le dénivelé est de deux mètres cinquante à trois mètres, suffisamment profond pour garantir un tonneau s'il passe par-dessus bord. Pire, s'ils sont accrochés, et si la femme ne maîtrise pas totalement son véhicule, elle va partir en tonneau et s'écraser sur lui.

Merde ! c'est peut-être justement ce qu'elle essaie de faire.

Elle est décidément singulière, cette bonne femme, autant que lui à sa façon. Il ne l'en admire que davantage.

Une odeur d'essence. Il vaut mieux pas s'attarder.

À droite du vide-poches du milieu et de la radio qu'il a éteinte en reconnaissant son camping-car, un fusil à pompe est coincé, canon en l'air, dans les crochets à ressorts fixés au tableau de bord. Il a déjà un chargeur de cinq cartouches dans le ventre.

Vess tire le fusil, le prend à deux mains et saute par la portière absente.

Ils reculent à quarante, quarante-cinq kilomètres à l'heure, gagnant rapidement de la vitesse parce que la voiture, au point mort, n'offre plus de résistance. La chaussée lui bondit dessus comme s'il descendait en parachute troué. Il touche le sol, fait un roulé-boulé, les bras serrés contre le corps dans l'espoir de ne rien se casser, agrippé au fusil, rebondissant diagonalement jusqu'au bas-côté de la voie opposée. Il essaie de se protéger le crâne, mais il prend un vilain coup, puis un autre. Il accueille la douleur avec des cris de joie, se délecte de l'incroyable intensité de cette aventure.

Dans son rétroviseur, Chyna vit Edgler Vess sauter de la voiture de patrouille, toucher brutalement terre et rouler jusqu'au bas-côté.

Merde !

Le temps qu'elle pile, criant sous la flèche de douleur qui traversait son pied mordu, Vess était étendu face contre terre sur le bas-côté opposé, à une centaine de mètres au sud, devant elle. Il était parfaitement immobile. Le roulé-boulé ne l'avait pas tué, sûrement pas, mais il devait au moins être inconscient ou étourdi.

Elle ne se sentait pas capable de lui rouler dessus tant qu'il serait inconscient. Mais elle n'allait pas non plus attendre patiemment pour lui donner sa chance.

Elle boucla sa ceinture. Apparemment, elle allait en avoir besoin.

En passant en marche avant, elle prit conscience d'une vive sensation de piqûre sur le côté de son crâne : elle saignait. Le gros bourdon était une balle qui lui avait tracé un sillon profond de quinze millimètres et long de huit centimètres. À un poil près, elle lui emportait le côté du crâne. Cela expliquait aussi la vague odeur de brûlé qu'elle avait brièvement sentie : le plomb chaud, quelques cheveux roussis.

Ariel se redressa couverte d'un châle étincelant de miettes de Sécurit. Son regard fixé sur Vess était vide.

Ses mains saignaient. Le cœur de Chyna fit un bond à la vue du sang, puis elle se rendit compte qu'il ne s'agissait que d'éraflures, rien de grave. Le Sécurit ne pouvait pas causer de blessure mortelle, mais il était suffisamment acéré pour couper.

Lorsqu'elle regarda de nouveau Vess, il était à quatre pattes, à soixante mètres devant. Il y avait un fusil par terre à côté de lui.

Elle enfonça l'accélérateur.

Il y eut un cognement sourd à l'arrière. Le camping-car trembla. Un autre ! Puis un raclement et un énorme bruit de ferraille, mais elles prirent de la vitesse.

Dans le rétroviseur latéral, elle vit des gerbes d'étincelles.

La voiture de patrouille la suivait en bringuebalant. Elle la tirait.

L'oreille droite du shérif Vess est salement écorchée, déchirée, et l'odeur de son sang est comme un vent de janvier sur les versants blancs de neige. Le bourdonnement cuivré au fond de ses tympans lui rappelle l'amer goût métallique de l'araignée de la maison Templeton... Il le savoure.

Il se redresse, rien de cassé. Il ravale l'intéressant goût acide du vomi et prend le fusil. Il a l'air en bon état. Tant mieux.

Le camping-car fonce vers lui en travers de la route, à une cinquantaine de mètres. Et il se rapproche vite, un vrai poids-lourd.

Au lieu de s'enfuir dans les bois, Vess court à droite de cette masse, vers elle. Il boite... non parce qu'il s'est blessé la jambe, mais parce qu'il n'a plus de talon à la botte droite.

Même avec un talon en moins, Vess est plus agile que le gros camping-car, et la femme se rend compte qu'elle ne va pas réussir à l'écraser. Elle voit aussi le fusil, aucun doute, et elle braque à droite, prête à se contenter de fuir plutôt que de se venger.

Il n'a pas l'intention de lui faire sauter la tête à travers le pare-brise absent, ni à travers la vitre latérale, parce que sa résistance commence à lui ficher les boules et aussi parce qu'il ne pense pas causer suffisamment de dégâts en lui tirant dedans lorsqu'elle passera à côté de lui comme un plateau de tir aux pigeons d'argile. En plus, c'est bien plus simple de s'arrêter et de tirer en prenant appui sur la hanche que de lever le fusil et de mettre en joue... mais viser la hanche veut dire tirer bas.

Au recul des trois premiers coups, il décolle presque, mais parvient néanmoins à mettre une balle dans le pneu avant gauche qui éclate.

À deux mètres de lui, le camping-car part en glissade. Des serpents de caoutchouc du pneu se déroulent dans l'air. Quand le monstre passe en dérapant devant lui, Vess tire ses deux dernières balles dans le pneu arrière gauche.

Maintenant Miss Chyna Shepherd, intacte et vivante, est dans une sacrée panade.

Le volant tourna tout seul dans les mains de Chyna, lui brûlant les paumes lorsqu'elle tenta avec détermination de ne pas le lâcher.

Elle freina, ce qui se révéla aussitôt l'erreur à ne pas faire, car le véhicule dévia dangereusement vers la gauche, mais, quand elle relâcha le frein, il fit de même vers la droite. La voiture de patrouille bégaya contre le pare-chocs arrière, et le camping-car frémit tout en tanguant violemment... Chyna sut qu'elles allaient partir en tonneau.

À moitié ivre de l'odeur délicieusement complexe de son propre sang et de la puanteur de foutre des coups de feu, le shérif Vess jette le calibre 12 maintenant vide. Avec une délectation qui lui fait briller les yeux, il regarde le vieux camping-car s'incliner à gauche, roulant sur ses jantes. Pratiquement tout le caoutchouc a disparu, les deux voies en sont jonchées. Les jantes tracent un sillon dans la chaussée avec un bruit de meule qui lui rappelle la texture d'une crinoline raide de sang séché, ce qui lui fait penser au goût de la bouche d'une certaine jeune dame à l'instant de sa mort. Puis le véhicule s'écrase sur son flanc gauche, avec une violence telle que Vess sent la route vibrer dans ses semelles. Le bruit se répercute dans les arbres flanquant la chaussée, comme le propre tir du diable.

Accrochée au camping-car, la voiture de patrouille

bascule à son tour. Puis elle se décroche, se renverse sur le toit, fait un tonneau et s'arrête sur la voie opposée.

Le camping-car continue de glisser, à cent mètres de la voiture, mais il perd de la vitesse : il va bientôt s'immobiliser.

Tout a foiré dans les grandes largeurs : le bordel étalé sur la route, que même le shérif Vess aura bien du mal à expliquer ; la ruine de son projet de s'occuper méthodiquement d'Ariel qui le maintient dans un état d'excitation depuis un an ; et les cadavres compromettants dans la chambre de son camping-car.

Pourtant, jamais il n'a ressenti pareille allégresse. Il est tellement *vivant*, tous les sens aiguisés par la férocité de l'instant. Il se sent tout étourdi, bête de bonheur. Il a envie de faire des cabrioles sous la lune et de tourner sur lui-même bras tendus comme un môme, pour s'étourdir avec les étoiles.

Mais il faut s'occuper de deux morts, défigurer un joli visage jeune, et ça aussi, c'est le pied.

Il porte la main à son étui. Manifestement son revolver est tombé quand il a sauté de la voiture. Il le cherche.

Quand le camping-car s'immobilisa enfin, Chyna ne perdit pas de temps à s'étonner d'être en vie. Elle défit sa ceinture de sécurité et celle de la jeune fille.

Le flanc droit du camping-car était à présent le plafond. Ariel s'accrochait à la poignée de sa portière pour ne pas lui tomber dessus. Elle-même gisait sur sa portière, le plancher maintenant. La vitre côté conducteur offrait un gros plan de la chaussée.

Chyna s'extirpa de son siège, pivota et se percha sur le tableau de bord, dos au pare-brise et pieds sur le vide-poches.

Elle s'appuya à droite contre le volant.

L'air puait les vapeurs d'essence. Irrespirable.

— Viens, on sort par le pare-brise.

Voyant qu'Ariel, toujours accrochée à sa portière, les yeux fixés sur le ciel étoilé, ne réagissait pas, elle la prit par l'épaule et tira.

— Viens, mon petit, viens, dépêche-toi. Ce serait trop bête de mourir maintenant, après ce qu'on vient de traverser. Si tu meurs maintenant, les poupées vont rire, non ? Rire à s'en étouffer.

Et voici le shérif Vess, très abîmé et ensanglanté mais toujours gaillard qui passe à côté du toit du camping-car, devenu flanc dans cet océan de chaussée noire et d'essence répandue. Il jette un coup d'œil curieux à la lucarne cassée, puis continue sans hésitation jusqu'à l'avant... où il découvre que Chyna et Ariel, les vilaines, viennent de passer à travers le cadre du pare-brise.

Elles lui tournent le dos, elles s'éloignent vers un bosquet non loin de la route, sûrement dans l'espoir de s'y faufiler avant qu'il ne les retrouve. La femme boite et pousse la fille d'une main sur les reins.

Le shérif n'a pas retrouvé son revolver, mais il a le fusil, qu'il tient à deux mains par le canon. Il marche à grands pas derrière elles. La femme entend le couinement qu'il produit en boitant sur sa botte sans talon sur la chaussée trempée d'essence, mais elle n'a pas le temps de virer sur elle-même. Vess balance le fusil comme un club de golf et lui écrase le fût de toutes ses forces en travers des omoplates.

Elle décolle, souffle coupé, incapable de crier. Elle s'étale de tout son long sur la chaussée, sinon inconsciente, du moins immobilisée par le choc.

Ariel poursuit son chemin, comme si elle ignorait tout du sort de Chyna, et peut-être est-ce effectivement le cas. Une soif de liberté, peut-être, mais il est plus vraisemblable qu'elle traverse la chaussée, aussi consciente qu'une poupée mécanique.

La femme roule sur le dos et lève les yeux vers lui,

ni étourdie ni blême mais les yeux écarquillés de fureur.

— Dieu me redoute, dit-il, avec des mots de puissance.

Mais la femme n'en paraît pas impressionnée pour deux sous. Elle suffoque, peut-être à cause des vapeurs d'essence ou du coup sur le dos.

— Connard !

Lorsqu'il la tuera, il faudra qu'il en mange un morceau, comme pour l'araignée, parce que, dans les temps difficiles qui l'attendent, il aura peut-être besoin d'un peu de sa force extraordinaire.

Ariel est à quinze, vingt mètres, et le shérif songe un instant à la rattraper. Il décide de commencer par achever la femme, parce que la fille n'ira de toute façon pas bien loin dans son état.

Quand Vess baisse de nouveau les yeux vers la femme, elle vient de tirer un petit objet d'une poche de son jean.

Chyna tenait le briquet Bic qu'elle transportait depuis la station-service. Elle plaça le pouce en position. Elle était morte de peur à l'idée de l'allumer. Elle était couchée dans une flaque d'essence, et ses vêtements et ses cheveux en étaient imbibés. Elle suffoquait dans ces vapeurs. Sa main tremblante était aussi trempée d'essence... Elle était sûre que la flamme bondirait sur son pouce, descendrait le long de sa main, de son bras, que son corps s'embraserait en quelques secondes.

Mais il fallait qu'elle ait confiance en la justice de l'univers et en la signification des brumes du bois de séquoias, car, sans cette confiance, elle ne vaudrait pas mieux qu'Edgler Vess, pas mieux qu'un cafard sans cervelle.

Elle était couchée aux pieds de Vess. Dans le pire des cas, il n'en réchapperait pas non plus.

— Éternellement, dit-elle, car c'était un autre mot de puissance.

Elle fit rouler son pouce.

Une flamme pure s'éleva du Bic, mais, voyant qu'elle ne bondissait pas sur son doigt, Chyna fourra son briquet contre la botte de Vess, le lâcha, et la flamme s'éteignit aussitôt, non sans avoir mis le feu au cuir imbibé d'essence.

Chyna s'éloigna en roulant, bras collés au corps, tournant sur la chaussée, choquée par l'explosion du feu dans la nuit dernière elle et la soudaine vague de chaleur. Des flammes bleues d'une beauté éthérée devaient la poursuivre sur la chaussée saturée, et elle se prépara à leur assaut, mais elle arrivait sur une partie sèche de la chaussée.

Suffoquant, elle se releva tant bien que mal, battant en retraite devant la chaussée en flammes et la bête au milieu de l'explosion.

Chaussé de bottes de feu, Edgler Vess hurlait en tapant des pieds au milieu de grands panneaux de flammes qui jaillissaient de la route autour de lui.

Chyna vit ses cheveux s'enflammer, et elle détourna les yeux.

Ariel était loin de la chaussée couverte d'essence, hors de danger, mais elle ne semblait pas être consciente de l'embrasement. Elle était figée, dos au feu, les yeux fixés sur les étoiles.

Chyna courut la rejoindre et la fit avancer de cinq mètres, pour plus de sécurité.

Les hurlements de Vess étaient perçants, terribles et plus forts à présent. Elle se retourna : les hurlements paraissaient plus forts parce que, transformé en torche, le malade les suivait. Il était toujours debout, progressant avec difficulté sur l'asphalte qui bouillonnait sur la chaussée. Ses bras tendus devant lui flamboyaient, des langues de feu blanc-bleu s'échappaient du bout de ses doigts. Une tornade rouge sang tourbillonnait dans sa bouche ouverte, ses narines crachaient, son visage disparaissait derrière un masque orange de flammes, mais il avançait, têtu comme un coucher de soleil, hurlant.

Chyna poussa la fille derrière elle, mais alors Vess se détourna et s'éloigna d'elles : il ne les avait pas vues. Aveuglé par les flammes, il ne pourchassait ni Ariel ni elle-même mais une miséricorde imméritée.

Au milieu de la route, il tomba en travers de la ligne blanche et resta là à tressaillir et à tressauter, à se tortiller et à battre des pieds, se renversant, se couchant peu à peu sur le flanc, remontant ses genoux contre sa poitrine, croisant ses mains noircies sous son menton. Sa tête se courba sur ses mains comme si son cou, en train de fondre, ne la supportait plus. Il brûla bientôt en silence.

Vess savait que le cri qui s'affaiblissait était le sien, mais ses souffrances étaient tellement intenses que de bizarres pensées lui traversaient la tête dans une torche de délire. Il lui semblait aussi que ce cri étrange n'était pas le sien, mais celui du jumeau avorté de l'employé de la station-service, qui avait laissé son image sous la forme d'une tache de naissance rose cru sur le front de son frère. À la fin, Vess avait très peur dans l'étrangeté des flammes, puis il cessa d'être un homme pour se transformer en obscurité durable.

Tirant Ariel, Chyna s'éloigna du feu, puis se sentit incapable de rester debout une seconde de plus. Elle s'assit sur la chaussée, tremblant convulsivement, percluse de douleurs, malade de soulagement. Elle fondit en larmes, sanglotant comme un enfant, une petite fille de huit ans, laissant couler toutes les larmes jamais répandues sous des lits, dans des greniers infestés de souris ou des plages brûlées par la foudre.

Des phares finirent par apparaître dans le lointain. Chyna les regarda approcher, tandis qu'à ses côtés la jeune fille observait la lune en silence.

12.

De son lit d'hôpital, Chyna fit plusieurs comptes rendus à la police, mais aucun aux journalistes qui faisaient des pieds et des mains pour la joindre. Par esprit de réciprocité, les flics lui en dirent long sur Edgler Vess et l'ampleur de ses crimes, bien qu'aucun n'expliquât sa personnalité.

Deux faits l'intéressèrent plus particulièrement :

D'abord, Paul Templeton, le père de Laura, avait fait un voyage d'affaires en Oregon, plusieurs semaines avant l'attaque de Vess contre sa famille, et il s'était fait arrêter pour excès de vitesse. L'agent qui avait rédigé la contravention était le jeune shérif lui-même. Ce devait être à cette occasion que le dépliant de photos s'était accidentellement détaché du portefeuille de Paul qui cherchait son permis de conduire, ce qui avait permis à Vess de voir le beau visage de Laura.

Ensuite, Ariel s'appelait en fait Ariel Beth Delane. Un an auparavant, elle vivait avec ses parents et son frère de neuf ans dans une banlieue tranquille de Sacramento en Californie. Le père et la mère avaient été tués par balle dans leur lit. Le gamin avait été torturé à mort avec les outils qu'utilisait Mme Delane pour fabriquer ses poupées, son passe-temps, et on avait des raisons de penser que Vess avait obligé Ariel à assister à la scène avant de l'emmener.

Outre la police, Chyna vit de nombreux médecins. En plus du traitement de ses blessures physiques, on la pressa plus d'une fois de s'entretenir de son expérience avec un psychiatre. Le plus insistant était un homme agréable, le Dr Kevin Lofglun, un gamin de cinquante ans au rire musical, avec un tic : il tirait sur le lobe de son oreille droite jusqu'à ce qu'il soit rouge cerise. « Je n'ai pas besoin de thérapie, lui dit-elle. La vie elle-même en est une. » Il ne comprenait pas très bien, et il voulait qu'elle lui parle de sa dépendance envers sa mère, bien qu'elle n'existât plus depuis dix ans, depuis qu'elle l'avait plaquée. Il voulait lui apprendre à affronter son deuil, elle lui répliqua : « Je ne veux pas apprendre à l'affronter, docteur. Je veux le vivre. » Lorsqu'il évoqua un syndrome de stress post-traumatique, elle lui parla d'espoir ; d'accomplissement de soi, elle riposta responsabilité ; de méthodes pour améliorer le respect de soi, elle parla foi et confiance... Il finit par décider qu'il ne pouvait rien pour quelqu'un qui employait un langage aussi totalement différent du sien.

Les médecins et les infirmières craignaient qu'elle n'ait du mal à trouver le sommeil, mais elle dormait à poings fermés. Ils étaient sûrs qu'elle ferait des cauchemars, mais elle ne faisait que rêver d'une forêt cathédrale où elle n'était jamais seule et se sentait toujours en sécurité.

Le 11 avril, douze jours exactement après son admission à l'hôpital, elle en sortait, et lorsqu'elle franchit les portes, une centaine de journalistes de la presse écrite, de la radio, et de la télévision l'attendaient, dont ceux des émissions racoleuses et scabreuses qui lui avaient envoyé des contrats par Fed Ex, en lui offrant de grosses sommes pour qu'elle raconte son histoire. Elle fendit cette foule sans répondre à aucune des questions qu'on lui criait, mais sans être impolie pour autant. À la portière du taxi qui l'attendait, un journaliste lui fourra un micro sous le nez :

— Miss Shepherd, quel effet cela fait-il d'être une héroïne ?

— Je ne suis pas une héroïne, rétorqua-t-elle. Je me contente de vivre, comme vous tous, en me demandant pourquoi il faut que ce soit si dur, en espérant ne jamais plus être obligée de faire du mal à quelqu'un.

Les journalistes les plus proches se turent en entendant sa réponse, mais les autres continuaient à vociférer. Elle monta dans le taxi qui démarra.

La famille Delane était fortement endettée et vivait à crédit aux crochets de Visa et MasterCard avant qu'Edgler Vess ne les libère de leurs hypothèques, si bien qu'aucun héritage n'attendait Ariel. Ses grands-parents paternels étaient vivants, mais en mauvaise santé, et n'avaient que de petits revenus.

Même s'il y avait eu un parent suffisamment à l'aise financièrement pour assumer le fardeau de l'éducation d'une adolescente avec les problèmes d'Ariel, il ne se serait pas senti à la hauteur de la tâche. La jeune fille fut placée sous tutelle judiciaire et confiée à la garde d'un hôpital psychiatrique dépendant de l'État de Californie.

Aucun membre de la famille n'éleva d'objection.

Pendant l'été et l'automne, Chyna fit chaque semaine le voyage de San Francisco à Sacramento, réclamant au tribunal qu'on la déclare unique tutrice d'Ariel Beth Delane, rendant visite à la jeune fille, et progressant patiemment... d'aucuns dirent obstinément... dans le dédale des instances juridiques et des services sociaux. Sinon, ils auraient condamné la jeune fille à une vie entière dans des « centres à vocation sociale », en d'autres termes des asiles de fous.

Chyna ne se considérait sincèrement pas comme une héroïne, mais d'autres si, et ils étaient nombreux. L'admiration dans laquelle certaines personnes influentes la tenaient lui ouvrit les portes du labyrinthe bureaucratique et lui permit d'obtenir la garde permanente qu'elle réclamait. Un matin de la fin janvier, dix mois après avoir libéré la jeune fille de la cave placée sous la garde des poupées, elle quittait Sacramento avec Ariel à ses côtés.

Elles rentrèrent chez elle à San Francisco.

Chyna ne termina jamais la maîtrise de psychologie qu'elle avait été à deux doigts d'obtenir. Elle poursuivit ses études à l'université de Californie, mais opta pour la littérature. Elle avait toujours aimé lire et, bien qu'elle ne crût pas posséder de talents d'écriture, elle pensait qu'un jour elle aimerait peut-être devenir éditeur, pour travailler avec des écrivains. Il y avait plus de vérité dans la fiction que dans la science. Elle s'imaginait aussi dans la peau d'un professeur. Mais, si elle devait rester serveuse jusqu'à la fin de ses jours, elle n'y verrait pas d'inconvénient, parce qu'elle était douée pour ça et qu'elle trouvait de la dignité dans son travail.

L'été suivant, comme elle était de service le soir, Ariel et elle prirent l'habitude de passer la matinée et le début de l'après-midi à la plage. La jeune fille aimait fixer la baie derrière des lunettes noires, et on arrivait parfois à la convaincre de rester à l'endroit où venaient mourir les vagues.

Un jour de juin, sans bien savoir pourquoi, Chyna traça un mot dans le sable avec son index : Paix. Elle le fixa une bonne minute et, à sa propre surprise, dit à Ariel :

— C'est un mot qui commence par une lettre de mon nom.

Le 1er juillet, Ariel était assise sur leur serviette, les yeux fixés sur l'eau rayée de soleil, tandis que Chyna essayait de lire le journal. Mais tous les articles la déprimaient. Guerre, meurtres, vols, politiciens de tous bords crachant la haine. Elle lut une critique de film pleine d'attaques virulentes contre le metteur en scène et le scénariste, mettant en cause leur droit même de créer, puis passa à la rubrique d'une femme détruisant un romancier au vitriol, sans un mot de critique réelle, rien que du venin, et elle jeta le journal à la poubelle. Ces petites haines et ces attaques indirectes ne lui paraissaient plus être que des reflets désagréablement clairs d'impulsions meurtrières plus fortes affectant l'esprit humain ; les meurtres symboliques ne différaient qu'en degré, du meurtre réel, et les agresseurs étaient tous aussi malades les uns que les autres.

Il n'y a aucune explication au mal humain. Seulement des excuses.

Toujours début juillet, elle remarqua un homme d'une trentaine d'années qui venait quelques matinées par semaine à la plage avec son fils de huit ans, muni d'un portable sur lequel il restait penché à l'ombre d'un parasol. Ils finirent par lier connaissance. Il s'appelait Ned Barnes et son fils, Jamie. Ned était veuf et, par le plus grand hasard, écrivain avec plusieurs modestes succès à son actif. Jamie se prit d'affection pour Ariel à qui il se mit à apporter des objets qu'il jugeait précieux, une poignée de fleurs des champs, un coquillage original, la photo d'un chien à l'air marrant déchirée dans un magazine... en les plaçant, sans lui demander de commentaire, devant elle, sur sa serviette.

Le 12 août, Chyna invita le père et le fils à venir partager un dîner de spaghettis et de boulettes de viande. Après, Ned et elle jouèrent à des jeux de société avec Jamie, pendant qu'Ariel contemplait placidement ses mains. Depuis la nuit dans le camping-car, l'expression de terrible angoisse et les cris silencieux n'étaient jamais réapparus sur le visage de la jeune fille. Elle avait aussi cessé de se balancer d'avant en arrière, bras serrés contre le corps.

Plus tard en août, ils allèrent tous les quatre au cinéma puis continuèrent à se retrouver à la plage. Leur relation était très détendue, sans pressions ni attentes particulières. Aucun d'entre eux ne souhaitait autre chose que de se sentir moins seul.

Un jour de septembre, Ned leva le nez de son portable.

— Chyna ?

— Hum ! fit-elle sans lever les yeux du roman qu'elle lisait.

— Regarde. Regarde Ariel.

Vêtue d'un jean coupé aux genoux et d'une blouse à manches longues parce qu'il faisait déjà trop frais pour prendre des bains de soleil, Ariel était debout au bord de l'eau, mais, contrairement à son habitude, elle ne se tenait pas figée comme un zombie. Les bras tendus au-dessus de sa tête, elle dansait sur place, en agitant les mains.

— Elle aime tellement la baie, dit Ned.

Chyna était incapable d'articuler un son.

— Elle aime la vie, insista-t-il.

La gorge serrée d'émotion, Chyna pria pour qu'il dise vrai.

La jeune fille ne dansa pas longtemps et, lorsqu'elle revint plus tard vers elle, elle avait le regard aussi ailleurs que d'habitude.

En décembre de cette année, plus de vingt mois après avoir fui la maison d'Edgler Vess, Ariel eut dix-huit ans, une jolie jeune femme. Néanmoins, il lui arrivait encore fréquemment d'appeler sa mère, son père et son frère dans son sommeil, d'une voix jeune, frêle et perdue. C'étaient les seules occasions de l'entendre...

Puis le matin de Noël, parmi les cadeaux pour Ariel, Ned et Jamie entassés sous l'arbre dans la salle de séjour de son appartement, Chyna eut la surprise de trouver un petit paquet qui lui était destiné. Emballé avec beaucoup de soin, mais avec plus d'enthousiasme que de talent, comme par un enfant. Son nom était inscrit en majuscules malhabiles sur une étiquette portant l'effigie d'un bonhomme de neige. Dans la boîte, elle trouva une feuille de papier bleu. Sur la feuille figuraient trois mots qui semblaient avoir été tracés au prix d'efforts considérables, de beaucoup d'hésitation et de faux départs : *Je veux vivre.*

Cœur battant, gorge serrée, Chyna prit les mains de la jeune fille entre les siennes.

Un long moment, elle ne sut quoi dire et, de toute façon, elle aurait été incapable d'articuler un son.

— C'est..., finit-elle par dire, c'est le plus... le plus beau cadeau que j'aie jamais reçu, ma chérie. C'est le plus beau cadeau du monde. Je ne désire rien d'autre... que de te voir essayer.

Elle relut les trois mots à travers ses larmes.

Je veux vivre.

— Mais tu ne sais pas comment revenir, c'est ça ? poursuivit-elle.

La jeune fille était immobile. Puis elle cligna les paupières. Elle serra les mains de Chyna.

— Il y a une voie.

La jeune fille serra ses mains encore plus fort.

— L'espoir, chérie. Il y a toujours l'espoir. Il existe un chemin, et personne ne peut jamais le trouver tout seul, mais nous pouvons le chercher ensemble. Nous le trouverons ensemble. Il faut simplement y croire.

La jeune fille ne parvenait pas à la regarder dans les yeux, mais elle lui serrait toujours les mains.

— Je vais te raconter une histoire à propos d'une forêt de séquoias et ce que j'y ai vu une nuit, et ce que j'ai revu plus tard quand j'en avais besoin. Peut-être que cela n'aura pas grand sens pour toi, peut-être que cela n'en aurait pour personne, mais pour moi, c'est très important, même si je ne le comprends pas pleinement.

Je veux vivre.

Au cours des années suivantes, le chemin entre le Bois et les beautés et les merveilles de ce monde ne fut pas aisé pour Ariel. Il y eut des moments de désespoir où elle parut non pas progresser, mais régresser.

Puis, un jour, elles se rendirent avec Ned et Jamie dans la forêt de séquoias.

Ils marchèrent dans les fougères et les rhododendrons à l'ombre solennelle des arbres massifs.

— Montre-moi où ils étaient, dit Ariel.

Chyna la conduisit par la main à l'endroit exact.

Comme elle avait été terrifiée cette nuit-là, à tant risquer pour une fille qu'elle n'avait jamais vue ! Moins terrifiée par Vess que par cette nouvelle chose qu'elle avait découverte en elle-même. Ce souci téméraire de l'autre. Et maintenant elle savait qu'elle n'aurait pas dû avoir peur. Parce que nous existons pour cela. Pour ce souci téméraire de l'autre.

OUVRAGES DE LA COLLECTION « TERREUR »

RODERICK ANSCOMBE
La vie secrète de Laszlo, comte Dracula

IAIN BANKS
Le seigneur des guêpes

CLIVE BARKER
Secret Show
Le royaume des devins
Imajica 1
Imajica 2
Everville

WILLIAM P. BLATTY
L'Exorciste : la suite

ROBERT BLOCH
L'écharpe
Lori
Psychose
Contes de terreur

J. R. BONANSINGA
Black Mariah
Pire que le mal

RANDALL BOYLL
Froid devant
Monssstre
Territoires du crépuscule

MARION ZIMMER BRADLEY
Adagio pour une ombre

RAMSAY CAMPBELL
Envoûtement
La secte sans nom
Soleil de minuit

JONATHAN CARROLL
La morsure de l'ange
L'enfant arc-en-ciel

CATHY CASH SPELLMAN
Dans les griffes du diable

JEAN-CHRISTOPHE CHAUMETTE
L'arpenteur de mondes

MATTHEW J. COSTELLO
Cauchemars d'une nuit d'été
La chose des profondeurs
Né de l'ombre

MARTIN CRUZ-SMITH
Le vol noir

THOMAS DISCH
Le caducée maléfique

KATHERINE DUNN
Un amour de monstres

JEANNE FAIVRE D'ARCIER
Rouge flamenco
La déesse écarlate

JOHN FARRIS
L'ange des ténèbres
Le fils de la nuit éternelle
Sacrifice

RAYMOND FEIST
Faërie

BERNARD FLORENTZ
Noces d'enfer

CHRISTOPHER FOWLER
Le diable aux trousses
L'illusionniste

RAY GARTON
Crucifax
Extase sanglante

CHRISTOPHER GOLDEN
Des saints et des ombres
L'illusionniste

LINDA C. GRAY
Médium

WILLIAM HALLAHAN
Les renaissances de Joseph Tully

BARBARA HAMBLY
Le sang d'immortalité
Voyage avec les morts

THOMAS HARRIS
Dragon rouge
Le silence des agneaux

JAMES HERBERT
Dis-moi qui tu hantes
Fluke
Fog
La lance
La trilogie des rats
1. Les rats
2. Le repaire des rats
3. L'empire des rats

Le survivant

Sanctuaire
Sépulcre
Présages
La conspiration des fantômes

Shirley Jackson
Maison hantée
La loterie
Le cadran solaire
Nous avons toujours habité le château

Graham Joyce
L'enfer du rêve
Requiem
Sorcière ma sœur
L'intercepteur de cauchemars

Kalogridis Jeanne
Pacte avec le vampire
Les enfants du vampire

Stephen King
La part des ténèbres
Salem
Dolores Claiborne
Les yeux du dragon

Andrew Klavan
Il y aura toujours quelqu'un derrière vous
L'heure des fauves

Dean Koontz
Le masque de l'oubli
Miroirs de sang
La mort à la traîne
La nuit des cafards
La nuit du forain
La peste grise
Une porte sur l'hiver
La voix des ténèbres
Les yeux des ténèbres
La maison interdite
Fièvre de glace
Lune froide
La cache du diable
Mr Murder
Démons intimes
Tic Tac
Etranges détours
Les larmes du dragon
Le rideau des ténèbres
Le visage de la peur
L'heure des chauves-souris
Spectres
L'antre du tonnerre
La semence du démon
La porte rouge

Steven Laws
Train fantôme
Gideon
Macabre

Tanith Lee
La danse des ombres
Le festin des ténèbres
Caïn l'obscur

Charles de Lint
Mulengro
Symphonie macabre
Les murmures de la nuit

Bentley Little
Le postier
Révélation

Brian Lumley
Nécroscope

Charles McLean
Le guetteur

Robert Marasco
Notre vénérée chérie

Graham Masterton
Apparition
Démences
Hel
Le démon des morts
Le djinn
Le jour « J » du jugement
La maison de chair
Le maître des mensonges
Le miroir de Satan
La nuit des salamandres
Le portrait du mal
Les puits de l'enfer
Rituel de chair
Transe de mort
La trilogie du Manitou
1. Manitou
2. L'ombre du Manitou
3. La vengeance de Manitou
Le trône de Satan
Les visages du cauchemar
La trilogie des Guerriers de la nuit
1. Les guerriers de la nuit
2. Les rivages de la nuit
3. Le fléau de la nuit
Sang impur
Tengu
Magie indienne
Magie maya
Magie vaudou
Walhalla
Les escales du cauchemar

Robert McCammon
L'heure du loup
La malédiction de Bethany
Scorpion
Le mystère du lac
Soif de sang

Michael McDowell
Les brumes de Babylone
Cauchemars de sable

George R.R. Martin
Armageddon rag

Andrew Neiderman
L'avocat du diable
Confessions androgynes

Pierre Pelot
La nuit sur terre

D. Preston/L. Child
Relic
Le grenier des enfers

John Pritchard
Les anges du désespoir
Les cavaliers du crépuscule
Les sœurs de la nuit

Garfield Reeves-Stevens
Contrat sur un vampire
La danse du scalpel

Anne Rice
Chronique des vampires
1. Entretien avec un vampire
2. Lestat le vampire
3. La reine des damnés
4. Le voleur de corps
5. Memnoch le démon

La momie
La saga des sorcières
1. Le lien maléfique
2. L'heure des sorcières
3. Taltos

Le violon
Le sortilège de Babylone

Fred Saberhagen
Le dossier Holmes-Dracula
Les chroniques de Dracula
Les confessions de Dracula
Un amour de Dracula
Un vieil ami de la famille

John Saul
Cassie
Créature
Hantises

Peter Straub
Ghost Story
Julia
Koko
Mystery
Sans portes, ni fenêtres
La gorge
Le club de l'enfer

Michael Talbot
La tourbière du diable

Bernard Taylor
Le jeu du jugement

Sheri S. Tepper
Ossements

Thomas Tessier
L'antre du cauchemar

Thomas Tryon
L'autre
La fête du maïs
Noire magie

Jack Vance
Méchant garçon

Lawrence Watt-Evans
La horde du cauchemar

Chet Williamson
La forêt maudite

Paul F. Wilson
La forteresse noire
Liens de sang
Mort clinique

Bari Wood
Amy girl
Double vue

Bari Wood/Jack Geasland
Faux-semblants

T. M. Wright
L'antichambre
Manhattan Ghost Story
L'autre pays

XXX
Michèle Slung présente :
22 histoires de sexe et d'horreur
Nouvelles histoires de sexe et d'horreur

Jeff Gelp présente :
Shock Rock

Douglas E. Winter présente :
13 histoires diaboliques

Dernières nouvelles de Dracula
L'année de la terreur
Nouvelles histoires de sexe et d'horreur

Achevé d'imprimer en avril 2000
sur les presses de l'Imprimerie Bussière
à Saint-Amand (Cher)

POCKET - 12, avenue d'Italie - 75627 Paris Cedex 13
Tél. : 01-44-16-05-00

— N° d'imp. 889. —
Dépôt légal : mai 2000.

Imprimé en France